I0657279

Libertad

ANNEGRET KREISEL

Libertad

Widerstand im Untergrund

Bibliografische Information der Deutschen Nationalbibliothek:
Die Deutsche Nationalbibliothek verzeichnet diese Publikation in der
Deutschen Nationalbibliografie; detaillierte bibliografische Daten sind im
Internet über dnb.d-nb.de abrufbar.

TWENTYSIX – der Self-Publishing-Verlag
Eine Kooperation zwischen der Verlagsgruppe Random House und
BoD – Books on Demand
© 2018 Annegret Kreisel
Herstellung und Verlag:
BoD – Books on Demand, Norderstedt
ISBN: 978-3-7407-3372-8

Inhalt

1   Das neue Leben in Paraguay

11.7.1976

Katherine Barkley döste in ihrem Liegestuhl auf dem Deck der Zofia, einem betagten Frachtschiff unter polnischer Flagge. Die gleichmäßigen Motorengeräusche hatten sie müde gemacht. Auf dem Schiff waren nicht viele Mitreisende. Nur ein älteres Ehepaar, das seine Tochter und deren Familie in Buenos Aires besuchen wollte und wegen der Flugangst der Frau lieber das Schiff benutzte, sowie ein Forscher, der die von ihm transportierten Gerätschaften wie einen Schatz hütete, damit diese auf der Überfahrt keinen Schaden nehmen würden. Letzteres war auch der Grund, warum sich Kathy dieses Mal für die Schiffsreise entschieden hatte. Sie wollte ihren Hausstand unbeschadet in einem Möbelcontainer nach Paraguay bringen und man hatte ihr vor ihrer Abfahrt geraten, den Transport selbst zu überwachen. Bis auf ihr Klavier und ihren Mini nahm sie alles aus England mit, was sich inzwischen an persönlichen Gegenständen in ihrem Leben angesammelt hatte.

Die Abfahrt aus England sollte eine »Auszeit« von ihrem bisherigen Leben sein, das ihr manchmal, bis zu ihrer Trennung von Brad, so vorbestimmt und festgefahren vorgekommen war. Sie war jetzt 27 Jahre alt und hatte sich in den letzten Monaten immer öfter die Frage gestellt, wie ihr zukünftiges Leben aussehen könnte.

Nach dem Abschluss ihres Medizinstudiums vor einem Jahr hatte Kathy in einem Krankenhaus in London eine Stelle angenommen, um sich erst einmal in der ärztlichen Berufspraxis zu orientieren. Sie suchte aber auch den Abstand zu Brad, mit dem sie bis vor Kurzem verlobt gewesen war. Dieser war gerade dabei, sich als Wissenschaftler und Chirurg einen Namen zu machen, und hätte es lieber gesehen, wenn sie nach ihrem Examen gleich geheiratet hätten. Als sie sich vor acht Jahren an der Universität kennenlernten, sie die Erstsemesterstudentin und er der ehrgeizige Student aus dem sechsten Semester, glaubte sie noch, dass ihre Gemeinsamkeiten ausreichend für eine gute Beziehung sein könnten. Dass gerade ihre größte Gemeinsamkeit, der medizinische Beruf, zu der endgültigen Trennung führen könnte, hätte Kathy damals noch nicht für möglich gehalten.

Während des Studiums herrschte noch ein Schonraum, der Freiräume ließ für Ideale und Illusionen. Nächtelang diskutierte Kathy mit Freunden über den Sinn und die Grenzen ihres späteren Berufes und sie war sich damals so sicher, dass sie es später schaffen würde, diese Ideen im Berufsalltag umzusetzen. Brad dagegen gehörte zu einer völlig anderen Sorte von Studenten. Er war einer von denen, die ihr Studium vom ersten Semester an bis zum Examen systematisch und karriereorientiert betrieben und dann auch schneller als die Idealisten ihr Examen und danach eine Anstellung bekamen. Brad war nicht nur karriereorientiert, sondern auch talentiert genug, die richtigen Leute im richtigen Moment auf sein medizinisches Können aufmerksam zu machen, und so hatte er bald seine Promotion und einen Job, den er selbstbewusst als erste Sprosse seiner beruflichen Erfolgsleiter bezeichnete.

Ein guter Mediziner wurde von Brad gleichgesetzt mit einem erfolgreichen. Gedanken über Berufsethik und den Sinn des Lebens waren für ihn etwas für Idealisten, die sich seiner Meinung nach praxisfremd und zaudernd nur selbst blockierten. Kathy gehörte seiner Meinung nach zu dieser Sorte Menschen. Dass ihre Art zu denken nicht schon viel früher zu einer ernsten Beziehungskrise geführt hatte, lag wohl eher daran, dass Brad einer Frau eine derartige Lebensauffassung gerade noch zugestand. In gewissem Maße konnte Kathy am Anfang der Beziehung seine Einstellung ebenfalls tolerieren, weil es andere Dinge gab, die sie an ihm schätzte.

Nach der Scheidung ihrer Eltern und der späteren zweiten Eheschließung ihrer Mutter mit einem Mann, den sie als neuen Vater nicht akzeptieren wollte, fühlte sich Kathy zu Männern hingezogen, die einerseits zielstrebig ihre Pläne verwirklichten und ihr so das Gefühl von Sicherheit und Verlässlichkeit vermittelten, die ihr aber auch auf der anderen Seite großzügig den Freiraum für ihre eigene Entwicklung ließen, wie sie ihn gerade brauchte. So war es auch bei Brad. Obwohl er oft viel zu beschäftigt war, um gemeinsame Zeit mit ihr zu verbringen, war dies für sie kein Problem. Sie hatte ihren eigenen Freundeskreis und genoss es, sich wegen Brad recht wenig einschränken zu müssen.

Nachdem Brad sein Examen bestanden hatte, zeigten sich erste Risse in ihrer Beziehung. Es wurde deutlich, dass jeder bislang hauptsächlich seine eigenen Interessen verfolgt hatte und wenig Bereitschaft bestand, für ein gemeinsames Leben notwendigen Kompromisse einzugehen. Brad war auch hier, wie immer, derjenige, der schon einen festen Plan für sein Leben hatte und diesen um jeden Preis umsetzen wollte. In gewissem Maße gehörte zwar auch Kathy zu seinem Plan, aber nur so weit, wie er es sich vorstellte. Er hatte Kathy nie als Konkurrentin im angestrebten Beruf gesehen. Nicht nur wegen seines Vorsprungs im Studium, sondern auch wegen ihrer Lebenseinstellung. Vielleicht war es gerade diese Eindeutigkeit, die sie als Partnerin für ihn so attraktiv machte. Er konnte sich sicher sein, dass sie für seinen enormen beruflichen Einsatz Verständnis haben, sich aber niemals selbst in die erste Reihe drängen würde.

Dass Brad so sehr an der Verlobung und einer schnellen Heirat nach ihren Examen interessiert war, hatte für ihn auch berufliche Gründe. Er bewegte sich in Kreisen, die standesgemäße Ehen vorzuweisen hatten, und gesellschaftliche Anlässe galten hier als Kontaktbörse für die Karriere. Bei Kathy wusste er, dass ihre Mutter immer großen Wert darauf gelegt hatte, dass ihre Tochter die Regeln des gesellschaftlichen Lebens in den gehobenen Kreisen beherrscht. So hatte Kathy von ihrer Mutter vermittelt bekommen, dass die Ehefrau eines erfolgreichen Mannes in erster Linie die Aufgabe hat, ihrem Gatten den Rücken freizuhalten und ihre eigenen Bedürfnisse dem Lebensrhythmus des Ehemannes unterzuordnen.

Vielleicht war es gerade dieses, für ihre Begriffe negative Vorbild der eigenen Mutter, das Kathy dazu brachte, an einer eigenen Identität zu arbeiten und die Universität nicht lediglich als Heiratsmarkt für Töchter aus besseren Kreisen zu nutzen. Sie wollte ihr Studium abschließen und später als Ärztin arbeiten, obwohl sie nicht gegen eine Heirat war und auch später gern einmal Kinder haben wollte. Sie wehrte sich aber dagegen, für ein Familienleben allein verantwortlich sein zu müssen, während ihr Ehemann seine beruflichen Pläne verfolgt.

Anfangs hoffte sie noch, Brad dazu überreden zu können, später mit ihr eine gemeinsame Praxis zu eröffnen; dieser hatte jedoch ganz andere Pläne. Da er bereits ein Profil als Wissenschaftler vorweisen konnte und sie die Berufsanfängerin war, hatte er wenig Interesse an beruflichen Gemeinsamkeiten. Brad schien Kathy auch nicht bei ihrem beruflichen Weiterkommen behilflich sein zu wollen, indem er sich zum Beispiel bei seinen eigenen Förderern für sie eingesetzt hätte. Insgeheim hoffte er, dass ihr die Arbeit im Krankenhaus den Spaß an einer eigenen Berufstätigkeit sehr bald nehmen und sich so das Problem von alleine lösen würde. Für Kathy hingegen war von Anfang an klar, dass sie nicht länger als ein Jahr in dem Londoner Krankenhaus arbeiten wollte. Sie konnte diesem Massenbetrieb auf Dauer nichts Positives abgewinnen, sah hierin aber eine Chance, in vielen medizinischen Bereichen Berufserfahrung zu sammeln.

Die Beziehung zu Brad war auf die Wochenenden beschränkt, von denen sie jedes zweite frei hatte. Erstaunt stellte sie fest, dass dies anfangs sogar besser klappte als zu Zeiten, in denen man sich noch häufiger sah. Sehr schnell setzte aber auch die Entfremdung ein, die letztendlich dazu führt, dass man plötzlich sehr genau auf Dinge achtet, die vorher unwichtig erschienen. Kathy störte immer häufiger die selbstgefällige und ungeduldige Art, die Brad im Umgang mit seinen Mitmenschen zeigte, was sie selbst auch zu spüren bekam. Es wurde für sie deutlich, dass er die Medizin lediglich als Wissenschaft betrachtete und weniger als die Lehre der Heilung.

Am Anfang blieb es bei spitzen Bemerkungen, mit denen Kathy ihrem Unmut Ausdruck verschaffte, und gipfelte schließlich in heftigen Auseinandersetzungen. Brad, der in privaten Dingen schon immer sehr konfliktscheu war, versuchte anfangs noch, ihre Kritik als eine Laune oder gar Empfindlichkeit zu verharmlosen und ihr so wenig Beachtung wie möglich zu schenken. Er erreichte hiermit aber genau das Gegenteil. Es war der zweite Advent 1975, als sie sich heftig darum stritten, inwieweit Patienten über Behandlungsmethoden und Risiken aufzuklären seien, wobei Brad dies lieber auf ein Minimum begrenzen wollte, weil er in seinen Patienten nun einmal gefühlsbetonte Laien sah. Kathy, die spürte, wie ihr dieser Mann immer fremder wurde und die seine Einstellung ablehnte, fragte ihn mühsam beherrscht: »Weißt du eigentlich, dass ich mir wünsche, niemals von dir behandelt werden zu müssen? Hältst du dich wirklich für so unfehlbar, dass du über das Leben deiner Patienten bestimmen darfst? Warum weigerst du dich eigentlich, sie miteinzubeziehen und ihre Bedürfnisse zu akzeptieren? Hast du etwa Angst vor ihren Gefühlen und Ängsten?« – »Nein«, erwiderte er kühl, »ich habe nur keine Lust, Zeit und Energie in etwas zu investieren, was völlig sinnlos ist. Wenn ich so arbeiten würde, wie du es dir vorstellst, würde ich nur die Hälfte von dem schaffen, was ich zurzeit an Operationen durchführen kann. Und wem würde das helfen?« Bitter antwortete Kathy: »Wahrscheinlich jedem, dem es erspart bliebe, von dir operiert zu werden.«

Ihr wurde plötzlich bewusst, dass Brad nicht nur seine Patienten bevormundete, sondern auch sie. Er ließ sich nur scheinbar auf Kompromisse ein, um dann auf seine Chance zu warten, seinen Plan in die Tat umzusetzen. Als sie ihm ihre Gedanken mitteilte, schien endlich der Damm der falschen Gefühle und Rücksichtnahmen zu brechen. Das erste Mal in ihrer Beziehung warf er ihr sehr aggressiv vor, wie idealistisch, gefühlsbetont und völlig lebensfremd sie ihr Leben führe, und betonte, dass er nicht mehr bereit sei, dies zu tolerieren. Er habe bestimmte Zukunftspläne für sein privates Leben und keine Lust, diese ihren Ideen zu opfern. Erleichtert registrierte Kathy seine Vorwürfe und erwiderte provozierend: »Keiner verlangt von dir, dass du meine ach so lebensfremde Art weiter tolerierst. Ich denke, es passt sich wirklich gut, dass auch ich kein Interesse mehr habe, für dich lediglich Funktionen zu erfüllen.« Sie wusste zu gut, dass er zwar fähig war, seine Gesprächspartner durch Worte zu verletzen, aber nicht in der Lage war, sich mit ihr wegen dieser Beziehungsprobleme auseinanderzusetzen, weil dies auch seine Person in Frage gestellt hätte.

Brad hatte nach dieser Auseinandersetzung das Apartment von Kathy verlassen. Er war zwei Stunden ziellos durch London gelaufen und kehrte schließlich zurück, ohne zu wissen, wie es mit ihnen weitergehen solle. Kathy, die das Gefühl hatte, dass die ganze Beziehung schon so verfahren war und beschwichtigende Worte es auch nicht mehr schaffen würden, ihr Misstrauen Brad gegenüber zu beseitigen, schlug eine Trennung auf Probe vor, um nicht eine jahrelange Partnerschaft leichtfertig zu beenden.

Im Januar trennten sie sich dann endgültig, ohne größere

Aussprache, weil eigentlich schon keiner mehr einen Sinn in einem gemeinsamen Leben sah, jetzt, da der Abstand zueinander so sichtbar geworden war. Verstanden wurde diese Trennung weder von ihren Familien noch von dem Großteil der gemeinsamen Bekannten. Sie galten allgemein als das ideale Paar. Natürlich wurde der Schuldige am Scheitern dieser Beziehung gesucht und es zeigte sich, dass Brad sich auch hier viel besser verkaufen konnte. Er, der erfolgreiche Wissenschaftler, der Kathy eine sichere Existenz geboten hätte und mit ihr eine Familie gründen wollte, und auf der anderen Seite Kathy, die sich von ihren Idealen nicht trennen wollte, um ein Leben an der Seite eines erfolgreichen Mannes zu führen.

Kathy konnte deshalb nur sehr begrenzt auf Mitgefühl und Verständnis hoffen und lernte auch, dass derjenige, der aus einer Beziehung ausbricht, sich und seiner Umwelt erst einmal beweisen muss, dass er auch die richtige Entscheidung getroffen hat. Sie wollte nun nicht in einen Wettstreit mit Brad treten, wer sich nach der Trennung besser fühlt, und entschied sich daher, für ein Jahr zu ihrem Vater nach Paraguay zu gehen. In den letzten Jahren hatte sie ihn regelmäßig dort besucht und daher sowohl zu ihm als auch zu seiner neuen Familie einen recht guten Kontakt. Ihre Eltern hatten sich getrennt, als sie elf Jahre alt war. Ihr Vater nahm damals nach der Scheidung das Angebot eines befreundeten Kollegen an, die Leitung des Krankenhauses in Asunción zu übernehmen.

Als sie ihm Anfang Februar über die Trennung von Brad berichtete und auch über die Reaktionen aus ihrem sozialen Umfeld hierauf, machte ihr Vater ihr den Vorschlag, im Sommer nach Paraguay zu reisen, um erst einmal Distanz zu bekommen, was auch ihm damals nach seiner Scheidung geholfen habe. Zunächst war von einem längeren Urlaub die Rede, dann rief er aber Anfang April bei ihr an und fragte sie, ob sie es sich auch vorstellen könne, eine Stelle bei ihm im Krankenhaus anzunehmen, da demnächst ein Arzt aus Altersgründen ausscheiden werde.

Kathy hatte sich bislang nie Gedanken darüber gemacht, ob sie jemals in diesem südamerikanischen Land leben wollte. Die Besuche bei ihrem Vater waren für sie immer sehr schön gewesen, weil sie gerne mit ihm und seiner Familie zusammen war und dort alles so fremdländisch aussah. Jetzt, da sie sich entscheiden musste, kamen ihr auch Bilder in Erinnerung, die ihr zu viel Fremdheit zeigten, um sich dort wirklich heimisch fühlen zu können. Außerdem kam die Armut dieses Landes ihr nun noch bedrückender vor als bei ihren Besuchen. Sie wusste, dass sie dort vieles würde entbehren müssen, was für sie bislang ganz selbstverständlich zu ihrem Leben gehörte. Eigentlich konnte sie sich erst in dem Moment für Paraguay entscheiden, als sie sich sagte, dass sie das jederzeit wieder würde verlassen können, falls sie es nicht mehr ertragen würde, und als ihr Wunsch, so ihrem Vater, den sie in den letzten Jahren häufig vermisst hatte, näher sein zu können, stärker als ihr Zaudern wurde.

Nach der Scheidung ihrer Eltern war sie nicht gefragt worden, bei welchem Elternteil sie bleiben wollte. Wahrscheinlich wäre sie lieber bei ihrem Vater geblieben, weil sie mit ihm mehr Gemeinsamkeiten hatte als mit ihrer Mutter. Doch selbst als sich später in der Pubertät die Konflikte mit ihrer Mutter häuften, war für ihre Eltern klar, dass Kathy in England ihren Schul- und Studienabschluss machen sollte, um dadurch später bessere Berufschancen zu haben, und sie fügte sich dieser Entscheidung.

Tage später in Buenos Aires

Als Kathy in Buenos Aires von Bord des Schiffes ging, hatte sie anfangs Mühe, den Weitertransport ihres Möbelcontainers und des Gepäcks zu regeln. Es war für sie das erste Mal, dass sie nicht das Flugzeug benutzte, um nach Paraguay zu gelangen, was die ganze Sache nicht gerade einfacher machte, da das Land im Inneren von Südamerika lag und daher nicht direkt mit dem Schiff erreichbar war. Der Container wurde im Hafen direkt auf ein kleineres Frachtschiff verladen, das am nächsten Tag nach Asunción aufbrechen sollte, während Kathy die letzte Strecke zunächst mit dem Zug durch Argentinien und dann mit der paraguayischen Zentralbahn zurücklegen wollte. Weil diese Reise über zwei Tage dauern sollte, hatte sie sich einen Platz im Schlafwagen reservieren lassen.

Von der Anspannung der letzten Stunden erschöpft, saß sie endlich im Zugabteil. Nahezu teilnahmslos beobachtete sie von ihrem Tisch im Speisewagen aus das lebhafte Treiben um sie herum und versuchte sich schließlich durch das Lesen eines Buches abzulenken, bis das Rütteln des alten Zuges sie auch hierzu zu müde machte, sodass sie sich in ihr Schlafabteil zurückzog. Anfangs konnte sie wegen der vielen Geräusche nicht einschlafen und lauschte den Stimmen im Nachbarabteil, in dem sich ein Pärchen zu streiten schien. Da sie deren Sprache aber nicht verstand, gab sie schließlich auf und döste vor sich hin, bis sie endlich einschlief.

Am nächsten Morgen war sie keineswegs ausgeschlafen, weil sie in der Nacht häufig wach geworden war. Nach dem Frühstück im Speisewagen sah sie sehr lange aus dem Waggonfenster, um etwas von dem Land zu sehen, in dem sie die nächste Zeit leben wollte. Sie sah sehr viele Waldgebiete und dünn besiedelte Landstriche. Während ihrer Ferienaufenthalte hatte sie bislang eher die Ballungszentren und Sehenswürdigkeiten dieses Landes kennengelernt, sodass dies nun völlig neue Eindrücke für sie waren. Wenn sie nicht aus dem Fenster sah, las sie in ihrem Buch, um sich etwas zu beruhigen, weil sie spürte, dass sie mit jeder in diesem Zug verbrachten Stunde nervöser wurde. Diese Reise kam ihr endlos vor und als sie endlich die ersten Häuser von Asunción erkennen konnte, hatte sie Herzklopfen. Aufgeregt stand sie mit ihrem Gepäck nahe der Waggontür, als der Zug in den großen weißen Bahnhof von Asunción einfuhr, den sie bislang nur von außen kannte. Durch die Scheibe versuchte sie, ihren Vater zu erkennen, der sie vom Bahnsteig abholen wollte.

Sie sah die große, schlanke Gestalt ihres Vaters erst, als der Zug zum Stehen kam. Voller Ungeduld wartete sie, dass die Reisenden vor ihr ausstiegen, und drängte sich dann mit ihrer Reisetasche und dem sperrigen Koffer durch die enge Tür des Zuges. Ihr Vater hatte gesehen, wie sie den Zug verließ, und kam auf sie zu. Als er vor ihr stand, rief sie »Hi Dad!« und umarmte ihn stürmisch. Sie hatte Tränen in den Augen, als er sie im Arm hielt und mit den Worten begrüßte: »Da bist du ja endlich, mein Kleines. Willkommen in Paraguay.«

Vom Bahnhof fuhren sie direkt zum Hafen. Die Ruhe ihres Vaters und seine Selbstsicherheit, mit der er den letzten Transportabschnitt ihrer Möbel regelte, ließen sie wieder gelassener werden. Vom Hafen dauerte es noch eine halbe Stunde, bis die alte Limousine von Dr. Barkley endlich auf dem Schotterweg vor der kleinen Villa am Rande des Krankenhausgrundstückes, die er mit seiner Familie bewohnte, vorfuhr. Die Begrüßung durch Elena, ihre Stiefmutter, und ihre beiden Halbbrüder war wie immer herzlich und machte es ihr leicht, sich wieder als Teil dieser Familie zu fühlen. Während Kathy ihr Reisegepäck nach oben brachte und sich frisch machte, bereitete Elena das gemeinsame Essen zu. Sie saßen lange am Esstisch zusammen und hörten Kathys Erzählungen von den Erlebnissen auf ihrer Reise zu, die immerhin nahezu drei Wochen gedauert hatte. Kathy hatte sich in dieser Zeit meist sehr einsam in dieser ihr völlig fremden Welt gefühlt und war nun froh, alles ohne große Zwischenfälle überstanden zu haben.

Asunción, Ende Juli 1976

Die letzten Tage waren Kathy und Elena damit beschäftigt gewesen, die drei Räume der Dachgeschosswohnung der Villa mit den Möbeln aus dem Container einzurichten. In dieser Wohnung, die im zweiten Stock lag, hatte vor einem Jahr noch die an Krebs erkrankte Mutter von Elena bis zu ihrem Tod gewohnt. Einen Teil der Wohnungseinrichtung hatte Elena mit nach unten genommen oder verschenkt. Übrig geblieben waren die Kücheneinrichtung, zwei schöne alte gedrechselte Schränke, ein Vitrinenschrank sowie ein großer alter Schreibtisch, ein altes Plüschsofa und ein runder Tisch davor. Obwohl diese Möbel in einem völlig anderen Stil waren als Kathys Einrichtungsgegenstände aus Rattan und hellem Holz, versuchte sie diese beiden Welten miteinander zu verbinden. Elena versorgte sie mit viel buntem Stoff für Gardinen, Tischdecken und einem Sofaüberwurf, den sie in einer Truhe aufbewahrt hatte. In der Stadt kaufte sich Kathy noch Kübelpflanzen und eine Tischlampe aus Metall mit einem gläsernen Lampenschirm für den alten Schreibtisch.

1.8.1976

Als Kathy am Sonntagabend vor ihrem Dienstantritt in ihrer Badewanne lag, die wie ein Kahn auf vier Füßen im dunkelblau gefliesten Badezimmer stand, stellte sie erleichtert fest, dass sich ihre bisherige Welt erstaunlich gut in ihr neues Leben eingepasst hatte. Dieses gute Gefühl hatte sie aber nicht nur, weil ihr die neue Wohnung gefiel, sondern weil ihr die gemeinsamen Stunden mit Elena gut taten. Mit ihr hatte sie sich von Anfang an sehr gut verstanden, sie konnte mit ihr all die Jahre über die Probleme reden, die sie im Umgang mit ihrer Mutter hatten sprachlos werden lassen.

Elena war eine hübsche, lebhafte Person Mitte vierzig. Sie arbeitete als Lehrerin an der deutschen Schule Colegio Goethe und kümmerte sich, wenn ihr die Erziehung der beiden Söhne dazu noch Zeit ließ, um eine Beratungsstelle für Frauen, die von der Kirche ihres Bezirks und mit Hilfe von Spenden, die Elena unermüdlich einsammelte, unterhalten wurde. Überhaupt schien es hier nichts Ungewöhnliches zu sein, wenn verheiratete Frauen weiterhin berufstätig waren. Für die Erziehung der Kinder und den Haushalt wurde entweder Personal eingestellt, das ohne größere Probleme zu bekommen und auch durchaus bezahlbar war, oder aber es gab Großeltern oder Tanten, die halfen.

Nun zwei Brüder zu haben war für Kathy ebenfalls ein schönes Gefühl, auch wenn der Altersunterschied, der Ältere war zwölf und der Jüngere acht Jahre alt, ihr schon mehr die Autorität einer Erwachsenen verschaffte. Sie hatte keine weiteren Geschwister, ihre Mutter hatte sich bereits mit ihrer ersten Schwangerschaft sehr schwer getan. Außerdem war sie eine Frau, die sich zwar sehr gut auf die Bedürfnisse ihres zweiten Ehemannes einstellen konnte, aber nicht zu den mütterlichen Typen gehörte, die einfach Spaß an dem Zusammenleben mit Kindern haben.

Am Montagfrüh sollte Kathy ihren Dienst im Krankenhaus beginnen. Von ihrem Vater erfuhr sie, dass sie zunächst auf der chirurgischen Station assistieren sollte, die gleichzeitig als Unfallstation diente. Hier waren noch zwei weitere Ärzte tätig; der ältere, Dr. Philippo, arbeitete seit fünf Jahren auf dieser Station und hatte vorher eine eigene Praxis auf dem Lande gehabt. Als ihm seine Ehefrau wegen einer Herzerkrankung nicht mehr helfen konnte, hatte er die Stelle im Krankenhaus angenommen, die ihm auch geregeltere Arbeitszeiten und ein sicheres Einkommen garantierte. Kathy hatte ihn schon in den Jahren zuvor auf den Geburtstagsfeiern ihres Vaters kennengelernt und konnte es daher nachempfinden, dass ihr Vater ihn als sehr zuvorkommenden Kollegen und verlässlichen Arzt beschrieb.

Der jüngere Kollege, Dr. Terno, war erst vor 18 Monaten

auf die Station gekommen. Er war der zweitälteste Sohn eines ehemaligen Arbeitskollegen von Elena und Dr. Barkley hatte ihn damals eingestellt, obwohl ihn der Polizeikommandant des Bezirkes davon abriet, weil Dr. Ternos Familie angeblich einer Untergrundbewegung angehöre. Als Kathys Vater dies sagte, mischte sich Elena in das Gespräch ein. Sie erklärte, dass all diese Behauptungen gar nicht wahr seien und die Familie Terno zu Unrecht verdächtigt und bespitzelt werde. Elena glaubte, dass der Polizeikommandant nur Angst habe, dass sich die Familie einmal dafür rächen könnte, was man ihr in den letzten Jahren angetan hatte. Aus der temperamentvoll vorgetragenen Empörung schloss Kathy, dass Elena sehr viel an der Familie ihres ehemaligen Arbeitskollegen gelegen war. Sie erfuhr von ihren Eltern, dass vor drei Jahren der älteste Sohn der Familie auf der Flucht von der Polizei erschossen worden sei, weil man ihn als Untergrundkämpfer verdächtigt und deshalb gejagt hätte. Der ehemalige Kollege von Elena sei für sechs Monate wegen desselben Verdachtes inhaftiert und grausam gefoltert worden, wodurch er seitdem schwer gehbehindert sei. Auch ihm habe man nichts nachweisen können. Leonardo, der zweitälteste Sohn, sei zwar nicht inhaftiert worden, habe aber während dieser Zeit keine Arbeitserlaubnis erhalten, um als Arzt tätig sein zu können. Dr. Barkley habe ihm dann an der Universität eine Promotionsstelle bei einem befreundeten Professor besorgt und in der letzten Phase der Promotion unter dem Vorwand eingestellt, dass er den praktischen Teil dieser Arbeit betreuen würde.

Kathy hatte zwar die Jahre zuvor bei ihren Besuchen am Rande mitbekommen, dass die innenpolitische Situation des Landes nicht konfliktfrei war, und wusste auch, dass gegen Regimegegner hart durchgegriffen wurde; für sie waren dies jedoch bislang Probleme gewesen, die sie aus der sicheren Distanz einer Touristin hatte beobachten können. Ihr wurde nun bewusst, dass sich diese Distanz schlagartig dadurch verkleinerte, dass sie zukünftig mit einem Kollegen zusammenarbeiten würde, dessen Familie von der Polizei verfolgt worden war. Sie wollte deshalb wissen: »Hat sich denn nun der Polizeikommandant damit abgefunden, dass Dr. Terno hier im Krankenhaus arbeitet?« – »Nur scheinbar«, entgegnete Elena. »Seit Dr. Terno die Armensiedlungen ambulant betreut, häufen sich wieder die Bespitzelungen durch die Polizei.«

Von einer solchen Betreuung hatte Kathy bislang nichts gewusst. Erstaunt erfuhr sie von ihrem Vater, dass für die Armenviertel am Stadtrand derzeit nur einmal in der Woche eine ambulante medizinische Versorgung angeboten werden könne. Dieses Projekt wurde auch von der zuständigen Kirchengemeinde mitgetragen. Da es verständlicherweise nicht viele Ärzte gab, die sich um diese Arbeit gerissen hätten, sei er froh gewesen, dass Dr. Terno diese Aufgabe vor sechs Monaten übernommen habe.

Während Kathy ihrem Vater und Elena aufmerksam zuhörte, überkam sie zum ersten Mal Angst, sie könne ihren neuen Job nicht schaffen. Sie kam sich so unendlich naiv vor, dass sie hatte annehmen können, mit Spanischkenntnissen und einem abgeschlossenen Medizinstudium, aber kaum Berufserfahrung die Erwartungen erfüllen zu können, die ihr Vater und mit Sicherheit auch die neuen Kollegen an sie stellen würden. Als sie ihrem Vater diese Zweifel mitteilte, schaute er sie für einen kurzen Moment forschend an, bevor er antwortete: »Kathy, ich weiß, dass du noch recht wenig Berufserfahrung hast, und der Job hier wird mit Sicherheit auch nicht leicht für dich sein. Ich weiß aber auch, dass du eine Idealistin bist, die danach hungert, neue Erfahrungen zu sammeln, anstatt in London nach alter Tradition eingefahrene Wege zu gehen.« Er lächelte stolz, als er fortfuhr: »Und ich weiß, dass du es schaffen wirst. Schließlich bist du meine Tochter.«

Die Nacht von Sonntag auf Montag war für Kathy unruhig. Sie war aufgeregt bei dem Gedanken, wie ihr erster Arbeitstag verlaufen würde, und sie hatte schlecht geträumt. Als sie gegen zwei Uhr wach wurde, konnte sie anfangs ihre neue Umgebung nicht einordnen, sodass sie für den Rest der Nacht lieber das Licht im Flur brennen ließ.

2.8.1976

Am nächsten Morgen ging ihr Vater mit ihr auf die Station, um sie dort vorzustellen. Im Schwesternzimmer hatte sie zuerst Kontakt mit der recht resoluten Stationsschwester Isabell, die Kathy kritisch durch ihre Brillengläser musterte und ausgesprochen reserviert reagierte. Die anderen Krankenschwestern und Pfleger begrüßten Kathy zwar höflich, trugen aber ansonsten durch ihr Verhalten nicht dazu bei, ihr den Eindruck zu vermitteln, als freue man sich über die neue Mitarbeiterin. Lediglich ihr Kollege Dr. Philippo versuchte durch seine humorvolle Art die Vorstellungssituation etwas aufzulockern. Nachdem ihr Vater die Station verlassen hatte, zeigte ihr Dr. Philippo die übrigen Räumlichkeiten der Station und besprach mit ihr, welche Arbeitsbereiche vor ihr übernommen werden sollten. Sie einigten sich darauf, dass sie anfangs auch die leichten chirurgischen Eingriffe nur im Team mit einem anderen Arzt durchführen würde, weil sie erst über relativ wenig Operationserfahrung verfügte.

Kathy hatte anfangs noch große Schwierigkeiten, sich die Namen der Kollegen zu merken, das Arbeitsmaterial zu finden und sich in die Krankenakten ihrer Patienten einzuarbeiten, und war deshalb erleichtert, als sie ihren ersten Arbeitstag ohne größere Zwischenfälle hinter sich gebracht hatte. Kurz vor Dienstschluss wollte sie noch einmal nach einer Patientin sehen, bei der sich eine Thrombose im Bein gebildet hatte. Als sie ins Stationszimmer zurückkam, war Dr. Terno schon eingetroffen, um die Station zu übernehmen. Dr. Philippo ging mit ihm gerade die Eintragungen im Stationsbuch durch. Kathy wurde von Dr. Philippo mit den scherzhaft gemeinten Worten vorgestellt, dass dies das »Cheftöchterlein« sei, das sich bei ihnen zur »Buschärztin« ausbilden lassen wolle. Dr. Terno begrüßte sie recht kühl und hatte dabei einen Gesichtsausdruck, als würde er genau das von ihr denken, was sein Kollege aus Spaß gerade gesagt hatte.

Kathy selbst hatte nicht viel zur Stationsübergabe beizutragen und verabschiedete sich deshalb schon bald von ihren Kollegen. Als sie zuhause ankam, fragte Elena sie gleich, wie ihr erster Arbeitstag verlaufen sei. Kathy fasste kurz ihre Eindrücke zusammen und sagte zum Abschluss fast beiläufig, dass Dr. Terno nicht gerade begeistert gewirkt habe, als sie ihm vorgestellt worden sei. Elena fragte sie, was sie denn erwartet habe. Für manchen aus dem Krankenhaus sei sie nun einmal das »Cheftöchterlein«, das aus ihnen völlig unverständlichen Gründen England verlassen hat, um in einem südamerikanischen Land als Ärztin zu arbeiten. Sie hielt einen Moment inne und fuhr dann fort, dass Kathy damit rechnen müsse, dass in der nächsten Zeit die wildesten Gerüchte über sie verbreitet würden, weil sich jeder seine eigenen Gedanken darüber mache, warum sie nach Paraguay gekommen sei. Kathy hatte dies zwar schon befürchtet, aber trotzdem gehofft, dass ihr diese Art Interesse, das ihr offensichtlich einige Mitmenschen entgegenbrachten, erspart bleiben würde.

3.8.1976

Ihr nächster Arbeitstag war Operationstag und am Nachmittag fand die vierzehntägige Dienstbesprechung im großen Kollegenkreis statt. Die Operationen waren recht unkompliziert, sodass Kathy Gelegenheit hatte, einige Arbeiten selbstständig durchzuführen. Sie hatte den Eindruck, dass ihr Dr. Philippo relativ wenig Schonzeit einräumen wollte und sehr darauf bedacht war, sie so schnell wie möglich zu einer stationstauglichen Ärztin heranreifen zu lassen. Wohl um dies zu beschleunigen, sollte sie im ersten halben Jahr ausschließlich im operationsintensiven Frühdienst arbeiten. Später, während der Dienstbesprechung, wurde Kathy den übrigen Kollegen vorgestellt. Sie konnte hierbei die Beobachtung machen, dass die Kollegen, die sie von ihren früheren Besuchen her bereits kannte, es scheinbar eher akzeptierten, dass sie nun hier arbeiten würde, als die ihr völlig unbekannten. Sie schloss daraus, dass bei einigen von ihnen wohl auch die Angst im Vordergrund stand, dass sie als Cheftochter Strukturen verändern könnte, weil man annahm, dass sie in gewissem Maße auch Einfluss auf ihren Vater habe.

Dr. Terno hatte sie während der Dienstbesprechung manchmal gemustert, schien aber ansonsten wenig Interesse an ihrer Person zu haben. Nach der Besprechung sprach er sie kurz an, um mit ihr die am nächsten Tag geplanten Operationen abzustimmen. Da er nachmittags in die Armenviertel fuhr, arbeitete er mittwochs immer im Frühdienst. Kathy hatte die Zusammenarbeit mit Dr. Philippo gut gefallen und sie glaubte auch, in den zwei Tagen viel von ihm gelernt zu haben; trotzdem fühlte sie sich unsicher bei dem Gedanken, nun mit Dr. Terno zusammenarbeiten zu müssen.

4.8.1976

Als sie am nächsten Morgen auf die Station kam, besprach sich Dr. Terno gerade mit Schwester Isabell. Kathy stellte sich zu ihnen und wartete geduldig ab, welche Arbeiten er ihr zuweisen würde. Nachdem er das Gespräch mit der Stationsschwester beendet hatte, fragte er Kathy kühl, welche Operationen sie übernehmen könne. Kathy war durch sein abweisendes Verhalten verunsichert, sodass ihr Selbstvertrauen gerade für eine simple Blindarmoperation reichte. Sie hatte den Eindruck, dass er ihre Verunsicherung zwar spürte, ihr aber keineswegs helfen wollte. Unbeeindruckt legte er fest, dass sie mit der Blindarmoperation beginnen und ihm danach bei einer Blasenstein- und einer Magenoperation assistieren solle.

Im Operationsraum fragte Dr. Terno sie, ob sie noch Fragen zum Ablauf habe. Sie schüttelte den Kopf und sah auf den Patienten, der bereits narkotisiert vor ihr auf dem Tisch lag, und dann wieder zu ihrem Kollegen, der sie beobachtete. Als sie merkte, wie ihr vor Anspannung der Schweiß auf die Stirn trat und ihre Finger feucht wurden, sagte sie kaum hörbar: »Es geht nicht.« Dr. Terno begann wortlos mit der Operation. Als die Wunde vernäht werden konnte, forderte er sie auf, dies zu übernehmen, was Kathy dann auch tat. Die nächste Operation war schon vorbereitet. Dieses Mal versuchte Dr. Terno Kathy stärker miteinzubeziehen und gab ihr knappe Anweisungen, was sie tun müsse. Obwohl sich bei ihr langsam das Gefühl der Unsicherheit legte, fühlte sie sich blamiert und glaubte auch, dass ihr Kollege dies durch seine betont kühle Art bewusst provoziert hatte.

Am Nachmittag sprach sie mit Elena über diese schwierige Zusammenarbeit. Elena, die Dr. Terno schon viele Jahre kannte und ihn sehr schätzte, hatte bislang schon häufiger die Beobachtung gemacht, dass er seine Mitmenschen auf Distanz hielt, war sich aber sicher, dass es nicht seine Absicht war, hierdurch jemanden zu demütigen.

9.–12.8.1976

In der nächsten Woche hatte Kathy wieder Frühdienst, dieses Mal gemeinsam mit Dr. Terno. Sie hatte sich vorgenommen, ihm gegenüber selbstbewusster aufzutreten. Sie führte deshalb bis auf die Operationen die Behandlung ihrer Patienten völlig selbstständig durch und verhielt sich auch dem Stationspersonal gegenüber selbstbewusster als sonst, was wiederum von Schwester Isabell mit sichtbarem Missfallen registriert wurde.

Seit Anfang der Woche war auch Schwester Monica wieder aus dem Urlaub zurück, mit der Kathy von Anfang an Probleme hatte, weil diese sich ihr gegenüber spürbar aufsässig benahm.

Dr. Terno schien bemerkt zu haben, dass Kathy versuchte, ihm aus dem Weg zu gehen, ließ sie aber gewähren. Bei der Absprache, wer welche Operationen durchführen solle, legte Kathy Wert darauf, dass sie für Operationen eingeteilt wurde, die sie sich zutraute. Auch dies wurde von ihm akzeptiert. Eine Ausnahme bildete lediglich die letzte Operation am Donnerstag, die komplizierter war und bei der er sie bat, ihn zu unterstützen. Die Bauchoperation war sehr schwierig und Dr. Terno machte auch gar nicht erst den Versuch, Kathy Dinge zu erklären oder sie anzulernen. Sie hatte ausschließlich die Aufgabe, ihm zu assistieren.

Als die Operation schon nahezu abgeschlossen war, passierte es beim Vernähen der Operationswunde immer wieder, dass es bei dem schon älteren Patienten, der bereits mehrfache Bauchoperationen mit deutlichen Vernarbungen hinter sich hatte, zu Gewebseinrissen kam, was ein Verschließen der Wunde erheblich erschwerte. Dr. Terno, der ansonsten ruhig und sicher operierte, reagierte inzwischen nervös. Gereizt fuhr er die OP-Schwester an, als diese ihm nicht gleich das richtige Instrument reichte, und sagte mit einem kurzen Blick zu Kathy: »Wenn ich hier gleich die Nerven verliere, versuchen Sie wenigstens, das Schlimmste zu verhindern.« Betont ruhig antwortete diese: »Es wird schon klappen«, und wischte ihm den Schweiß ab, der sich gerade von seiner Stirn einen Weg zum Auge bahnte.

Nach mehrfachen Versuchen konnte die Wunde endlich verschlossen werden, doch Dr. Terno war sich keineswegs sicher, ob die Nähte das brüchige Gewebe auch wirklich zusammenhalten würden. Er sah erschöpft aus, als er den Operationsraum verließ, um sich umzuziehen. Kathy, die das Gefühl hatte, er wolle jetzt allein sein, folgte ihm nicht. Sie traf ihn erst einige

Zeit später im Stationszimmer, wo er am Schreibtisch saß und den Operationsbericht schrieb. Als sie den Raum betrat, um die Krankenblätter ihrer Patienten zu holen, sah er von seinen Unterlagen auf und sprach sie an: »Danke, Sie haben mir vorhin sehr geholfen, indem Sie einfach Ruhe bewahrt haben.« Kathy nickte und erwiderte knapp: »Es war schon okay.« Dann griff sie nach den Krankenblättern und verließ das Stationszimmer.

13.8.1976

Es war der 55. Geburtstag ihres Vaters, der in einem größeren Rahmen gefeiert wurde. Geladene Gäste waren neben den Familienangehörigen, Freunden und Bekannten nicht nur die Kollegen aus dem Krankenhaus, sondern auch einige Persönlichkeiten der Stadt. So machte Kathy auf dieser Feier die Bekanntschaft des Polizeikommandanten des Bezirkes, Señor Petro Lopez. Er war ein kleiner, sehr selbstbewusster Mann, der sich seiner Macht, die er auf Menschen ausüben konnte, genau bewusst war. Als ihr Vater sie Lopez vorstellte, hatte Kathy sofort das Gefühl, dass sie dessen Interesse weckte, was sie eher beunruhigte. Seine charmante und gleichzeitig fordernde Art war ihr ausgesprochen unangenehm. Aus den Unterhaltungen mit ihren Eltern hatte sie geschlossen, dass man Lopez möglichst aus dem Weg gehen sollte, und sein Interesse an ihrer Person machte dies nicht gerade einfach.

Kathy gab sich sehr reserviert und versuchte, das Gespräch recht zügig zu einem Abschluss zu bringen, was aber dadurch erschwert wurde, dass Petro Lopez ihr immer neue Fragen stellte, um sie so in eine längere Unterhaltung zu verwickeln. Sie spürte, dass er hierbei sehr geschickt seine Autorität als Polizeikommandant ausspielte, was ihr noch stärker missfiel. Etwas hilflos wanderten ihre Blicke zum Terrassenausgang, den sie schon als Fluchtweg anvisiert hatte. Sie entdeckte auf der Terrasse Dr. Terno, der sich dort mit einem Kollegen von der Kinderstation unterhielt und öfter zu ihr herübersah. Als sich ihre Blicke trafen, hatte Kathy den Eindruck, er würde ihren gequälten Gesichtsausdruck wahrnehmen. Er wirkte etwas besorgt, als er ihr mit einer leichten Handbewegung andeutete, sie solle doch zu ihm kommen.

Kathy beendete das Gespräch mit Lopez abrupt, indem sie sehr bestimmt sagte: »Entschuldigen Sie bitte, aber ich habe noch dringend etwas mit meinen Kollegen zu besprechen. Ich wünsche Ihnen noch einen schönen Abend.« Lopez war diesmal viel zu überrascht, um sie am Weggehen zu hindern, und sah ihr wortlos nach, als sie zur Terrassentür ging. Erleichtert betrat Kathy die Terrasse und stellte sich zu Dr. Terno und dem Kinderarzt Dr. Sharre. Sie unterhielten sich noch einige Zeit über eine Fachtagung, die nächste Woche an der Universität stattfinden sollte, bis die geladene Musikgruppe zu spielen begann und eine Unterhaltung hierdurch erschwert wurde.

Als sich die ersten Paare auf der Tanzfläche einfanden, fragte Dr. Terno: »Haben Sie Lust zu tanzen?« Kathy sah das aufmunternde Nicken von Dr. Sharre und ging dann etwas zaghaft mit ihrem Kollegen auf die Tanzfläche. Bislang hatte sie immer geglaubt, eine recht gute Tänzerin zu sein, was nach europäischen Maßstäben sicherlich auch der Fall war. Die Wendigkeit und das Temperament der Südamerikaner blieben jedoch nicht ohne Einfluss auf ihr Selbstbewusstsein. Die ersten Tanzschritte verliefen ausgesprochen unharmonisch, bis Dr. Terno ihr sagte: »Machen Sie einfach nur das, was ich vorgebe«, und dann mit einem provozierenden Lächeln betonte: »Und ich führe hier.«

Einige Gäste schauten den beiden amüsiert zu. Als Kathy sich etwas sicherer fühlte und sich nicht mehr jeden Schritt überlegen musste, fragte sie ihren Tanzpartner, was Lopez für ein Mensch sei. »Er ist ein Frauenheld, der fast immer auch bekommt, was er will. Sie sollten sich zu schade dafür sein, ein neues Exemplar in seiner Sammlung zu werden«, war seine eher harsche Antwort. Sein Gesicht wirkte bei diesen Worten angespannt. Kathy wollte keinen Zweifel an ihrer Person aufkommen lassen und antwortete: »Ich habe nicht vor, etwas mit ihm anzufangen. Er ist nicht mein Typ und außerdem ein Polizist.« Dr. Terno sah sie erstaunt an. »Haben Sie etwas gegen Polizisten?«, fragte er leicht spöttisch. »Gegen diese Art von Polizisten schon. Was haben Sie für Erfahrungen mit ihm gemacht?«, wollte Kathy wissen. Sein Gesichtsausdruck wurde plötzlich sehr abweisend. »Wir sollten jetzt nicht darüber reden. Einige Dinge, die wichtig sein könnten, werden Ihnen mit Sicherheit auch Ihre Eltern erzählen«, war seine ausweichende Antwort. Um dieses Gespräch nicht fortführen zu müssen, schlug er vor, wieder zu den anderen zu gehen. Er begleitete sie noch zu Dr. Philippo und dessen Ehefrau und verschwand dann im Gewühl der übrigen Gäste. Kathy hatte an diesem Abend keine Gelegenheit mehr, mit Dr. Terno zu sprechen. Sie sah ihn zwar noch einige Male, als er zum Büffet ging oder sich mit anderen Kollegen unterhielt, hatte aber immer den Eindruck, als würde er nicht gerade ihre Nähe suchen, auch wenn er sich offenbar schon dafür interessierte, wo sie sich gerade aufhielt, und öfter zu ihr herübersah.

Lopez konnte sie dadurch aus dem Weg gehen, dass sie sich immer im Kreise von ihr gut bekannten Gästen aufhielt. Sie fühlte sich aber dennoch von ihm beobachtet. Kurz vor Mitternacht ging sie nach oben in ihre Wohnung, weil sie für den nächsten Tag zum Wochenenddienst eingeteilt worden war und dafür wenigstens halbwegs ausgeschlafen sein wollte.

14.–15.8.1976

An den Wochenenden waren für das ganze Krankenhaus lediglich zwei Ärzte zuständig, eine Verstärkung erfolgte nur bei

Bedarf. Kathy hatte zusammen mit Dr. Sharre Dienst, den sie schon von früher her kannte und der ihr sehr sympathisch war. Wenn es gerade nichts zu tun gab, unterhielten sie sich über England, das er von Auslandsaufenthalten kannte. Auf Kathys Station war an diesem Wochenende Monica eingeteilt. Kathy hatte sich am Anfang ihrer Zusammenarbeit noch Mühe gegeben, mit ihr auszukommen, war aber inzwischen in einem Stadium, wo sie sich nicht mehr um ein einvernehmliches Miteinander bemühte. Sie wusste genau, dass es da etwas gab, was Monica ihr gegenüber so feindselig stimmte, konnte sich aber nicht denken, was es war. Da Kathy überzeugt war, dass sie durch ihr Verhalten keinen Anlass für diese Ablehnung gegeben hatte, versuchte sie den Kontakt nur auf das Nötigste und auf Dienstliches zu beschränken. Sie hatte sich nach der anfänglichen Aufsässigkeit von Monica angewöhnt, ihr klar und bestimmt Anweisungen zu geben, vermied es aber, die Chefin zu spielen.

Für die Nachtschicht war Dr. Terno eingeteilt. Als Kathy zur Übergabe auf die chirurgische Station kam, hörte sie, dass es zwischen ihm und Monica ein heftiges Wortgefecht gab. Monica fragte ihn erregt: »Willst du jetzt etwas mit der neuen Ärztin anfangen, mit der du gestern wie ein verliebter Gigolo getanzt hast?« – »Ich glaube nicht, dass ich dir für mein Leben Rechenschaft ablegen muss«, erwiderte Dr. Terno scharf. Kathy wollte nicht lauschen. Obwohl ihr der Inhalt dieser Auseinandersetzung unangenehm war, hielt sie es für besser, das Stationszimmer, wie von ihr zuvor beabsichtigt, zu betreten. Scheinbar ahnungslos grüßte sie und fragte Dr. Terno, ob sie die Stationsübergabe besprechen könnten. Monica verließ wütend und mit errötetem Gesicht den Raum. Kathy konnte an seinem Gesichtsausdruck erkennen, dass er ahnte, dass sie die letzten Worte des Gespräches durch die nur angelehnte Tür mitbekommen hatte. Sie versuchte die peinliche Situation zu übergehen, indem sie mit ihm gleich die Situation im Krankenhaus besprach. Da ihr Kollege ausgesprochen wortkarg wirkte, hielt sich Kathy nach dem Übergabegespräch nicht weiter bei ihm auf und verabschiedete sich mit den Worten: »Ich wünsche Ihnen eine ruhige Nacht. Bis morgen.«

Als sie wieder zuhause war, unterhielt sie sich mit ihren Eltern noch über die Geburtstagsfeier. Sie erfuhr, dass nach ihrem Weggehen Dr. Terno von Lopez provoziert worden war, indem dieser ihn im angetrunkenen Zustand lautstark gefragt hatte, ob er jetzt schon mit dem Cheftöchterchen flirten müsse, um seinen Hals zu retten. Dr. Terno habe dann, ohne ihm diese Frage zu beantworten, sofort die Geburtstagsfeier verlassen. Kathy erzählte, dass sie sich von Lopez gestern sehr bedrängt gefühlt habe, und auch, wie Dr. Terno auf ihre Fragen beim Tanzen reagierte. Ihr Vater wirkte aufgrund ihrer Erzählungen besorgt und warnte sie: »Sei bitte vorsichtig. Wir wissen alle, was wir von Lopez zu halten haben. Er ist ein unverschämter Weiberheld und ein mieser Polizist, vor dem man sich in Acht nehmen sollte. Du wirst mit Sicherheit auch noch Probleme damit haben, seine Annäherungsversuche abzuwehren, da er sich ja offensichtlich sehr für dich interessiert. – Und pass bitte auf, dass du nicht in die Schusslinie von Lopez und Dr. Terno gerätst. Ich habe den Eindruck, dass da Dinge ablaufen, aus denen wir uns lieber heraushalten sollten.«

Kathy war verunsichert: »Ich dachte, Elena und du, ihr wollt Dr. Terno helfen.« – »Kathy, wir können ihm am besten dadurch helfen, dass wir Lopez gegenüber den Eindruck erwecken, dass wir nur rein berufliche Kontakte zu Dr. Terno unterhalten und diese in keiner Weise zu beanstanden sind. Sollte Lopez jedoch glauben, dass wir für Dr. Terno aus irgendwelchen Gründen Partei ergreifen, wird er misstrauisch werden und wir können den ganzen Laden hier dichtmachen.« Während ihr Vater dies sagte, schaute Kathy kurz zu Elena hinüber.

Auch sie wirkte besorgt. Kathy schwieg einen Moment, bevor sie fragte: »Hat Dr. Terno eine Affäre mit Schwester Monica?«

Diesmal war es Elena, die ihr die Frage beantwortete: »Ja, da ist vor ein paar Monaten einmal etwas zwischen den beiden gelaufen.« – »Gab es deswegen nie Probleme auf der Station?«, wollte Kathy wissen. Ihr Vater antwortete: »Als mir die Sache zu Ohren kam, habe ich Dr. Terno darauf angesprochen und ihm gesagt, dass ich eine Versetzung von ihm oder Schwester Monica vornehmen würde, wenn die Arbeit in irgendeiner Form darunter leiden sollte, und ich auch von ihm erwarten würde, dass er mich informiert, sobald Probleme auftreten. Weder er noch Dr. Philippo oder gar Schwester Isabell haben mich auf Schwierigkeiten angesprochen. Ich gehe daher davon aus, dass es solche auch nicht gegeben hat oder derzeit gibt.« Elena hatte Kathy aufmerksam beobachtet und fragte amüsiert: »Kathy, warum interessierst du dich so dafür? Hast du dich etwa in den jungen attraktiven Arzt verliebt?«

Kathy hatte solche Gedanken bislang verdrängt, weil sie sich noch nicht wieder in der Lage fühlte, sich auf einen neuen Partner einzustellen, und musste einen Moment nachdenken, bevor sie ehrlich antwortete: »Ich glaube, ich mag ihn, obwohl es viele Dinge gibt, die ich an ihm nicht verstehe. Er ist irgendwie ehrlich, aber gleichzeitig auch verschlossen. – Ich hoffe, dass ich mich nicht noch in ihn verlieben werde. Ich glaube, dann wird mein Leben ziemlich kompliziert.« Fast erleichtert pflichtete ihr der Vater bei: »Ihr wart zwar beim Tanzen ein tolles Paar, aber ich fürchte, du hast recht. Versuche dich lieber nicht in ihn zu verlieben, wenn man das überhaupt ernsthaft beeinflussen kann.« Dr. Barkley hatte es schon immer vermieden, mit Druck Einfluss auf seine Tochter auszuüben, wofür ihm Kathy sehr dankbar war. Er sagte ihr aber dafür immer deutlich seine Meinung und hielt auch mit seinen Ängsten nicht hinter dem Berg, was für Kathy bislang immer eine gute Orientierung war.

Am Sonntag hatte Kathy bis Mittag mit Dr. Terno Dienst. In der letzten Nacht hatte gegen drei Uhr eine Schwangere aufgenommen werden müssen, die an einer Wehenschwäche litt. Trotz des Wehenmittels, das ihr verabreicht worden war, ging die Geburt nur äußerst schleppend voran. Da die Patientin auf Kathy einen sehr verstörten Eindruck machte, schlug sie vor, diese weiter zu betreuen. Dr. Terno zögerte einen kurzen Moment und stimmte schließlich unter der Bedingung zu, dass sie ihn umgehend rufen lassen würde, wenn sich der Zustand der Patientin veränderte.

Kathy setzte sich zu der jungen Frau ans Bett und erfuhr von ihr, dass dies ihre erste Schwangerschaft sei und sie große Angst vor der Entbindung habe. Um sie zu beruhigen, erzählte ihr Kathy, dass ihre Großmutter eine sehr erfolgreiche Hebamme in England gewesen sei und was sie von ihr gelernt habe. Die junge Frau, die Vertrauen schöpfte, war schließlich bereit, von Kathy und ihrem Ehemann gestützt so lange auf dem Stationsflur auf und ab zu gehen, bis die Wehen zu heftig würden. Um die letzten Vorbereitungen für die Geburt zu treffen, ließ Kathy Dr. Terno rufen.

Dieser wirkte erleichtert, dass die Entbindung nun unmittelbar bevorstand, war aber auch irritiert, als ihm Kathy berichtete, dass sie nahezu eine Stunde mit der Patientin über den Flur gewandert sei und diese nun vor dem Bett kniend entbinden lassen wollte, um ihr hierdurch die Geburt zu erleichtern. »Ich dachte immer, die Engländer sind im Kinderkriegen so fortschrittlich. Was Sie vorhaben, ist doch wohl eher die Gebärhaltung von Naturvölkern«, war sein Kommentar zu ihrem Vorhaben, worauf Kathy nur schnippisch antwortete: »Meine Großmutter war in England eine sehr angesehene Hebamme. Sie hat immer die Ansicht vertreten, dass sich der Ablauf einer Geburt allein an Mutter und Kind orientieren solle und nicht daran, welche Behandlungsposition für die Ärzte die bequemste ist.«

Als eine Stunde später alles überstanden war und Mutter und Kind zwar erschöpft, aber ansonsten wohlauf im Bett lagen, war Kathy ausgesprochen zufrieden mit sich und ihrer Arbeit. Dr. Terno hatte sie die ganze Zeit gewähren lassen und ihr assistiert, wo es erforderlich war, ohne weitere belustigende Bemerkungen zu machen. Lediglich als ihr, während sie das Kind auf die Welt holte, der Rock hochrutschte und sie sehr viel Bein zeigte, bemerkte er fast beiläufig: »Ihr Rocksaum macht sich gerade selbstständig.« Kathy, die mit beiden Händen gerade den Säugling umfasste, erwiderte etwas hilflos: »Auf so etwas war ich heute früh beim Anziehen nicht vorbereitet.«

Gegen Mittag wurde Dr. Terno von Kathys Vater abgelöst. Bevor er das Krankenhaus verließ, kam er noch einmal zu Kathy und sagte: »Am Anfang hatte ich ja ein wenig Angst, dass bei der Entbindung etwas schiefgehen könnte, aber dann hatte ich den Eindruck, dass Sie genau wussten, was Sie taten.« Mit einem Grinsen fügte er noch hinzu: »Auf jeden Fall habe ich heute einiges von Ihnen gelernt und auch gesehen.« Kathy, für die Entbindungen schon immer der schönste Teil ihres Arztberufes waren und auch der emotionalste, erwiderte mit einer glücklichen Gelassenheit: »Ich möchte mich heute bei Ihnen bedanken, dass Sie mich bei dieser Behandlung der besonderen Art so tatkräftig unterstützt haben.«

Am Nachmittag hatte Kathy Gelegenheit, mit ihrem Vater über die Geburt zu reden. Sie sagte auch, dass sie sich wünsche, stärker als bislang Schwangere betreuen zu können und Entbindungen durchzuführen. Dr. Barkley machte ihr den Vorschlag, sich einmal mit Elena und der Hebamme aus der Entbindungsstation zusammenzusetzen. Ihm schwebte ein Beratungsprojekt vor, in dem Frauen über Verhütungsmethoden aufgeklärt werden und wo auch Schwangerschaftsbetreuung stattfinden könnte. Von Elena und Dr. Terno habe er erfahren, dass gerade in den Armenvierteln eine völlig unzureichende

Geburtenkontrolle stattfinde und dass so das Elend dieser Menschen noch verschlimmert werde. Kathy, die seine Idee ausgesprochen interessant fand, wollte Elena sofort darauf ansprechen.

16.–22.8.1976

Am Montag nahm Kathy, nachdem sie zuvor mit Elena gesprochen hatte, mit der Hebamme Felicitas Lemas Kontakt auf, um mit ihr über ihre Projektpläne zu sprechen. Felicitas war eine kleine, resolute Person, die sehr viel Berufserfahrung hatte und genau wusste, wovon sie sprach. Sie war von Kathys Vorstellungen recht angetan und konnte sich auch vorstellen, dieses Projekt in der Beratungsstelle durchzuführen, in der sie ehrenamtlich tätig war. Sie hatte früher selbst einmal ähnliche Pläne gehabt, konnte dann jedoch keine Ärztin finden, die dieses Projekt unterstützen wollte. Für Felicitas war es einfach wichtig, dass ein Projekt für Frauen auch von Frauen gemacht wurde, weil dann die Akzeptanz am größten wäre. Am Abend besprach Kathy mit ihren Eltern, welche Mittel ihr für das Projekt vom Krankenhaus zur Verfügung gestellt werden würden und in welchem Umfang dies überhaupt möglich sei.

Während der großen Dienstbesprechung am nächsten Tag erwähnte Dr. Barley das Vorhaben seiner Tochter kurz unter »Verschiedenes«. Kathy, die Dr. Terno schräg gegenüber saß, konnte beobachten, wie dieser diese Nachricht nahezu ungläubig zur Kenntnis nahm. Als er zu ihr hinübersah, um sich zu vergewissern, ob er gerade richtig gehört habe, spürte Kathy, dass ihre Pläne nicht gerade seine Zustimmung fanden. Erst am Mittwoch, während des gemeinsamen Dienstes, fand sie Gelegenheit, mit ihm über ihr Projekt zu sprechen. Er begründete seine Ablehnung damit, dass sie zu milieuunerfahren sei, um die Strukturen der Randgruppen dieser Stadt begreifen zu können. Um sie zu überzeugen, formulierte er seine Bedenken noch etwas schärfer: »Wäre ich eine betroffene Frau, würde ich es einfach als Zumutung empfinden, wenn mir eine Ausländerin aus gutem Hause beibringen wollte, wie ich mein Liebesleben im Armenviertel gestalten soll. – Kathy, glauben Sie bloß nicht, dass eine geglückte Geburt aus Ihnen eine perfekte und von allen anerkannte Frauenärztin macht.« Kathy wollte sich trotz seiner harten Worte nicht entmutigen lassen und machte deshalb den Vorschlag, dass er sie mittwochs doch öfter einmal mit in die Armenviertel nehmen sollte, damit sie sich über die Situation dort einen Eindruck verschaffen könnte. Barsch erwiderte er auf ihren Vorschlag: »Die Menschen dort sind keine Tiere im Zoo, die man betrachten und studieren kann. Außerdem habe ich, wenn ich dort bin, auch gar keine Zeit, mich auch noch um Sie zu kümmern.« Sichtbar wütend verließ er das Stationszimmer.

Kathy gab es auf, noch weitere Gespräche mit ihm über dieses Thema zu führen, zumal sein unterkühltes Verhalten ihr gegenüber während des gemeinsamen Dienstes zeigte, dass dies wenig Sinn haben würde. Trotzdem arbeitete sie am Nachmittag unbeirrt gemeinsam mit Elena und Felicitas an den Vorbereitungen für ihr gemeinsames Frauenprojekt. Diese Zusammenarbeit machte allen drei Frauen sehr viel Spaß und ihr Vorhaben nahm langsam Konturen an.

Am Donnerstag bekam Kathy einen Blumenstrauß auf die Station geschickt, an dem sich eine Einladung zum Theaterbesuch befand. Es war von Lopez. Kathy hatte nicht vor, diese Einladung anzunehmen, und rief kurz bei Lopez in dessen Dienststelle an. Sie teilte ihm mit, dass sie sich für die Blumen bedanken wolle, aber die Einladung nicht annehmen könne, da sie viel zu beschäftigt sei und deshalb keine Zeit habe. Als er noch wegen eines anderen Termins verhandeln wollte, unterbrach sie das Gespräch, indem sie ihm sagte, dass sie sich jetzt dringend wieder um ihre Patienten kümmern müsse. Die

Blumen wollte sie nicht mit nach Hause nehmen und ließ sie deshalb im Stationszimmer stehen. Dr. Terno, der diese bei Stationsübergabe auf dem Tisch stehen sah, fragte neugierig, ob jemand Geburtstag habe. Kathy antwortete knapp: »Nein, die sind von Lopez.«

Dr. Ternos Gesichtsausdruck wirkte wie versteinert. »Und warum stellen Sie die Blumen dann hierher?« – »Weil ich von ihm keine Blumen zuhause stehen haben möchte und sie zum Wegwerfen einfach zu schade sind. Ist es Ihnen lieber, wenn ich sie ins Schwesternzimmer stelle?« Mit den harschen Worten, dass es ihm egal sei, was sie mit den Blumen ihrer Verehrer mache, verließ er den Raum.

23.–29.8.1976

In den ersten drei Tagen dieser Woche verlief Kathys Dienst mit Dr. Terno reibungslos, aber auch völlig unpersönlich. Jeder ging seiner Arbeit nach und die gemeinsamen Operationen verliefen recht routiniert; sie waren inzwischen ein eingespieltes Team. Am Donnerstagvormittag explodierte in einer Fabrik am Stadtrand ein Kessel, wodurch es zahlreiche Verletzte gab, die auf die Krankenhäuser der Gegend verteilt wurden. Kathy besprach mit Dr. Terno gerade die geplanten Operationen für den kommenden Freitag, als die ersten Schwerverletzten eingeliefert wurden. Als Dr. Terno vom Ausmaß des Unglücks erfuhr, informierte er sofort Dr. Barkley, der umgehend eine Personalverstärkung in der Unfallchirurgie anordnete.

Kathy konnte von den Sanitätern, die die Verletzten einlieferten, in Erfahrung bringen, dass durch die Explosion einige Gebäude der Fabrik Feuer gefangen hatten, wodurch viele der Menschen Brandwunden erlitten. Obwohl jeder verfügbare Mitarbeiter von Dr. Barkley für die Notaufnahmen eingesetzt wurde, herrschte in Kürze der absolute Ausnahmezustand. Bis dahin hatte Kathy noch nie Prioritäten setzen müssen, welcher

Patient zuerst behandelt werden sollte und wer trotz großer Schmerzen noch zu warten hatte. Sie hatte gerade einen Verletzten notdürftig verbunden und richtete sich auf, um zu sehen, welcher Patient als Nächster an der Reihe sei, als sie von Dr. Terno angesprochen wurde, ob sie ihm bei einer schwierigen Beinoperation assistieren könne. Kathy nickte. Auch er sah schon ziemlich abgekämpft aus. Gemeinsam bereiteten sie die Notoperation vor. Als sie den Schwerverletzten auf den Operationstisch hoben, sah Kathy seine klaffende Beinwunde. Der junge Mann stand unter Schock, war jedoch ansprechbar. Noch bevor ihm Dr. Terno die Narkose injizieren konnte, klammerte er sich an dessen Ärmel fest und wollte von ihm das Versprechen haben, dass er alles unternehmen werde, um sein Bein zu retten. Dr. Terno versprach es ihm.

Die Operation war äußerst schwierig und die Chancen, dass das Bein wieder funktionstüchtig werden würde, waren gering. Trotzdem bemühten sie sich, eine Amputation zu verhindern. Kathy war überzeugt, dass sich ein anderer Kollege in dieser Situation anders entschieden hätte, und sie war froh darüber, dass sie hier assistieren konnte. Nach der Operation war Dr. Terno mit seiner geleisteten Arbeit unzufrieden, weil er sich von diesem chirurgischen Eingriff mehr erhofft hatte. Sie versuchte, ihm seine Selbstzweifel zu nehmen, indem sie sagte: »Leonardo, Sie haben alles unternommen, um das Bein zu retten. Wenn es jetzt nicht richtig verheilen sollte, müssen Sie sich keine Vorwürfe machen, dass Sie etwas unversucht gelassen haben. Ich finde gut, was Sie getan haben, weil ich an Ihrer Stelle genauso gehandelt hätte.« – »Vielleicht haben Sie recht und wir konnten wirklich nicht mehr für ihn tun. Kathy, ich wollte diese Operation mit Ihnen durchführen, weil ich wusste, dass Sie auch so handeln würden. Ich hatte Angst, dass ich ihn zum Krüppel operieren müsste, und wollte vermeiden, dass ich mich mit einem anderen Kollegen am Operationstisch noch über die Operationsweise auseinandersetzen muss – und ich brauchte hier einfach Ihre Unterstützung.«

Noch bevor sie etwas erwidern konnte, wurde Dr. Terno von einem Kollegen zu einem Patienten gerufen. Als Kathy endlich die Station verlassen konnte, war es schon dunkel. Obwohl sie übermüdet war, schlief sie erst sehr spät ein. Ihr Körper wirkte wie vom Stress vergiftet; sie hatte Kopfschmerzen und die Bilder des Tages wollten ihr einfach nicht aus dem Kopf gehen.

Am nächsten Tag gab es auf der Station wieder sehr viel zu tun, weil die Unfallopfer vom Vortag versorgt werden mussten. Kathy war unausgeschlafen und von der gestrigen Anstrengung noch völlig ausgelaugt. Als sie gerade im Stationszimmer ihre fünfte Tasse Earl Grey trank, um ihren Kreislauf stabil zu halten, fragte Dr. Terno sie, ob sie noch Interesse daran habe, ihn zu begleiten, wenn er in die Armenviertel fahre. Erstaunt fragte sie ihn: »Wie kommt es, dass Sie plötzlich Ihre Meinung geändert haben?« – »Ich habe meine Meinung nicht geändert. Ich weiß aber von Felicitas, dass Sie Ihre Pläne nicht aufgegeben haben. Verstehen Sie es einfach als Dankeschön für Ihre Hilfe gestern während der Operation.« Kathy wollte sich diese Chance auf keinen Fall entgehen lassen und so einigten sie sich darauf, dass sie am nächsten Mittwoch mitfahren würde. Einzige Bedingung war, dass sie sich sehr zurückhalten sollte, weil die Menschen dort auf Fremde oftmals misstrauisch reagierten.

2 Der erste Kontakt zum Untergrund

Kathy verspürte schon den ganzen Vormittag eine leichte Ungeduld. Sie hoffte, dass der Stationsdienst bald beendet sein würde und sie mit Dr. Terno losfahren könne. Sein Verhalten erhöhte diese Spannung noch dadurch, dass er zwischenzeitlich mit keinem Wort mehr erwähnte, dass er die Absicht habe, sie mitzunehmen. Kathy war sich nun nicht mehr so sicher, ob er es tatsächlich noch wolle. Erst nach der Stationsübergabe an Dr. Philippo fragte er sie, ob sie jetzt losfahren könnten.

Auf der Hinfahrt erkundigte er sich zum ersten Mal nach Einzelheiten des Projektes. Über manche Dinge machte er seine Witze, wie man sich über Sexualerziehung eben lustig machen kann. Kathy nahm ihm dies nicht weiter übel. Sie war in einer guten Stimmung und bereit, ihm diese kleinen Gehässigkeiten zu verzeihen.

Sie war noch nie in einem Elendsviertel gewesen und stellte sehr schnell fest, dass ihre Vorstellungen nicht ausgereicht hatten, um sich ein richtiges Bild von dieser Armut, dieser Enge, diesem Dreck und den Kindern mit den viel zu alten Gesichtern zu machen. Wortlos begleitete sie Dr. Terno bei seinen Krankenbesuchen, verfolgt von den misstrauischen Blicken der Bewohner. Sie fühlte sich unwohl, weil sie sah, dass zwischen ihr und diesen Menschen riesige Barrieren waren, die sie nicht zu überwinden wusste. Sie verstand plötzlich, warum Dr. Terno gegen ihr Projekt war, und kam sich furchtbar dilettantisch vor. Zum Glück unterließ er es, ihr noch eine Lektion zu erteilen. Er hatte bemerkt, wie ihr zumute war, und versuchte, sie nach Möglichkeit in die Behandlungen mit einzubinden, sodass sie sich nicht völlig deplatziert vorkommen musste.

Als sie wieder im Auto saßen, fragte Kathy eher kleinlaut: »Ich war ganz schön naiv, nicht wahr?« Er sah sie kurz von der Seite an und antwortete: »Ja, und nicht nur das. Ich finde, dass Sie auch ganz schön bevormundend sind.« Kathy schwieg. Auf der Rückfahrt machte er noch einen Abstecher zum Pfarrer des Bezirkes. Er bat Kathy, im Wagen auf ihn zu warten, weil es nicht lange dauern würde, und verschwand mit seiner Arzttasche und einem Karton im Pfarrhaus. Während Kathy im Wagen saß, überlegte sie, ob man das Projekt anders aufziehen müsste, denn der Bedarf an einer solchen Beratung und Betreuung bestand mit Sicherheit. Sie wusste aber nicht, wie sie bei den Betroffenen erfolgreich für ihr Vorhaben werben könnte. Von Dr. Terno wollte sie keine Hilfe mehr erbitten, weil sie aus seiner Bemerkung geschlossen hatte, dass er nicht verstehen wollte, dass es ihr keineswegs um die Bevormundung dieser Menschen ging, sondern lediglich um freiwillige Hilfsangebote.

Kathy war durch ihre Gedanken zu abgelenkt, um zu bemerken, dass plötzlich ein älterer Mann mit einem Verband am Arm neben dem Wagen stand. Er öffnete die Beifahrertür und bat sie hastig, ihm zu folgen. Als Kathy erstaunt den Grund wissen wollte, antwortete er mit leiser Stimme, dass Dr. Terno nach ihr geschickt habe. Misstrauisch folgte sie dem Mann ins Pfarrhaus. Von dort aus gab es einen Durchgang zur Kirche, in die sie nun geführt wurde. Der Mann ging mit ihr zum Altar. Dort wartete der Pfarrer auf sie. Er schickte den älteren Mann wieder zurück und fasste Kathy am Arm. »Kommen Sie, Leonardo braucht Ihre Hilfe«, sagte er mit gedämpfter Stimme. Kathy war so irritiert, dass sie nicht wusste, ob sie die ganze Situation als bedrohlich empfinden und abwehrend reagieren oder aber seiner Bitte nachkommen sollte.

Als der Pfarrer sie noch einmal aufforderte, entschloss sie sich, ihm in einen kleinen dunklen Raum hinter dem Altar zu folgen, in dessen Fußboden sich eine Luke zum Keller befand. Über eine Leiter gelangten sie in ein feuchtes Kellergewölbe, das nur notdürftig mit Wandfackeln ausgeleuchtet war. Die ersten Eindrücke, die Kathy wahrnahm, waren das leise Stöhnen eines Menschen und der stechende Geruch von Kot und Urin. Im fahlen Licht einer Petroleumlampe konnte sie Dr. Terno erkennen, der sich über einen vor Schmerzen sich krümmenden Patienten beugte, der eine Augenbinde trug. Als Dr. Terno Kathy kommen sah, ging er auf sie zu, zog sie beiseite und sagte eindringlich mit leiser Stimme: »Ich brauche Ihre Hilfe. Bitte stellen Sie jetzt keine Fragen und nennen keine Namen. Sagen Sie am besten kein Wort.« Als er sah, dass Kathy noch zögerte, fügte er rasch hinzu, dass der Verletzte nichts Unrechtes getan habe und dringend ärztlich versorgt werden müsse.

Kathy sah auf den Verletzten, dessen abgemagerter Körper übersät war mit Verletzungen, die zum Teil schon vereitert waren und den intensiven, leicht süßlichen Geruch von fauligem Fleisch ausdünsteten. Kathy musste schlucken. Der zerschundene Körper hatte auf die Keime, die durch die verschmutzten Wunden in ihn eingedrungen waren, bereits mit Fieber reagiert. Am Bein hatte er eine unversorgte Schussverletzung, die stärkere Blutungen verursacht hatte. Die nächsten zwanzig Minuten versuchten Kathy und Dr. Terno hastig unter primitivsten Umständen den Körper des Verletzten von den Eiterherden zu befreien und die Wunden zu versorgen, die aussahen, als seien sie durch Folterungen verursacht worden. Die noch im Bein steckende Kugel konnte nur mit Mühe entfernt werden, weil sich die Wunde schon teilweise geschlossen hatte. Dr. Terno spritzte gegen die drohende Blutvergiftung noch Penizillin und legte eine Nährstoffinfusion an, bevor er rasch seine Sachen zusammenpackte und Kathy durch eine Handbewegung andeutete, dass sie schon nach oben gehen solle.

Als Kathy wieder in der Kirche stand, merkte sie, wie sich

ihr Magen verkrampfte und ihr übel wurde. Da sie sich in dem Gebäude nicht auskannte, rannte sie einfach nach draußen. Sie schaffte es gerade noch bis zu den Stallungen des Pfarrhauses, als sie sich übergeben musste. Dr. Terno, der ihr gefolgt war, kam auf sie zu. Er legte seinen Arm um ihre Schultern, während er sie zum Auto führte. Ohne ein Wort zu wechseln, fuhren sie zurück zum Krankenhaus. Als sie in die Einfahrt zu Kathys Elternhaus einbogen, bat sie Dr. Terno, mit niemandem über die Angelegenheit zu reden, auch nicht mit ihrem Vater. Kathy fragte, noch ziemlich verstört: »War dies der eigentliche Grund, warum Sie mich bislang nicht mitnehmen wollten?« Dr. Terno sah sie an und schwieg.

In ihrer Wohnung angekommen, fühlte sich Kathy beschmutzt vom Eiter, Blut und Dreck. Sie zog ihre Kleidung aus und legte sich in die Badewanne. Dann ließ sie sehr warmes Wasser einlaufen, bis sich ihre Haut rötlich verfärbte. An den Fingern und Füßen zeigten sich schon deutliche Rillen, als sie nach einer halben Stunde aus der Badewanne stieg und sich in ihr Bett verkroch. Gegen Abend kam ihr Vater zu ihr. Kathy war nicht wie üblich zum gemeinsamen Abendessen erschienen und er wollte deshalb nach ihr sehen. Dass er sie im Bett vorfand, beunruhigte ihn, sodass er fragte, was denn passiert sei. Kathy bat ihn nur: »Bitte frag nicht«, und konnte plötzlich ihre Tränen nicht mehr zurückhalten.

Dr. Barkley wusste, dass Kathy am Nachmittag mit Dr. Terno losgefahren war, um sich die Armenviertel anzusehen. Er kannte sie gut genug, um zu wissen, dass sie ziemlich robust war und dass schon viel geschehen sein musste, um sie in solch eine Verfassung zu versetzen. Er nahm sie in den Arm. »Kathy, du musst mich nicht aus Sachen heraushalten, nur weil du Angst hast, ich könnte dann selber Schwierigkeiten bekommen. Mir wäre es sehr viel lieber, wenn wir gemeinsam nach einem Ausweg suchen würden.« Kathy versprach ihm, dass sie ihn einbeziehen werde, wenn sie das Gefühl hätte, dass die ganze Sache für sie gefährlich werden könnte, sie wolle ihn aber auch nicht mit einem Wissen über Dinge belasten, das er besser nicht haben sollte. Ihr Vater ahnte, dass es etwas mit Dr. Ternos Aktivitäten in den Armenvierteln zu tun haben musste, und gab sich vorerst mit ihrem Versprechen zufrieden. Er nahm sich aber vor, morgen mit Dr. Terno zu sprechen.

In der Nacht konnte Kathy kaum schlafen. Ihr war inzwischen bewusst, dass sie etwas getan hatte, was Lopez nicht gutheißen würde. Sie versuchte sich an die Bilder vom Nachmittag zu erinnern und auch daran, ob ihr etwas Ungewöhnliches aufgefallen war. Sie hatte zwar nicht gemerkt, dass ihnen ein Fahrzeug gefolgt war oder sie jemand beobachtet hatte, aber auch das beruhigte sie nicht. Kathy hatte mit all dem nichts zu tun haben wollen und steckte jetzt mittendrin. Sie hatte durch die medizinische Versorgung einem gefolterten und offensichtlich auch verfolgten Menschen Hilfestellung geleistet und damit gegen die Gesetze dieses Landes verstoßen. Sie hatte Angst, dass ihr Handeln Konsequenzen für ihre Familie, Dr. Terno und auch für sie haben könnte, und wusste nicht, wie sie sich verhalten sollte. In ihrer inneren Zerrissenheit hätte sie am liebsten Dr. Terno angerufen, aber sie befürchtete, dass ihr Gespräch abgehört werden könnte, und unterließ es deshalb. Je mehr ihr nach stundenlangem Grübeln klar wurde, wo sie jetzt stand und wie es so weit kommen konnte, desto bereiter wurde sie, ihr Handeln zu verteidigen. Sie wollte Lopez die Stirn bieten, weil er in ihren Augen ein Vertreter von Unterdrückung und Menschenrechtsverletzungen war.

2.9.1976

Vom vielen Nachdenken unausgeschlafen, betrat Kathy am nächsten Tag das Krankenhaus. Dr. Terno, der an diesem Tag seinen Dienst mit Dr. Philippo getauscht hatte, war schon da und gerade damit beschäftigt, die Station vom Nachtdienst zu übernehmen. Kathy tat so, als hätte es das Erlebnis gestern gar nicht gegeben. Sie besprach mit ihm die an diesem Tag geplanten medizinischen Maßnahmen und versuchte, ihm ansonsten aus dem Weg zu gehen. Dr. Terno war zwar durch ihr Verhalten etwas irritiert, machte aber nicht den Versuch, sie hierauf anzusprechen.

Gegen zehn Uhr, es war gerade Visite, wurde ihnen gemeldet, dass Lopez nach ihnen gefragt habe und im Stationszimmer auf sie warte. Kathy vermied es, Dr. Terno anzusehen, und bat die Schwester, Lopez auszurichten, dass sie ihm gleich nach der Visite zur Verfügung stehen würden. Während der fortgesetzten Visite hatte Kathy Probleme, sich auf das zu konzentrieren, was besprochen wurde, weil sie mit ihren Gedanken schon bei dem angekündigten Gespräch mit Lopez war. Als sie dann mit Dr. Terno zum Stationszimmer ging, versuchte sie ein Gespräch über dienstliche Belange zu führen, um nach außen hin unbefangen zu wirken. Lopez schien sichtlich verärgert, dass man ihn hatte warten lassen, und verzichtete deshalb auch auf eine charmante Begrüßung. Er kam direkt zur Sache und legte Kathy und Dr. Terno ein Bild von einem ca. 30 Jahre alten Mann vor. Zuerst fragte er Dr. Terno, ob er den Mann auf dem Foto kenne, was dieser verneinte. Als er Kathy befragte, antwortete diese, dass ihr der Mann noch nicht über den Weg gelaufen sei.

Über ihre Antwort sichtlich amüsiert, antwortete er zynisch, dass dieser Mann wohl auch gar nicht mehr laufen könne. Kathy tat interessiert und fragte: »Wie meinen Sie das?« Lopez klärte sie darüber auf, dass es sich bei dem gesuchten Mann um einen geflüchteten Häftling handele, der auf der Flucht angeschossen worden sei und sich vermutlich in dieser Gegend aufhalte. Nur leider sei es mit dessen Gesundheitszustand nicht mehr zum Besten bestellt. Kathy beeilte sich zu fragen: »Und

Sie glauben nun, dass er sich hier im Krankenhaus befinden könnte?« – »Nein«, antwortete Lopez, »so dumm wird er nicht sein. Ich denke, dass er Unterschlupf in den Armenvierteln gefunden hat. In diesen Kreisen gibt es immer Kontakte zum Untergrund.«

Kathy fühlte sich inzwischen recht sicher, weil sie glaubte, dass er nichts Konkretes wisse. Sie gab sich redselig, um offen und vertrauenserweckend auf ihn zu wirken: »Ich war gestern das erste Mal in den Armensiedlungen, die von Dr. Terno betreut werden, und war unheimlich schockiert über die Lebensverhältnisse dort.« Lopez sah sie forschend an und sagte: »Ich weiß, dass Sie dort waren, aber leider nicht, warum. Ich hätte es aber gerne gewusst.« Kathy zog sich der Magen zusammen. Um ihre innere Erregung zu überspielen, tat sie, als sei ihr die Sache etwas peinlich. Sie erzählte ausführlich von ihrem Projekt und den Schwierigkeiten, die sich ergeben hätten. Sie hatte den Eindruck, dass er ihr glaube, und wurde innerlich wieder etwas ruhiger.

Lopez tat, als wäre sein Wissenshunger befriedigt, und stand auf. Als er zur Tür ging, fragte er fast beiläufig: »Und geht es Ihnen wieder etwas besser?« Kathys Puls beschleunigte sich. Um Zeit zu gewinnen, fragte sie: »Wie meinen Sie das?« Lopez sah sie lauernd an, als er sagte: »Ich war gestern gerade in der Nähe vom Pfarrhaus, als ich gesehen habe, wie Sie sich übergeben mussten.«

Kathy zwang sich, seinen Blick auszuhalten, als sie erwiderte: »Ich habe den Gestank, den Dreck und das Elend dort nicht mehr ausgehalten. Ich hatte den Eindruck, dass alles an mir danach roch. Es ekelte mich an und ich musste mich übergeben. Mir ging es erst besser, als ich zuhause ein Bad genommen hatte.« – »Können Sie mir auch noch eine Erklärung dafür geben, was Sie im Pfarrhaus gemacht haben?«, forschte Lopez weiter. Kathys Herz begann zu rasen. In der Hoffnung, damit durchzukommen, antwortete sie: »Ich habe erst im Auto gewartet, weil ich nicht wusste, ob der Pfarrer für mich Zeit haben würde. Dann bin ich aber hereingebeten und ihm vorgestellt worden.« Lopez schien ihren Argumenten zu folgen. »Sie wollten also den Pfarrer nur kennenlernen?« Kathy antwortete mit fester Stimme: »Ich möchte noch mehr. Ich möchte ihn für mein Projekt gewinnen.«

Lopez' Angriff schien abgewehrt zu sein; zumindest verabschiedete er sich und fragte Kathy beim Weggehen noch, ob sie immer noch so beschäftigt sei und keine Zeit zum Ausgehen habe. Kathy bejahte dies mit dem Hinweis auf ihr Projekt. Als Lopez das Stationszimmer verlassen hatte, nahm Kathy ohne Dr. Terno anzusehen oder etwas zu sagen einige Krankenpapiere von ihrem Schreibtisch und verließ den Raum. Da sich das Verhör von Lopez stärker auf Kathy bezogen hatte, hatte Dr. Terno sich scheinbar unbeteiligt an seinen Schreibtisch gesetzt und an Unterlagen gearbeitet. Auch er hatte es vermieden, sich durch Blickkontakte zu Kathy verdächtig zu machen.

Kathy brauchte einige Zeit, bis sie wieder in der Lage war, sich auf ihre Arbeit zu konzentrieren. Sie ging Dr. Terno weiterhin aus dem Weg. Es war kurz vor Dienstschluss, als sie von ihm unter dem Vorwand, er müsse mit ihr noch die Operationen des nächsten Tages besprechen, ins Stationszimmer gebeten wurde. Als Kathy sich für die Besprechung an ihren Schreibtisch gesetzt hatte und ihn erwartungsvoll ansah, fragte er: »Kathy, was ist los? Wollen wir uns jetzt nur noch aus dem Weg gehen?« Kathy legte ihren Zeigefinger auf ihre Lippen und deutete mit einer Kopfbewegung zur Tür an, dass sie befürchtete, belauscht zu werden. Dann antwortete sie: »Ich hätte Sie gestern Abend am liebsten noch angerufen, um mit Ihnen über mein Projekt zu reden, aber ich wusste nicht, ob Ihnen das recht gewesen wäre.« Sie wartete gespannt seine Reaktion ab. Dr. Terno war sich nicht ganz sicher, ob sie wirklich über das Projekt sprechen oder ihm nur andeuten wollte, dass sie miteinander reden sollten. »Wir müssen uns einmal Zeit nehmen, in Ruhe über alles zu reden«, schlug er deshalb bewusst zweideutig vor. »Das denke ich auch«, pflichtete Kathy ihm bei.

Nachdem er sie sekundenlang etwas unentschlossen angesehen hatte, fragte er sie, ob sie bereit sei, mit ihm zu seiner Familie zu fahren, die er einmal im Monat besuche. Kathy zögerte einen Moment, weil sie sich nicht sicher war, ob sie so viel Privatheit zwischen ihnen zulassen wollte. Er bemerkte ihr Zögern, sagte aber nichts, weil er ihre Entscheidung nicht beeinflussen wollte. Kathys Wunsch, über alles einmal in Ruhe mit ihm reden zu können, war schließlich größer als ihre Bedenken und sie stimmte seinem Vorschlag zu.

Nach der Übergabe an Dr. Philippo verließen sie gemeinsam die Station. Im Treppenhaus teilte Kathy ihm mit, dass sie noch kurz bei ihrem Vater vorbeigehen wolle, um ihm von dem Gespräch mit Lopez zu berichten. Dr. Terno sah sie erstaunt an, worauf sie sagte: »Ich halte es für besser, wenn er es von uns erfährt anstatt von Lopez.« Nach kurzem Zögern gab er ihr recht und fragte, ob er mitkommen solle. Kathy war damit einverstanden, weil sie insgeheim schon der Auffassung war, dass er nicht so ganz unschuldig war an dem ganzen Problem, welches sie nun hatten.

Dr. Barkley hatte gerade seinen Dienst begonnen, als sich die beiden zu einem Gespräch in seinem Dienstzimmer anmeldeten. Er bat sie herein und fragte nicht ganz ahnungslos nach dem Grund ihres Besuches. Kathy schilderte ihm das Gespräch mit Lopez. Am Gesichtsausdruck ihres Vaters konnte sie ablesen, dass er sehr besorgt war und vermutete, dass seine Tochter und Dr. Terno mehr wussten als das, was sie Lopez gegenüber offenbart hatten. Um sich weiter an das Problem heranzutasten, fragte er Dr. Terno: »Haben Sie gestern wieder das Pfarrhaus mit Medikamenten beliefert?«, worauf Dr. Terno nickte. Als Kathy erstaunt nachfragte, wofür diese Lieferungen seien, erfuhr sie, dass ein älterer Gemeindehelfer mit Namen Angelo, der früher als Krankenpfleger gearbeitet hatte, nun eine Art Notversorgung in den Armenvierteln der Gemeinde vornehme, weil Dr. Terno nur mittwochs hinausfahren könne. Die Medikamente hierfür wurden vom Krankenhaus gestellt. Kathy vermutete, dass es sich bei dem Gemeindehelfer um den älteren Mann gehandelt hat, von dem sie gestern ins Haus gebeten worden war, was Dr. Terno bestätigte. Zum Abschluss dieser Unterredung warnte Dr. Barkley noch einmal eindringlich davor, sich mit Lopez anzulegen, und nahm Dr. Terno das Versprechen ab, seine Tochter nicht in Gefahr zu bringen.

Erst am Abend erzählte Kathy ihrem Vater, dass sie am Wochenende mit zu Dr. Ternos Familie fahren wolle. Nahezu fassungslos fragte er sie: »Was versprichst du dir davon?« Kathy hatte nicht mit seiner Begeisterung gerechnet und antwortete betont ruhig: »Ich möchte einfach einmal genug Zeit haben, um mit Dr. Terno über die ganzen Probleme zu sprechen, die wir miteinander haben.« Elena lächelte amüsiert, als sie fragte, ob diese Probleme denn ganz besonderer Art seien. Kathy schnitt ihr eine Grimasse und ging ohne weitere Erklärungen nach oben in ihre Wohnung.

3.9.1976

Am letzten Tag vor ihrem gemeinsamen Wochenende verletzte sich Kathy unmittelbar vor der ersten Operation, weil sie in eine defekte Glasscheibe eines Schrankes im Schwesternzimmer stieß, in dem das Verbandsmaterial aufbewahrt wurde. Sie trug mehrere kleine Schnittwunden am rechten Ellbogen und eine etwas größere Wunde am Unterarm davon. Während Kathy selbst versuchte, die Blutungen zum Stillstand zu bringen, hielt es Schwester Isabell für erforderlich, hektisch nach Dr. Terno zu rufen, der sich gerade um eine Patientin kümmerte, die Probleme mit ihrer Operationswunde hatte.

Er unterbrach sofort die Behandlung, weil er aufgrund von Isabells Reaktion einen größeren Unfall vermutete, und kam zu Kathy ins Stationszimmer, die dort mit dem Verbandszeug hantierte. Er bemerkte, dass Kathy von seinem Erscheinen nicht begeistert war, und fragte deshalb: »Möchten Sie, dass ich Ihnen helfe, Ihre Wunden zu versorgen?« Kathy, der dieser ganze Vorfall peinlich war, hatte inzwischen einsehen müssen, dass sie eine fachmännische Unterstützung gut gebrauchen konnte, und stimmte zu.

Während Dr. Terno ihre Schnittwunden im Stationszimmer reinigte und den Verband anlegte, spürte sie, dass eine ungewohnte Befangenheit zwischen ihnen herrschte. Um sich auch selbst etwas abzulenken, erzählte sie, dass ihr Vater sie als Kind bei Verletzungen immer mit dem Hinweis getröstet habe, dass bis zu ihrer Hochzeit alles wieder gut verheilt sein werde, und sie diese Worte immer sehr beruhigend fand. Dr. Terno sah sie mit einem seltsam betroffenen Gesichtsausdruck an, als er sagte: »Vielleicht sollten Sie mit einer Heirat noch etwas warten. Es wird noch einige Zeit dauern, bis diese Narben verblasst sein werden.«

Während der anschließenden Operation schmerzte ihr der Arm, was sie aber nicht zeigen wollte. Dr. Terno schien es jedoch an ihren Bewegungen zu bemerken und fragte: »Tut Ihnen der Arm weh?« Kathy antwortete nur knapp: »Etwas, aber es wird schon gehen«, und bemühte sich, die Schmerzen zu ignorieren. Sie waren gerade bei der zweiten Operation, für die Kathy als Operateurin eingeteilt war, als sie Dr. Terno darauf aufmerksam machte, dass ihr Verband am Unterarm durchgeblutet sei und es besser sein würde, wenn sie ihren Arm etwas mehr schone und ihm nur noch assistiere, was sie dann auch tat.

Als Dr. Philippo bei der Stationsübergabe halb scherzhaft fragte, ob sie heute nicht genügend Patienten gehabt und sich deshalb selbst verarztet hätten, konnte Kathy die Angelegenheit schon wieder etwas gelassener sehen und antwortete fast übermütig: »Ja, ich wollte mich auch einmal von Dr. Terno verbinden lassen.« Beim Verlassen der Station verabredeten Dr. Terno und sie, dass sie das Angebot von Elena, ihren Pkw für die Wochenendfahrt zu benutzen, annehmen wollten, um etwas flexibler zu sein, als wenn sie mit dem Fernbus fahren würden, wie sie es anfangs vorhatten.

4.–5.9.1976

Am nächsten Morgen wollten sie gleich um halb sieben losfahren, um die Spitzel von Lopez zu täuschen. Bislang war Dr. Terno immer schon am Freitagnachmittag mit seinem alten Motorrad zu seinen Eltern gefahren. Kathy hatte keine genaue Vorstellung, was sie auf dieser Reise eigentlich erreichen wollte. Sie wollte auf jeden Fall ein Gespräch mit Dr. Terno darüber führen, wie es ihr nach dem Vorfall im Pfarrhaus ergangen war, und hoffte zudem noch weitere Informationen von ihm darüber zu erhalten, was sich eigentlich im Haus des Pfarrers so alles abgespielt hatte. Sie erwartete aber auch noch mehr von diesem Wochenende. Es gab Spannungen zwischen ihr und Dr. Terno und sie wollte herausfinden, wie es um ihre gegenseitigen Gefühle stand, auch wenn ihr dies schon fast wie ein Spiel mit dem Feuer vorkam.

Die Fahrt selbst begann eigentlich unkomplizierter, als Kathy zuvor gedacht hatte. Ihre Taktik, unbemerkt die Stadt zu verlassen, schien funktioniert zu haben, zumindest war ihnen kein Fahrzeug gefolgt. Dr. Terno wirkte sehr locker, gut gelaunt und auch ausgesprochen gesprächig. Den neuen, kleineren Verband, den Kathys Vater ihr noch angelegt hatte, kommentierte er mit der Bemerkung, dass ihr Vater wohl inzwischen darauf spezialisiert sei, seine Tochter so zu verbinden, dass ihr hübsches Aussehen auch keinen Schaden nehme. Kathy konterte zurück, dass er doch zugeben müsse, dass dieser Verband bedeutend besser zu ihrem Outfit passe. Aus seinem amüsierten Grinsen schloss sie, dass er ihren Arztwechsel recht gelassen nahm und auch heute wohlwollend damit umging, wie sich seine Reisebegleiterin gekleidet hatte.

Kathy hatte es bislang abgelehnt, sich mit ihrer Kleidung diesem Land anzupassen. Sie war es aus England gewohnt, ihren individuellen Stil entwickeln und leben zu können, und wollte dies auch in Paraguay so beibehalten. An der Reaktion mancher Kollegen, wozu auch Dr. Terno zählte, merkte sie aber, dass hier anscheinend mit dem Bild einer jungen Ärztin etwas anderes verbunden wurde, als sie selbst rein äußerlich darstellte. Lediglich ihr Status als Cheftochter schien ihr den Freiraum zu belassen, ihren recht modischen und an europäischen Maßstäben orientierten Bekleidungsstil beibehalten zu können. Für die Fahrt hatte sie enge Jeans und eine indische Bluse aus ihrer Studienzeit angezogen und trug wie immer ihren handgearbeiteten Silberschmuck, der recht deutlich ihren leicht extravaganten Stil unterstrich, mit dem Dr. Terno häufig Schwierigkeiten hatte.

Kathy nahm seine Bemerkung über ihren Vater zum Anlass, ihm zu erzählen, dass es in ihrer Kindheit durch die Scheidung ihrer Eltern nur sehr wenig Möglichkeiten gegeben habe, dass sich ihr Vater überhaupt um sie hatte kümmern können, und sie jetzt froh sei, mit ihm und seiner neuen Familie zusammenleben zu dürfen. Dr. Terno hörte ihr aufmerksam zu und stellte Fragen danach, wie ihre Beziehung zu ihrer Mutter sei und ob sie noch Geschwister habe. Er schien aber kein Interesse daran zu haben, etwas über ihre Beziehungen zu Männern erfahren zu wollen. Kathy hatte zwar kurz etwas über die Auflösung ihrer Verlobung vor ihrer Abfahrt aus England erzählt, empfand es aber auch selbst unangemessen, mit ihm über weitere Details hierzu zu sprechen.

Während der fast eineinhalbstündigen Fahrt erzählte ihr Dr. Terno auch das erste Mal etwas von seiner Kindheit und seiner Familie. Er tat dies ausgesprochen unbefangen. Aus dem, was er sagte, schloss Kathy, dass er sehr an seiner Familie hing und seine Jugend schön und unbeschwert gewesen sein musste. Auffällig war, dass er niemals eine Freundin erwähnte. Sie fuhren gerade durch das Umland seines Heimatortes, als Kathy eine Koppel sah, auf der Pferde weideten. Sie machte ihn darauf aufmerksam, dass das eine Pferd Ähnlichkeit mit der Stute habe, die ihr früher als Kind gehört hatte. Dr. Terno hielt den Wagen an und stieg mit ihr aus. Einige Pferde kamen sofort neugierig an den Zaun, als sie die beiden Besucher bemerkten, worauf Kathy begann, die sich ihr entgegenstreckenden Pferdeköpfe ausgiebig zu kraulen. Dr. Terno beobachtete sie dabei. Nach einer Weile fragte er, ob sie Lust habe, mit ihm nach dem Mittagessen auszureiten. Er kenne den Besitzer gut und sei früher selbst öfter mit seinem Bruder in dieser Gegend ausgeritten. Kathy war sofort begeistert, auch wenn sie feststellen musste, dass sie für derartige Unternehmungen doch etwas unpassend angezogen war, worauf er sie damit beruhigte, dass seine Geschwister ihr bestimmt etwas Passendes ausleihen würden.

Seiner Familie stellte Dr. Terno Kathy als Tochter seines Chefs und als seine neue Kollegin vor, die mitgekommen sei, um Land und Leute besser kennenzulernen. Kathy wurde freundlich aufgenommen; keiner schien sich daran zu stören, dass sie da war, obwohl seine Mutter sie manchmal etwas kritisch von der Seite musterte. Kathy glaubte, schon deshalb von seiner Familie akzeptiert zu werden, weil sie die Stieftochter von Elena war, die von Dr. Ternos Familie sehr geschätzt wurde.

Nach dem Mittagessen bekam Kathy von Dr. Ternos jüngstem Bruder Stefano eine alte Hose und ein derbes Hemd ausgeliehen. Ihr Reitbegleiter urteilte: »Sie sehen ja aus wie eine Guerillabraut, Sie sollten aufpassen, dass Sie keinem Polizisten begegnen.« In einem anderen Land hätte Kathy diese Bemerkung noch als Witz verstanden; hier gelang es ihr einfach nicht mehr.

Mit dem Besitzer der Pferdekoppel wollte Dr. Terno aushandeln, dass Kathy das Tier reiten könne, das sie an ihre Stute in England erinnerte. Kathy lehnte dies aber sofort energisch mit den Worten ab: »Nein, ich möchte kein Double von Nancy reiten.« Während ihnen zwei Pferde gesattelt wurden, fragte Dr. Terno nach, was mit ihrer Stute geschehen sei, denn ihn hatte ihre heftige Reaktion überrascht. Kathy erzählte ihm, dass sie Nancy von ihren Eltern und ihrer Tante Lilien geschenkt bekommen habe, als sie acht Jahre alt wurde. Mit zwölf Jahren sei sie dann ins Internat gekommen und habe das Pferd bei ihrer Mutter lassen müssen. Damit sich in ihrer Abwesenheit jemand um das Pferd kümmerte, hatte ihre Mutter einem anderen Mädchen eine Reitbeteiligung an dem Pferd ermöglicht. Beim Geländeritt war das Mädchen dann mit der Stute gestürzt, wobei sich das Tier einen Vorderlaufbruch zugezogen hatte. Für ihre Mutter war damals völlig klar gewesen, dass Nancy getötet werden musste, und Kathy sei nur noch vor vollendete Tatsachen gestellt worden, als der Pferdeschlachter seine Arbeit schon getan hatte.

Kathy war anzumerken, dass sie ihrer Mutter die ganze Sache immer noch nicht verziehen hatte, was Dr. Terno dazu veranlasste, nachzufragen: »Vermissen Sie eigentlich Ihre Verwandten in England?« Kathy dachte einen Moment nach, bevor sie antwortete: »Meine Tante Lilien und ihre Söhne schon, aber ansonsten habe ich noch keine Entzugserscheinungen feststellen können.« Ihnen wurden die gesattelten Pferde gebracht und Dr. Terno hielt das von Kathy am Zügel fest, damit sie aufsitzen konnte. Dann stieg er selbst auf und ritt voraus durch eine weitläufige Graslandschaft zu einem felsigen Gebirgshang. Kathy, die begeistert von der Landschaft war, stellte ihm zwischendurch einige Fragen. So wollte sie wissen, wovon hier die Bevölkerung hauptsächlich lebe, weil sie schon feststellen konnte, dass dieser Landstrich einen recht ärmlichen Eindruck vermittelte. An seinen recht knappen Antworten merkte sie, dass seine unbeschwerte Stimmung vom Vormittag verschwunden war. Am Gebirgshang hielt er an und führte sein Pferd am Zügel einen schmalen Pfad empor. Kathy war auch abgestiegen und ihm mit ihrem Pferd gefolgt. Als sie oben angekommen waren, deutete er auf einen kleinen Hügel und erzählte ihr, dass man dort seinen Bruder erschossen habe. Kathy hatte sich neben ihn auf einen Felsvorsprung gesetzt und fragte: »Was ist damals geschehen und warum?«

Seine Worte klangen bitter, als er ihr ausführlich von der Verhaftung seines Vaters und seines Bruders erzählte, die beide als Lehrer gearbeitet und gemeinsam mit einem Freund ein Projekt für Straßenkinder gegründet hatten, um diesen eine Zukunft zu ermöglichen. Der Bruder seines Freundes sei dann verdächtigt worden, für den Untergrund zu arbeiten, habe sich aber vor seiner Verhaftung noch rechtzeitig ins Ausland absetzen können. Sein Vater und sein Bruder seien verhaftet worden, weil man in ihnen Komplizen vermutete. Während eines Gefangenentransportes sei dann seinem Bruder ein Fluchtversuch geglückt, aber nur bis hierher, wo man ihm aufgelauert und ihn dann erschossen habe. Nach wochenlangen Verhören unter Einsatz von Folter sei sein Vater schließlich als Krüppel wieder freigelassen worden. Er erzählte auch, wie schwer es damals für die Familie gewesen sei, als es praktisch keinen Ernährer mehr gab und auch er selbst in seinem Beruf nicht mehr arbeiten durfte. Er hatte damals gemeinsam mit seinem jüngeren Bruder Fernando für drei Monate bei einem Bauern gearbeitet, um so wenigstens etwas zu essen für seine Familie nach Hause bringen zu können. Kathy hörte ihm einfach nur zu. Sie wollte ihn nicht unterbrechen und war von dem, was er ihr erzählte, auch zu betroffen, um etwas Angemessenes hierauf sagen zu können. Erst als er hervorhob, dass er ihrem Vater unendlich dankbar dafür sei, dass er ihm damals geholfen habe, wieder als Arzt arbeiten zu können, wagte Kathy ihn anzusprechen: »Ist das, was mit Ihnen und Ihrer Familie geschehen ist, der Grund, warum Sie jetzt im Untergrund arbeiten?«

Seine Reaktion auf ihre Frage war unerwartet heftig. Mit einem Schlag schien jede Vertrautheit zwischen ihnen verschwunden zu sein. Dr. Terno sah sie für einen kurzen Moment fast ungläubig an und stand dann abrupt auf. Aus einer Distanz von drei Metern sagte er zu ihr in einem sehr bestimmten Ton: »Ich möchte mit Ihnen nicht weiter über den Vorfall im Pfarrhaus reden. Es war ein Fehler, dass ich Sie da hinzugezogen habe, aber ich wollte Sie nicht so lange im Wagen warten lassen. Dies wäre nur auffällig gewesen. – Außerdem hoffte ich, mit Ihrer Hilfe die Behandlung ganz schnell durchführen zu können, da der Gemeindehelfer Angelo selbst eine Armverletzung hatte und mich deshalb nicht unterstützen konnte. – Ich glaubte damals noch, dass so das Risiko für uns alle am geringsten sei, aber heute weiß ich, dass dies falsch war. Ich habe Sie damit nur unnütz in Gefahr gebracht.«

Kathy wollte sich von seiner Reaktion nicht einschüchtern lassen und sagte deshalb: »Es ist nun einmal geschehen und es hilft mir im Moment verdammt wenig weiter, wenn Sie mir jetzt erzählen, was unter Umständen für mich besser gewesen wäre.« Dr. Terno sah sie misstrauisch an, als er fragte: »Kathy, was wollen Sie eigentlich von mir?« Seine Frage machte sie für einen kurzen Moment sprachlos, doch dann erwiderte sie: »Ich möchte einfach von Ihnen darüber aufgeklärt werden, in was ich da hineingeraten bin. Ich glaube schon, dass ich dieses Recht habe.« Er wurde zynisch, als er antwortete: »Wenn Sie wirklich glauben, dass Sie hier in diesem Land und in dieser Situation Rechte haben, sind Sie wirklich reichlich naiv. Kathy, begreifen Sie endlich, dass es nur eins gibt, was Sie wirklich noch schützen kann, und das ist Ihr Nichtwissen. Verlangen Sie deshalb nicht, dass ich Ihnen Informationen gebe, die für Sie einmal gefährlich werden könnten.«

Er drehte sich um, ohne eine Reaktion von ihr abzuwarten, und griff nach dem Zügel seines Pferdes. Mit den Worten, dass es besser sei, wenn sie jetzt wieder zurückreiten würden, ging er mit seinem Pferd den Hang hinunter. Obwohl Kathy wusste, dass er vermutlich mit dem, was er sagte, Recht hatte, war sie wütend über seine abweisende und bevormundende Art. Sie wollte erst einfach dort sitzen bleiben, überlegte es sich dann aber doch anders, als sich ihr Pferd völlig unsolidarisch zu ihr verhielt und einfach hinter den beiden hertrottete. Dr. Terno wartete mit den beiden Tieren am Ende des Pfades auf sie. Kathys Gesichtsausdruck und ihr langsames Nachkommen machten ihm ziemlich deutlich, dass sie mit seinem Verhalten nicht einverstanden war. Fest entschlossen, ihre Missstimmung zu ignorieren, bestieg er sein Pferd. Er vergewisserte sich noch einmal durch einen Blick über die Schulter, dass sie ihm auch folgte, und ritt dann voran zur Pferdekoppel.

Auf der Rückfahrt zu seinem Elternhaus fragte ihn Kathy: »Glauben Sie eigentlich, dass Sie Ihre Isolation auf Dauer aushalten können?« Sie bekam auf ihre Frage von ihm nur einen kurzen Seitenblick, aber keine Antwort. Eigentlich war Kathy nicht mehr so ganz klar, was sie hier noch sollte. Am liebsten wäre sie sofort abgereist, blieb dann aber doch, um seine Familie nicht vor den Kopf zu stoßen. Im Hause seiner Eltern war Kathy ganz froh, dass ihr Stefano unbedingt seine Werkstatt im Schuppen zeigen wollte und sie ihm einfach nur zuschauen brauchte, wie er für den Nachbarn einen Hühnerkäfig zusammensteckte, bis sie von der Mutter zum Abendessen gerufen wurden.

Kathy war noch nie gut darin, etwas vorzuspielen, was sie nicht wirklich empfand. Sie hielt sich deshalb beim Abendessen deutlich zurück und beteiligte sich erst dann an der Unterhaltung, wenn sie direkt gefragt wurde. Inmitten dieser Großfamilie fiel ihre wortkarge Art nicht weiter auf, was ihr nur recht war. So brauchte sie sich wenigstens nicht weiter erklären. Die beobachtenden Blicke von Dr. Terno nahm sie zwar anfangs noch wahr, konnte sie dann aber gut ignorieren. Fernando, der 22-jährige Sohn der Familie, machte beim Essen den Vorschlag, dass sie abends zum Tanzen in die nahegelegene Kleinstadt fahren könnten. Er wollte Kathy und seinem großen Bruder seine neue Freundin vorstellen.

Kathy kam der Vorschlag ganz gelegen, weil sie nicht beabsichtigte, den Abend im Kreise dieser Familie zu verbringen und die nette Kollegin zu spielen. Zwar hatte sie auch keine Lust, sich weiterhin von Dr. Terno vorschreiben zu lassen, was sie zu interessieren habe und was nicht, aber dies schien ihr noch das kleinere Übel zu sein, auch wenn sie nicht ausschließen konnte, dass man sich notfalls den ganzen Abend anschweigen würde. Nachdem auch Dr. Terno etwas zögernd zugestimmt hatte, ging Kathy nach oben, um sich umzuziehen. Sie hatte für den Fall der Fälle noch ein hübsches, wadenlanges Kleid eingepackt, in dem sie zwar recht fraulich, aber nicht übertrieben aufreizend wirkte. Sorgfältig frisierte sie ihr schulterlanges blondes Haar und besserte ihr Make-up nach. Als sie wieder nach unten kam, kommentierte Fernando ihre Erscheinung mit »Oh, là, là«, während Dr. Terno etwas gequält dreinblickte.

Mit dem Auto holten sie Fernandos Freundin Luisa zuhause ab und fuhren mit ihr zu einer Parrillada im Nachbarort, die bei ihrem Eintreffen bereits gut besucht war, und zwar sowohl, was die Tanzfläche, als auch, was die Tischgruppen betraf. Sie hatten etwas Mühe, noch Platz für vier Leute an einem der

Tische zu finden, hatten dann aber schließlich Glück, weil ein Pärchen gerade gehen wollte. Dr. Terno besorgte ihnen Bier vom Ausschank, das für Kathys Geschmack recht passabel war. Am Anfang sah sich Kathy schweigend im Trubel des Gartenlokals um und stellte sich schon darauf ein, den Abend der Folkloregruppe beim Spielen zuzuhören, während sich Fernando mit seinem großen Bruder unterhielt. Es dauerte nicht lange, bis sich Fernando, der die ganze Zeit über schon zur Tanzfläche geschielt hatte, mit Luisa verabschiedete. Kathy sah ihnen noch einen Moment hinterher und schaute ihnen beim Tanzen zu. Dann blickte sie Dr. Terno an, weil sie nicht vorhatte, ihm die ganze Zeit schweigend gegenüberzusitzen, zumal sie sich von ihm beobachtet fühlte.

Dieser erwiderte ihren Blick und sagte ohne Umschweife: »Kathy, ich möchte, dass Sie so schnell wie möglich Paraguay verlassen.« Kathy war völlig überrascht und fragte: »Warum sollte ich das tun?« Er zögerte einen Moment, bevor er sagte: »Ich möchte nicht, dass dir hier etwas passiert.« – »Und warum hast du Angst, dass mir etwas passieren könnte?«, wollte sie wissen. Leonardo wich ihrem Blick aus und blickte auf sein Glas, das er mit seiner rechten Hand umfasst hielt. Sie wollte sich nicht wieder abblocken lassen und hakte nach: »Leonardo, was soll mir passieren? Ich denke, wir haben Lopez ein Alibi geliefert und das wars.« Bitter entgegnete er: »Das glaubst auch nur du, dass du in Zukunft Ruhe vor Lopez haben wirst. Vielleicht kann er uns wirklich nichts nachweisen, aber er wird nicht aufhören, dich als Frau zu bedrängen.« – »Ist das der eigentliche Grund, warum ich gehen soll?« Leonardo sah sie an: »Ja, ich kann es nicht ertragen, wie er versucht, dich mit allen Mitteln gefügig zu machen, und da kommt ihm doch die Sache aus dem Pfarrhaus gerade recht.« – »Es wird ihm aber nicht gelingen. Hast du Angst, ich könnte schwach werden, oder was ist der Grund, dass du mich wegschicken willst?« – »Nein,

Kathy, das denke ich nicht. – Ich liebe dich und ich weiß, dass wir hier keine Chance bekommen werden.«

Kathy konnte ihm ansehen, dass ihm dieses ganze Gespräch unendlich schwer fiel. Er hatte endlich ausgesprochen, was sie eigentlich hören wollte. Sie bemerkte plötzlich, dass sie alles um sie herum störte, das Gartenlokal, die vielen Menschen und der Tisch, der zwischen ihnen stand. Sie sah ihn sekundenlang an und bat ihn dann: »Bitte tanz mit mir.« Für beide schien der Tanz nur das Mittel zum Zweck, um sich ganz nah sein zu können. Leonardo berührte mit seinen Lippen ihr Gesicht, wagte aber nicht, ihren Mund zu küssen. Kathy spürte seine warmen Hände und die Anspannung, die sich zwischen ihnen aufbaute. Als sie es nicht mehr aushielt, weil sie den Kuss wollte und auch noch mehr, fragte sie ihn: »Können wir nicht einfach dahin gehen, wo wir allein sind?« Leonardo zögerte, bevor er sagte: »Ich kenne hier ein kleines Hotel.« – »Okay, dann lass uns gehen.«

Mit Fernando vereinbarten sie einen Treffpunkt nach Mitternacht und fuhren zu dem in einer Seitenstraße gelegenen kleinen Hotel. Am Empfangstresen saß schläfrig ein alter Mann. Kathy hätte sich am liebsten hinter Leonardos Rücken versteckt, als dieser damit beschäftigt war, für zwei Stunden ein Zimmer anzumieten. Ihr war die Offensichtlichkeit ihres Vorhabens peinlich, was sich noch steigerte, als sie bei der Schlüsselübergabe den Hinweis erhielten, dass der Kondom-automat in der Herrentoilette stehe. Leonardo bemerkte, dass sie mit sich kämpfte, und fragte sie auf dem Weg zum Zimmer: »Möchtest du, dass wir wieder gehen?« – »Nein, ich war nur noch nie in so einem Hotel«, raunte sie ihm zu.

Während sie im Hotelzimmer auf Leonardo wartete, der dem Hinweis des Portiers gefolgt war, stand sie am Fenster und starrte auf die Straße. Sie war nicht mehr so aufgewühlt wie beim Tanzen, dazu war der Weg bis hierher zu ernüchternd gewesen. Das Zimmer selbst war unpersönlich und sah aus wie ein Ort der Heimlichkeiten und der verbotenen Liebe. Da half es auch nicht, dass sie sich einredete, dass ihr Vorhaben etwas Edleres sei. Sie war verunsichert, wünschte sich an einen anderen Ort und gleichzeitig, dass Leonardo wieder bei ihr wäre. Als dieser zurückkam, drehte sie sich erst um, als er ihr sanft über die Haare und die Schulter strich. Im Halbdunkel des Zimmers konnte sie sein Gesicht, das ihrem nun ganz nah war, nur schemenhaft erkennen. Als sich ihre Lippen berührten, war sehr schnell wieder das Gefühl da, wegen dem sie hier sein wollten.

Leonardo handelte nicht überstürzt, als er ihr Kleid öffnete und ihr beim Auskleiden half. Seine Berührungen waren so selbstverständlich und fast merkwürdig vertraut, wie dies eigentlich nur dann beim ersten Mal der Fall ist, wenn die Phantasie den Kopf auf diese Situation schon gut vorbereitet hat. Auch wenn Leonardo diese Gedanken eine Zeitlang erfolgreich verdrängt hatte, gab es sie schon seit einiger Zeit. Augenblicke, in denen er Kathy begehrt hatte. Anlässe hierzu fanden sich genug, ein zufällig hochgerutschter Rock beim Niederknien, Berührungen beim gemeinsamen Tanz oder aber ein intensiver Blickkontakt bis hin zum Verbandanlegen am Vortag.

Später, als Kathy in seinem Arm lag, bereute sie nicht, was sie gerade getan hatten, und sie glaubte, nun so viel Nähe zu ihm zu haben, um noch einmal mit ihm über eine gemeinsame Zukunft reden zu können. Behutsam machte sie den Vorschlag: »Leonardo, bitte lass es uns einfach versuchen, als Paar zusammenzuleben.« Seine Hand, die bislang ihre Schulter gestreichelt hatte, verharrte dort, als er fragte: »Kathy, wie soll das gehen?« Sie setzte sich auf und blickte auf seine sich in der Dunkelheit nur schemenhaft abzeichnende Gestalt: »Warum können wir nicht ganz normal nach Hause fahren und zusammenleben wie ein Mann und eine Frau, die sich lieben?« – »Das wird nicht gehen. Sobald sich herumsprechen würde, dass wir zusammen sind, würde Lopez alles tun, um unser gemeinsames Leben zu verhindern. Er wird es nicht hinnehmen, dass du ihn nicht rangelassen hast und nun mit mir zusammen sein willst.« Kathy fragte ungerührt. »Und was, meinst du, wird er tun?« – »Er kann uns eine Straftat anhängen und uns inhaftieren. Er kann uns aber auch die Arbeitserlaubnis entziehen oder dich ausweisen. – Im schlimmsten Fall könnte er einen Unfall für uns inszenieren und so aus dem Weg schaffen.«

Kathy hatte ihm anfangs fast ungläubig zugehört. Sie war sich nicht sicher, ob Leonardo alles zu pessimistisch sah, aber ausschließen konnte sie auch nicht, dass Lopez sich genau so verhalten könnte, wie Leonardo es eben gerade beschrieben hatte. Sie fragte: »Und warum verlassen wir nicht zusammen Paraguay und beginnen in einem anderen Land ein gemeinsames Leben?« Leonardos Stimme klang plötzlich härter, als er sagte: »Seit mein Bruder tot und mein Vater ein Krüppel ist, habe ich mir geschworen, den Regimegegnern zu helfen. Ich war früher nie politisch aktiv. Ich wollte immer Arzt werden, um Menschen zu helfen und etwas Sinnvolles im Leben zu tun. Heute glaube ich, dass man einfach nicht unpolitisch sein darf, wenn um einen herum Menschen gequält, gefoltert und getötet werden.«

Kathy ahnte, dass sein Idealismus ihr eigentlicher Rivale war. »Heißt das, dass du wegen deiner Untergrundarbeit keine Beziehung möchtest?« – »Kathy, ich weiß, dass ich dein Leben gefährde, wenn ich mit dir hierbleibe und weiterhin die Untergrundbewegung unterstütze. Ich weiß aber auch, dass ich außerhalb von Paraguay mit dir nicht glücklich werden könnte, wenn in meinem Heimatland Menschen leiden und getötet werden.« – »Glaubst du wirklich, dass du glücklich werden wirst, wenn ich Paraguay verlasse. Kannst du dir vorstellen, wie dein Leben und auch meins dann aussehen werden?«, wollte sie von ihm wissen. »Ich wüsste, dass du in Sicherheit wärst, und könnte versuchen, zu dir Kontakt zu halten.« – »Und ich werde jeden Tag Angst haben. Ich werde mich ständig fragen, ob es dir gut geht, ob du überhaupt noch am Leben bist. Ich hätte ein Leben wie eine Kriegsbraut, nur dass dieser Krieg so schnell nicht enden wird«, entgegnete Kathy heftig.

Leonardo stand auf und begann, sich anzuziehen. Nach einer langen Pause des Schweigens sagte er voller Resignation: »Vielleicht ist es besser, wir vergessen, was eben zwischen uns geschehen ist, und jeder von uns beginnt ein neues Leben.« Seine Worte taten Kathy weh. Mit leiser, aber eindringlicher Stimme fragte sie: »Glaubst du wirklich, man kann einen Menschen, den man liebt und der die Liebe auch noch erwidert, einfach so vergessen? Wirst du nicht immer das Gefühl haben, dass da etwas ist, was dir fehlt? Wonach du Sehnsucht hast? – Wirst du mit diesem Gefühl überhaupt in der Lage sein, eine andere Frau lieben zu können?« – »Kathy, als ich dir vorschlug, Paraguay zu verlassen, wollte ich dich nicht vergessen und die Liebe zu dir hätte mir auch für den politischen Kampf Kraft gegeben. Ich hätte den Eindruck gehabt, dass ich auch für uns kämpfe, und ich hätte dich irgendwann zurückholen können.«

Kathy war ebenfalls aufgestanden und suchte ihre Kleidungsstücke zusammen, die wie leblose Hüllen im Zimmer verstreut lagen. Sie fühlte sich im Moment selbst so leer und leblos. »Leonardo, du weißt genau, dass dies Jahre dauern kann und viele Beziehungen daran zerbrechen, weil sie nicht gelebt werden.« Es war inzwischen Mitternacht und die Zeit drängte, wenn sie nicht zu spät zum vereinbarten Treffpunkt kommen wollten. Leonardo zog sich wieder in sein Schweigen zurück und sie war zu enttäuscht, um mit ihm unter Zeitnot weiter um eine Lösung zu ringen.

Fernando wartete schon mit Luisa an dem Treffpunkt. Er war in bester Alkohollaune. Kathy hatte erst befürchtet, dass sie ihnen ansehen würden, was inzwischen geschehen war, aber beide waren viel zu aufgedreht und redselig, um noch zwischenmenschliche Probleme in ihrer Umwelt wahrzunehmen zu können. Im Haus von Leonardos Familie schlief schon alles. Es war verabredet, dass Kathy im Zimmer der jüngeren Schwester Serena übernachten sollte und Leonardo im Wohnzimmer auf der Couch. Kathy verabschiedete sich kurz mit einem Gutenachtgruß und ging nach oben in Serenas Zimmer.

Leonardo hatte es, seit er im Hotel das Bett verlassen hatte, vermieden, sie zu berühren, so als hätte er Angst, seine Gefühle könnten ihm erneut außer Kontrolle geraten, und er schien auch nicht vorzuhaben, noch etwas mit ihr zu klären. Die Enge von Serenas Zimmer und Leonardos Verhalten kamen Kathy unerträglich vor. Als sie auf dem Bett lag und im Dunkeln an die Zimmerdecke starrte, fragte sie sich, ob alles besser gelaufen wäre, wenn sie nicht im Anflug einer Leidenschaft mit ihm geschlafen hätte. Kathy war sich zwar sicher, dass ihr seine Worte und sein Verhalten, die so krass zu der Vertrautheit waren, die gerade zuvor zwischen ihnen noch geherrscht hatte, dann nicht so weh getan hätten, aber am eigentlichen Problem hätte sich wohl kaum etwas geändert.

Sie merkte, wie ihr die Zeit davonlief, um noch etwas an der Situation ändern zu können. Als es ganz ruhig im Haus war, ging sie leise zu Leonardo ins Wohnzimmer. Dieser wirkte nicht erstaunt, als sie ihn bat, noch einmal mit ihr über alles zu reden. Er schlug vor, in den Schuppen zu gehen, damit man sie nicht hören könnte. Leonardo hatte eine Kerze angezündet und sie auf die Werkbank seines Bruders gestellt. Als er sich zu ihr umdrehte und sie abwartend ansah, fragte sie ihn: »Warum hast du mich eigentlich mit zu deinen Eltern genommen?« – »Ich wollte Zeit haben, um mit dir zu reden, damit du manche Dinge besser verstehst, und ich wollte dich überzeugen, dass dieses Land zu gefährlich für dich ist. – Ich habe dich auf keinen Fall mitgenommen, um mit dir ins Bett zu gehen.«

»Wenn du wegen deiner Untergrundarbeit gar keine Beziehung willst, warum hast du dann die Gefühle zu mir überhaupt zugelassen?«, wollte Kathy von ihm wissen. Als Leonardo schwieg, hakte sie nach: »Kann es nicht sein, dass du doch die Beziehung zu einer Frau brauchst?« Er entgegnete hierauf fast heftig: »Ich glaube nicht, dass man unbedingt die Beziehung zu einer Frau braucht. Padre Sergio hat auch keine Frau und führt ein ausgefülltes Leben.« Seine Antwort machte Kathy fassungslos: »Leonardo, willst du jetzt etwa leben wie ein Pater? Du hast vor fast zwei Stunden mit mir geschlafen und es schien dir zu gefallen.«

Sein Unterton klang barsch, als er erwiderte: »Kathy, ich habe mit dir geschlafen, weil ich dich liebe und dich begehrt habe. Im Moment denke ich, es war ein Fehler, es zu tun, weil es unsere Probleme nur vergrößert. – Ich weiß aber auch, dass ich diese Dinge nicht unbedingt brauche. Wenn du fortgegangen wärst, hätte es dich nur in meinen Gedanken gegeben und keine körperliche Liebe.« Fast bitter und provozierend entgegnete Kathy: »Leonardo, ich kann mit so viel edlem Rittertum, nach dem, was geschehen ist, recht wenig anfangen.«

Er schaute sie sekundenlang unschlüssig an: »Kathy, es tut mir leid, dass ich mit dir ins Hotel gegangen bin und du dir dadurch Hoffnungen gemacht hast. Wir hätten es nicht tun dürfen. Wir hätten auch die Gefühle füreinander nicht zulassen dürfen. Es war ein unkontrollierter Augenblick, der sich auf keinen Fall wiederholen darf. Als ich vorhin auf dem Sofa lag, habe ich an das gedacht, was ich deinem Vater vor ein paar Tagen versprochen habe. Er wird nicht verstehen, was ich getan habe.«

Kathy schüttelte heftig den Kopf: »Leonardo, bitte lass erst einmal meinen Vater da raus. Glaubst du wirklich, man kann

Gefühle füreinander auf Dauer erfolgreich unterdrücken? Vielleicht gelingt einem dies, wenn sie von dem anderen nicht erwidert werden. Aber wenn sie erwidert werden, würde es doch nur bedeuten, dass man irgendwann an seinen Sehnsüchten und Wünschen erstickt. – Ich bin bereit, zu meinen Gefühlen zu stehen, und für mich heißt lieben auch, Verantwortung für den anderen zu übernehmen, wozu du jetzt nicht bereit bist. Du versuchst dich hier ganz billig aus der Affäre zu stehlen, indem ...«

Leonardo unterbrach sie: »Doch, ich war bereit, Verantwortung zu übernehmen, indem ich wollte, dass du fortgehst, damit du in Sicherheit leben kannst ...« – »... und du so weiterleben kannst wie bisher, bereichert mit einer weiteren Ideologie, der ewig andauernden Liebe zu einer Frau, die in weiter Ferne lebt. Leonardo, hast du dir eigentlich schon einmal die Frage gestellt, warum ein Priester immer die Bibel bemühen muss, um den Menschen mit Rat und Tat zur Seite stehen zu können?«

Er war über ihre Frage etwas irritiert: »Nein. – Ich denke aber, dass die Bibel ein gutes Buch ist und auch viele Ratschläge fürs Leben enthält.« – »Ich glaube, dass es einen anderen Grund dafür gibt. Nämlich den, dass ein Priester durch sein isoliertes Leben nicht hinreichend eigene Lebenserfahrung und Gefühle sammeln konnte und sich nur deshalb an die alte Heilige Schrift klammern muss. Leonardo, du beginnst auch langsam damit, kein eigenes Leben mehr zu haben, sondern völlig isoliert für deine Ideologien zu leben. – Auch wenn es mir weh tut, dass du es nun bereust, mit mir geschlafen zu haben; ich bereue es nicht, weil du endlich deine Gefühle so zugelassen hast, wie du es sonst nur tust, wenn du in deinem Beruf um das Leben eines Menschen kämpfst.«

Als er schwieg, fuhr sie fort: »Ich habe mir gestern vorgestellt, wie du einmal warst, bevor das alles mit deiner Familie geschehen ist. Manchmal denke ich, dass da noch etwas in dir ist, was an den Jungen oder den jungen Mann von damals erinnert, aber du dies kaum noch zulassen willst – und du damit zu einem weiteren Opfer dieser ganzen Tragödie geworden bist.« Es dauerte eine Weile, bis Leonardo fragte: »Was erwartest du von mir, Kathy?« – »Ich glaube nicht, dass du mit mir ins Bett gegangen wärst, wenn du es nicht auch selbst gewollt hättest. Du bist kein Mann, der nicht weiß, was er tut, oder der sich einfach verführen lässt. Ich denke, dass du sehr wohl gemerkt hast, wie isoliert du inzwischen lebst, und auch spürst, dass es sehr viele Dinge gibt, die uns verbinden. Warum stehst du jetzt nicht dazu, dass du dich zu einem Menschen hingezogen fühlst, der in vielen Dingen so denkt und fühlt wie du, und du diese Gemeinsamkeiten auch willst? – Jetzt aber hast du plötzlich Skrupel und bist nicht mehr bereit, die Konsequenzen zu tragen, und dies geht auf meine Kosten.«

Leonardo schien sie nicht zu verstehen: »Welche Konsequenzen bin ich nicht bereit zu tragen?« – »Ich kenne keine Beziehung, die möglich ist, ohne dass beide Partner Kompromisse schließen, und sei es nur in ganz simplen Bereichen, dass man zum Beispiel seinem Partner im eigenen Bad einen Platz für dessen Zahnputzbecher oder Handtuch verschafft. Du willst aber so weiterleben wie bisher. Du gibst mir keinen wirklichen Platz in deinem Leben.« – »Kathy, es geht hier nicht um Zahnputzbecher. Es geht um die Bedrohung durch Lopez oder um die Auswanderung von uns beiden. Ich weiß inzwischen genau, dass ich nicht so blind und egoistisch sein kann, mit dir im Ausland ein neues Leben zu beginnen und hier alles zurückzulassen.« – »Leonardo, keiner verlangt von dir, dass du die Augen verschließt und gar nichts mehr tust. Mein Vater hilft auf seine Weise auch deinem Land, ohne sich und seine Familie ständig an den Rand des Abgrunds zu treiben. – In deinem Kopf ist aber etwas anderes, was es dir so unmöglich macht, eine vernünftige Lösung zu finden.« – »Wie meinst du das?«

Kathy sah ihn provozierend an. »Du gibst einer Liebe lediglich den Stellenwert einer netten Nebensächlichkeit, wenn die großen Dinge des Lebens, Job und Politik, ihren Platz gefunden haben. Leonardo, ich bin mir zu schade, lediglich ein nettes Beiwerk deiner großen Ideale zu sein.« Leonardo fühlte sich von ihr angegriffen und fragte fast zynisch: »Bist du wirklich so romantisch, dass du glaubst, eine Liebe ist alles auf der Welt?« – »Nein, nicht alles, aber auch keineswegs so unwichtig, wie du denkst. Ich glaube, dass der Wunsch nach Liebe und Verbundenheit ein Grundbedürfnis des Menschen ist. – Weißt du, mich haben als junges Mädchen schon immer historische Beziehungen interessiert, die geprägt waren von geistiger und körperlicher Vereinigung. Beziehungen, aus denen ein tolles Lebensteam entstanden ist. Mein Vorbild war zum Beispiel immer Marie Curie, die mit ihrem Mann nicht nur eine Familie gegründet, sondern auch erfolgreich mit ihm wissenschaftlich zusammengearbeitet hat.«

»Glaubst du nicht, dass solche Beziehungen eher die Ausnahme sind? Die meisten reichen über ein paar Gemeinsamkeiten und die Gründung einer Familie nicht hinaus.« – »Anscheinend fasziniert dich eine solche Beziehung auch nicht gerade, sonst hättest du wohl auch schon deine Familie«, erwiderte Kathy herausfordernd. »Nein, eine solche rein zweckbestimmte Beziehung möchte ich nicht und würde sie auch mit dir nicht wollen«, entgegnete er schroff.

»Leonardo, es ist sicherlich so, dass ich meine Ideale habe, was Beziehungen angeht. Nicht umsonst habe ich vor ein paar Monaten eine siebenjährige Partnerschaft beendet, weil sie nicht mehr diesen Idealen entsprach. Aber auch du hast Ideale, weil du eben keine Beziehung willst, die lediglich zur Fortpflanzung und zur Aufzucht der Nachkommen geschlossen wird.«

Leonardo wirkte gereizt, als er nachhakte: »Mir ist nicht ganz klar, worauf du hinauswillst.« – »Als du dich für mich interessiert hast, war mehr in deinem Kopf als nur der Wunsch, dass ich einmal die Mutter deiner Kinder werden könnte. Du hast in mir, wenn auch nur für Augenblicke, eine Partnerin für dein Leben gesehen. Die so denkt und fühlt wie du und dich auch unterstützt, wenn du Hilfe brauchst. Ich hatte manchmal während der Arbeit den Eindruck, als würdest du mich als ebenbürtige Partnerin anerkennen. Jetzt aber plötzlich fällst du wieder in dein Rollenklischee zurück, indem du Frauen in deinem Leben eine untergeordnete Rolle zuweist und sie bevormundest.«

Fast barsch erwiderte Leonardo: »Ich weiß nicht, wo ich dich bislang bevormundet habe. Mir kam es immer so vor, als ob wir beide die Dinge wollten, die bislang zwischen uns gelaufen sind.« – »Und warum glaubst du dann, über meine Zukunft entscheiden zu müssen? Ich möchte dieses Land nicht einfach verlassen und ich möchte die Chance bekommen, mit dir eine Beziehung leben zu können.« – »Kathy, du weißt, dass es völlig unvernünftig ist, was du sagst, und ich sehe darin nichts Partnerschaftliches, wenn ich diesen Wahnsinn unterstütze«, erwiderte Leonardo scharf.

Kathy wollte sich durch seine Antworten nicht beirren lassen und blieb hartnäckig: »Ist es nicht Bevormundung, wenn du allein festlegst, was richtig und was falsch ist und was du unterstützen willst und was nicht? Leonardo, ich hätte dir schon mehrmals meine Hilfe verweigern können, weil es mir vielleicht zu unbequem war oder ich etwas anderes im Sinn hatte. Ich habe aber immer abgewägt und versucht, eine Lösung zu finden, die für uns beide akzeptabel ist. Gerade diese Bereitschaft vermisse ich jetzt aber bei dir. – Du legst fest, dass ein gemeinsames Leben zu gefährlich für uns ist und wir deshalb auf unbestimmte Zeit getrennt leben müssen. Ob ich damit leben kann, mit der Angst um dich und der Ungewissheit, ist dir völlig egal. Umgekehrt aber nimmst du dir das Recht heraus, zu bestimmen, dass du mit der ständigen Angst um mich nicht leben möchtest und mich deshalb ins Ausland schicken willst, weil ich dort in Sicherheit wäre. Sag mal, merkst du nicht, dass du hier keineswegs mehr partnerschaftlich handelst?«

Es klang mehr wie eine Kapitulation, als er fragte: »Was erwartest du von mir?« – »Dass du bereit bist, zu unserer Liebe zu stehen und für sie zu kämpfen, uns eine reelle Chance gibst, ein gemeinsames Leben auszuprobieren«, erwiderte Kathy leise, aber eindringlich. »Und wie soll unser gemeinsames Leben aussehen?« – »Ich weiß es noch nicht und ich möchte mir darüber auch noch keine Gedanken machen, bevor wir uns nicht einig sind, ob wir ein gemeinsames Leben wollen und bereit sind, notfalls einen hohen Einsatz dafür zu zahlen.«

»Kathy, wie kannst du eine Entscheidung von mir verlangen, wenn ich das Risiko gar nicht abschätzen kann, nur weil du dich weigerst, einen Plan zu haben?« Jetzt war es Kathy, die langsam wütend wurde: »Meinst du nicht, dass es im Leben sogenannte Grundsatzentscheidungen gibt, die eben nicht situationsabhängig sind, wie zum Beispiel die Entscheidung für eine bestimmte Partnerschaft oder für ein Kind. Sollte man sich in solchen Fällen nicht erst einmal fragen, ob sie einem so wichtig sind, dass man bereit ist, alles dafür Notwendige zu tun, ohne immer danach zu schielen, ob dies noch mit dem Lebensplan übereinstimmt, den man sich für sein Leben aufgestellt hat? Weißt du, das Leben verläuft mir zu wenig nach Plan, als dass ich wichtige Beziehungen zu anderen Menschen davon abhängig machen will.«

Kathy fror, vor Müdigkeit und weil sie diese Auseinandersetzung anstrengte. Sein Schweigen kam ihr endlos vor, bis er schließlich sagte: »Okay. Kathy, lass es uns versuchen.« Es war seit nahezu zwei Stunden das erste Mal, dass er sie berührte,

69

indem er nach ihrer Hand griff. »Komm, lass uns wieder ins Haus gehen. Wir sollten noch ein paar Stunden geschlafen haben, bevor meine Familie munter wird.« Auf dem Weg zum Haus legte er ihr den Arm um die Schulter und zog sie an sich. Er brachte sie bis zum Treppenabsatz und küsste flüchtig ihre Lippen.

Kathy war sofort eingeschlafen. Sie träumte von Folter und Verfolgung und wachte schließlich schweißgebadet auf. Als ihr bewusst wurde, wo sie sich befand, konnte sie zwar schnell wieder einschlafen, wachte aber alle zwei Stunden auf, weil sie unruhig geträumt hatte. Es war schon neun Uhr, als sie von Geschirrklappern aus der Küche geweckt wurde. Sie zog sich schnell an, um nicht als Letzte am Frühstückstisch zu erscheinen. Als sie das Esszimmer betrat, saß Leonardo bereits mit seiner Familie am Tisch. Kathy grüßte allgemein und wurde gleich von Leonardos Mutter mit Milch und frischem Brot versorgt. Während des Frühstücks fragte sie der Vater, ob ihr der gestrige Abend gefallen habe. Sie schloss aus dieser Frage, dass Leonardo seine Familie noch nicht eingeweiht hatte. Enttäuscht darüber erzählte sie, ohne Leonardo anzusehen, dass sie es gestern sehr schön gefunden habe und Leonardo sie wieder im Tanzen unterrichtet und ihr danach einen Teil der Stadt gezeigt habe. Leonardos Mutter sah forschend von Kathy zu ihrem Sohn und schien sich nicht mehr so sicher zu sein, wie sie die Sache einordnen sollte. Leonardo dagegen zeigte durch einen Themenwechsel an, dass er kein Interesse daran hatte, das Gespräch über den gestrigen Abend zu vertiefen.

Nach dem Frühstück hatte Leonardo noch ein paar Dinge mit seinem Vater zu besprechen und Kathy räumte mit der Mutter zusammen den Tisch ab. Eher wortkarg antwortete sie auf die Nachforschungen der Mutter, die von ihr betont beiläufig etwas mehr erfahren wollte. Die Mutter befürchtete anscheinend, dass sich zwischen den beiden mehr sein könnte als nur eine kollegiale Beziehung. Da Kathy aber nicht einsah, Leonardo die Aufgabe abzunehmen, seine Familie über ihre Beziehung in Kenntnis zu setzen, hielt sie sich mit konkreten Äußerungen sehr bedeckt. Um sich weiteren Fragen zu entziehen, ging sie schon jetzt nach oben und packte ihre Sachen für die Abfahrt zusammen. Als sie alles verstaut hatte, setzte sie sich, zuerst etwas unschlüssig, auf das Bett, ging dann aber doch nach einer Weile mit ihrer Reisetasche nach unten. Leonardos Mutter, die sie kommen sah, fragte gleich erstaunt: »Wollen Sie denn schon fahren? Leonardo fährt sonst erst immer nach dem Mittagessen.« – »Ich habe mit Ihrem Sohn nicht abgesprochen, wie lange wir bleiben werden. Dies lässt sich sicherlich gleich klären.«

Leonardo, der ihre Worte gehört hatte, trat in den Flur und sah erstaunt ihre gepackte Reisetasche. Ihrem Gesichtsausdruck entnahm er, dass sie nicht vorhatte, noch länger in diesem Haus zu verweilen, und sagte deshalb knapp zu seiner Mutter: »Wir müssen heute eher fahren. Ich suche noch schnell meine Sachen zusammen.« Während er im Wohnzimmer hastig seine Tasche packte, verabschiedete sich Kathy höflich, aber doch sehr förmlich von seiner Familie und bedankte sich für ihre Gastfreundschaft.

Kathy atmete erleichtert auf, als sie endlich im Wagen saßen und vom Grundstück fuhren. Nachdem sie eine Weile geschwiegen hatten, fragte Leonardo: »Bist du wütend, weil du glaubst, ich würde nicht mehr zu meinem Wort stehen?« – »Wäre es verwunderlich, wenn ich so denken würde?« – »Und was meinst du, wie hätte ich mich deiner Meinung nach im Beisein meiner Familie verhalten sollen?«, wollte er wissen. Kathy sah ihn von der Seite an und antwortete schärfer als beabsichtigt: »Leonardo, ich bin keine billige Affäre, die man verheimlichen muss.«

Er schwieg eine Weile, bevor er sagte: »Kathy, ich stehe zu

meinem Versprechen, dass wir versuchen, eine gemeinsame Zukunft aufzubauen. Ich möchte aber nicht, dass wir uns hierdurch unnütz in Gefahr bringen. Hiervon haben wir beide nichts.« – »Wie meinst du das?« – »Ich fände es besser, wenn von unserer Beziehung im Moment keiner etwas in Asunción erfährt und wir uns dann in Ruhe überlegen, wie wir an unserer Situation etwas verändern können.« – »Heißt das, wir treffen uns heimlich, wodurch wir Lopez misstrauisch erst recht machen würden?« – »Es gibt bestimmt Möglichkeiten, dass man sich treffen oder auch schreiben kann, ohne dass Lopez etwas davon erfährt«, versuchte er sie zu beruhigen. Er hatte an ihrem misstrauischen Seitenblick sofort gespürt, dass dies nicht in ihrem Sinne war. Sie war enttäuscht und merkte, wie sich ihr Magen zusammenzog. »Mir ist schlecht, bitte halte an.« Leonardo lenkte den Wagen in einen Schotterweg und blickte etwas irritiert, als Kathy fast fluchtartig den Wagen verließ. In einer Entfernung von zehn Metern blieb sie stehen und starrte auf das umliegende Weideland. Seine Art, Probleme zu lösen, machte sie wütend und verzweifelt zugleich.

Inzwischen war auch Leonardo ausgestiegen, blieb aber in unmittelbarer Nähe des Wagens stehen. Da er die Situation nicht einschätzen konnte, fragte er: »Kathy, was ist los mit dir?« Diese drehte sich langsam zu ihm um und gab sich weder Mühe, die Lautstärke noch ihre Wortwahl unter Kontrolle zu haben, als sie ihn anschrie: »Leonardo, weißt du eigentlich, dass du ein ganz mieser Feigling bist? Du schaffst es wirklich noch, aus einer Beziehung, die etwas Großes werden könnte, eine ganz billige heimliche Liebschaft zu machen. – Weißt du, ich habe keine Lust mehr, um diese Beziehung zu betteln. Wenn du mich in einer Stunde zuhause abgesetzt hast, werde ich zu meinem Vater gehen und ihm sagen, dass ich so schnell wie möglich Paraguay verlassen werde. Und dann war es das, Leonardo. Du hast niemals wirklich vorgehabt, unserer Beziehung eine echte Chance zu geben.« Ihre Augen hatten sich inzwischen mit Tränen gefüllt, gegen die sie erfolglos anzukämpfen versuchte.

Leonardo war sichtlich schockiert, von ihren derben Worten, ihrem Gefühlsausbruch und weil ihm langsam das ganze Problem aus der Kontrolle geriet. Es war ihm der aufsteigende Ärger und auch die Panik anzumerken, als er betont höflich fragte: »Und was ist dein Vorschlag? Was sollten wir deiner Meinung nach tun?« – »Endlich zu allem stehen. Was ist bitte denn so schwer daran, den Leuten zu sagen, dass wir uns lieben und jetzt zusammen sind? Lopez wird so oder so wütend auf mich sein, weil er bei mir nicht ans Ziel kommt. – Und was die Untergrundarbeit betrifft, gibt es bestimmt Möglichkeiten, wie man sie weniger gefährlich betreiben kann.«

Fast provozierend fragte Leonardo: »Wenn wir jetzt nach Hause kommen, willst du dann zu deinem Vater gehen und ihm sagen, dass wir miteinander geschlafen haben?« – »Warum nicht?« – »Und was, glaubst du, wird er sagen?« Kathy wollte ihm gegenüber gemein sein und erwiderte: »Er wird dich zu sich bestellen und dich feuern … Er schätzt es nun einmal nicht, wenn sich Angestellte durch das Ausnutzen der Gefühle seiner Tochter nach oben schlafen.« Diese Worte verfehlten ihre Wirkung bei Leonardo nicht. In seinem Kopf schien jetzt ein Gedankenchaos zu herrschen, das er mühsam zu ordnen suchte. Er tat sich schwer damit, zu fragen: »Und was wirst du dann tun?« – »Ich werde warten.« – »Auf was?« – »Darauf, dass du mich fragst, ob ich mit dir kommen will.« – »Und was wirst du antworten?«, fragte er fast tonlos. »Warte es doch ab.«

Leonardo fuhr sich mit der Hand nervös durch sein kinnlanges, leicht gewelltes, dunkles Haar. »Kathy, ich weiß inzwischen genau, dass ich auf keinen Fall möchte, dass du dieses Land verlässt und es dann zwischen uns aus ist oder wir für unbestimmte Zeit getrennt werden. Aber glaubst du wirklich, dass dieser Weg, den du eben vorgeschlagen hast, der richtige ist?« – »Ja. Du führst schon jetzt teilweise ein Leben im Untergrund, was dich von deinen Mitmenschen fürchterlich isoliert. Betreibe jetzt nicht noch eine Untergrundliebe. Die ständigen Heimlichkeiten werden uns noch ersticken. – Außerdem will ich die Frau an deiner Seite sein.« – »Kathy, du verlangst gerade für diese Liebe unseren sozialen Absturz. Du wirst die Frau eines arbeitslosen Arztes sein, der auch mit der jetzigen Anstellung nicht genügend Geld hat, um eine eigene Familie zu ernähren, weil er mit seinem Verdienst auch noch seine Eltern und Geschwister durchbringen muss.«

Kathy überzeugten seine Argumente wenig. »Ich verlange dies nicht von dir, weil du mit mir gestern im Bett deinen Spaß hattest und ich nun den Preis hierfür haben möchte. Ich verlange auch nichts von dir, wenn du dir deiner Liebe zu mir nicht sicher bist. Aber wenn du mich wirklich liebst, verlange ich absolute Offenheit, weil mir eine heimliche Liebe einfach zu verlogen und billig ist.« Er schwieg einen Moment lang und sagte dann: »Ich möchte nachher selbst mit deinem Vater reden. Möchtest du, dass ich auch gleich um deine Hand anhalte?« Selbstbewusst antwortete sie: »Ich glaube, wir sollten erst einmal ausprobieren, ob es mit uns auch klappt.«

Die übrige Rückfahrt verlief schweigend. Leonardo wirkte nervös, was seinem Fahrstil auch anzumerken war. Kathy war müde und schlief den Rest des Weges auf dem Beifahrersitz. Vor dem Haus ihrer Eltern stieg sie aus, nahm ihre Reisetasche und ging wortlos hinein. Die Haustür ließ sie offen. Leonardo folgte ihr zögernd ins Treppenhaus und klopfte an die Wohnzimmertür. Dr. Barkley und Elena baten ihn herein, sichtlich erleichtert, dass sie wieder wohlbehalten eingetroffen waren. Mit ernstem Gesicht fragte Leonardo seinen Chef, ob er ihn kurz unter vier Augen sprechen könne. Sie gingen in das Arbeitszimmer, wo ihn Dr. Barkley sofort beunruhigt fragte:

»Ist etwas passiert?« Ziemlich konzeptlos antwortete Leonardo: »Ich habe mit Ihrer Tochter geschlafen.« Dr. Barkley starrte ihn einen Moment an, bevor er irritiert fragte: »Hat Kathy es auch gewollt oder gab es da etwas ...?«

»Ja. Wir haben es beide gewollt«, antwortete Leonardo hastig. Dr. Barkley hatte sichtlich Mühe, seine Rolle zu interpretieren. Fast ratlos fragte er: »Und? Wie soll ich jetzt dieses Gespräch verstehen?« Leonardo, der sich während der Rückfahrt im Kopf ein Konzept für dieses Zusammentreffen erstellt hatte, sah jetzt, dass alles ganz anders verlief. Er wirkte etwas hilflos, als er sagte: »Ich wollte nicht, dass Sie einen falschen Eindruck von der ganzen Sache bekommen.« – »Welchen falschen Eindruck? Ist es nun was Ernstes oder war es nur – eben einfach mal so?« Fast wie ein Geständnis sagte Leonardo: »Kathy und ich, wir lieben uns.«

Dr. Barkley schien diese Antwort wenig zu beruhigen. Eigentlich war es genau das, was er befürchtet hatte, als sich seine Tochter zu diesem gemeinsamen Wochenende entschloss. Er brauchte einen Moment, bis er für diese doch eher etwas ungewöhnliche Situation die richtigen Worte fand. »Leonardo, ich schätze Sie sehr, sowohl als Arzt als auch als Mensch. Ich kann auch verstehen, dass Kathy und Sie sich lieben. Sie passen bestimmt recht gut zueinander. – Und trotzdem bin ich nicht gerade glücklich darüber, dass Sie jetzt offensichtlich eine Beziehung mit meiner Tochter eingegangen sind. Es stören mich einfach die Umstände, unter denen diese Beziehung entsteht. Sowohl Kathy als auch Sie haben zurzeit ziemlich viele Probleme und durch diese Verbindung werden sie nicht gerade weniger.«

Leonardo stimmte ihm zu: »Kathy und ich haben lange über diese Situation gesprochen, auch darüber, ob wir lieber Paraguay verlassen oder uns ganz trennen sollten. Wir haben uns schließlich dazu entschieden, dass wir es hier zusammen versuchen wollen. Alles andere wäre eine Kapitulation vor unseren Problemen gewesen.« – »Ich kann diese Haltung gut verstehen. Sie macht mir aber auch gleichzeitig Angst, weil ich befürchte, Kathy oder Ihnen könnte etwas zustoßen, weil Lopez mit Sicherheit gegen diese Verbindung sein wird. Ich kann nur an Ihre Vernunft appellieren, dass Sie vorsichtig genug sind, um meine Tochter und sich nicht zu gefährden und notfalls gemeinsam das Land verlassen, falls hier die ganze Sache zu heiß wird. Und falls Sie Hilfe brauchen, dass Sie sich sofort an mich wenden.« Leonardo versprach es ihm.

Sichtlich erleichtert vom Verlauf dieses Gesprächs, bat er Dr. Barkley, Kathy mitnehmen zu können, weil er noch etwas mit ihr zu besprechen habe. Er würde rechtzeitig zum Dienstbeginn wieder mit ihr im Krankenhaus sein. Dr. Barkley hatte keine Einwände, sagte aber beim Verabschieden: »Leonardo, ich erwarte von Ihnen, dass die Arbeit in keiner Weise unter dieser Beziehung leidet.« Leonardo nickte und ging zu Kathy in deren Wohnung. Er hatte inzwischen keine Zweifel mehr, dass diese als Tochter gewusst haben musste, wie sich ihr Vater verhalten würde, und er kam sich naiv und dumm vor, dass er daran zweifeln konnte, Dr. Barkley würde sich in väterlichen Belangen ganz anders verhalten als sonst. Es war wahrscheinlich seine eigene völlige Verunsicherung und Kathys selbstsicheres Auftreten, die ihn unfähig gemacht hatten, die Situation richtig einzuschätzen. Als Leonardo nach kurzem Anklopfen Kathys Wohnung betrat, war diese gerade dabei, ihre Post durchzusehen. Leonardo ergriff ihre Reisetasche, die sie auf den Wohnzimmerteppich abgestellt hatte, und sagte: »Ich habe mit deinem Vater gesprochen. Er hat tatsächlich so reagiert, wie du es vermutet hast. Stehst du noch zu deinem Versprechen und beginnst mit mir ein gemeinsames Leben?«

Kathy schaute ihn ungläubig an. Er wirkte zu ernst und blass, um sich mit ihr einen Scherz zu erlauben. Von dieser Situation selbst überrascht, fragte sie: »Was hat er denn gesagt?« – »Dass er dir bereits mehrmals zu verstehen gegeben hat, dass er gegen diese Verbindung ist und er unter keinen Umständen das Krankenhaus in Gefahr bringen will, nur weil wir durch unser Verhalten Lopez aufstacheln. Er bat mich, mir in einer anderen Stadt eine Arbeitsstelle zu suchen«, log Leonardo perfekt. »Und was wirst du nun tun?« – »Ich werde jetzt zu mir in die Wohnung fahren und möchte dich mitnehmen. Deinen Eltern habe ich schon gesagt, dass du wahrscheinlich mitkommen wirst.« – »Und, was haben sie gesagt?« – »Dass du jederzeit deine Sachen holen kannst.« Kathy hatte den Eindruck, dass hier etwas gründlich schiefgelaufen sein musste, hielt es aber für besser, erst einmal mit Leonardo mitzufahren und dann morgen in aller Ruhe mit den Eltern zu reden, wenn sich ihre Gemüter wieder etwas beruhigt hatten.

In seiner Wohnung stellte er seine und ihre Reisetasche im Flur ab und führte Kathy in sein Bad. Dort schob er seine Toilettenutensilien auf der kleinen Ablage zusammen und zeigte ihr, wo sie ihren Zahnputzbecher hinstellen könne. Nachdem er an einen freien Haken ein Handtuch für sie aufgehängt hatte, sah er sie provozierend an. Kathy wurde misstrauisch. »Leonardo, was hat mein Vater wirklich gesagt?«, wollte sie von ihm wissen. Leonardo drängte sie mit seinem Körper an die Wand, bis sie mit dem Rücken die kalten Fliesen berührte. Er sah sie forschend an. »Du hast die ganze Zeit gewusst, dass mich dein Vater nicht vor die Tür setzen wird. Warum hast du es zugelassen, dass ich fast eine Stunde lang wahnsinnige Angst vor diesem Gespräch hatte?« Diesmal war es Kathy, die mühsam nach einer Antwort suchte. Fast kleinlaut sagte sie: »Ich wollte endlich einen Beweis von dir, dass es dir mit uns ernst ist. Ich war wütend und verunsichert über dein halbherziges Verhalten.«

Eindringlich sagte er: »Kathy, mach dies bitte nicht noch

einmal mit mir. Wenn man jemandem vertraut, muss er keine Beweise erbringen. Falls du jetzt nicht Wort gehalten hättest und nicht mit mir gekommen wärst, hätte ich diese Beziehung nicht mehr gewollt.« Kathy spürte, dass es ihm ernst war, und antwortete: »Es tut mir leid. Ich werde keine Beweise mehr von dir verlangen, was du umgekehrt aber gerade von mir erwartet hast.« Leonardo schien diese Entschuldigung auszureichen. Er küsste sie zärtlich und fragte dann, ob sie auf diese ganze Aufregung erst einmal ausgiebig zum Mittag essen sollten oder aber ob sie von ihm erst verführt und dann bekocht werden wollte. Kathy musste nicht lange überlegen und entschied sich für die zweite Variante.

Die Essensvorräte, die Leonardos Mutter vor ihrer Abreise eingepackt hatte, bestanden aus Kuchen, Wein, frischem Brot, Käse und Eiern. Da Leonardo ansonsten nicht viel im Hause hatte, machten sie sich Spiegeleier, die sie zum Brot aßen. Es war jetzt Leonardo, der alles über Kathys Vergangenheit wissen wollte und sich auch sehr für ihre Beziehung zu Brad interessierte. Kathy gab ihm hierüber bereitwillig Auskunft. Sie lagen gemeinsam auf seinem Bett, wobei er sie in seinem Arm hielt, als sie ihn fragte: »Was ist eigentlich zwischen Monica und dir gelaufen?« Leonardo hörte abrupt auf, ihr über das Haar zu streichen, und hielt einen Moment inne, bevor er knapp antwortete: »Billiger Sex und sonst nichts.« Kathy sah ihn ungläubig an: »Willst du sagen, dass du nur mit ihr zusammen warst, um mit ihr Sex zu haben?«

Leonardo fiel die Antwort sichtbar schwer: »Ich war fünf Jahre lang mit Maria, meiner ersten Freundin, zusammen und wollte sie auch heiraten. Dann passierte das mit meiner Familie und alles wurde anders. Mein Leben, mein Job und auch ich. Dies hat unsere Beziehung nicht überstanden. Als ich für die Promotion nach Asunción ging, trennten wir uns und sie heiratete einen Tischler aus dem Nachbarort.« – »Und was sollte das dann mit Monica?«, verstand Kathy noch nicht ganz. »Die Trennung von Maria hatte mich ziemlich verwundbar gemacht, obwohl ich denke, dass sie richtig war, weil wir zwar aus demselben Landstrich stammten, aber ansonsten zu verschieden waren. Mit Maria hätte ich tatsächlich die klassische Ehe mit Kindern und sonst nichts geführt. Bei Monica war es so, dass ich eigentlich gar keine neue Beziehung wollte, und da ich, was die körperliche Liebe angeht, bis auf die Erfahrungen mit Maria noch recht unerfahren war, glaubte ich damals noch, dass man dies gut voneinander trennen könnte.« – »Und warum habt ihr euch dann getrennt?« Diesmal sah Leonardo sie forschend an, als er fragte: »Hast du schon einmal mit jemanden geschlafen, den du nicht liebst?«

Kathys Antwort kam sehr spontan: »Nein. – Ich wüsste dann gar nicht, was ich mit dem Mann überhaupt reden sollte, wenn ich in seinem Arm liege, so wie jetzt mit dir.« – »Das wusste ich bei Monica auch nicht. Manchmal haben wir uns noch über dienstliche Belange unterhalten und als ich merkte, dass mir dies auf Dauer zu wenig war, haben wir schließlich die Beziehung beendet.« – »Kann es sein, dass sich Monica auch etwas anderes unter dieser Beziehung vorgestellt hat?«, forschte Kathy nach. »Ja, vermutlich. Zumindest hat sie dies einer Kollegin gegenüber geäußert.«

Leonardo war gegen 20 Uhr noch einmal zum Krankenhaus gefahren, um den Wagen wieder gegen sein Motorrad einzutauschen. Elena hatte ihn beim Abschied aufmunternd mit den Worten auf die Schulter geklopft, dass schon alles gut werden würde. Ihm tat ihre Reaktion gut, weil er spürte, dass ihm dieses ganze Wochenende sehr viel Nerven gekostet hatte. Als er wieder zurück in seine Wohnung kam, lag Kathy glückselig in seiner Badewanne und fragte ihn, ob er nicht zu ihr kommen wolle.

Das gemeinsame Bad und die Dinge danach hatten ihn

müde gemacht. Es war bereits halb elf, als Leonardo die noch ziemlich aufgekratzte Kathy ermahnte, nun lieber zu schlafen, um morgen für den Dienst fit zu sein. Er schlief sofort ein, während sie noch wach neben ihm lag und die Schatten in seinem Zimmer betrachtete. Leonardo bewohnte im Haus seines Freundes eine kleine Zweizimmerwohnung, die er sehr einfach mit alten Möbeln seiner verstorbenen Großeltern eingerichtet hatte. Kathy versuchte die letzten Stunden in ihrem Kopf zu ordnen und hatte den Eindruck, als sei in ihrem Leben ein Wendepunkt eingetreten. Es war nicht so wie früher, als man einen netten Mann kennenlernte, irgendwann neben ihm auch im Bett lag und dann mal schaute, wie sich die ganze Sache weiterentwickelte, sondern es stand diesmal sehr viel mehr auf dem Spiel, was ihr trotz ihrer Verliebtheit auch Angst bereitete. Um sich ihrer Gefühle zu vergewissern, berührte sie leicht Leonardos nackten Oberkörper und rückte so nah an ihn heran, dass sie den Duft seiner Haut einatmen konnte. Er roch würzig und fremdländisch und sie mochte es. Auf ihrem Gesicht spürte sie das leicht wunde Gefühl von den Berührungen seines Dreitagebartes und stellte sich vor, wie ihr Leben nun aussehen würde, hier in diesem Land, als Frau von diesem Mann. Es war kurz vor Mitternacht, als sie endlich einschlafen konnte.

Am nächsten Morgen servierte ihr Leonardo das Frühstück ans Bett. Es war keineswegs üppig, weil nur noch ein wenig Kuchen und Brotreste vom Vortag übrig geblieben waren. Leonardo fragte sie scherzhaft: »Sag einmal, verlangst du eigentlich immer so einen hohen Einsatz von deinen Partnern?« – »Wie meinst du das?« – »Na ja, ich denke, dass ich für dich hier immerhin mein Leben und auch meine Karriere riskiere.« Selbstbewusst erwiderte Kathy: »Ohne hohen Einsatz bin ich nun einmal nicht zu bekommen. Ist er dir etwa zu hoch?« Leonardo schien angestrengt nachzudenken, bevor er antwortete: »Na ja, man scheint ja doch eine ganze Menge dafür zu bekommen, sodass das hohe Risiko nicht ganz umsonst ist. Ich war bislang nur noch nie bereit, so viel für eine Frau zu riskieren, und mit weniger konnte ich dich ja nicht bekommen.« Leonardo stellte das Tablett auf den Fußboden und strich zärtlich über die Sommersprossen auf ihrer Nase, die für ihn kleine Naturwunder darstellten.

3   Eine Beziehung voller Gegensätze

6.–12.9.1976

Die nächste Woche hatten sie getrennte Dienstzeiten. Leonardo arbeitete, bis auf den Mittwochnachmittag, tagsüber, während Kathy für eine Woche den Nachtdienst übernommen hatte und ihr Vater für die Rufbereitschaft eingeteilt war. Obwohl Kathy und Leonardo wussten, dass Privatheiten während des Dienstes zu unterbleiben hatten, blieb Leonardo nach der Stationsübergabe noch zwei Stunden im Krankenhaus, um sie bei der Arbeit zu unterstützen und ihr einfach nur nah zu sein. Kathy hatte nachts Angst im Krankenhaus. Die langen Gänge des alten Gebäudes und das schlecht beleuchtete Grundstück, auf dem sich zahlreiche streunende Katzen aufhielten, die mit ihren klagenden Lauten die nächtliche Stille durchdrangen, verstärkten dieses Gefühl noch, wenn sie von einer Station zur anderen gerufen wurde. Kathy hatte diesen Dienst übernommen, weil turnusmäßig jeder Arzt einmal zum Nachtdienst eingeteilt wurde und sie keine Ausnahme bilden wollte. Ihr Vater hätte das jedoch durchaus akzeptiert, nicht, weil sie seine Tochter war, sondern weil er die Auffassung vertrat, dass sie als einzige Frau unter den Ärzten nicht unbedingt den Nachtdienst übernehmen sollte. Als sie dennoch darauf bestand, war er zu dem Kompromiss bereit, dass Leonardo bis Mitternacht bei ihr bleiben und er danach die Rufbereitschaft übernehmen würde.

Es war in der Nacht von Montag auf Dienstag, als ihr Vater ihr mitteilte, dass er morgen auf einer außerordentlichen Dienstbesprechung kurz bekannt geben wolle, dass sie und Leonardo zusammen seien. Er war schon immer für Klarheit und wollte erst gar keine Gerüchte im Krankenhaus aufkommen lassen. Kathy, die am Montagnachmittag noch Gelegenheit hatte, mit Elena zu sprechen, erfuhr von dieser, dass sie geahnt hatte, dass sich eine Beziehung zwischen den beiden entwickeln werde. Für Elena, die diese Verbindung äußerst positiv einschätzte, war es überhaupt nur eine Frage der Zeit gewesen, wann der beiderseitige anfängliche Widerstand zusammenbrechen würde. Kathys Vater hatte zwar nichts gegen Leonardo, aber nach wie vor etwas gegen die ungünstigen Begleitumstände dieser Beziehung.

Kathy erschien am Dienstag tagsüber lediglich zur Dienstbesprechung im Krankenhaus. Sie war etwas aufgeregt, weil es ihr schwerfiel, mit Leonardo und ihren Kollegen unbefangen umzugehen. Sie entschloss sich deshalb, keine Minute zu früh zu erscheinen, damit bei ihrem Eintreffen schon alle am Konferenztisch Platz genommen hätten. Die Dienstbesprechung verlief hektischer als sonst, weil größere Neuanschaffungen für das Krankenhaus besprochen wurden, worüber dann abgestimmt werden sollte. Kathy hatte am Anfang kurz zu Leonardo hinübergeschaut und ihm zur Begrüßung zugenickt, dann aber lieber weiteren Blickkontakt vermieden. Ihr Vater teilte am Ende der Besprechung fast beiläufig in knappen Worten mit, dass seine Tochter und Dr. Terno miteinander liiert seien, dies aber nichts an den Zuständigkeiten oder der Arbeitsweise im Hause ändere.

Kathy war die ganze Situation peinlich, obwohl sie gleichzeitig froh war, dass nun Klarheit herrschte. Die Reaktionen der Kollegen waren recht unterschiedlich, aber insgesamt sehr verhalten. Zuerst wurden Kathy und Leonardo interessiert gemustert, dann fielen vereinzelt Bemerkungen zwischen den jeweiligen Tischnachbarn, die Kathy aber nicht verstand. Obwohl die Nachricht wohl keinen von dieser Tischrunde ernsthaft erstaunte, wurde sie nicht von allen positiv aufgenommen, weil bei einigen Kollegen die Befürchtung zu groß war, dass sich Leonardo durch diese Beziehung einen Karrierevorsprung verschaffen wollte. Leonardo schien es wie Kathy zu gehen. Er wollte ebenfalls schnell Klarheit im Krankenhaus, auch wenn er sich nun ein wenig davor fürchtete, wegen seiner damaligen Beziehung zu Schwester Monica als Frauenheld verschrien zu sein.

Im Krankenhaus verbreitete sich die Nachricht wie ein Lauffeuer. Während des Spätdienstes wurde Leonardo von Monica darauf angesprochen, ob es stimme, dass zwischen ihm und Kathy etwas laufe. Leonardo zeigte wenig Bereitschaft, weitere Auskünfte zu erteilen, und sagte deshalb nur kurz: »Ja, wir lieben uns«, und verließ das Stationszimmer. Am Abend bat Leonardo Kathy, sie am Donnerstag vor seinem Dienstbeginn noch sehen zu dürfen. Sie verabredeten, dass er gegen Mittag zu ihr kommen würde und sie dann mit Elena und den Kindern gemeinsam essen könnten. Als er nachhakte, was sie danach tun würden, fragte Kathy, ihn mit einem Lächeln provozierend, ob er ein Problem habe. »Ich glaub schon«, war seine knappe Antwort. Er sah sie mit einem Blick an, der die Zweideutigkeit seiner Worte nur noch unterstrich. Sie tat besorgt, als sie sagte: »Dann musst du dir wohl am Wochenende einen Virus eingefangen haben. Am Samstag hast du doch noch gesagt, du bräuchtest so etwas nicht.« Ihm schien seine Wankelmütigkeit selbst peinlich zu sein und er sah sie deshalb etwas hilflos an. Flüchtig berührte sie seinen Arm und flüsterte ihm, bevor er ging, zu: »Bis Donnerstag. Und sei morgen Nachmittag vorsichtig.«

Kathy genoss es, gemeinsam mit ihrem Vater arbeiten zu können, was bislang nicht häufig möglich gewesen war, weil Dr. Barkley neben der Krankenhausleitung noch Dienst auf der Station für Innere Medizin übernommen hatte. Ihr Vater zeigte ihr in den gemeinsamen Nachtdiensten, ohne auf sie wie ein Lehrmeister zu wirken, viele Dinge, die sie noch nicht beherrschte, und akzeptierte es auch, wenn sie etwas anders machen wollte. Am Mittwochabend kam er schon früher ins Krankenhaus, weil mit Leonardo verabredet war, dass dieser nach der ambulanten Betreuung in den Armensiedlungen nicht mehr ins Krankenhaus kommen würde. Leonardo meldete sich aber telefonisch kurz bei Kathy zurück, ohne über Details zu berichten.

Das Mittagessen am nächsten Tag gemeinsam mit Elena, den Kindern und Leonardo war unbefangen und lebhaft. Leonardo war das Kind einer Großfamilie und konnte mit Familientrubel und kleineren Geschwistern gut umgehen. Elena machte kein Hehl daraus, dass sie sehr glücklich über die Beziehung zwischen Kathy und ihm war. Überhaupt war Elena eine Frau, die wie ein Stammesoberhaupt über jede Familienvergrößerung erfreut war, weil eine große Familie für sie ein Symbol für Sicherheit und Geborgenheit war. Nach einer Stunde signalisierte Leonardo, indem er unter dem Tisch Kathys Bein berührte, dass er das Essen nicht länger als nötig ausweiten wollte. Kaum waren sie nach oben gegangen, zeigte er sich leidenschaftlich, nachdem er ihr zuvor gestanden hatte, dass er es langsam nicht mehr aushalte, sie nur sehen, aber nicht wirklich haben zu können.

Am nächsten Morgen fuhr Kathy, wie tags zuvor verabredet, mit dem Taxi zu Leonardos Wohnung. Es war gerade halb sieben und er wirkte noch sehr verschlafen, als er ihr die Tür öffnete. Kathy, von der letzten Nacht selbst müde, verkroch sich sofort in sein Bett und schlief an seinen Arm geschmiegt auch gleich ein. Geweckt wurde sie durch den Duft von angebratenem Gemüse mit frischem Brot, das ihr Leonardo mit Tee am Bett servierte. Während sie aßen, erzählte er ihr: »Seit Mittwochnachmittag werde ich von einem dunkelgrünen Fahrzeug verfolgt. Ich habe erst an einen Zufall geglaubt, denke jetzt aber, dass mehr hinter der Sache steckt.« Kathy war sofort sehr besorgt: »Gab es in den Slums denn irgendwelche Zwischenfälle?« – »Nein, die Krankenbesuche verliefen ganz normal und danach habe ich im Pfarrhaus nur kurz einen Karton mit Medikamenten abgegeben.«

Bevor Leonardo ins Krankenhaus fuhr, fragte er sie, ob sie sich vorstellen könnte, bei ihm einzuziehen, damit sie sich öfter sehen. Kathy zögerte, weil sie sich als Untermieterin ihres Vaters in der alten Villa recht wohl fühlte, und fragte deshalb: »Willst du denn nicht lieber bei mir einziehen? Vorausgesetzt, meine Eltern würden zustimmen?« Sie verabredeten, dass sie bei ihren Eltern erst einmal deren Meinung hierzu erfragen wollte.

Für das Wochenende hatten sich beide für den Bereitschaftsdienst am Vormittag einteilen lassen, weil sie am Samstagnachmittag das Jubiläumsfest, das am Abend in der Kantine des Krankenhauses stattfinden sollte, mit vorbereiten wollten. Während der Vorbereitungen hatte Kathy das erste Mal in dieser Woche Kontakt mit Monica, die sich ihr und auch Leonardo gegenüber auffällig abweisend verhielt.

Um sich für die Feier umzuziehen, war Kathy noch einmal in ihre Wohnung gegangen. Sie entschied sich für ein schwarzes, kniefreies Cocktailkleid mit schmalen Trägern, das ihre schlanke Figur betonte, aber ihrer Meinung nach nicht zu gewagt aussah. Als sie kurz darauf in der festlich geschmückten Kantine erschien, merkte sie an Leonardos Gesichtsausdruck sofort, dass sie hiermit keineswegs seinen Geschmack getroffen hatte. Sie wollte erst gar keine Missstimmung aufkommen lassen und fragte ihn mit gedämpfter Stimme: »Gefällt dir etwas an mir nicht?« Leonardo nahm sie kurz in den Arm und flüsterte ihr ins Ohr: »Hast du nicht etwas anzuziehen, was am Ausschnitt und Rocksaum etwas mehr Stoff hat?« Kathy fand seine Bedenken übertrieben und antwortete leicht amüsiert: »Hey, das ist mein Lieblingskleid. Ich habe es angezogen, weil ich dachte, dass es mir besonders gut steht.«

Leonardo schien keine große Lust zu haben, lange mit ihr darüber zu debattieren, und erwiderte nur: »Vielleicht ist es auch gerade das, was mich an dem Kleid stört«, und ging wieder zurück zur Theke, wo er bis 21 Uhr zum Dienst eingeteilt war. Kathy versuchte, gelassen zu bleiben, spürte aber, dass sie nicht mehr unbefangen war. Sie hatte auch das Gefühl, dass Leonardo sehr häufig zu ihr herübersah, wenn sie sich mit anderen Gästen unterhielt. Obwohl sie zum Tanz aufgefordert wurde, lehnte sie ab und tanzte nur jeweils einmal mit ihrem Vater und Dr. Philippo.

Wenn sie zu Leonardo an die Theke kam, wirkte dieser immer sehr beschäftigt. Gegen 21 Uhr ging Kathy, die schon beobachtet hatte, dass er in den letzten zwei Stunden reichlich Wein getrunken hatte, zu ihm, fasste ihn am Arm und sagte: »Komm, es ist Wachablösung. Tanz mit mir.« Leonardo ließ sich von ihr auf die Tanzfläche ziehen. Seine Hände lagen härter als sonst auf ihrer Haut und er reagierte ausgesprochen wortkarg, wenn sie versuchte, mit ihm über recht belanglose Dinge zu reden. Beim dritten Tanz fragte ihn Kathy: »Wollen wir lieber zu mir in die Wohnung gehen?« Leonardo war damit einverstanden.

Beim Weggehen teilte Kathy Elena kurz mit, dass sie etwas mit Leonardo besprechen wolle, und verließ mit ihm schweigend das Fest. In ihrer Wohnung trat Leonardo ans Wohnzimmerfenster und starrte nach draußen. Kathy setzte sich auf die Kante ihres Schreibtisches und fragte: »Was hast du?« Als er nicht antwortete, fragte sie provozierend: »Bist du auf Festen immer so unterhaltsam wie heute Abend?«

Leonardo drehte sich zu ihr um und sah sie sekundenlang schweigend an. Seine braunen Augen wirkten noch dunkler als sonst. Dann kam er auf sie zu und küsste sie, während er sie auf den Schreibtisch drängte. Auch das Scheppern der Schreibtischlampe, die hierbei zu Boden fiel, hielt ihn nicht auf, sie zu bedrängen. Kathy fühlte sich nicht gerade wohl in dieser Situation, spürte aber, dass etwas geschehen sein musste, wodurch er sich so verunsichert fühlte, dass er nun von ihr den Liebesbeweis forderte.

Während Kathy etwas später ihr verrutschtes Kleid ordnete und die Glasscherben der Schreibtischlampe vom Fußboden aufsammelte, war Leonardo ins Badezimmer gegangen. Es dauerte eine Weile, bis er wieder zu ihr ins Wohnzimmer kam. Sie sah sofort, dass es ihm nicht gut ging, und fragte deshalb: »Was ist los mit dir?« Er setzte sich auf das Sofa und sah sie einen Moment lang an, bevor er fast trotzig antwortete: »Ich will dies alles nicht.« Kathy, die ihn nicht verstand, hakte nach: »Was willst du nicht?« Die Antwort hierauf schien ihm sichtlich schwerzufallen: »Kathy, ich finde zwar, dass dir deine Kleidung gut steht, ich habe sie aber noch nie richtig gemocht. Sie passt nicht hierher und sie passt nicht zu uns.«

Kathy war von seiner Antwort etwas irritiert. »Und welche Kleidung, meinst du, würde zu uns passen?«, wollte sie von ihm wissen. »Ich denke, wenn du heute einfach ein nettes, harmloses Kleid angezogen hättest, wäre es in Ordnung gewesen. Als du noch allein warst, hatte dieses Kleid vielleicht einen Sinn, weil du die Männer damit auf dich aufmerksam machen konntest. Jetzt bist du mit mir zusammen und ich möchte nicht, dass die anderen denken, dass ich dir nicht genüge.«

Sie verstand langsam das Problem des Abends und fragte: »Glaubst du wirklich, dass ich es jemals nötig gehabt habe, mir einen Mann mit einem auffälligen Kleid zu angeln?« – »Ich weiß nicht, wozu du deine Kleidung brauchst. Ich meine, dass du es gar nicht nötig hast, so auf dich aufmerksam zu machen.« Kathy schwieg einen Moment, bevor sie antwortete: »Leonardo, ich hätte es damals wie viele meiner Kommilitoninnen machen können, indem ich mir mit hübschem Gesicht und toller Figur einen Akademiker als Ehemann geangelt hätte. Ich wollte dies aber nicht und hatte auch niemals den Ruf, dass so etwas bei mir funktioniert. Ich lehne es aber auch ab, die andere Sorte Frau zu spielen, die mausgrau und strebsam ihren Job erfüllt, woraufhin alle über mich sagen würden, dass ich nur deshalb Ärztin geworden bin, weil ich keinen Mann gefunden habe, der mich ernährt.«

»Und warum musst du jetzt noch allen beweisen, dass du in der Lage bist, dir einen Mann zu angeln? Jetzt, da du mit mir zusammen bist und es auch alle wissen?« Kathy verstand seine Frage nicht: »Wieso soll ich denn jetzt rumlaufen wie eine graue Maus? Außerdem kleide ich mich nicht so, um mir einen Mann zu angeln, sondern weil es mir einfach gefällt, attraktiv auszusehen.« – »Du bist jetzt aber meine Frau und ich finde es unangemessen, dass du dich so kleidest, dass du attraktiv auf andere Männer wirkst. Keine anständige Frau in einer Beziehung würde sich hier so kleiden, dies würde schon ihr Glaube verbieten.« Kathy fragte etwas irritiert: »Welcher Glaube verbietet was?« – »Eine gute Katholikin kleidet sich nicht wie eine Verführerin«, war seine knappe Antwort und er wirkte so, als würde er hinter seinen Worten stehen. Kathy blickte ihn einen Moment an, bevor sie leise, aber bestimmt sagte: »Leonardo, ich bin keine Katholikin und werde mich auch nicht so benehmen.« Er starrte sie an, als habe sie soeben etwas für ihn Unfassbares gesagt. Mühsam fragte er: »Und was bist du dann?« – »Ich bin eine Protestantin, eine Christin, so wie du, nur dass ich gelernt habe, meine Fehler selbst aus der Welt zu schaffen, anstatt zu glauben, dass mir mit einer Beichte alle meine Sünden vergeben werden«, antwortete sie sehr selbstbewusst.

Immer noch irritiert, wollte er von ihr wissen: »Ist es für dich kein Problem, wenn dein Partner einem anderen Glauben angehört?« Sie dachte einen Moment nach: »Doch, es wäre für mich ein Problem, wenn er kein Christ wäre und sich mehrere Frauen nehmen würde – oder wenn er ein strenggläubiger Katholik wäre, der nach jedem vorehelichen Beischlaf den Rosenkranz auf- und runterbeten würde.« – »Bist du nur mit mir zusammen, weil du glaubst, dass ich kein strenggläubiger Katholik bin?« – »Ja.« – »Und, bist du eine strenggläubige Protestantin?« – »Ich denke schon, dass ich so lebe, dass ich nicht gegen meinen Glauben verstoßen muss. Ich lebe nach den Zehn Geboten und schlafe nur mit einem Mann aus Liebe und bin ihm treu. Ansonsten versuche ich noch, Menschen zu helfen, denen es nicht so gut wie mir geht. Mehr brauche ich eigentlich nicht für meinen Glauben.«

Leonardo erweckte den Eindruck, als habe man einen wunden Punkt bei ihm getroffen. Fast entschuldigend sagte er: »Mit Maria ist es mir fast gelungen, eine Beziehung zu führen, wie es die Kirche von mir verlangt, und das mit Monica war eine Dummheit von mir.« Kathy fragte ihn, wie es für ihn sei, mit seiner ehemaligen Geliebten noch weiterhin zusammenarbeiten zu müssen, worauf er antwortete: »Als diese Affäre zu Ende war, lief es besser als vorher, weil endlich Klarheit zwischen uns herrschte. Aber dann kamst du und ich fühlte mich ständig von Monica beobachtet, wobei ich mit meinen Gefühlen schon genug zu tun hatte.«

Beide verspürten keine Lust mehr, zurück zum Fest zu gehen, und blieben deshalb in Kathys Wohnung, zumal sie am nächsten Tag den Frühdienst übernehmen sollten und um sechs Uhr im Krankenhaus zu sein hatten. Am anderen Morgen, es war erst fünf Uhr, hatte Kathy beim gemeinsamen Frühstück ihr Nachthemd aus Baumwollspitze an, was keineswegs bieder wirkte. Sie fragte ihn fast etwas belustigt, ob es ihn stören würde oder ob sie sich lieber einen Schlafanzug von ihrem Vater ausleihen solle. Leonardo fühlte sich von ihr nicht ernst genommen und fragte etwas gereizt: »Du glaubst mir nicht, dass mich deine Kleidung wirklich stört?« – »Nein.« – »Und was, glaubst du, ist der wirkliche Grund?« – »Deine Eifersucht. Du kannst dir einfach nicht vorstellen, dass eine Frau treu sein kann, wenn sie von anderen Männern begehrenswert gefunden wird. Du verfällst dem alten biblischen Denkschema, dass alle Frauen wie Eva sind, die ewigen Verführerinnen, die den Männern nur Unglück bringen.«

Er schwieg einen Moment, bevor er zugab: »Vielleicht hast du recht, wenn du sagst, dass ich gestern eifersüchtig war. Es war das erste Mal für mich, dass ich so ein Gefühl hatte, und ich war verunsichert. – Kathy, ich war bereit, für dich so viel zu riskieren. Ich brauche jetzt einfach die Gewissheit, dass es sich gelohnt hat und du es ernst mit uns meinst.« – »Ich meine es ernst mit uns. Du bist für mich kein Spielzeug, womit ich mir hier in Paraguay meine Zeit vertreibe. Ich brauche auch nicht die Zuwendung von anderen Männern, aber verlange jetzt bitte nicht von mir, dass ich dir diese Sicherheit nur dadurch geben kann, wenn ich von jetzt an als graue Maus durchs Leben laufe. Du würdest damit einen Teil meiner Ausdruckskraft und meiner Lebensart zerstören und das wäre auch für unsere Beziehung nicht gut.«

Am Nachmittag, nach dem Dienst, tat Leonardo etwas, was er zuvor nie für möglich gehalten hatte. Er fuhr mit Kathy und ihren Brüdern in Elenas Auto zu einem Waldstück in der Nähe von Asunción, um mit ihnen zu joggen. Während der Hinfahrt machte er die chauvinistische Bemerkung, dass er weit genug rausfahren müsse, damit seine Fußballfreunde nicht sehen könnten, dass er mit einer Frau durch den Wald läuft, worauf Kathy konterte, wie froh sie sei, dass ihre Bekannten in London nicht sehen könnten, in welch tiefstem Mittelalter sie hier lebe, was Leonardo sofort verstummen ließ.

Kathy und ihre Brüder hatten sich vorgenommen, Leonardo an seine körperlichen Grenzen zu bringen. Da sie schon öfter mit ihren Brüdern abends im Krankenhauspark gejoggt hatte, war ihre Kondition recht gut. Leonardo, der zwar gelegentlich mit seinen Freunden Fußball spielte, wurde daher mehr gefordert, als ihm lieb war. Beim anschließenden Picknick versuchte er Frauensport aus medizinischer Sicht zu betrachten. Er hatte sich offenbar inzwischen damit auseinandergesetzt, nachdem er Kathy vor zwei Tagen, während er sie aufmerksam beim Ankleiden musterte, gefragt hatte, ob alle Engländerinnen so schmal gebaut seien. Sie erzählte ihm daraufhin, dass sie in England regelmäßig zum Sport gegangen sei und nun jede Woche mit Elena in der Sporthalle der Goetheschule trainiere. Leonardo hatte daraufhin in seinen medizinischen Büchern nachgestöbert und dort eine Abhandlung gefunden, die besagte, dass sportliche Frauen später Schwierigkeiten bei der Geburt ihrer Kinder haben könnten, was Kathy, zum Leidwesen ihres Liebsten, aber keineswegs davon abhielt, weiterhin an ihrem Trainingsprogramm festzuhalten.

Während die beiden Jungen mit ihrem Fußball Kunststücke ausprobierten, nutzte Kathy die Gelegenheit, mit Leonardo noch einmal über ihr Projekt zu reden. Sie wollte erreichen, dass die von ihr betreuten Frauen ein besseres Verständnis für ihren Körper bekommen, was ihrer Meinung nach der strenge Katholizismus unterdrücken würde. Leonardo mochte diese philosophische Debatte überhaupt nicht und fragte deshalb leicht gereizt: »Was willst du eigentlich mit dieser Diskussion erreichen?« Kathy, die spürte, dass etwas mit ihm nicht stimmte, nahm sich deshalb zurück und bat ihn: »Könntest du mich am Mittwoch wieder mit in die Armenviertel nehmen und mich dann auch mit Padre Sergio bekannt machen?« Leonardo fragte erstaunt: »Warum?« – »Weil ich Padre Sergio mein Projekt vorstellen möchte in der Hoffnung, dass er mein Vorhaben unterstützt.« – »Kathy, du glaubst doch nicht allen Ernstes, dass du auf der einen Seite über den Katholizismus schimpfen kannst und dann noch Unterstützung von der katholischen

Kirche bekommst.« – »Warum nicht? Ich kann mir einfach nicht vorstellen, dass die Kirche möchte, dass Menschen in großer Armut leben, nur weil die Familien größer sind, als deren Einkommen es zulässt.« Leonardo erwiderte nur, dass sie ihre Erfahrungen mit dem Projekt ruhig selber machen solle und er sie deshalb mitnehmen werde. Zu Kathys Überraschung wollte er den gemeinsamen Ausflug beenden und allein zu sich in die Wohnung fahren, weil er Zeit zum Nachdenken bräuchte.

13.–19.9.1976

Am Montagmorgen, sie hatten beide gemeinsam Frühdienst, wirkte Leonardo sehr verschlossen und unausgeschlafen. Obwohl Kathy durch sein Verhalten verunsichert war, bemühte sie sich, äußerlich gelassen darauf zu reagieren. Nach Übergabe der Station an Dr. Philippo verabschiedete sie sich allgemein und verließ mit klammem Gefühl das Krankenhaus. Sie war gerade eine halbe Stunde in ihrer Wohnung, als Leonardo an ihre Tür klopfte und sie um ein Gespräch bat. Er gestand ihr, dass er letzte Nacht kaum geschlafen habe, weil er sich Sorgen gemacht und über ihre Beziehung nachgedacht habe. »Und, bist du zu einem Ergebnis gekommen?«, wollte Kathy wissen und spürte, wie sie plötzlich Angst bekam. »Kathy, du hast mit vielem recht, was du sagst und tust. Ich habe aber auch gemerkt, dass dies manchmal nur für dich in deiner besonderen Situation gelten kann, weil dir deine Herkunft die Möglichkeiten hierfür gibt. Mir ist aber auch klar geworden, dass nicht alles einfach auf mich übertragbar ist und vielleicht in diesem Land auch gar nicht machbar sein wird. Du hast bislang wegen deiner Position recht wenige Kompromisse eingehen müssen. Jetzt lebst du bei deinem Vater und arbeitest in einem Haus, wo er der Chef ist. Kathy, du lebst einen Stil, der hier normalerweise für die Oberschicht üblich ist. Ich komme weder aus deiner Schicht noch aus deinem Land. Ein Zusammenleben mit mir würde für dich nur bedeuten, dass du Kompromisse schließen müsstest, die du bislang nicht nötig hattest.« Er zögerte einen Moment, bevor er fortfuhr: »Ich habe einfach Angst, ein Problem zu werden, was dich in deinem Leben behindert – und ich frage mich auch, ob ich dir so viel geben kann, dass diese Kompromisse gerechtfertigt sind.«

Kathy wusste, dass es stimmte, was er sagte. Sie saß mit angezogenen Knien auf dem Sofa und konnte nicht gleich antworten, weil sie nicht einfach etwas dahinsagen wollte, was so nicht stimmte. »Ja, es gibt die Probleme, die du eben beschrieben hast, und ich habe anfangs auch nicht damit gerechnet, dass wir so viele davon haben würden. Es ist auch richtig, wenn du sagst, dass unsere Beziehung in finanzieller oder gesellschaftlicher Weise für mich keine Verbesserung darstellen wird, und dies ist auch gut so, weil ich keine Beziehung möchte, um meine gesellschaftliche Stellung zu verbessern. Ich bin auch froh darüber, dass ich mir durch meinen Beruf selbst das Ansehen verschaffen kann, das ich im gesellschaftlichen Leben genießen möchte. Natürlich habe ich meinem Vater auch einiges zu verdanken, aber ich glaube doch, dass ich mich inzwischen als Ärztin hier selbst so bewährt habe, dass in mir nicht mehr nur das ›Cheftöchterlein‹ gesehen wird. – Leonardo, ich bin froh darüber, dass ich mir erlauben kann, eine Beziehung zu führen, die hauptsächlich auf gemeinsamen Gefühlen und Idealen aufbaut, und hoffe einfach, dass die Probleme, die uns noch trennen, überwindbar sind. – Ich weiß aber auch, dass es ganz schön schwierig werden wird.«

Leonardo blickte sie lange forschend an, so, als wollte er sich auch ganz sicher sein, dass jedes Wort, was sie eben gesagt hatte, so gemeint war. Dann bat er sie: »Bitte lass uns so schnell wie möglich eine gemeinsame Wohnung nehmen, damit wir mehr Zeit füreinander haben. Seit ich mit dir zusammen bin, habe ich mit dem Wechseldienst unheimlich Probleme, weil es nur wenige Momente gibt, die wir miteinander verbringen können. Ich glaube, dass unsere Beziehung nur dann eine reale Überlebenschance hat, wenn wir genügend Möglichkeiten haben, unsere Gedanken miteinander auszutauschen.«

Kathy zögerte einen Moment, bevor sie fragte: »Wäre es für dich in Ordnung, wenn wir uns hier das Dachgeschoss ausbauen würden? Ich habe gestern Abend meine Eltern gefragt.« Als Leonardo schwieg, fuhr sie fort: »Ich habe mir immer ein Zusammenleben mit meinem Vater und seiner Familie gewünscht. Jetzt habe ich es und möchte es nicht wieder aufgeben.« Leonardo konnte sich zwar ein Zusammenleben mit Kathys Familie unter einem Dach gut vorstellen, weil er sie mochte, legte aber auch Wert auf klare Verhältnisse. Deshalb wollte er mit ihren Eltern selbst klären, wie das Mietverhältnis und der Umbau des Dachgeschosses im Einzelnen aussehen könnten.

Am Dienstagvormittag stand eine Notoperation an. Es war ein schwieriger Unterleibseingriff, der an einer jungen Frau durchgeführt werden musste, die sich bei einem Abtreibungsversuch mit einer Stricknadel gefährliche Verletzungen zugezogen hatte. Kathy belastete dieser Eingriff sehr. Als sie nachmittags mit Leonardo in ihrer Wohnung zusammensaß, erklärte sich dieser unter den Eindrücken des Vormittags bereit, ihr Projekt zu unterstützen. Seiner Meinung nach könnte es nur erfolgreich werden, wenn auch bei den Männern dafür Akzeptanz vorhanden wäre. Er wollte sich hierfür einsetzen, wofür ihm Kathy sehr dankbar war.

In den Armenvierteln stellte Leonardo am nächsten Tag Kathy zu ihrem Erstaunen als seine zukünftige Ehefrau vor, die mit ihm gemeinsam eine Beratung zu Fragen der Familienplanung anbieten würde. Kathy hatte aufgrund der zahlreichen Nachfragen den Eindruck, dass Interesse an ihrem Angebot bestand und sie als Leonardos Frau durchaus akzeptiert wurde, weil dieser dort ein sehr hohes Ansehen besaß. Danach fuhren sie zu Padre Sergio, der Kathy sehr freundlich begrüßte und erfreut war, als er hörte, dass sie Leonardos zukünftige Ehefrau sei. Mit ihrem Projekt hatte er, wie Leonardo es vorhergesagt hatte, einige Probleme. Er befürchtete, dass das Werben für Verhütungsmittel dazu führen könnte, dass Sex nicht mehr nur als Ausdruck der Liebe und als Mittel zur Fortpflanzung, sondern stärker zur Befriedigung der körperlichen Begierden angesehen werden könnte, was aber die katholische Kirche nicht gutheißen könne.

Kathy, der die Position der katholischen Kirche zu Sex und Verhütungsmitteln hinreichend bekannt war, sah zu Leonardo hinüber. Dieser kämpfte in seinem stillen Konflikt zwischen Religion und eigener Leidenschaft und wich ihrem provozierenden Blick aus, worauf Kathy selbst die Initiative ergriff: »Ich möchte gar nicht die strenggläubige Katholikin zu einem ungezügelten Liebesleben verleiten, sondern habe eher die Sünder im Auge, die die Folgen ihres ungezügelten Liebeslebens durch eine Abtreibung beseitigen wollen.« Ihr Argument schien Padre Sergio etwas zu überzeugen. Seine letzten Zweifel versuchte er dadurch auszuräumen, dass er Leonardo nach seiner Einschätzung fragte. Dieser fühlte sich sichtbar unwohl bei der ganzen Sache und antwortete wortkarg, aber doch recht bestimmt, dass man das Projekt erst einmal anlaufen lassen könnte und es dann nach einem halben Jahr gemeinsam bewerten sollte. Kathy war wieder einmal fasziniert, wie Leonardo mit seiner knappen und bestimmten Art, etwas auszudrücken, seinen Gesprächspartner dazu brachte, von weiteren Nachfragen Abstand zu nehmen, war aber auch gleichzeitig erleichtert, dass Leonardos Vorschlag bei Padre Sergio Zustimmung fand.

Auf der Rückfahrt stellten Kathy und Leonardo fest, dass sie von einem dunkelgrünen Pkw verfolgt wurden, von dem sie annahmen, dass in ihm Lopez' Spitzel saßen. Während dieses

Fahrzeug letzte Woche dem Kleintransporter des Kranken-hauses, den Leonardo für seine Einsätze benutzte, nur gefolgt war, fuhr es diesmal ziemlich dicht auf, sodass Leonardo im Rückspiegel erkennen konnte, dass sich zwei Männer in ihm befanden. Kathy, die sich absichtlich nicht umgedreht hatte, um für die Verfolger den Eindruck zu erwecken, sie seien völlig unbeeindruckt, sagte: »Ich befürchte, dass Lopez etwas vorhat. Wir dürfen uns nun nicht mehr den geringsten Fehler erlau-ben, sonst sind wir dran.« – »Das denke ich auch!«

Leonardo blieb in der folgenden Nacht bei Kathy. Beim ge-meinsamen Abendessen fragte sie ihn: »Warum hast du mich denn heute Nachmittag als deine zukünftige Ehefrau vor-gestellt?« – »Weil dich die Menschen da draußen so einfach besser akzeptieren werden«, antwortete Leonardo mit einer merkwürdigen Selbstverständlichkeit. Kathy forschte weiter: »Hast du eigentlich ein schlechtes Gewissen, wenn du, ohne dass wir verheiratet sind, mit mir schläfst?« Leonardo umfasste seine Gabel etwas fester und antwortete mit einem knappen »Nein«. – »Meinst du nicht, dass du als gläubiger Katholik ein schlechtes Gewissen haben müsstest?«, fragte sie leicht pene-trant. Leonardo sah sie kurz von der Seite an und wirkte ge-reizt, als er antwortete: »Es kann sein, dass ich ein schlechtes Gewissen haben muss; ich mache mir hierüber lieber nicht zu viel Gedanken. Ich weiß nur, dass ich nicht mit dir zusammen sein kann, ohne mit dir Sex zu haben. Vielleicht könntest du mich ja von meinen unterdrückten Seelenqualen befreien, in-dem du bereit bist, mich so schnell wie möglich zu heiraten.«

Kathy wurde richtig munter. »War das eben ein Heiratsantrag von dir?« – »Es war wohl eher die vorsichtige Anfrage, ob ich dir einen Heiratsantrag machen darf«, erwiderte Leonardo und sah sie erwartungsvoll an. Anstatt ihm hierauf zu antworten, wollte sie von ihm wissen: »Hast du einer Frau schon einmal einen Heiratsantrag gemacht?« – »Nein, nicht konkret. Wie du siehst, bin ich darin auch noch etwas ungeübt. – Und, hast du schon einmal einen Heiratsantrag bekommen?« – »Ja.« Kathy war bereit, auf dieses Frage- und Antwortspielchen einzugehen, und sah ihn abwartend an. »Und was hast du damals gesagt?«, wollte Leonardo gespannt wissen. »Dass ich noch nicht heiraten wolle.« – »Und was würdest du jetzt sagen?« – »Dass ich dich ja wohl kaum blamieren kann, nachdem du mich heute überall als deine zukünftige Ehefrau vorgestellt hast.« Leonardo wirkte etwas betreten, als er sagte: »Es tut mir leid, wenn dir das nicht recht war und dies dich nun unter Zugzwang setzt. Das war von mir auf keinen Fall beabsichtigt.« Seine Worte machten sie misstrauisch: »Hast du das wirklich nur gesagt, um hierdurch unsere Projektarbeit zu fördern?« Leonardo schwieg einen Moment, bevor er antwortete: »Nein, ich wünsche es mir einfach auch.« – »Ich glaube, dass du es dir auch schon deshalb wünschst, weil dein Leben dann endlich mit deinem Glauben konform gehen würde.« Leonardo brauchte einen Moment, bevor er nachfragte: »Heißt das, dass du zwar mit mir zusammenleben möchtest, aber gegen eine Eheschließung bist?«

Das ganze Gespräch stimmte Kathy nachdenklich. »Ich weiß nach so kurzer Zeit noch nicht, ob wir wirklich ein gemeinsames Leben hinbekommen. Auf keinen Fall strebe ich eine Ehe an, die bereits nach ein paar Jahren wieder geschieden wird, so wie ich es bei meinen Eltern erlebt habe.« Er sah dies etwas optimistischer: »Mich machen eigentlich zwei Dinge sicher, dass du die richtige Frau für mich bist. Erst einmal habe ich keinen Menschen vor dir kennengelernt, mit dem ich so viele gemeinsame Gefühle, Ideen und Lebensideale hatte und mit dem ich nun auch bereit bin, die noch bestehenden Probleme zu lösen. Die zweite Sicherheit sehe ich eigentlich darin, dass ich deine Familie kenne, die ich sehr schätze, und ich mich auch ein wenig auf deren Urteil verlasse. Sie sehen in dir einen wertvollen Menschen und dies nicht nur, weil du die Tochter bist.«

Kathy hatte ihm aufmerksam zugehört, war aber keineswegs überzeugt: »Meine Eltern schätzen dich auch sehr und trotzdem habe ich Bedenken vor einer schnellen Eheschließung, weil ich nun einmal wahnsinnige Angst vor einer Scheidung habe.« – »Warum glaubst du, dass unsere Ehe mit einer Scheidung enden wird?« – »Leonardo, ich weiß, dass es auch keine Garantie für eine gute Ehe ist, wenn sich die Partner vorher jahrelang prüfen, und dass Ehen, die recht zügig geschlossen werden, nicht weniger haltbar sind als die im Vorfeld lange getesteten Beziehungen. Ich denke auch, dass es nicht mein Bestreben ist, mit dir eine sehr lange Probezeit auszuhandeln; dies wäre schon in Anbetracht deines Glaubens sehr unfair.« – »Und was meinst du, wie viel Zeit brauchst du, um diesen Schritt zu wagen?« Kathy sah ihn fest an, als sie eindringlich sagte: »Ich möchte nur eine Ehe, wenn du mir versprichst, dass sie nicht um jeden Preis weitergeführt wird, wenn es mit uns doch nicht klappen sollte. Ich möchte mit dir eine gute Ehe führen, wo Liebe, Vertrauen, Treue und partnerschaftliches Miteinander nicht einfach nur Klauseln sind, die doch keiner auf Dauer ernst nimmt, und ich möchte die Zusage von dir haben, dass ich diese Ehe auch beenden kann, wenn diese Werte nicht mehr eingehalten werden.«

Leonardo war ihrem forschenden Blick nicht ausgewichen: »Auch ich möchte eine gute Ehe mit dir führen und habe ebenso wie du genaue Vorstellungen, wie so etwas aussehen soll. Ich habe nur das Gefühl, dass man etwas sehr viel halbherziger betreibt, wenn man sich immer gleich ein Hintertürchen offen hält für den Fall, dass es Schwierigkeiten gibt.« – »Nein, ich möchte mir kein Hintertürchen offen halten und du weißt, dass ich für Dinge, die mir wichtig sind, bis zu meiner letzten Reserve kämpfe. Ich glaube auch, dass ich oft genug bewiesen habe, dass mir unsere Beziehung sehr wichtig ist. – Leonardo, was ich meine, ist etwas anderes. Ich habe bei meinen Eltern miterlebt, wie demütigend es ist, wenn eine Beziehung nur noch wegen eines Kindes, gemeinsamer Anschaffungen und gesellschaftlicher Verpflichtungen weitergeführt wird, und dies könnte ich nicht ertragen. Es ist ein Zustand, in dem man seine ganze Selbstachtung verliert und auch jegliche Lebensfreude, und genau diese vertragliche Verbundenheit in einer Ehe führt doch auch dazu, dass sich mancher Partner gar keine Mühe mehr gibt, weil er glaubt, dass ihm wenigstens der äußerliche Rahmen erhalten bleibt, wenn schon der Kern verfault ist. Ich habe oft genug mit meinem Vater darüber gesprochen, wie er sich damals gefühlt hat, als die Ehe mit meiner Mutter bereits zerbrochen war und meine Mutter anfangs noch versuchte, nach außen hin den Anschein einer heilen Familie zu wahren. Zwar bin ich damals als Kind auch die Leidtragende dieser Trennung gewesen, indem ich aus meinem Elternhaus gerissen wurde und meinen Vater nur noch in den Ferien sehen konnte. Trotzdem begriff ich bereits zu diesem Zeitpunkt, dass es allemal besser war, dass mein Vater damals endlich die Scheidung einreichte, anstatt ohne Respekt und Gefühl füreinander eine Ehe zu führen, die schon längst keine mehr war.«

Kathy spürte, wie Leonardo von ihren Worten betroffen war. Er umfasste ihre Hand und sagte nach einer sekundenlangen Pause: »Ich verspreche dir, dass ich alles tun werde, um mit dir eine gute Ehe zu führen, und dich niemals in der Ehe festhalten werde, falls uns dies nicht gelingen sollte.« Es war ihm anzumerken, dass ihm dieses Versprechen nicht leichtgefallen war, weil es die Eventualität eines Scheiterns beinhaltete, aber dass es ehrlich gemeint war. Sie sagte leise: »Okay, dann lass es uns versuchen.« Leonardo konnte diese plötzliche Zusage noch gar nicht fassen und fragte ungläubig: »Heißt das, du willst mich jetzt heiraten? Hast du eben gerade Ja gesagt?« Kathy musste über seine Aufgeregtheit lachen und nickte, obwohl sie gleichzeitig auch Angst vor diesem Vorhaben verspürte.

Nahezu außer sich vor Begeisterung sprang Leonardo auf, lief um den Tisch herum und zog sie stürmisch in seinen Arm. Es war die zweite Nacht, die er bei ihr in der Wohnung verbrachte. Er schmiedete Pläne, was nun alles zu tun sei und wie er bei Kathys Eltern am kommenden Wochenende um ihre Hand anhalten wolle, während er seinen eigenen Eltern diese Botschaft mitteilen würde, wenn er sie in zweieinhalb Wochen besuchte. Kathy dagegen ging alles viel zu schnell. Um ihn ein wenig von den Hochzeitsplanungen abzubringen, machte sie den Vorschlag, dass sie erst einmal das Dachgeschoss ausbauen sollten, damit sie zusammenziehen könnten. Bis zur Auflösung seines Hausstandes sollte er bereits bei ihr wohnen, damit sie sich öfter sehen könnten. Dies war für Kathy, die noch nie in ihrem Leben mit einem Partner unter einem Dach zusammengelebt hatte, schon ein großer Schritt, aus dem sich die anderen dann entwickeln würden.

Um ihr Beratungsprojekt voranzutreiben, trafen sie sich am Freitagnachmittag mit Kathys Eltern und Felicitas. Nachdem jeder seine Erfahrungen vorgetragen hatte, stellte sich heraus, dass etliche Verhütungsmittel nicht finanzierbar waren und eine Sterilisation von vielen Patienten abgelehnt wurde, weil Fruchtbarkeit auch als eine Form von Reichtum und Attraktivität angesehen wurde. Überhaupt musste Kathy immer stärker die Erfahrung machen, dass ohne die Zustimmung der Ehemänner kaum etwas möglich war. Sie einigten sich schließlich darauf, dass Kathy, die in den letzten Jahren selbst ausgesprochen gute Erfahrungen mit natürlichen Verhütungsmethoden gemacht hatte, hierzu Beratungen in den Armenvierteln anbieten würde, während Leonardo die Ehemänner hinsichtlich ihrer Möglichkeiten beraten sollte. Kathy war nach dieser Besprechung sichtlich ernüchtert und sagte frustriert in die

Runde: »Dass viele Dinge einfach scheitern, weil uns das nötige Geld hierzu fehlt, ist zwar tragisch, aber kann von mir noch akzeptiert werden. Mit den gesellschaftlichen oder religiösen Barrieren habe ich aber ernsthaft meine Probleme. – Tatsache ist doch wohl, dass dieses Projekt überhaupt nicht nötig wäre, wenn hier alle tatsächlich so strenggläubig wären und sich an die Worte der Bibel halten würden.« Leonardo starrte Kathy sekundenlang an und schwieg, während ihr die anderen ihr amüsiert beipflichteten.

Nachdem Felicitas gegangen war, fragte Leonardo Dr. Barkley und Elena, ob er am Wochenende etwas mit ihnen besprechen könne. Als Dr. Barkley daraufhin erstaunt von Leonardo zu Kathy sah und beunruhigt nachfragte, ob etwas geschehen sei, antwortete Leonardo: »Nein, ich möchte nur einige Dinge mit Ihnen und Ihrer Frau besprechen, die Kathy und mich zwar unmittelbar betreffen, aber im gewissen Maße auch unsere Familien.« Sie einigten sich darauf, dass Leonardo am Samstagnachmittag zu ihnen kommen werde.

Vor der Unterredung mit seinen zukünftigen Schwiegereltern fuhr Leonardo am Samstagvormittag in die Stadt und kaufte für Kathys Schreibtischlampe einen neuen Schirm. Während er die Lampe reparierte, fragte ihn Kathy: »Möchtest du heute unbedingt das Gespräch mit meinen Eltern führen, damit unser unchristliches Zusammenleben endlich ein Ende findet?« Er wirkte etwas gereizt, als er antwortete: »Wir sind hier in gewissen Dingen nun einmal anders. – Und was die Beratungsgespräche angeht, wäre es sicherlich sehr hilfreich, wenn du dich stärker an dem Schamgefühl deiner Patienten orientieren könntest, und das sieht nun einmal anders aus als bei dir.« – »Ich bin dir manchmal zu schamlos?«, fragte ihn Kathy etwas gekränkt. »Nein, aber manchmal zu offen für dieses Land.« – »Glaubst du, es hilft deinem Volk, wenn man ihm seine Verklemmtheit lässt?«, fragte Kathy provozierend.

Leonardo sah sie kopfschüttelnd an: »Kathy, ich weiß nicht, ob es meinem Volk hilft. Auf jeden Fall wird deine Art es eher verschrecken. – Es ist mir im Moment auch völlig egal, wenn du mir nur in gewissen Bereichen meine Verklemmtheit lässt, weil ich sie manchmal einfach brauche und sie mir eine gewisse Sicherheit gibt.«

Am Nachmittag ging Leonardo allein zu Kathys Eltern. Er hatte sie gar nicht gefragt, ob sie bei dem Gespräch dabei sein wollte, und nutzte diese Gelegenheit, den beiden seine Standpunkte für eine baldige Eheschließung darzulegen. Die Reaktionen hierauf waren recht unterschiedlich. Während Elena sofort begeistert war, gab sich Dr. Barkley deutlich zurückhaltender. Er wollte erst einmal in aller Ruhe mit seiner Tochter über diese Sache sprechen, und zwar nicht, weil er etwas an Leonardo als Schwiegersohn auszusetzen hatte, sondern weil ihm alles viel zu schnell ging. Als ihn Leonardo, sichtlich enttäuscht, noch nach seinem Einverständnis für seinen Einzug in die Villa fragte, hatte er keinerlei Einwände, auch, weil er die Nähe seiner Tochter zukünftig nicht missen wollte.

Nach fast einer Stunde kam Leonardo zu Kathy in die Wohnung zurück. Sie lag gerade lesend auf dem Sofa und fragte ihn sofort gespannt: »Na, was haben meine Eltern gesagt?« Er setzte sich etwas bedrückt an den Schreibtisch. »Dein Vater möchte erst mit dir reden, weil ihm unsere Heirat zu plötzlich kommt, ist aber mit meinem Einzug einverstanden«, war seine knappe Antwort. »Bist du nun enttäuscht?«, wollte sie von ihm wissen. »Ich muss es wohl so hinnehmen. Schließlich seid ihr beide gebrannte Kinder«, stellte er resigniert fest und ging in die Küche.

Kathy merkte plötzlich, wie sich ihr Magen zusammenzog. Sie stand auf und ging ins Badezimmer. Dort versuchte sie tief durchzuatmen, während sie sich mit dem Rücken an die kalten Fliesen lehnte. Sie wollte das gemeinsame Leben mit Leonardo und hatte doch panische Angst vor dieser Eheschließung. Ihr war auch bewusst, dass sie ihn mit ihrer Hinhaltetaktik und ihrem Zaudern nur verletzen würde. Leonardo, der gemerkt hatte, dass etwas mit ihr nicht stimmte, klopfte nach einer Weile an die verschlossene Badtür, die sie bislang nie verriegelt hatte. Ihr liefen die Tränen über das Gesicht, aber sie öffnete die Tür. Leonardo war überrascht, sie in dieser Verfassung zu sehen, und fragte: »Kathy, wovor hast du Angst?« Sie antwortete nicht sofort, weil sie sich schämte. Schließlich sagte sie: »Wenn ich ein Mann wäre, hätte ich auch nicht so große Angst vor dieser Ehe. Ich habe aber plötzlich den Eindruck, dass eine Frau viel mehr aufgibt als ein Mann, wenn sie heiratet, und das versetzt mich in Panik.« Er verstand sie nicht und fragte: »Wie meinst du das?« – »Bislang habe ich als berufstätige Frau mit Partner und streckenweise auch ohne Partner gelebt. Teilweise wurde ich in meinem Leben wegen meines Geschlechts benachteiligt, oft aber auch nicht. Die Rolle, die ich bislang gespielt habe, war für mich auch völlig in Ordnung. Als deine Ehefrau wird es nicht mehr so sein und erst recht nicht in diesem Land. Man wird von mir erwarten, dass ich mich in die Rolle als deine Ehefrau einfüge, sonst hätte dies vielleicht auch für dich Nachteile. – Noch viel schlimmer wird es sein, wenn wir Kinder haben werden, weil ich dann auch die Rolle einer Mutter zu spielen habe, mit all den Vorstellungen von Mütterlichkeit und dem Verzicht auf eigene Bedürfnisse.« Kathy brach erneut in Tränen aus, als sie sagte, dass sie nicht glaube, dass sie all diesen Erwartungen gerecht werden könne, weil sie nun einmal anders sei.

Leonardo bat sie, mit ihm ins Wohnzimmer zu kommen. Er zog sie neben sich auf das Sofa und legte seinen Arm um ihre Schulter. Ratlos fragte er: »Glaubst du, dass Elena auch solch ein Leben führt, wie du es für dich befürchtest?« Kathy dachte kurz nach und schüttelte den Kopf: »Elena lebt so frei, wie ich es aus England kenne, weil ihr mein Vater ganz selbstverständlich diesen Status einräumt und es allgemein auch so akzeptiert wird.« Leonardo schwieg einen Moment, bevor er nachhakte: »Du hast also eher Angst davor, meine Ehefrau zu werden?« Ihr fiel die Antwort schwer: »Ich befürchte, dass du mir nicht so selbstverständlich wie mein Vater seiner Ehefrau die gesellschaftlichen Freiräume ermöglichen kannst, weil du ganz anders erzogen worden bist.«

»Dein Vater hat mich vorhin auch auf diese Problematik aufmerksam gemacht und erwartet von mir, dass du dich nach einer Eheschließung nicht den Familiensitten dieses Landes anpassen musst. Außerdem möchte er, dass du selbst entscheiden kannst, in welchem Umfange du weiterhin berufstätig sein möchtest.« Erleichtert, dass ihr Vater ihre Bedenken teilte, fragte sie: »Und was hast du meinem Vater geantwortet?« – »Ich habe ihm versprochen, dass ich dich niemals einengen werde.« Er streichelte ihr Gesicht. »Kathy, du bist wie eine kleine Wildkatze. Die kann man auch nicht wirklich zähmen. Ich weiß, dass ich dich nur dann halten kann, wenn du dich wirklich bei mir wohlfühlst, und dies werde ich um jeden Preis versuchen.«

Kathy war nach diesem Gespräch wieder etwas ruhiger geworden. Am Sonntag würde sie noch die Gelegenheit haben, mit ihrem Vater über ihre Gefühle zu sprechen. Keiner der Beteiligten wollte die Heirat überstürzen, aber es war ihnen schon bewusst, dass nach dem Umzug von Leonardo ein Leben ohne Trauschein nicht unbedingt gesellschaftlich toleriert werden würde. Da Kathy inzwischen nicht mehr abgeneigt war, Leonardo zu heiraten, war für sie auch der Zeitrahmen akzeptabel, nach dem Anfang des nächsten Jahres die Trauung stattfinden sollte.

4   Die überstürzte Heirat

20.–26.9.1976

In der nächsten Woche hatten Kathy und Leonardo wieder, bis auf Mittwoch, getrennte Dienste. Wie geplant, fuhren sie am Mittwochnachmittag gemeinsam in die Armenviertel. Kathy spürte hier das erste Mal, wie sie die Familienstrukturen, die dort zum größten Teil herrschten, aggressiv machten. Sie versuchte Frauen zu beraten, die sich ihrer eigenen Bedürfnisse gar nicht mehr bewusst waren, sondern sich ganz ihrer Familie untergeordnet hatten und dies auch noch als Selbstverständlichkeit betrachteten. Da half es auch nichts, dass die eine oder andere dieser Frauen in aller Öffentlichkeit eine dicke Zigarre rauchen durfte. Als sie Leonardo auf den Weg zum Pfarrhaus darauf ansprach, versuchte dieser zu beschwichtigen: »Ist dies nicht auch ein Problem der Unterschicht? So krass wie hier ist es nicht in allen Familien.« Kathy musste zugeben, dass auch in England die Familienstrukturen nicht überall gleich seien und sie mit Sicherheit vorhin etwas übersensibel reagiert habe.

Padre Sergio brauchte diesmal sehr viel Verbandsmaterial, weil es wieder einige Zwischenfälle gegeben hatte. So war letzte Nacht ein Säugling in seinem Pfarrhauskeller gestorben, dessen Gesundheitszustand sie falsch eingeschätzt hatten. Leonardo machte Padre Sergio eindringlich klar: »Es ist zu gefährlich, auch Kinder im Keller unterzubringen. Wenn die Spitzel von Lopez auf Kindergeschrei aufmerksam werden, kann diese Flüchtlingsanlaufstelle gleich geschlossen werden.« Sie vereinbarten, dass Kinder und deren Mütter zukünftig bei einer Witwe in den Slums untergebracht werden sollten, die ihre Arbeit unterstützte.

Auf der Rückfahrt zum Krankenhaus wurde ihr Wagen von

einem überholenden Fahrzeug von der Straße abgedrängt. Leonardo musste scharf abbremsen und konnte den Wagen gerade noch am Straßenrand zum Halten bringen. Es war wieder das dunkelgrüne Fahrzeug, das sie schon in der letzten Woche bemerkt hatten, und wieder saßen zwei Personen darin. Leonardo war sehr betroffen und sagte: »Ich glaube, die Gangart von Lopez wird langsam härter. Es sollte mich nicht wundern, wenn wir das nächste Mal einen Unfall haben.« Kathy hatte große Mühe, sich nach diesem Schreck wieder zu beruhigen, weil sie Lopez inzwischen mehr zutraute, als sie anfangs noch wahrhaben wollte. Sie beabsichtigte, mit ihrem Vater über diesen Vorfall zu reden, damit für die Zukunft eine andere Betreuungslösung gefunden werden könnte, worauf Leonardo aber betonte, dass er auf keinen Fall die Menschen in den Armenvierteln im Stich lassen wolle.

Am Donnerstag erzählte Kathy ihren Eltern von diesem Vorfall, worauf Dr. Barkley entschied, dass er sofort Anzeige erstatten werde, damit sich Lopez mit diesem Vorgang dienstlich auseinandersetzen müsse. Außerdem wollte er Leonardo am kommenden Mittwoch zu einer anderen Uhrzeit und mit einem anderen Fahrzeug in die Armensiedlungen fahren lassen.

Es war Samstagabend und Kathys Eltern hatten ihre Tochter und Leonardo zu einer Premierenaufführung ins Theater eingeladen. Es handelte sich um ein schon im Vorfeld vielbeachtetes Stück, sodass mit sehr viel Prominenz zu rechnen war. Kathy hatte für diesen Anlass ein langes, schulterfreies Abendkleid angezogen. Ihr Liebster gab sich diesmal bei ihrem Anblick gelassen und fragte nur etwas machohaft: »Möchtest du, dass ich dich vor oder nach der Theatervorstellung verführe?« Angesichts der schon recht fortgeschrittenen Zeit antwortete sie mit einem Blick auf ihre Uhr: »Sorry, aber es geht nur noch hinterher.«

Als sie gemeinsam mit ihren Eltern zum Theater fuhren, erzählte Dr. Barkley, dass Lopez ihn am Nachmittag wegen der Anzeige angerufen und vorgegeben habe, den Vorfall aufklären zu wollen. Auf jeden Fall habe er den Eindruck gehabt, als sei die Anzeige ihm sehr ungelegen gekommen. Für die Theateraufführung hatte Dr. Barkley Logenkarten besorgt, sodass sie sich etwas ungestörter fühlen konnten. Das Stück handelte von der unerfüllten Liebe einer Frau aus dem Volke zu einem reichen Mann und endete mit dem Selbstmord der Frau, als diese merkte, dass sie schwanger war, und von ihm verstoßen wurde, als sie ihm ihre Schwangerschaft offenbarte. In der ersten Halbzeit machte Kathy noch ihre lockeren Bemerkungen, dass so etwas mit Kondomen nicht passiert wäre und was der Mann doch für ein fieser Macho sei.

Als sie zur Pause ins Foyer gingen, fragte Elena, ob Kathy mitkomme, um sich auf der Damentoilette etwas frisch zu machen. Auf dem schmalen Flur zu den Toiletten begegneten sie Lopez. Er musterte sie kurz und fragte nach einem knappen Gruß Kathy ohne Umschweife, ob er sie für einen Moment sprechen könne. Diese erwiderte kühl: »Privat oder dienstlich?« Von ihrer Reaktion sichtlich verärgert, antwortete er: »Dienstlich. Aber wenn es Ihnen jetzt so ungelegen kommt, kann ich Sie auch morgen zum Polizeipräsidium bestellen.« Um ein bisschen Zeit zu gewinnen, wandte sich Kathy an Elena und bat sie, schon vorzugehen. Dann machte sie Lopez den Vorschlag, sich in einem kleinen Erker in der Halle mit ihr zu unterhalten. Sie hoffte, dort, mit sicherem Abstand zu den anderen Besuchern, ungestört mit ihm reden zu können. Dort angekommen, fragte sie: »Und worum geht es?« – »Es hat sich inzwischen herumgesprochen, dass Sie mit Señor Terno eine Liebesbeziehung haben, und ich wollte Sie nur warnen.« Kathys Herz schlug schneller und sie hatte den Eindruck, er könnte ihr ihre Aufregung ansehen. Bemüht, ruhig zu bleiben, fragte sie ihn: »Wovor wollen Sie mich warnen?« Seine Augen wurden kälter und schmaler, als er sagte: »Gegen Señor Terno läuft ein Ermittlungsverfahren und es wäre schade um Sie, wenn Sie da mit hineingezogen werden würden.« – »Und weshalb läuft dieses Verfahren?« Sie hatte große Mühe, sich zu beherrschen. »Wie Sie vielleicht wissen, stammt Ihr Freund oder Geliebter aus einer Familie von Regimegegnern und es besteht der Verdacht, dass er ebenfalls im Untergrund tätig ist.« Bereit, den Kampf aufzunehmen, erwiderte sie: »Soweit ich weiß, gab es hierfür nie Beweise und auch keine Verurteilung.«

Ironisch sagte Lopez: »Wie ich sehe, sind Sie gut im Bilde. Trotzdem schließt der Ausgang der Verfahren gegen seine Familienangehörigen nicht aus, dass Ihr Geliebter nicht in den Bereichen tätig ist, für die sein Bruder leider nicht mehr belangt werden konnte.« Kathy atmete tief durch, bevor sie ihm entgegnete: »Ich glaube, dass ich Dr. Terno sehr gut kenne und weiß, dass er nichts Unrechtes tut. In meinen Augen verschwenden Sie nur Ihre Zeit mit Ihren Verdächtigungen.« Lopez trat einen Schritt näher an sie heran und strich mit seiner rechten Hand über ihren Hals, bevor er sie ihr auf ihre nackte Schulter legte. Kathy, die das Gefühl hatte, als würde seine Hand auf ihrer Haut brennen, wich einen Schritt zurück und stand nun direkt mit dem Rücken an der Wand. Lopez sah sie herausfordernd an und sagte betont leise: »Ich habe von einer guten Freundin gehört, dass Ihr Dr. Terno als Geliebter so gewisse Schwächen aufweist. Vielleicht können Sie mir einmal einen Tipp geben, was er hat, das Sie an ihm so schätzen.«

Kathy war einen Moment lang fassungslos, bevor sie scharf erwiderte: »Ich weiß nicht, von wem Sie diese Informationen haben. Aber für mich ist im Moment ganz offensichtlich, dass Ihnen Dr. Terno voraus hat, dass er genau weiß, wann er die Finger von einer Frau zu lassen hat.« Kathy versuchte an Lopez vorbeizugehen, der ihr jedoch den Weg versperrte, ohne sie allerdings noch einmal zu berühren. Der Zorn über ihre

Zurückweisung stand ihm deutlich ins Gesicht geschrieben, als er ihr drohte: »Sie werden es sich in nächster Zeit noch sehnlichst wünschen, dass ich meine Finger für Sie krumm mache.« – »Und warum sollte ich mir das wünschen?« – »Weil es für Sie unangenehme Folgen haben wird, wenn Sie weiterhin eine Person decken, die sich als Regimefeind verdächtig gemacht hat.« – »Meinen Sie so unangenehme Folgen wie das Abdrängen unseres Fahrzeugs von der Straße?«, fragte ihn Kathy provozierend. Er sah sie einen Moment lang voller Kälte an und erwiderte dann, dass er sich auch noch andere Dinge vorstellen könne.

Kathy wollte die Unterhaltung abbrechen und forderte ihn auf, sie durchzulassen. Er zögerte noch einen kurzen Augenblick, wobei er auffällig ihr Dekolleté musterte, und trat dann einen Schritt zur Seite. Kathy sah ihren Vater mit Leonardo auf sich zukommen. Man hatte sie offensichtlich gesucht. Dr. Barkley fragte Lopez auf seine diplomatische Art, ob seine Tochter denn etwas angestellt habe, worauf dieser mit einem kühlen Blick auf Leonardo antwortete: »Vielleicht sollte Ihre Tochter etwas mehr auf einen besseren Umgang achten.« Ihr Vater tat ahnungslos, als er erwiderte: »Es ist mir bislang noch gar nicht aufgefallen, dass Kathy einen schlechten Umgang hat«, und schaute seine Tochter dabei fragend an. Kathy griff nach Leonardos Hand und bat ihn, sie zu begleiten, weil sie sich noch ein Glas Wein kaufen wollte. Nachdem Dr. Barkley Lopez noch einen schönen Abend gewünscht hatte, ging er zusammen mit Kathy und Leonardo zu Elena, die im Foyer auf sie gewartet hatte.

Während sich Kathy an ihrem Weinglas festhielt, war sie unfähig, etwas zu sagen. Weder Leonardo noch ihre Eltern fragten sie, was geschehen sei, um nach außen Gelassenheit zu demonstrieren, und dies war auch gut so. Wieder zurück in der Loge, beugte sich Leonardo zu ihr herüber und fragte, ob sie lieber gehen wolle. Sie schüttelte nur stumm den Kopf und umklammerte seine Hand. Den Rest der Vorstellung nahm sie kaum wahr, weil sie mit den Gedanken noch bei dem Gespräch mit Lopez war. Ihr war klar, dass sie seine Worte ernst zu nehmen hatte, und sie fühlte sich bedroht.

Erst auf der Heimfahrt erzählte sie, was vorgefallen war, worauf ihr Vater prophezeite: »Ich denke, dass er ernst machen wird. Leonardo sollte erst einmal nicht mehr in die Armenviertel fahren. Die Medikamente kann auch Angelo, der Krankenpfleger des Pfarrhauses, abholen und für die Krankenbetreuung in den Slums werde ich Dr. Philippo fragen, ob er die vorerst übernehmen kann.« Leonardo schwieg die ganze Zeit über, aber Kathy sah ihm an, dass er sehr betroffen war.

In ihrer Wohnung machte Leonardo im Wohnzimmer kein Licht und sah durch das Fenster minutenlang nach draußen. Dann sagte er bitter: »Lopez wird niemals zulassen, dass wir zusammen sind. Ich glaube nicht, dass er tatsächlich Beweise gegen mich hat, er wird aber welche konstruieren oder das Problem durch einen Unfall lösen.« Kathy hatte sich auf das Sofa gehockt und fror vor Anspannung und Angst. Leise fragte sie: »Glaubst du nicht mehr daran, dass er irgendwann das Interesse an meiner Person verlieren könnte oder dich endlich in Ruhe lässt?« – »Manchmal habe ich dies in der letzten Zeit auch geglaubt, weil es so problemlos lief. Aber wir haben uns wohl zu sicher gefühlt und die Sache mit dem grünen Fahrzeug war wahrscheinlich das erste Anzeichen für seine schärfere Gangart.«

»Aber was können wir tun?« – »Wir sollten auf jeden Fall dem Vorschlag deines Vaters zustimmen, um Lopez nicht doch noch in eine Falle zu laufen. Was uns betrifft, werden hier in Paraguay Besitzansprüche auf eine Frau dadurch geltend gemacht, dass man sie heiratet, schwängert und dadurch Nebenbuhler abwehrt.« – »Ich glaube, dass dies nicht nur bei euch so ist«, entgegnete Kathy müde. Leonardo hatte sich an ihren Schreibtisch gesetzt und sah sie im Halbdunkel schweigend an. »Was meinst du, sollten wir jetzt tun, damit Lopez keine Chance bekommt, unser Leben zu zerstören?«, fragte sie ihn. »Kathy, ich weiß nicht mehr, was richtig ist, weil Lopez' Handlungen willkürlich und somit nicht berechenbar sind. Im Moment wünsche ich nur, wir wären schon verheiratet.« – »Und wann, glaubst du, können wir frühestens heiraten?«

»Bevor wir alle Papiere zusammenhaben, wird es wohl noch einige Wochen dauern.« Leonardo hatte schon befürchtet, dass Lopez ihnen Schwierigkeiten bereiten könnte, wenn sie in Asunción heiraten würden, und deshalb die Hochzeit in der Verwaltungsregion seiner Eltern geplant. Er wollte dies alles am kommenden Wochenende klären, wenn er zu seiner Familie fahren würde. Kathy hatte vor, in der nächsten Woche ihre Heiratsunterlagen bei der englischen Botschaft zu beantragen. Obwohl sie sich gewünscht hatte, ihre Hochzeit nicht in aller Eile und voller Heimlichkeiten feiern zu müssen, sah sie inzwischen keine andere Möglichkeit mehr. Außerdem war ihre Angst, ihre Beziehung oder gar ihrer beider Leben zu gefährden, inzwischen deutlich größer als ihre Furcht vor einer Eheschließung.

Leonardo war aufgestanden und hatte sich vor das Sofa gehockt, auf dem sie noch immer zusammengekauert saß. Er nahm ihre Hände und fragte dann leise: »Wo hat dich Lopez berührt?« Kathy zeigte auf ihre linke Schulter und ihren Hals. Sie fühlte sich plötzlich schuldig, dass sie es durch ihre Kleiderwahl möglich gemacht hatte, dass Lopez für einen kurzen Moment ihre bloße Haut berühren konnte. An Leonardos Gesichtsausdruck sah sie, dass ihn der Vorfall unheimlich verletzt hatte. »Leonardo, was denkst du jetzt?« Es fiel ihm sichtlich schwer, darüber zu reden: »Glaubst du wirklich, dass du Lopez' Zudringlichkeiten immer abwehren kannst? Könnte es nicht sein, dass du in Situationen kommst, wo du nicht mehr die Sicherheit einer Menschenmenge hast, oder aber dass dich Lopez so unter Druck setzt, dass du seinen Forderungen nachgibst?« – »Würdest du es jemals von mir erwarten, dass ich ihm gefällig werde, um deine Haut zu retten?«, wollte Kathy von ihm wissen. »Nein, ich würde dies niemals wollen und ich glaube auch, dass es unsere Beziehung gefährden würde.« – »Dann lass uns bitte auch so leben, dass er nichts gegen uns in der Hand hat. Was seine Grabscherei betrifft, glaube ich schon, dass ich die erfolgreich abwehren kann. Schließlich habe ich schon einige Erfahrungen mit zudringlichen Verehrern sammeln müssen.«

Fast zögernd fragte Leonardo: »Darf ich dich waschen, wo der Kerl dich berührt hat? Ich habe im Moment Probleme damit.« Kathy nickte und stand auf. Nachdem sie ihr Abendkleid ausgezogen hatte, ging sie mit ihm ins Bad. Wortlos und sehr behutsam wusch er ihren Hals und die Schulter, so, als könnte er hierdurch den Dreck und die Demütigungen von Lopez entfernen. Als er fertig war, nahm er sie auf seinen Arm und trug sie ins Schlafzimmer. In dieser Nacht entschlossen sie sich, nicht mehr zu verhüten. Sie waren sich einig, dass sie beide Kinder wollten, und nun eben, der Situation entsprechend, früher. Als sie danach in seinem Arm lag, fragte sie ihn, ob er den Verdacht habe, dass Monica zu Lopez Verbindungen habe, was Leonardo nicht ausschloss. Er vermutete darin sogar einen Racheakt von ihr, der nicht nur sehr gefährlich für sie beide werden könnte, weil Lopez so an sehr viele Informationen gelangen würde, sondern auch die weitere Zusammenarbeit mit Monica in Frage stellte. Weder Leonardo noch Kathy wussten, wie sie zukünftig mit ihr umgehen sollten.

Sie unterhielten sich noch bis zum frühen Morgen. Leonardo erzählte ihr von der eher traditionellen Ehe seiner Eltern und dass er wohl mit Maria auch so eine Ehe geführt hätte. Verwundert fragte ihn Kathy: »Heißt das, du hast mit ihr nicht so geredet wie mit mir?« – »Nein, ich habe vorher mit keinem Menschen so geredet wie mit dir, weder mit meinem Bruder, mit dem ich mich gut verstanden habe, noch mit meinem Vater oder mit guten Freunden. Es hat mich auch bislang kein Mensch so gefordert, mir über so viele Dinge Gedanken zu machen, wie du es tust, und manchmal macht zu zweit denken auch einfach viel mehr Spaß.« – »Glaubst du, du hättest mit Maria glücklich werden können?« – »Nein, mit Sicherheit nicht auf Dauer und heute bin ich dem Schicksal sogar dankbar dafür, dass die Beziehung noch vor einer Eheschließung beendet war. Aber trotz meiner eigenen Vorstellung von Beziehungen und der Ehe halte ich es durchaus für möglich, dass für viele Menschen Ehen auch ohne viele Gemeinsamkeiten und Worte funktionieren können. Dann müssen nur die Rollen klar verteilt sein und dürfen von keinem der Partner in Frage gestellt werden. Solche Ehen sind in meinen Augen recht gut funktionierende Kleinunternehmen zur Aufzucht der Kinder und der Versorgung des privaten Bereiches.«

»Und du bist jetzt wild entschlossen, mit dieser gut bewährten Ehetradition zu brechen und eine Frau voller Widerworte zu heiraten?« Er ließ sich mit der Antwort etwas Zeit und sagte dann: »Kathy, ob du es glaubst oder nicht, aber ich habe manchmal Schwierigkeiten, in dem, was wir vorhaben, eine Ehe im klassischen Sinne zu sehen. Selbst wenn wir nun heiraten, ist dies für mich doch ganz anders, als wenn ich zum Beispiel Maria geheiratet hätte. Ich will mit dir die intensivste Verbindung, die zu einem Menschen möglich ist, und dies ist im offiziellen Rahmen nun einmal die Ehe. Wenn es etwas anderes geben würde, was noch intensiver wäre, würde ich lieber eine solche Verbindung mit dir eingehen wollen.«

Wie verabredet, übernahmen Kathy und Leonardo ab Sonntagmittag bis zum Montagmorgen den Wochenenddienst im

Krankenhaus. Ihr Vater hatte inzwischen mit Dr. Philippo abgeklärt, dass dieser in den nächsten vier Wochen die Versorgung der Armenviertel übernehmen werde, aber zu vorher abgestimmten Zeiten. Ihm war es auch ganz recht, wenn die ganze Angelegenheit zukünftig auf die rein medizinische Versorgung der Slumbewohner und die Verbandsmaterialbelieferung des Pfarrhauses beschränkt bleiben könnte.

27.9.–3.10.1976

Es war am Montagvormittag, als gegen zehn Uhr bei Kathy in der Wohnung das Telefon klingelte. Sie hatte sich nach dem Krankenhausdienst hingelegt, während Leonardo mit ihrem Vater zu Padre Sergio gefahren war, um ihn über den Vorfall mit Lopez zu unterrichten und die neue Vorgehensweise abzustimmen. Sie nahm den Hörer ab und meldete sich mit ihrem Namen. Am anderen Ende der Leitung hörte sie einen Mann hastig nach Leonardo fragen. Kathy sagte: »Dr. Terno ist nicht hier. Soll ich ihm etwas ausrichten, wenn ich ihn sehe?« Der Mann fragte offenbar völlig verstört: »Wann ist er denn zurück? – Kann ich ihn nicht irgendwo erreichen? Es ist sehr dringend.«

Kathy bekam plötzlich Angst, sie könnte einen Fehler begehen. Sie sagte daher: »Ich kann Ihnen hierüber keine Auskünfte geben. Sie haben hier in meiner Privatwohnung angerufen. Versuchen Sie es doch einmal im Krankenhaus.« Nach einem kurzen Zögern fragte der Mann sie: »Können Sie mir nicht Medikamente für einen verletzten Freund geben?« Kathy war beunruhigt: »Warum kommen Sie mit Ihrem Freund nicht zur Behandlung ins Krankenhaus?« Der Mann erwiderte hastig, dass sein Freund Schwierigkeiten mit der Polizei habe und deshalb sein Versteck nicht verlassen könne.

Kathy war sich nicht sicher, ob es sich um eine Falle handelte, und blieb hart: »Hören Sie, ich werde Ihren Freund gerne behandeln, wenn er ins Krankenhaus kommt, aber ich kann Ihnen keine Medikamente aushändigen. Wie haben Sie sich das überhaupt vorgestellt?« Nach einer kurzen Pause antwortete der Mann: »Ich habe von Freunden gehört, dass man von Leonardo Medikamente bekommen kann.« – »Was? Dr. Terno ist doch kein Apotheker. Wie soll das denn gehen? Er muss als Arzt doch jeden Medikamentenverbrauch vermerken. Was hat Ihr Freund denn überhaupt?«, fragte Kathy, um noch mehr Informationen über den Mann zu erhalten.

»Er wurde auf der Flucht angeschossen.« – »Und dann glauben Sie, ihm ein Medikament eingeben zu können? Wenn die Kugel noch steckt, muss sie entfernt werden und das geht nicht immer einfach so.« Der Mann flehte sie an: »Bitte helfen Sie uns, ich habe Angst, dass mein Freund stirbt.« – »Soll ich Ihnen einen Wagen schicken und Sie bringen Ihren Freund dann ins Krankenhaus?«, fragte Kathy unerbittlich. »Nein, nein, das geht nicht«, stammelte der Mann. Kathy sagte sehr bestimmt: »Hören Sie, wenn Ihr Freund stirbt, dann liegt es einzig und allein daran, dass Sie nicht bereit sind, ihm die medizinische Versorgung zu geben, die er braucht. Bringen Sie ihn so schnell es geht ins Krankenhaus oder sagen Sie mir, wo ein Wagen ihn abholen kann.« Kathy hörte nur noch ein Knacken in der Leitung.

Unruhig wartete sie auf die Rückkehr von Leonardo und ihrem Vater. Gegen Mittag hörte sie von beiden erleichtert, dass Padre Sergio ihrem Plan zugestimmt und es auch ansonsten keine Zwischenfälle gegeben habe. Als Kathy ihnen von dem mysteriösen Anruf erzählte, schlug die entspannte Stimmung der beiden Männer schlagartig in tiefe Besorgnis um. Dr. Barkley hatte sofort den Verdacht, dass es sich um eine Falle handelte. Er sagte: »Die Medikamentenausgabe muss zukünftig absolut nachvollziehbar und korrekt sein, da Lopez dies sonst gegen uns verwenden kann.« Kathy fragte etwas irritiert, ob dies denn nicht schon die ganze Zeit über so erfolgt sei, worauf ihr Vater ihr anvertraute, dass es ein stilles Übereinkommen zwischen ihm und Leonardo gebe, dass er den Medikamentenverbrauch für die Armenviertel nicht so korrekt dokumentieren müsse. Da diese Abgabe über den Krankenhausverbrauch laufe, sei dies in der Masse nicht weiter aufgefallen.

Während Kathy in dieser Woche das erste Mal für den Nachtmittagsdienst eingeteilt war, hatte Leonardo Nachtdienst. Als sie am Montagabend nach dem Krankenhaus nach Hause kam, erzählte ihr Elena, dass Leonardos Freund Alberto gerade da gewesen sei und nach Leonardo gefragt habe. Elena, die den Eindruck gewonnen hatte, dass die Angelegenheit dringend sei, habe ihn zum Krankenhaus geschickt. Kathy, die wusste, dass Leonardo gerade mehrere Unfallopfer versorgen musste, rief auf der Station an und fragte nach Alberto. Man erzählte ihr, dass dieser wieder nach Hause gefahren sei und Leonardo ihn dringend anrufen solle, wenn er eine Pause habe.

Beunruhigt rief Kathy etwas später bei Alberto an, in dessen Haus Leonardo seine Wohnung hatte. Alberto erzählte ihr aufgeregt: »Meine Familie und ich, wir waren heute Abend bei Freunden zu einer Geburtstagsfeier. Als wir nach Hause kamen, merkte ich, dass die Haustür aufgebrochen wurde. In unseren Räumen war alles in Ordnung und so sah ich nach Leonardos Wohnung. Ich hab es gleich gesehen.« – »Was hast du gesehen?«, fragte Kathy aufgeregt. »Sie haben alle Räume von Leonardo durchsucht.« Kathy versprach ihm, so schnell wie möglich zu kommen.

Sie informierte rasch ihre Eltern und lief dann mit ihrem Vater zu Leonardo ins Krankenhaus. Dort passten sie einen günstigen Moment ab, ihn von dem Vorfall zu unterrichten. Dr. Barkley übernahm seine Schicht, damit er mit Kathy zu seiner Wohnung fahren könnte. Mit seinem Motorrad fuhren sie sofort los. Alberto erwartete sie schon und zeigte ihnen aufgeregt die völlig durchwühlte Wohnung. Gemeinsam mit Alberto versuchten sie festzustellen, ob etwas gestohlen wurde, was aber offensichtlich nicht der Fall war.

Obwohl keiner von ihnen ein Spezialist war, bestand bei ihnen Einigkeit darüber, dass die Wohnung eher so aussah, als habe hier jemand etwas Bestimmtes gesucht, und nicht so, als sei hier ein Wohnungseinbruch verübt worden. Sie entschlossen sich, dem Rat von Dr. Barkley zu folgen und die Polizei zu informieren. Es sollte so für Lopez klar ersichtlich werden, dass Leonardo nichts zu verbergen hatte. Es dauerte 20 Minuten, bis die Polizei eintraf. Die Beamten nahmen die Anzeige von Leonardo auf, sahen sich die Räumlichkeiten an und fragten dann: »Können Sie sich vorstellen, wer das gewesen ist?« Leonardo erwiderte ausweichend: »Ich bin Arzt und dies ist ein Beruf, der nicht immer die Erfolge aufweist, die sich die Patienten oder deren Angehörige wünschen.«

Sie mussten wieder zurück ins Krankenhaus. Als Kathy mit ihrem Vater zur Villa ging, schärfte ihr Dr. Barkley ein: »Kathy, von nun an wird es ernst. Wir dürfen uns keinen Fehler erlauben. Und vergiss nicht, Lopez ist zwar ein gerissener Kerl, aber wir sind schlauer. Außerdem glaube ich, dass er nicht so leichtsinnig sein wird, alle Polizisten von Asunción in seine miesen Machenschaften einzuweihen, und dies sollten wir geschickt ausnutzen.« Kathy fror, weil ihr die letzten Stunden Angst gemacht hatten. Aber sie nickte tapfer. Wieder in ihrer Wohnung, legte sie sich ins Bett und konnte ihre Tränen nicht mehr aufhalten. Die vorletzte Nacht mit Leonardo war unheimlich intensiv gewesen und so war die Angst noch viel größer, dass ihm etwas zustoßen könnte.

Am nächsten Vormittag wollte Kathy in der englischen Botschaft ihre Papiere für die Heirat beantragen und dann zusammen mit Leonardo zu dessen Wohnung fahren. Einen Teil seiner Sachen beabsichtigten sie schon zu Kathy in die Villa zu bringen. Sie hatten vor, diesen Vorfall geschickt zu nutzen, um ihren Kollegen gegenüber ihr schnelles Zusammenziehen besser rechtfertigen zu können.

Als Kathy an diesem Abend nach dem Spätdienst in ihre Wohnung kam, klopfte Elena kurz darauf an die Tür, um sich zu erkundigen, wie es ihr gehe. Kathy erzählte ihr von der vorgezogenen Hochzeit und dass Leonardo am nächsten Montag alle Formalitäten hierfür regeln wollte. Elena schien mit diesen Plänen keinerlei Probleme zu haben und machte den Vorschlag, dass sie eine Hochzeitsfeier im größeren Rahmen immer noch feiern könnten, nachdem die Eheschließung bereits unwiderruflich vollzogen sein würde. Bevor sie ging, fragte sie Kathy, ob sie immer noch Angst vor dieser Heirat habe. Diese musste nicht lange überlegen und antwortete: »Nein, im Moment habe ich nur noch Angst, ich könnte Leonardo verlieren. Elena, manchmal frage ich mich, ob es normal ist, dass man einen Menschen so liebt, dass man bereit ist, für ihn Kompromisse zu schließen, die das eigene bisherige Leben völlig auf den Kopf stellen.«

Elena nahm sie in den Arm und sagte, dass dies ja gerade das Aufregende an einer Liebe sei und doch nur beweise, dass sie Leonardo wirklich liebe. Sie erzählte Kathy, dass sie sich mit Leonardo vor dessen Nachtdienst fast eine Stunde unterhalten habe. Elena hatte vor diesem Wochenende den Eindruck gehabt, dass er endlich einmal wieder richtig glücklich und ausgeglichen war. Nun wirkte er auf sie völlig verunsichert, weil für ihn offenbar wieder die alten Gefühle der Angst und Hilflosigkeit spürbar seien.

Als Elena gegangen war, verstaute Kathy die Gegenstände, die sie mit Leonardo am Mittag in ihre Wohnung gebracht hatte. Sie fand ein Bild mit Rahmen, das Leonardo mit seinem Bruder Carlos zeigte. Obwohl sie nicht mit Geschwistern aufgewachsen war, konnte sie sich vorstellen, was in Leonardo vorgegangen sein musste, als sein großer Bruder, den er geliebt und auf eine gewisse Art auch verehrt hatte, erschossen wurde. Kathy war froh darüber, dass Leonardo seine Trauer und Wut bislang noch so im Zaum hatte, um nicht selbst mit Gewalt gegen dieses Unrecht vorzugehen, aber sie wusste auch, dass diese Beherrschtheit dann zu Ende sein könnte, wenn nicht endlich Ruhe und Frieden in sein Leben einkehren würden.

Am Samstagmittag fuhr Leonardo mit dem Bus zu seinen Eltern. Er hätte es eigentlich gerne gesehen, wenn Kathy mitgekommen wäre, aber diese hielt es für besser, dass er in aller Ruhe allein mit seiner Familie über ihre Heiratspläne reden könnte. Um Lopez auf die falsche Fährte zu locken, waren sie mit der Limousine ihres Vaters in die Stadt gefahren und hatten drei Seitenstraßen vom Busbahnhof entfernt geparkt. Leonardo war dann mit einer Umhängetasche und einer Einkaufstüte auf Umwegen zum Bahnhof gegangen und hatte dort erst den Mittagsbus genommen. Um die Heiratsformalitäten klären zu können, wollte er bis spätestens Mittwoch zurück sein. Sie hatten abgemacht, dass er am Samstagabend dreimal das Telefon bei ihr klingeln lassen würde, wenn er unbeschadet bei seinen Eltern angekommen wäre, weil sie befürchteten, dass auch die Telefone abgehört wurden.

Das Wochenende verbrachte Kathy, bis auf die gemeinsamen Mahlzeiten mit ihrer Familie, in ihrer Wohnung. Sie las in den Zeitschriften, die ihre Tante Lilien ihr aus England geschickt hatte, oder grübelte. Nachdem sich ihre anfängliche Unruhe nach dem verabredeten Lebenszeichen von Leonardo gelegt hatte, gelang es ihr sogar, ihre freien Tage mit Faulsein zu genießen.

4.–10.10.1976

Am Montag hatte Kathy wieder Frühdienst. Sie stand gerade im Stationszimmer und suchte ein Schmerzmittel für einen Patienten im Medikamentenschrank, als sie von Schwester Monica angesprochen wurde: »Kommt heute Dr. Terno nicht?« – »Er hat frei«, antwortete Kathy knapp und verließ den Raum. Ihre Ruhe vom Wochenende war plötzlich verflogen und sie fieberte nur noch, notdürftig abgelenkt durch ihre Arbeit, seiner Rückkehr entgegen.

Sie war erleichtert, als er am Mittwochnachmittag wie verabredet wieder zu ihr ins Fahrzeug stieg, das sie in einer belebten Seitenstraße geparkt hatte, nachdem sie zuvor noch ein Geburtstagsgeschenk für ihren jüngsten Bruder eingekauft hatte. Leonardo nahm sie zur Begrüßung so fest in den Arm, dass ihre Schultern kurz schmerzten. Dann fragte er besorgt: »Hat dich Lopez auch in Ruhe gelassen?« Kathy sah sofort, dass er übermüdet aussah. »Ja, er hat mich in Ruhe gelassen. Schließlich stehe ich unter dem Schutz der englischen Königin.« Etwas zweifelnd fragte er: »Glaubst du wirklich, dass sich diese Dame für dich einsetzen wird, wenn dir Lopez an die Wäsche will?« – »Nein, so ganz wohl nicht. Aber ich glaube nicht, dass es Lopez wagt, mit mir so umzuspringen, wie er es wahrscheinlich mit seinen Landsmänninnen tut.« – »Weißt du, Kathy, mir ist am Wochenende klar geworden, dass mich Lopez eigentlich nur mit einer Sache wirklich treffen könnte. Nämlich dann, wenn er dir etwas antun würde«, erwiderte er müde.

Während sie den Wagen zur Villa lenkte, erzählte er ihr, dass seine Brautwahl innerhalb seiner Familie, mit Ausnahme seiner Mutter, allgemein Zustimmung gefunden habe. Es sei ihm bis zum Schluss seines Aufenthaltes nicht gelungen, seine Mutter umzustimmen, weil diese meinte, Kathy sei nicht die richtige Frau für ihn, und sie sich auch Sorgen machen würde, ob er die Familie noch hinreichend finanziell unterstützen könnte, wenn er selbst eine Familie hätte.

Kathy hatte eigentlich nicht mit einer anderen Reaktion seiner Mutter gerechnet und blieb deshalb recht gelassen. In ihrer Wohnung nahm Leonardo sie in den Arm und fragte leise in ihr Ohr: »Willst du mich immer noch heiraten oder hast du es dir inzwischen anders überlegt?« – »Natürlich will ich dich noch heiraten. Ich habe jetzt auch erst gemerkt, wie ich dich vermisse, wenn du ein paar Tage nicht da bist.« Er schien erleichtert und bat sie: »Bitte leg dich einfach zu mir aufs Bett und bleib bei mir. Ich bin im Moment völlig fertig, weil ich gestern noch bis spät in die Nacht hinein mit Fernando das Dach des Hauses meiner Eltern ausgebessert habe.« Kathy, die den Eindruck hatte, dass ihn der Streit mit seiner Mutter sehr belastete, sagte zu ihm, als sie in seinem Arm lag: »Ich denke, dass du deiner Familie die Zusage machen kannst, dass wir sie auch weiterhin finanziell unterstützen werden.« Leonardo erwiderte verbittert: »Es ist nicht nur das Problem der finanziellen Belastung, die ich auf mich genommen habe. Es hat mich einfach schockiert, dass mir meine eigene Mutter anscheinend ein eigenes Leben nicht zugestehen will. Weder ist sie bereit, zu akzeptieren, dass ich eine Frau heiraten möchte, die nicht dem landesüblichen Bild einer Ehefrau entspricht, noch kann sie akzeptieren, dass auch ich ein Recht auf ein eigenes Leben habe.«

Er schwieg einen Moment lang und sah sie an, bevor er fortfuhr: »Ich habe erst durch dich gelernt, mich und meine Bedürfnisse ernst zu nehmen und nicht immer nur die der anderen. Ich merke, dass ich plötzlich wieder ein Lebensziel habe, woran ich arbeite und wofür ich kämpfe, und lebe nicht mehr den tagtäglichen Einheitsbrei der Pflichterfüllung.« Kathy verstand nicht, was dies im Hinblick auf seine Familie bedeuten könnte, und fragte ihn deshalb: »Und was hast du jetzt mit deiner Familie vereinbart?« Er wirkte immer noch wütend, als er antwortete: »Ich habe mit meiner Familie einen Zeitplan aufgestellt, wann welche Kinder mit der Ausbildung fertig sein können und welche Anschaffungen in welchem Zeitraum erforderlich sind. Außerdem habe ich sowohl meine Eltern als auch meine Geschwister aufgefordert, einmal zu überlegen, ob nicht der eine oder andere Nebenjob machbar sei. Mein Vater und meine Geschwister waren diejenigen, die mein Anliegen verstanden haben, aber nicht meine Mutter. In deren Augen bin ich egoistisch und unzuverlässig.«

Kathy wusste zwar, dass Leonardo jeden Monat seiner Familie Geld gab, hatte aber bislang nicht nachgefragt, um welche Beträge es sich dabei handele. Sie hatte nur von Elena erfahren, dass Leonardo Zusatzjobs hatte, wie die Betreuung der Armenviertel, zusätzliche Dienste im Krankenhaus und die Buchführung im Betrieb seines Freundes Alberto, wofür er als Gegenleistung in dessen Haus kostenfrei wohnen konnte. Sie fragte ihn deshalb, welchen Geldbetrag er seinen Eltern monatlich als Unterstützung zukommen lasse, worauf er ihr sagte, dass er zwei Drittel seines Arztgehaltes, ohne die Vergütung der zusätzlichen Dienste, seiner Familie gebe. Zukünftig erwarte er aber von seinen Familienmitgliedern, dass sie sich durch Nebenjobs finanziell so absicherten, dass er ihnen nur noch die Hälfte seines Gehaltes zur Verfügung stellen müsste.

Kathy war bislang immer stolz darauf gewesen, niemals von einem Mann finanziell abhängig zu sein oder aber gemeinsame Kasse machen zu müssen. Angesichts dieser Situation schien ihr plötzlich der Grundsatz der Kassentrennung nicht mehr möglich zu sein. Sie schlug Leonardo daher vor, sich in den nächsten Tagen zusammenzusetzen, um über ihre gemeinsamen Finanzen zu reden. Sie hätte es sich fast denken können: Er reagierte so, wie sie es befürchtet hatte, indem er sagte, dass die finanzielle Versorgung seiner Familie allein von ihm zu leisten sei und er notfalls noch einen weiteren Nebenjob annehmen werde. Seine Bestimmtheit machte Kathy wütend: »Und, willst du dies tun, damit wir dann noch weniger Zeit füreinander haben?«, fragte sie ihn provozierend. Er schwieg, worauf sie ihn fragte, was denn dagegen spräche, dass sie, wenn sie nicht nur bald miteinander verheiratet wären, auch eine gemeinsame Kasse hätten. »Kathy, ich empfände es nun einmal als demütigend, wenn ich auf das Geld meiner Ehefrau angewiesen wäre, nur weil ich selbst nicht genug verdiene, um all meinen Verpflichtungen nachzukommen«, war sein Einwand.

Inzwischen war auch Kathy von dem Verlauf dieses Gesprächs frustriert. Sie fragte: »Und was soll ich dann deiner Meinung nach mit meinem verdienten Geld anfangen?« Als Leonardo wieder schwieg, sagte sie, dass für sie zu einer guten Partnerschaft auch gehöre, dass Probleme gemeinsam gelöst werden und beide hierfür ihre Ressourcen einsetzen. Sie habe im Moment aber eher den Eindruck, er würde sie bei diesem Problem ausgrenzen und ihr darüber hinaus noch zumuten, dass ein Zusammenleben kaum noch möglich sei, weil er ständig irgendwelche Nebenjobs erledigen müsse. Sie hatte Leonardo mit ihren Worten betroffen gemacht. »Du hast mit Sicherheit recht mit dem, was du sagst. Aber kannst du nicht verstehen, wie es mir geht? Ich verliebe mich in die Tochter meines Chefs und erhalte gleich das Etikett, ein Mitgiftjäger zu sein. Dann ziehe ich in das Haus meiner zukünftigen Schwiegereltern und schon heißt es, dass ich mich in ein gemachtes Nest setzen würde, und zum Schluss bediene ich mich auch noch am Geld meiner Ehefrau. Glaubst du wirklich, ich könnte da noch das Gefühl haben, wir seien völlig gleichberechtigte Partner?« – »Leonardo, ich verstehe zwar deine Gefühle; ich glaube aber trotzdem, dass sie uns nicht wirklich weiterbringen. An unserem Beispiel zeigt sich doch nur einmal wieder das übliche Rollenverständnis zwischen Mann und Frau. Bei einer Frau wird es als tolle Partie angesehen, wenn sie durch eine Beziehung ihre gesellschaftliche Stellung und ihre finanzielle Situation verbessert. Es wird auch als selbstverständlich angesehen, dass sie in das Haus ihres Ehemannes einzieht und von seinem Geld lebt. Wir wollen aber diese ganzen Rollenklischees nicht. Lass uns doch endlich so leben, wie wir es für richtig halten und es auch die Situation erfordert.«

Frustriert entgegnete Leonardo: »Wir wollen eine gleichberechtigte Beziehung, aber keinen Rollentausch. Ich kann und will in unserer Beziehung nicht die Rolle einnehmen, die üblicherweise einer Frau zugedacht ist.« – »Wenn man deine Gedanken weiterführt, würde das bedeuten, dass eine Gleichberechtigung nur dann möglich wäre, wenn beide Partner völlig gleiche Ausgangsvoraussetzungen haben und auch über die gleichen Fähigkeiten verfügten. Sie müssten beide aus derselben gesellschaftlichen Schicht stammen, ihre Einkommens- und Vermögensverhältnisse müssten gleich sein, bis hin zu vergleichbaren Talenten. – Leonardo, wo ist da eigentlich noch die Möglichkeit, dass sich die Partner ergänzen? Kommt es nicht viel stärker darauf an, dass jeder in der Partnerschaft alles einsetzt, was er zur Verfügung hat, und daraus die Gemeinsamkeiten entstehen können?« Er war von dem, was sie sagte, nachdenklich geworden: »Hast du so eine Partnerschaft voller Ideale schon einmal praktiziert?« – »Nein, ich war auch noch niemals bereit zu heiraten und ich möchte einfach, dass unsere Ehe gut wird. Ich denke, dass wir es sonst gleich lassen können, wenn wir immer nur am Festlegen, Kontrollieren und Abschätzen sind, ob jeder auch einen gleichwertigen Einsatz für diese Beziehung bringt.« Ihre Argumente schienen ihn allmählich zu überzeugen, aber keineswegs glücklich zu machen.

Als Kathy am nächsten Morgen gemeinsam mit Leonardo frühstückte, stand er plötzlich auf und holte ein Geschenk für sie. Neugierig öffnete sie die Verpackung. Es war eine kleine Spieluhr, die er ihr nach der Erledigung der Hochzeitsformalitäten gekauft hatte. Er wirkte heute entspannter als gestern nach seiner Heimkehr. Gut gelaunt beichtete er: »Ich habe dich vor meiner Abfahrt angeschwindelt.« Erstaunt wollte sie wissen: »Wo hast du mich angeschwindelt?« – »Als ich dir sagte, dass mir die Bemerkung von Lopez über meine Liebhaberqualitäten nichts ausgemacht habe.« Kathy musste lächeln: »Heißt das, du brauchst jetzt für dein Ego mein Urteil, wie du gestern warst?« – »Wenn es dir nichts ausmachen würde, könnte mir dies vielleicht helfen, diese Schmach zu überwinden.« Einen Moment musterte Kathy sein erwartungsvolles Gesicht und antwortete dann: »Es war schön mit dir und ich bedaure, jetzt mit dir zum Frühdienst gehen zu müssen.« Leonardo bedankte sich bei ihr und küsste ihre Hand, gab dann aber zu, dass er nur einmal austesten wollte, wie sie auf solche Eitelkeiten reagieren würde.

Kathy sah ihn einen Moment an und fragte: »Hast du eigentlich niemals wissen wollen, wie deine Vorgänger in dieser Hinsicht waren?« Er dachte kurz nach, bevor er antwortete: »Maria hatte vor mir keinen anderen Mann, bei Monica interessierte es mich nicht, weil ich bewusst eine recht distanzierte Beziehung zu ihr wollte, und bei dir würde es mir wehtun, solche Dinge über die Männer zu erfahren, die du vor mir gehabt hast.« – »Könntest du denn verstehen, wenn ich etwas über die Frauen vor mir erfahren wollte?«, fragte Kathy vorsichtig. Leonardo sah sie etwas ungläubig an: »Würdest du das wirklich wissen wollen?« – »Ich fände es ganz normal, auch darüber zu reden, ohne ins Detail zu gehen.«

Er sah auf die Uhr und mahnte zum Aufbruch. Auf dem Weg zum Krankenhaus griff er das Gespräch wieder auf und sagte: »Ich weiß nicht, was du hören willst. Mit Maria habe ich mich in einer kleinen Hütte auf einer Weide getroffen, da gibt es nicht viel zu berichten. Das war kein großartiges Liebesleben, sondern nur ein paar Gelegenheiten, wo man es miteinander gemacht hat. Und Monica ist halt eine Frau ohne jedes Profil, die meint, Männer bedienen zu müssen. Mehr Frauen hatte ich nun einmal nicht.« Als Kathy schwieg, fragte er: »Und wie war es bei dir?« Sie musste wegen seiner plötzlichen Inkonsequenz lächeln und sagte: »Mein erster Freund Harry war recht unerfahren und schüchtern und Brad war eben ein Pragmatiker. Also alles nicht so wie bei uns.« Ihre Worte schienen ihm gut zu tun, aber trotzdem war das Thema seiner Vorgänger für ihn noch nicht ganz abgeschlossen.

Als sie nach Dienstschluss mit dem Kleintransporter des Krankenhauses zu Leonardo in die Wohnung fuhren, um noch weitere Sachen zur Villa zu transportieren, fragte er sie, ob sie die Trennung von Brad schon völlig überwunden habe. Kathy war über seine Nachfrage etwas erstaunt und gab zu, dass sie sich letztes Wochenende diese Frage beim Durchlesen der Zeitschriften von Tante Lilien auch gestellt hatte, als sie in ihren Gedanken England wieder ein Stück näher gewesen sei. »Und zu welchem Ergebnis bist du gekommen?«, fragte er neugierig. »Weißt du, als ich mich damals von Brad trennen wollte und wir es dann einen Monat später auch tatsächlich getan haben, war ich mir sicher, dass die ganze Angelegenheit bereits lange vor diesem Schlussstrich beendet war. Diese Empfindung hatte ich auch, als ich mit dem Schiff nach Paraguay kam und viel Zeit zum Nachdenken hatte. Jetzt ist es manchmal so, dass ich mich von Dingen unheimlich verletzt fühle, die in dieser Beziehung abgelaufen sind und die ich damals noch entschuldigt habe. Eigentlich bin ich erst jetzt dabei, auch wenn es mir bislang noch nicht so bewusst geworden ist, meinen ganzen Beziehungsfrust aufzuarbeiten.«

»Meinst du, dass du im Unterbewusstsein auch deshalb Angst vor einer neuen Beziehung hast und nur aus Angst, Lopez könnte uns auseinanderbringen, einer Ehe zugestimmt hast?« – »Was die Beziehung zu dir angeht, habe ich sie gewollt. Du bist auch völlig anders als Brad und unsere Beziehung verläuft auch anders. Die Beziehung zu Brad war etwas, was man von mir in England erwartet hat, während du etwas bist, was ich wirklich will. – Was die schnelle Heirat angeht, hätte ich unter normalen Umständen lieber noch ein halbes Jahr gewartet, auch um völlig mit dem alten Beziehungsfrust abgeschlossen zu haben. Ich stehe aber dazu, dass aus Angst, dich durch Lopez zu verlieren, nun alles etwas schneller geht.«

Während sie seine Sachen einpackten, erzählte sie ihm, dass sie zukünftig gemeinsam mit Felicitas und Dr. Philippo in die Armenviertel fahren wolle, um das Beratungsprojekt fortzuführen. Ihr Vater habe diesem Plan schon zugestimmt. Leonardo reagierte auf ihr Vorhaben sofort sehr ablehnend, weil er auf keinen Fall wollte, dass sie sich in Gefahr bringt. Kathy sah dies anders: »Lopez hat es auf dich abgesehen und wird es niemals wagen, mich im Beisein von Dr. Philippo oder Felicitas zu belästigen.« Ihn schien dies wenig zu beruhigen: »Kathy, mach dir doch nichts vor. Er wird dich vielleicht nicht belästigen, aber wenn er dir wirklich etwas antun will, indem er zum Beispiel einen Unfall konstruiert, werden dich die beiden in keiner Weise beschützen können.«

Sie ließ nicht locker und erzählte ihm, dass sie zu unterschiedlichen Zeiten fahren würden und hierfür den klapprigen Wagen von Felicitas benutzen wollten, der bislang mit Sicherheit weder Lopez noch seinen Leuten näher bekannt sein dürfte. Leonardo fühlte sich von ihr in die Enge getrieben und sagte mit erregter Stimme: »Was läuft hier eigentlich? Das mit den Finanzen habe ich ja letzte Nacht noch geschluckt, obwohl es meinen Stolz als Familienernährer verletzt, aber ich lasse mich jetzt von dir nicht vor allen Leuten zum Feigling machen. Ich habe bislang niemals gekniffen, auch wenn es noch so gefährlich für mich war.«

Sein ständig vorgebrachter Mannesstolz machte Kathy langsam wütend. Mühsam beherrscht fragte sie: »Du findest es also heldenhafter und ehrbarer, dass du mir vielleicht ein Kind gemacht hast und dich dann in eine Gefahr begibst, aus der du vielleicht nicht mehr heil herauskommen könntest? Von meinen Ängsten um dich ganz zu schweigen.« Leonardo sah sie fassungslos an. Er versuchte sich etwas zu beruhigen und sagte dann betont ruhig: »Kathy, ich weiß, dass du ziemlich oft recht hast mit dem, was du sagst. Aber was nutzen mir die besten Argumente von dir, denen auch mein Kopf zustimmen kann, wenn mein Gefühl nicht mitspielt?«

Leise und inzwischen von dieser Debatte müde, fragte ihn Kathy: »Und was sagt dir dein Gefühl?« – »Ich möchte auf jeden Fall das nächste Mal mitfahren. Es ist für mich in Ordnung, dass du Verstärkung mitnimmst und dass ein anderes Fahrzeug und eine andere Uhrzeit zur Tarnung ausgewählt wird, aber verlange bitte nicht von mir, dass ich kneife.« Sehr bestimmt entgegnete sie: »Am letzten Wochenende hat mein Vater entschieden, dass du vier Wochen lang nicht rausfährst und von Dr. Philippo vertreten wirst. Hiermit warst auch du einverstanden. Wenn du nun aus gekränkter Männlichkeit wieder alle Pläne umschmeißt, glaube ich nicht, dass mein Vater da mitmachen wird. Die Zeit danach wird für dich schon gefährlich genug sein.«

Sie ging ins Bad und brauchte einen Moment, um für sich zu klären, warum sie dieses Gespräch so betroffen machte. Plötzlich merkte sie, dass etwas geschehen war, was sie schon an den Diskussionen mit Brad gehasst hatte. Sie sah wieder die Situationen vor sich, in denen sie versucht hatte, mit Brad eine Einigung über aufgetretene Unstimmigkeiten oder Probleme zu erzielen, und er diese Gespräche oft abgewürgt hatte, weil sie ihm zu idealistisch und zu gefühlsbetont waren oder aber zu nichts führen würden, bis hin zu dem Argument, dass er für dieses Gespräch gerade keine Zeit habe. Bei Leonardo war sie es jetzt, die seine Gefühle nicht ernst nehmen wollte, weil sie ihr zu unvernünftig erschienen oder aber ihre eigenen Gefühle beeinträchtigten.

Sie hatte sich ratlos auf den Wannenrand gesetzt und rang

mit sich nach einer Lösung. Als sie nicht zurückkam, klopfte Leonardo an die Badtür und fragte: »Ist alles in Ordnung mit dir?« – »Nein.« – »Kann ich zu dir reinkommen?« Kathy öffnete die Tür und ging mit ihm in die Küche. Während sie Mate-Tee kochte, schilderte sie ihm ihre Gedanken und Gefühle. Leonardo hörte ihr betroffen zu. Ihnen wurde bewusst, dass sich eben nicht alles nur im Kopf klären ließ, und sie vereinbarten deshalb, zukünftig stärker darauf Rücksicht zu nehmen, wenn einer von ihnen Probleme damit hatte, eine Lösung, die der Verstand vorgab, auch gefühlsmäßig umzusetzen.

Am Freitag war die Geburtstagsfeier von Kathys jüngstem Bruder Chris im Kreise der Familie. Bei diesem Zusammentreffen wurde auch über die bevorstehende Hochzeit gesprochen und was hierfür alles vorzubereiten sei. Kathy wollte mit Elena das Hochzeitskleid aussuchen, während Leonardo als Bekleidungsberater seinen Freund Alberto bevorzugte. Zum Ringkauf wollten sie am nächsten Wochenende in die Stadt gehen. Sie waren mit Kathys Eltern übereingekommen, dass diese die Hochzeit und eine spätere Nachfeier im größeren Kreis ausrichten würden.

Für den Samstagvormittag waren Leonardo und Kathy mit Alberto in der Stadt verabredet. Leonardo hatte vor, sich einen festlichen Anzug zu kaufen, und danach wollten sie die Ringe aussuchen. Kathy hielt sich bei der Auswahl des Anzuges bewusst etwas zurück und machte nur hinsichtlich des Zubehörs Vorschläge dazu, welche Farbzusammenstellung miteinander harmonieren würde. Beim Ringkauf wurde es schon komplizierter, weil hier wieder die unterschiedlichen Kulturen aufeinanderprallten. Während es Kathy lediglich darum ging, dass der Ring in erster Linie ein Symbol ihrer Verbundenheit sein und ansonsten zu ihrem Stil passen sollte, wollte Leonardo einen breiten Goldring.

Obwohl beide bemüht waren, es nicht zu einer Auseinandersetzung kommen zu lassen, schien ein vernünftiger Kompromiss nicht möglich. Kathy machte schließlich den Vorschlag, dass sie mit dem Kauf noch warten könnten, was bei Leonardo jedoch auf heftigen Widerstand stieß, weil er hierin keine Lösung des Problems sah. Etwas hilflos fragte Kathy den Juwelier, ob er denn nicht andere Ringe habe, die nicht so imposant seien wie die Eheringe, worauf dieser ihnen recht schlichte, aber in ihrer Einfachheit wiederum schöne Ringe vorlegte. Kathy, die bislang immer handgefertigten Silberschmuck getragen hatte, fragte Leonardo: »Muss es denn wirklich Gelbgold sein?« Leonardo wirkte schon etwas gereizt, als er erwiderte: »Ich kaufe doch keinen Ring, der vom Material her völlig billig aussieht.«

Kathy probierte einen schmalen Ring an, der gut zu den Proportionen ihrer Hand passte. Sie schaute zum Juwelier und fragte: »Könnte man in dieser Art vielleicht Eheringe fertigen?« – »Natürlich, ich kann auch Ringe ganz nach Ihren Wünschen anfertigen.« Leonardo mischte sich etwas irritiert ein und fragte: »Kathy, willst du jetzt etwa unsere Eheringe selbst entwerfen?« – »Wäre dies nicht ein guter Kompromiss?«, entgegnete diese. Gemeinsam mit dem Juwelier beratschlagten sie die Möglichkeiten und konnten sich schließlich auf einen Entwurf einigen, nach dem die Ringe gefertigt werden sollten.

Auf dem Weg zum Wagen fragte Alberto, der sich beim Juwelier sehr zurückgehalten hatte, leicht amüsiert, ob alles bei ihnen so konfliktreich ablaufe. Kathy bemühte sich um eine diplomatische Antwort: »Im Moment macht uns der Stress etwas fertig.« Weil Kathy am Nachmittag Dienst im Krankenhaus hatte, musste sie rechtzeitig zurückgebracht werden. Leonardo wollte noch mit zu seinem Freund fahren und einige Sachen in seiner Wohnung zusammenpacken.

Während Alberto unten im Fahrzeug wartete, kam Leonardo kurz noch mit hoch in die Wohnung, wo sich Kathy vor ihrem Dienst umziehen wollte. Nachdem sie die Wohnung betreten hatten, schloss Leonardo die Tür zum Treppenhaus und lehnte sich mit dem Rücken an die Flurwand. Er sah Kathy für mehrere Augenblicke wortlos an und sagte dann: »Kathy, mir ist inzwischen klar, wovor mich meine Mutter warnen wollte, nämlich vor einer Frau mit einem Dickschädel und ständigen Widerworten. Ich finde es auch ausgesprochen fair von dir, dass du mir dies schon recht deutlich vor der Eheschließung zeigst. Aber glaube nur nicht, dass ich mich hierdurch davon abhalten lasse, dich zu heiraten. Ich bin inzwischen so weit, dass ich denke, entweder es klappt mit uns beiden oder ich werde irre.«

Kathy grinste ihn frech an: »Weißt du, Leonardo, du hast wenigstens noch das Glück, dass dich jemand vor dieser Eheschließung gewarnt hat, während mir nur alle gut zureden, obwohl deine Männerallüren auch nicht gerade ohne sind.« Leonardo zog sie am Handgelenk zu sich hinüber, um sie zu küssen. Er versprach ihr, bevor er wieder zu Alberto hinunter zum Wagen ging, sie nach ihrem Dienstschluss vom Krankenhaus abzuholen.

Während ihres gemeinsamen Dienstes am Sonntag hatten sie für eine Stunde Gelegenheit, mit Felicitas über die weitere Projektarbeit zu sprechen. Sowohl Felicitas als auch Dr. Philippo hatten lediglich die Information von Dr. Barkley erhalten, dass es offenbar jemanden gebe, der Leonardos Arbeit in den Armenvierteln boykottieren wolle, und dass nach dem Abdrängen seines Fahrzeuges Anzeige erstattet worden sei. Es sollte durch diese vagen Auskünfte auf jeden Fall vermieden werden, dass Lopez ins Spiel gebracht wird, um nicht noch mehr Mitwisser zu haben.

11.–24.10.1976

In den nächsten zwei Wochen waren sie mit dem endgültigen Einzug von Leonardo in die Villa beschäftigt. Ein Großteil seiner Möbel wurde erst einmal in den drei Dienstbotenkammern verstaut, die leer standen und neben Kathys Wohnung lagen. Es war geplant, diese Kammern und Kathys Räume in eine Sechs-Zimmer-Wohnung umzubauen.

Wie vereinbart, fuhr Kathy an den Mittwochnachmittagen ohne Leonardo in die Armenviertel. Sie spürte, wie die Bewohner sie immer stärker akzeptierten und dies machte es für sie auch leichter, sich mit den besonderen Lebensgewohnheiten dieser Menschen auseinanderzusetzen. Felicitas hatte von Anfang an keine Probleme, auf diese Menschen zuzugehen. Sie war eine Frau, die sehr schnell vermitteln konnte, dass sie kompetent war und genau wusste, wovon sie sprach, und dies kam bei den Menschen hier gut an. Die Fragen nach Leonardo beantwortete Kathy damit, dass er derzeit umziehe und bald wiederkäme. Da sich Lopez im Moment sehr unauffällig verhielt, wollte Kathy nichts sagen, was ihm eine Gegenstrategie ermöglicht hätte.

25.–31.10.1976

Am Montag hatte Leonardo seinen 30. Geburtstag. Kathy schenkte ihm eine Lederjacke, über die er sich sehr freute, und überraschte ihn mit den Papieren, die von der britischen Botschaft für ihre Eheschließung gekommen waren. Am Abend hatten sie mit ihrer Familie, Freunden von ihm und einigen Arbeitskollegen in ihrer Wohnung noch bis Mitternacht gefeiert. Als die Gäste gegangen waren, fragte Leonardo, als er mit Kathy die Gläser in die Küche stellte: »Mochtest du den Wein nicht oder hattest du Angst, ich könnte zu viel trinken, und wolltest deshalb lieber nüchtern bleiben?« Sie stellte die Gläser ab und sah ihn an: »Es kann sein, dass ich schwanger bin.« Leonardo blickte erstaunt und fragte: »Gibt es denn Anzeichen dafür?« – »Ja, ich bin drei Tage überfällig.« Er stellte die Gläser auf den Tisch und fuhr sich mit der Hand durch die Haare, wie er es immer tat, wenn ihn etwas sehr berührte. Dann trat er auf sie zu und nahm sie in die Arme: »Das wäre doch schön. Endlich wird etwas aus unserem gemeinsamen Leben.«

Leonardo war voller Zukunftspläne. Er wollte mit ihr am Donnerstagnachmittag zu seinen Eltern fahren, damit sie dort die letzten Formalitäten für die zivile Trauung regeln und dann so schnell wie möglich mit dem Umbau der Wohnung beginnen könnten. Als sie am nächsten Tag Kathys Eltern mitteilten, dass sie vielleicht Nachwuchs bekommen würden, fragte Elena ganz erstaunt: »War denn das so früh schon geplant?« – »Geplant war das nicht, aber es wurde auch nicht verhindert«, war Kathys knappe Antwort. Während Elena sie in den Arm nahm und ihr versicherte, wie sehr sie sich darüber freue, sagte ihr Vater gutgelaunt: »Es ist doch immer das Gleiche. Sobald man seinen Kindern erlaubt, zu heiraten, machen sie einen prompt zu Großeltern.«

Am Donnerstag brachte Elena Kathy und Leonardo gleich nach dem Frühdienst zum Busbahnhof. Sie hatten ihre Dienste mit zwei Kollegen getauscht und wollten deshalb am Samstagabend wieder zurück sein, um deren Wochenenddienste am Sonntag zu übernehmen. Als Grund für diesen kurzfristigen Tausch hatten sie eine dringende Familienangelegenheit genannt. Während der Busfahrt war Leonardo sehr schweigsam. Als ihn Kathy nach dem Grund hierfür fragte, antwortete er: »Ich versuche mir gerade eine Strategie zu überlegen, wie wir alles am besten hinbekommen.« – »Und wie, meinst du, soll ich mich deiner Mutter gegenüber verhalten?« – »Sei einfach nur höflich. Das reicht dann schon.«

Die Familie von Leonardo verhielt sich Kathy gegenüber ebenfalls sehr höflich, aber auch reserviert. Während es bei den anderen Familienmitgliedern wohl eher ein Zeichen der Unsicherheit war, schien bei der Mutter deren Abneigung gegenüber ihrer zukünftigen Schwiegertochter der Grund zu sein. Unbeeindruckt hiervon bot Kathy ihre Hilfe beim Kochen und

Tischdecken an, weil sie sich nicht nachsagen lassen wollte, dass sie sich bedienen ließe. Aber ihre zukünftige Schwiegermutter wollte dieses Angebot nicht annehmen.

Nachdem sie am Freitag die Heiratsformalitäten erledigt hatten, wobei die Eheschließung auf den 18.11.1976 terminiert worden war, verbrachte Kathy sehr viel Zeit damit, in Serenas Zimmer, das ihr wieder als Gästezimmer zugeteilt worden war, in dem Buch zu lesen, das sie vorsichtshalber mitgenommen hatte. Leonardo wurde von seiner Familie vollkommen in Beschlag genommen, weil Dinge zu besprechen oder Arbeiten an Haus und Grundstück zu erledigen waren. Zu seiner Schwester konnte Kathy nähere Kontakte knüpfen, als sie Leonardo dabei half, das Tor vom Schuppen zu reparieren. Serena sah ihnen dabei zu und wurde von Kathy nach ihren Ausbildungsplänen gefragt, weil sie von Leonardo wusste, dass sie gerade ihren Schulabschluss erlangt hatte. Im Laufe des Gesprächs stellte sich heraus, dass sie gerne den Beruf der Krankenschwester erlernen würde, aber nicht in diesem Bezirk bleiben wollte, weil sie die Enge ihres Zuhauses nicht mehr ertrug.

Leonardo, der sich auch an diesem Gespräch beteiligt hatte, sagte fast streng: »Ich halte überhaupt nichts davon, wenn du als 17-jähriges Mädchen in eine fremde Stadt gehst, um deine Ausbildung zu machen«, worauf Serena schwieg. Leonardo bot sich an, in den nächsten Wochen zu klären, welches Krankenhaus Schwesternschülerinnen ausbildete, worauf seine Schwester zaghaft die Bitte äußerte, dass er sie aber nicht zu den Ordensschwestern schicken solle. Kathy musste lächeln, sagte aber nichts, weil sie Leonardos erzieherischen Gesichtsausdruck sah, den sie bei ihm schon mehrfach beobachtet hatte, wenn er sich mit seinen jüngeren Geschwistern auseinandersetzte.

Als sie am Samstagnachmittag wieder im Bus saßen, wirkte Leonardo gelöst und glücklich. Ihm schien das kühle Verhalten seiner Mutter überhaupt nichts auszumachen, stattdessen meinte er, dass sie mit der Zeit schon einsehen werde, dass Kathy die richtige Frau für ihn sei. Voller Tatendrang zählte er auf, was für die Trauung noch alles zu erledigen sei. In der kommenden Woche wollte er die Ringe vom Juwelier abholen und fragte Kathy, was mit ihrem Kleid sei. Diese antwortete verschmitzt lächelnd: »Hast du etwa Angst, dass ich meine Termine nicht einhalte?« – »Ich weiß ja nicht, was du dir für dein Kleid ausgedacht hast. Vielleicht muss ja der Stoff erst nach deinen Vorstellungen gewebt, eingefärbt und dann genäht werden.« Sie wollte ihn ärgern und sagte deshalb: »Du hast recht. Das kann alles wirklich ziemlich eng werden. Ich muss nächste Woche gleich einmal nachfragen, ob die Schneiderin von Elena auch alles rechtzeitig schafft. Es wäre doch schade, wenn wir deshalb die Hochzeit verschieben müssten.« Leonardo sah sie einen Moment ungläubig an. »Kathy, sag, dass das nicht stimmt.« Sie blieb ihm die Antwort hierauf schuldig und schaute scheinbar interessiert aus dem Fenster.

1.–16.11.1976

Von der bevorstehenden Eheschließung wussten in Asunción nur Kathys Eltern sowie Alberto und seine Ehefrau, die gemeinsam mit Leonardos Familie zur Hochzeit kommen wollten. Die Zeit bis dahin war ausgefüllt mit Kleinigkeiten, die noch zu regeln waren, wie Schuhkauf, das Ausprobieren einer passenden Frisur und die letzten Termine bei der Schneiderin. Kathy hatte sich von ihrer Tante Lilien ein Kleid aus London schicken lassen, das noch an einigen Stellen geändert werden musste. Die Ringe waren inzwischen auch fertig und sehr schön geworden, was auch Leonardo sofort bemerkte.

Am 10. November fuhr Leonardo das erste Mal wieder in die Armenviertel. Dieser Termin wurde von allen Beteiligten geheim gehalten, um neue Zwischenfälle zu verhindern. Zwar hatte sich Monica immer wieder bei Leonardo erkundigt, ob er gar nicht mehr rausfahre, aber als dieser ihr nur schroff antwortete, dass er andere Dinge erledigen müsse, kam auch von dieser Seite keine weitere Nachfrage mehr. Kathy und Felicitas begleiteten ihn, um ihr Projekt fortzuführen. Da die Medikamentenbelieferung des Pfarrhauses weiter so wie in den letzten vier Wochen erfolgen sollte, war ein Besuch bei Padre Sergio schon aus Sicherheitsgründen nicht eingeplant. Tatsächlich verlief alles ohne Zwischenfälle und auch Leonardo schien einzusehen, dass sich die Maßnahmen der letzten Wochen bewährt hatten.

17.–21.11.1976

Die Hochzeitsgesellschaft aus Asunción fuhr am späten Mittwochnachmittag mit zwei Fahrzeugen zu Leonardos Eltern. Leonardos Mutter hatte im Garten einen langen Tisch für ein festliches Abendessen gedeckt. Die Anwesenheit von Elena trug dazu bei, dass die Stimmung sehr gelöst war. Es wurde über alte Zeiten gesprochen, als die Welt der Familie Terno noch in Ordnung war, ohne dass ein wehleidiges Gefühl aufkam. Nach dem Essen fuhr Kathy mit ihren Eltern und ihren beiden Brüdern in ein für sie reserviertes Hotel in die Stadt. Alberto und seine Ehefrau Teresa wollten zusammen mit Leonardo in dessen Elternhaus übernachten.

Leonardo war mit Kathy vor ihrer Abfahrt noch hinter den Schuppen gegangen. Er hatte sie dort im Arm gehalten und gefragt: »Bist du dir wirklich noch ganz sicher?« – »Ich bin mir ganz sicher. Mit und auch ohne Kind.« Leonardo gestand ihr, dass seine Mutter davon ausgehen würde, dass die Hochzeit so überstürzt ablaufen müsse, weil Kathy ein Kind erwarte. Diese Vermutung sei wohl deshalb bei ihr aufgekommen, weil Leonardo seiner Familie keinen Grund für diese schnelle Heirat genannt hatte. Kathy fragte: »Hast du ihr denn gesagt, dass sie mit ihrer Vermutung hinsichtlich der Schwangerschaft recht haben könnte?« – »Nein, ich wollte ihr erst etwas sagen, wenn wir ganz sicher sein können, dass du ein Kind bekommst.« Bevor sie sich trennten, übergab er ihr ein kleines Päckchen mit den Worten: »Dies ist für dich. Mache es bitte erst morgen früh auf, bevor du dich ankleidest.«

Im Hotel ging Kathy noch zu ihren Eltern ins Zimmer, um ihnen Gute Nacht zu sagen. Elena war im Nebenzimmer damit beschäftigt, ihre Söhne ins Bett zu bringen. Ihr Vater fragte sie: »Wie fühlst du dich denn in deiner letzten Nacht als Junggesellin?« – »Wie hast du dich denn in deiner letzten Nacht vor der Hochzeit gefühlt?«, wollte Kathy wissen. Sie setzten sich zusammen auf den Balkon und Dr. Barkley erzählte ihr, dass er vor seiner ersten Eheschließung furchtbare Angst gehabt habe, weil ihm diese ganzen gesellschaftlichen Verpflichtungen einer großen Feier, die für Kathys Mutter ein absolutes Muss waren, unangenehm gewesen seien. Auch auf der Hochzeitsfeier habe er sich ziemlich deplatziert gefühlt. Bei Elena sei dies ganz anders gewesen. Da habe im Mittelpunkt gestanden, dass sie beide ihre Liebe mit einer Eheschließung besiegeln wollten, und nicht die Feierlichkeiten.

»Dad, kannst du verstehen, warum ich Leonardo heiraten möchte? Ich meine jetzt nicht diesen überstürzten Termin, der von uns beiden nicht wirklich gewollt war, sondern einfach eine Heirat unter normalen Umständen?« – »Ja, ich kann es verstehen. Ich hatte von Anfang an das Gefühl, dass ihr nicht nur große Zuneigung füreinander empfindet, sondern auch beide den festen Willen habt, eure Probleme zu meistern. Man spürt, dass in eurer Beziehung Leben steckt und nicht nur ein halbherziges Arrangement.« Elena war inzwischen zu ihnen gekommen, sie nahm Kathy von hinten in den Arm und fragte, ob sie der Braut noch Beistand leisten könne. Kathy bat sie nur, dass sie ihr Mut machen solle, dass alles gut werde.

Zusammen mit ihrer Stiefmutter ordnete Kathy in ihrem

Zimmer noch ihre Hochzeitsgarderobe. Als ihr Elena Gute Nacht wünschte, gestand ihr Kathy, dass sie im Moment Leonardo unheimlich vermisse. Elena strich ihr über den Rücken, während sie sagte: »Sehnsucht ist ein gutes Zeichen dafür, dass deine Entscheidung richtig ist. Wäre es nicht so, hättest du nur noch den Wunsch, ganz weit weg laufen zu wollen.«

Obwohl Kathy aufgeregt war und sich auch erst an das fremde Bett gewöhnen musste, schlief sie schnell ein. Am nächsten Morgen wurde sie von Elena geweckt. Der Zimmerservice hatte schon im Zimmer ihrer Eltern das Frühstück serviert. Die Bemerkungen ihrer Brüder über Heirat, Ehe und Kinderkriegen belustigten Kathy, weil sie sich daran erinnerte, was sie als junges Mädchen immer gedacht hatte, wenn jemand, den sie kannte, heiraten wollte. In der Zeit nach der Hochzeit wurde die junge Ehefrau dann von ihr immer aufmerksam gemustert, um festzustellen, ob bei ihr schon etwas unterwegs sei.

Erst nach dem Frühstück hatte sie Gelegenheit, das Geschenk von Leonardo zu öffnen. Es war eine zierliche Halskette mit den Verzierungen ihrer Eheringe und einem kleinen Opal. Sie fragte Elena, die ihr beim Ankleiden half, von wem Leonardo denn erfahren habe, dass Opal ihr Lieblingsstein ist, worauf diese sehr geheimnisvoll tat. Kathy hatte sich kein klassisches Hochzeitskleid schicken lassen, weil sie es für eine Trauung in diesem Kreis für ungeeignet hielt. Sie hatte sich für ein champagnerfarbenes, knöchellanges Chiffonkleid mit Spitzeneinsatz am Dekolleté entschieden, das Eleganz mit Romantik verband und ein wenig aussah wie die Feenkleider aus ihren alten Märchenbüchern, die sie früher so geliebt hatte. In ihren hochgesteckten Haaren befestigte Elena noch Stoffblüten im Farbton ihres Kleides. Als sich Kathy fertig angekleidet im Spiegel betrachtete, erinnerte sie sich daran, wie ihr ihre Mutter in England immer Brautkleider aus dem Modejournal gezeigt hatte, um Kathy auf ihre Hochzeit mit Brad einzustimmen.

Ihr war bewusst, dass ihre Mutter für sie mit Sicherheit eine ähnliche Hochzeit arrangiert hätte, wie ihr Vater sie gestern beschrieben hatte.

Gegen elf Uhr trafen Kathy und ihre Familie vor dem Gebäude des Registro Civil ein, welches ihnen Leonardo auf der Hinfahrt gezeigt hatte. Sie kannte es schon von ihrem letzten Besuch bei seinen Eltern, als sie hier die abschließenden Formalitäten für ihre Trauung erledigt hatten. Leonardo wartete bereits mit seiner Familie sowie Alberto und dessen Ehefrau an der Eingangstreppe. Kathy spürte plötzlich, wie sich ihr Puls beschleunigte und ihre Handflächen feucht wurden. Mit einem sich selbst aufmunternden »Okay, gehen wir es an« stieg sie aus dem Fahrzeug und ging zu Leonardo. Dieser strahlte, als er sie sah, und küsste sie zur Begrüßung, bevor er ihr den Brautstrauß überreichte. Dann nahm er sie bei der Hand, nachdem er seine Braut noch einmal ausgiebig mit einem stolzen Lächeln betrachtet hatte, und führte sie nach der gegenseitigen Begrüßung der Familien ins Gebäude, gefolgt von den Hochzeitsgästen.

Sie mussten vor dem Raum, in dem die Eheschließung stattfinden sollte, noch einen Moment warten, was Leonardo nutzte, um Kathy leise zuzuflüstern, dass sie wunderschön aussehe und ihm ihr Kleid gefalle. Kathy hatte sich gerade bei ihm für die schöne Kette bedankt, als sich die Tür öffnete und sie hereingebeten wurden. Leonardo sah sie an und fragte. »Bist du bereit?« Kathy nickte und betrat zusammen mit ihm den Raum. Sie hatten öfter darüber gesprochen, welche Hochzeitsbräuche sowohl in Paraguay als auch in England üblich sind, und sich darauf geeinigt, dass Rituale, die ihnen wichtig waren, auch berücksichtigt werden sollten. Für Kathy war es wichtig, dass sie einander nach dem gegenseitigen Eheversprechen die Ringe aufstecken und der Bräutigam die Braut küssen würde. Dieses Ritual war auch für Leonardo kein Problem, wobei die anschließende Feier schon eher der Landessitte entsprechen sollte.

Nach der Trauung war Elena die Erste, die das Brautpaar herzlich umarmte und sagte: »Ich freue mich für euch beide.« Kathys Vater war sichtlich gerührt und drückte Kathy und Leonardo fest an sich. Alberto fragte Leonardo und Kathy vorher, ob er die Braut auch umarmen dürfe, was er dann mit ihrer Zustimmung tat, ebenso wie Teresa. Die Reaktion von Leonardos Familie fiel förmlicher aus; es war offensichtlich, dass Kathy ihnen noch fremd war.

Das anschließende Hochzeitsessen fand in dem kleinen Festsaal des Hotels statt, in dem Kathy mit ihrer Familie untergebracht war. Zuvor wurden Kathy und Leonardo die Geschenke überreicht. Kathys Eltern schenkten ihnen einen Gutschein für drei Tage in einem Hotel der höheren Klasse und dazu noch Geld für ihre zukünftigen Anschaffungen. Alberto und Teresa überreichten ihnen drei Kisten edlen Rotwein und dazu zwölf geschliffene Weingläser. Und von Leonardos Familie erhielten sie als Hochzeitsgeschenk Bett- und Tischwäsche sowie ein Paket, das ihr ihre Schwiegermutter mit den Worten überreichte, dass dies etwas für ihr eheliches Schlafzimmer sei. Gut gelaunt und völlig ahnungslos fragte Kathy: »Ist es denn auch jugendfrei oder soll ich es lieber nicht vor allen Gästen auspacken?«

Ziemlich brüskiert antwortete ihre Schwiegermutter: »Ich schenke nur anständige Sachen.« Kathy, die registriert hatte, dass sie soeben ins Fettnäpfchen getreten war, packte höflich das Geschenk aus und fand als Inhalt das Kruzifix. Völlig irritiert blickte sie auf das Geschenk und offenbarte etwas hilflos: »Ich bin doch gar nicht katholisch – und ich mag es auch nicht, wenn in meinem Schlafzimmer jemand hängt, den man hingerichtet hat.« Leonardos Mutter wurde augenblicklich blass. Fassungslos fragte sie mit leicht schriller Stimme: »Heißt das, dass du eine Ungläubige bist?«

Dr. Barkley nutzte sein diplomatisches Geschick und sagte vermittelnd: »Kathy ist Protestantin und eine strenggläubige Christin, aber auch eine Verfechterin von absoluter Gewaltlosigkeit.« Er erzählte dann, dass seine Tochter bereits als kleines Mädchen eine große Abneigung gegen Kruzifixe gehabt und ihn nach einem Kirchenbesuch fassungslos nach der Bedeutung dieser Darstellung gefragt habe. Selbst nach der Beantwortung ihrer Fragen habe sie nicht verstehen können, warum diese Hinrichtung in Kirchen so deutlich dargestellt werden müsse.

Kathy blickte, während ihr Vater diese Episode aus ihrer Kindheit erzählte, zu Leonardo, der sichtlich angespannt wirkte. Die Worte ihres Vaters, die eigentlich die ganze Situation retten sollten, taten dies nur bedingt, weil danach ein fast unerträgliches Schweigen herrschte. Leonardo schaute mit einem merkwürdigen Gesichtsausdruck Kathy an, die recht hilflos wirkte. Er ging auf sie zu und nahm ihr das Paket mit dem Kruzifix aus der Hand, um es auf den Tisch zu stellen. Dann sagte er, während er ihr den Arm um die Schultern legte und sie an sich zog: »Hey, das wusste ich ja noch gar nicht. Ich glaube, du hättest mir schon als kleines Mädchen gut gefallen.«

Elena, mit ihrem sicheren Gespür für geschickte Übergänge, machte den Vorschlag, dass doch erst einmal alle an der Festtafel Platz nehmen sollten, damit die Kellner das Essen auftragen könnten. Dr. Barkley und Alberto hielten die Tischreden. Während Kathys Vater das Zusammenfinden zweier Menschen aus völlig unterschiedlichen Nationen hervorhob, ging Alberto stärker darauf ein, dass es Kathy nun geschafft habe, den eingefleischten Junggesellen zur Ehe zu überreden und welchen Verlust dies für die Fußballmannschaft bedeute, in der Leonardo in seiner knappen Freizeit gespielt hatte, bevor er mit Kathy zusammenkam. In den darauf folgenden Tischgesprächen berichtete Elena auch von dem gemeinsamen Frauenprojekt, was Leonardos Mutter zu der bissigen Bemerkung veranlasste: »Sollten die Beratung nicht lieber Frauen übernehmen, die tatsächlich etwas davon verstehen?« Elena, die sich neben Leonardos Mutter gesetzt hatte, um die Fronten etwas aufzuweichen, fragte irritiert: »Wie meinst du das?« – »Ich denke, dass es einfach kein gutes Vorbild ist, wenn die betreuende Ärztin selbst ungewollt schwanger wird und dann überstürzt heiraten muss.« Kathy spürte, wie alle Augen gespannt auf sie gerichtet waren, und antwortete mit unterkühlter Stimme, dass ihre Schwiegermutter scheinbar mehr wisse als sie selbst, und fügte noch etwas schärfer hinzu: »Außerdem ist für mich ein Kind noch lange kein Grund für eine Eheschließung.« Leonardo berührte ihren Arm, so als wollte er sie wieder beruhigen.

Nach dem Essen holte Kathy noch das Geschenk für Leonardo aus ihrem Hotelzimmer. Es war eine neue Gitarre, weil seine alte schon sehr betagt aussah und auch keinen vollen Klang mehr hatte. Leonardo freute sich dermaßen, dass er sie gleich ausprobierte und seiner Ehefrau ein folkloristisches Liebeslied vorsang, welches er auf der Gitarre begleitete. Gegen 16 Uhr brachen Kathy und Leonardo gemeinsam mit Alberto und Teresa auf, um mit dem Wagen nach Concepción zu fahren. Dort wollte das Brautpaar seinen dreitägigen Flitterurlaub verbringen. Sie hatten sich diese schöne alte Stadt ausgesucht, weil Teresa, deren Tante dort wohnte, sehr davon geschwärmt hatte. So einigte man sich darauf, nach der Hochzeit gemeinsam mit Teresa und Alberto dorthin zu fahren. Die Verabschiedung von Leonardos Familie fiel unterschiedlich herzlich aus. Während es dem Vater und Leonardos Geschwistern keine Probleme zu bereiten schien, Kathy als neues Familienmitglied zu akzeptieren, konnte die Mutter nur mühsam ihre Ablehnung verbergen.

Das Hotel, das sie sich in Concepción ausgesucht hatten, befand sich in einem schönen alten Gebäude, das sehr gemütlich und ruhig gelegen war. Mit Alberto und Teresa, die ihre Verwandten besuchen wollten, hatten sie vereinbart, am nächsten Abend gemeinsam auszugehen. Das Brautpaar war froh, endlich allein zu sein, sodass ihnen die Entscheidung, zum Abendessen noch einmal hinunter in den Speisesaal zu gehen, nicht ganz leicht fiel. Allein die Vorstellung, dass sie in nächster Zeit wohl nicht mehr so vornehm würden speisen können, überzeugte sie, die Gelegenheit doch noch zu nutzen. Während sie auf ihr Essen warteten, fragte Leonardo: »War der Tag für dich sehr schlimm?« Kathy überlegte nicht lange: »Der Tag nicht, aber deine Mutter schon. Die ist ja eine richtige Stutenbeißerin.«

Leonardo versuchte, Erklärungsansätze für das Verhalten seiner Mutter zu finden. So war ihm aufgefallen, dass sie erst in den letzten Jahren so hart und verbittert geworden war, worunter auch seine Geschwister sehr litten. Er vermutete, dass ihre Unzufriedenheit etwas mit dem Tod seines Bruders und der Behinderung des Vaters zu tun haben könnte. Auch wenn er Kathy verstand, bat er sie, das Verhalten seiner Mutter nicht überzubewerten, weil er glaube, dass sich die gegenseitige Abneigung mit der Zeit schon legen würde.

Ihr Hotelzimmer war romantisch mit alten Möbeln eingerichtet und hatte ein Badezimmer mit einer breiten Wanne, die sie gleich gemeinsam ausprobierten. Übermütig stellten sie sich vor, wer in diesem Zimmer wohl schon alles vor ihnen gewohnt und sich in dem breiten, mit Schnitzereien verzierten Bett geliebt hatte. Wie sie später feststellen konnten, war es ein sehr gemütliches und verschwiegenes Bett, das seine Gäste nicht durch verdächtiges Knarren oder Quietschen vor den Zimmernachbarn bloßstellte, und dies war ihnen schon sehr sympathisch.

Nachdem sie am nächsten Morgen im Bett gefrühstückt hatten, gingen sie bis zum Mittagessen in die Stadt. Den Nachmittag verbrachten sie verliebt und auch etwas faul in ihrem Hotelzimmer, wobei Leonardo einige Stücke auf seiner neuen Gitarre ausprobierte und dabei philosophierend feststellte, dass es zwischen einer Gitarre und einer Frau doch gewisse Ähnlichkeiten gebe: Behandelt man sie schlecht, ist sie schnell verstimmt, ansonsten kann man viel Freude an ihr haben. Kathy kommentierte diese Bemerkung amüsiert, indem sie sagte: »Na, dann weißt du ja bestens Bescheid und unsere Ehe wird ein voller Erfolg.«

Gegen 20 Uhr wurden sie von Teresa und Alberto abgeholt. Sie wollten gemeinsam das Nachtleben der Stadt erkunden, was sie dann auch bis nach Mitternacht taten. Kathy hatte in diesen drei Tagen das erste Mal das Gefühl, dass sie mit Leonardo unbeschwert sein konnte. Seit sie im Juli in Paraguay angekommen war, hatte es in ihrem Leben diese dunklen Schatten gegeben, durch das Elend, das sie während ihrer Arbeit tagtäglich erlebte, und durch die Bedrohung von Lopez. Sie waren dann auch beide sehr schweigsam und fast ein wenig bedrückt, als sie am Sonntagnachmittag ihre Sachen zusammenpackten, um mit Teresa und Alberto wieder zurück nach Asunción zu fahren.

Ihre Ankunft hatte Elena gut organisiert. Sie hatte die Eingangstür mit Blumen geschmückt und im Wohnzimmer stand, unter einer Decke verhüllt, Kathys Klavier, das sie in England bei ihrer Abfahrt zurückgelassen hatte. Ihre Tante Lilien, bei der sie es unterstellen konnte, hatte es nach Paraguay transportieren lassen, weil sie der Auffassung war, dass Kathy nun dort ihre neue Heimat gefunden habe. Sowohl Kathy als auch Leonardo freuten sich über diese Überraschung und probierten sofort aus, es vierhändig zu spielen, was jedoch noch ziemlich grauenhaft klang.

5 Lopez' Rache

Im Krankenhaus sollte die Eheschließung der beiden von Dr. Barkley auf der nächsten Dienstbesprechung bekannt gegeben werden. Wie zu erwarten war, wurde sie allgemein mit Erstaunen aufgenommen, weil sie einfach für viele der Kollegen zu plötzlich kam. Einige von ihnen hatten aber auch generell Bedenken gegen diese Verbindung und sahen in dieser Heirat nur eine Verfestigung eines in ihren Augen misslichen Zustandes. Eine größere Nachfeier, zu der auch Kollegen eingeladen wurden, sollte am Samstag, den 4. Dezember auf der Terrasse von Kathys Eltern und in dem sich daran anschließenden Garten stattfinden und für den Fall, dass die beginnende Regenzeit diesen Plan zunichtemachen würde, in der Kantine des Krankenhauses.

Als Kathy und Leonardo am darauffolgenden Mittwoch gemeinsam ihren Frühdienst antraten, hatten sich schon die Stationsmitarbeiter zum Gratulieren versammelt und überreichten ihnen einen großen Blumenstrauß. Dass Monica fehlte, fiel ihnen in diesem Moment gar nicht auf. Gleich im Anschluss an ihren Dienst wollten sie mit Felicitas in die Armenviertel fahren. Es war gegen Mittag, als ihnen von einem Pfleger gemeldet wurde, dass Lopez auf der Station eingetroffen sei und darauf bestehe, sie sofort zu sprechen.

Lopez hielt sich diesmal nicht mit Begrüßungsfloskeln auf, sondern kam, offensichtlich sehr erzürnt, direkt zur Sache: »Ich habe gehört, dass Sie geheiratet haben. Darf ich fragen, in welchem Bezirk das geschehen ist?« Leonardo antwortete betont ruhig: »In San Pedro, der Verwaltungsregion, in dem mein Elternhaus steht.« Lopez' Augen wurden schmaler: »Und warum haben Sie nicht hier geheiratet?« Diesmal war es Kathy, die zuerst das Wort ergriff: »Wir wollten keine Zwischenfälle bei der Trauung und hier in Asunción ist das Leben schon manchmal sehr unberechenbar.« Kühl erwiderte Lopez: »Ich hoffe, wenn es um die Verlängerung Ihrer Arbeitserlaubnis geht, sind Sie auch so einfallsreich.« Mit einem verächtlichen Blick auf Leonardo verließ er das Stationszimmer.

Am Abend erzählten sie Kathys Eltern von diesem Vorfall. Dr. Barkley versuchte die beiden zu beruhigen. Er hatte recht gute Kontakte zur Verwaltungsbehörde und sah deshalb eher eine größere Gefahr darin, dass Lopez gegen sie ein Strafverfahren wegen unerlaubter Tätigkeiten im Untergrund betreiben könnte, und zwar mit falschen Indizien und bestochenen Zeugen. Um dies auf jeden Fall zu verhindern, besprachen sie noch einmal ihre zukünftige Vorgehensweise.

Als Kathy und Leonardo wieder in ihrer Wohnung waren, fragte Leonardo seine Ehefrau, ob sie es sich vorstellen könne, dass sie sich am Tage ihrer Nachfeier noch kirchlich trauen ließen. Kathy war von seiner Frage überrascht und hakte deshalb nach, wie das denn gehen solle, wo sie doch nicht derselben Konfession angehörten. Leonardo zögerte einen Moment, bevor er antwortete. »Du weißt ja, dass ich auch einige Probleme mit dem katholischen Glauben habe und deshalb auch immer nur ein halbherziger Katholik sein werde. Wenn wir in England wären, würde ich mit Sicherheit in deine Kirche eintreten. Ich weiß aber nicht, ob es diese Glaubensrichtung hier in Paraguay überhaupt gibt, und ich möchte mich nicht völlig von der Kirche abwenden.«

»Heißt das, du möchtest, dass ich jetzt zum katholischen Glauben überwechsele, damit wir hier unseren Platz innerhalb der Kirchengemeinde finden können?«, fragte Kathy ihn irritiert. »Du würdest dies auf keinen Fall wollen, oder?«, wollte Leonardo wissen. Sie schwieg eine Weile, bevor sie antwortete: »Nein. Ich weiß zwar, dass hier die katholische Kirche stärker nach den christlichen Grundsätzen der Nächstenliebe ihre Aufgaben erfüllt als in manch anderem Land, aber meine Ablehnung richtet sich stärker gegen die fundamentalen Dinge des katholischen Glaubens.« – »Und welche sind das?« – »Es ist die dem Manne untergeordnete Stellung der Frau, die Einstellung zu Sex und Verhütung, der Zwang zur Ehelosigkeit für Kirchenvertreter bis hin zum Sakrament der Beichte und der Heiligsprechung von Personen.«

Leonardos Gesicht wirkte nachdenklich: »Vermisst du es eigentlich nicht, einfach in die Kirche zu gehen, um an einem Gottesdienst teilnehmen zu können und in dieser Gemeinschaft zu Gott zu beten?« – »Doch, obwohl ich glaube, dass ich auch ohne Kirche fest an Gott glauben und mich christlich benehmen kann. In der Kirche herrscht zwangsläufig ein gewisser Gruppendruck, den ich nur dann für mich akzeptieren würde, wenn ich mich mit einigen grundlegenden Dingen einverstanden erklären kann. Dies könnte ich aber vermutlich nicht in einem Gottesdienst der katholischen Kirche.«

Leonardo blieb zwar hartnäckig, was die grundsätzliche Klärung dieser Dinge anging, wollte Kathy aber keineswegs bedrängen, etwas zu tun, hinter dem sie nicht stehen konnte: »Wäre es dir aus diesen Gründen auch egal, wenn unsere Ehe ohne kirchlichen Segen bleiben würde und unsere Kinder Heiden wären?« Ihr fiel die Antwort sichtbar schwer: »Ich würde mir sehr wünschen, dass wir auch kirchlich getraut werden und wir unsere Kinder taufen lassen. Ich weiß aber nicht, wie das hier gehen soll, und ich möchte deshalb auch nicht zum katholischen Glauben überwechseln. Dies würde dann auch bedeuten, dass unsere Kinder diesen Glauben annehmen müssten.«

Sehr bemüht, diese Debatte nicht zu einem Krisengespräch ausufern zu lassen, machte er den Vorschlag, mit Padre Sergio am kommenden Mittwoch abzuklären, welche Möglichkeiten es gebe, doch noch eine kirchliche Trauung durchführen zu können. Kathy hatte hiergegen keine Einwände, betonte aber, dass sie nur dann einen Kompromiss akzeptieren wolle, wenn die Bereiche, die ihr wichtig erscheinen, hierbei auch berücksichtigt werden.

Am Donnerstagnachmittag hatte Kathy in der Stadt einen Termin bei einem Frauenarzt, den ihr Elena empfohlen hatte. Leonardo, der anfangs Probleme damit hatte, sich vorzustellen, dass Kathy zu einem anderen Arzt geht, sah schließlich ein, dass ein Facharzt über die bessere Erfahrung auf diesem Gebiet verfügte als er. Da diese Einsicht zwar seinen Kopf, aber nicht sein Gefühl überzeugen konnte, einigten sie sich schließlich darauf, dass Leonardo sie begleiten würde. Die Untersuchung ergab, dass Kathy, wie sie schon vermutet hatten, tatsächlich schwanger war, und zwar im dritten Monat.

Glücklich über dieses Untersuchungsergebnis und voller Zukunftspläne fuhren sie zurück zur Villa. Elena hatte schon auf sie gewartet. Wie sie sofort an ihrem Gesicht erkennen konnten, musste etwas vorgefallen sein, weshalb Kathy sie sofort fragte: »Ist etwas passiert?« – »Lopez war hier und wollte Leonardo sprechen.« – »Hat er gesagt, warum?«, war sofort Kathys bange Frage. »Er hat nur gesagt, dass er um 19 Uhr noch einmal vorbeikommen werde.«

Schlagartig war die Vorfreude auf das Kind getrübt. Hektisch überlegten sie, was Lopez wohl vorhaben könnte, fanden aber keine Antwort. Kathy, die nach dem ersten Schreck schon um ihres Kindes willen um Gelassenheit bemüht war, wollte auf jeden Fall vermeiden, dass er sie in ihren privaten vier Wänden aufsuchte, und so einigten sie sich, dass das Gespräch im Büro ihres Vaters stattfinden solle. Pünktlich, wie von ihm angekündigt, erschien Lopez. Wie verabredet, wurde er von Elena ins Büro ihres Ehemannes geführt und wartete dort auf Leonardo. Ohne ihn zu begrüßen, sagte er: »Señor Terno, Sie werden ab sofort von meinen Leuten überwacht und haben mich um Erlaubnis zu fragen, wenn Sie die Stadt verlassen wollen.« – »Und was gibt es für Gründe für diese Überwachung?«, fragte Leonardo erstaunt. »Das sollten Sie doch selbst am besten wissen«, war Lopez' knappe Antwort, womit er gleichzeitig die Unterredung beendete und wieder wegfuhr. Gemeinsam mit Kathys Eltern beratschlagten sie, was zu tun sei, und kamen zu dem Ergebnis, dass Leonardo am Montag gleich zu einem guten Anwalt gehen solle, um sich beraten und von diesem vertreten zu lassen.

Am Wochenende hatten beide Bereitschaftsdienst. Es war am Sonntagvormittag, als Leonardo gerade einen gestürzten Motorradfahrer verband und Kathy eine Diabetespatientin mit offenen Beinen versorgen wollte, bei der zwei Zehen bereits schwarz geworden waren und die deshalb am nächsten Tag amputiert werden sollten. Kathy konnte sich nicht erklären, was in ihr vorging, aber sie merkte plötzlich, dass sie sich fürchterlich vor dieser Frau und ihren Beinen ekelte. Sie versuchte noch dagegen anzugehen, spürte aber, dass ihr beim Säubern der offenen Stellen der Schweiß auf die Stirn trat und plötzlich schwarz vor Augen wurde. Sie sackte vor dem Behandlungstisch zusammen und war für einen kurzen Moment bewusstlos. Als sie wieder zu sich kam, beugte sich gerade Schwester Eligia besorgt über sie und half ihr wieder auf die Beine. »Wir sollten sofort Ihren Mann rufen«, schlug Eligia vor. Kathy war noch etwas benommen und nickte nur.

Leonardo konnte nicht sofort kommen, gab Eligia aber am Telefon genaue Anweisungen, wie sie Kathy und die Patientin betreuen sollte. Nach zehn Minuten kam er auf die Station geeilt. Erleichtert stellte er fest, dass es Kathy wieder besser ging und die Patientin relativ gelassen auf den Zwischenfall reagiert hatte. Er brachte die Versorgung der Beine zum Abschluss, während Kathy es vermied, ihm dabei zuzusehen, und ließ die Patientin wieder in ihr Zimmer bringen. Kathy, der die ganze Situation furchtbar peinlich war, hatte sich in der Zwischenzeit in die Patientenakten vertieft, die vor ihr auf dem Tisch lagen. Als sie allein waren, sagte sie: »Leonardo, es tut mir leid«, worauf dieser nur erwiderte: »Du reagierst jetzt halt etwas dünnhäutiger und solltest vielleicht im Moment um die ekligen Dinge einen Bogen machen.« Kathy konnte den Vorfall nicht so leicht abtun und entgegnete gereizt: »Du weißt doch, dass das nicht geht. Unser Beruf ist nun einmal teilweise ziemlich eklig.«

Gleich am Montagvormittag ging Leonardo zu einem Rechtsanwalt, den ihm seine Schwiegereltern empfohlen hatten. Der Anwalt, Señor Bastonos, erklärte sich bereit, den Fall zu übernehmen und beabsichtigte herauszufinden, ob es tatsächlich Belastungsmaterial gegen Leonardo gab oder ob es sich hier lediglich um Schikanehandlungen von Lopez handelte, welche allerdings nicht weniger gefährlich sein könnten.

Um Lopez nicht noch mehr Nahrung für Spekulationen über das geheimnisvolle Treiben im Pfarrhaus zu geben, fuhren sie mit Padre Sergio am nächsten Nachmittag zu einem Straßencafé im belebten Zentrum und besprachen mit ihm ihre Pläne im Hinblick auf eine kirchliche Trauung. Padre Sergio war zu klug, um mit Kathy darüber zu diskutieren, ob ihre Bedenken gegenüber der katholischen Kirche zu Recht bestanden, und zeigte stattdessen Verständnis dafür, dass sie gerne für ihre Ehe den kirchlichen Segen haben wollten. So einigten sie sich darauf, dass er sie am Samstag in einer sehr schlichten Zeremonie im Garten ihrer Eltern trauen würde, ohne dass hieran die Bedingung einer späteren Konfessionszugehörigkeit geknüpft sein würde.

Die Trauung erfolgte im Beisein der geladenen Gäste und fand auf dem Rasen vor der Terrasse statt. Die Brautleute hatten hierfür noch einmal ihre Hochzeitsgarderobe angezogen und waren fast so aufgeregt wie bei ihrer behördlichen Trauung. Padre Sergio hielt sich an sein Versprechen und verstand sich eher als Vermittler von Gottes Segen für diese Ehe und nicht so sehr als Kirchenvertreter. Den gemeinsamen Gesang begleitete Alberto auf seiner Gitarre. Nach der Trauung hielt erst Dr. Barkley vor der Eröffnung des Büfetts eine Rede und dann Leonardo. Während Dr. Barkley auf die Unterschiede der Brautleute, die es zu respektieren und teilweise auch zu überwinden gelte, hinwies, betonte Leonardo die vielen Gemeinsamkeiten, die sie schließlich dazu gebracht hätten, nicht lange zu zögern, sondern es einfach miteinander zu wagen. Zum Schluss seiner Rede gab er noch bekannt, dass Kathy ein Kind erwarte, und betonte, um jede Spekulation im Keim zu ersticken, dass dies auch so gewollt sei. Danach wurde bei Musik bis kurz nach Mitternacht gefeiert. Monica war ebenfalls erschienen, hielt sich aber sehr dezent im Hintergrund. Kathy und Leonardo hatten sie aus reiner Höflichkeit eingeladen, wie das gesamte Personal ihrer Station, hatten aber insgeheim gehofft, dass sie nicht kommen würde.

Zu dieser Feier war auch Tante Lilien aus England gekommen. Lilien, die ältere Schwester von Dr. Barkley, war vor drei Jahren Witwe geworden und führte seitdem das Bekleidungsgeschäft, das sie zusammen mit ihrem Ehemann in London aufgebaut hatte, gemeinsam mit ihren beiden Söhnen weiter. Sie war schon mehrfach in Paraguay gewesen, um ihren Bruder zu besuchen, und war nun gespannt, den Ehemann von Kathy kennenzulernen. Lilien war sofort begeistert von Leonardo, was umgekehrt auch der Fall war. Weniger begeistert war Leonardo jedoch von den Kleidungsstücken, die Lilien aus ihrer Modeboutique für Kathy mitgebracht hatte. Er hatte insgeheim gehofft, dass sich das Bekleidungsproblem spätestens beim altersbedingten Zerfall von Kathys jetziger Garderobe erledigen würde.

Kathy wollte in den zwei Wochen, in denen ihre Tante in Paraguay war, so viel Zeit wie möglich mit ihr verbringen und genoss es, wie in alten Zeiten gemeinsam mit ihr zu kochen, weil man dabei so herrlich miteinander plaudern konnte. Da Tante Lilien selbst nur Söhne hatte, war Kathy für sie in all den Jahren zu einer Ersatztochter geworden. Es war der erste Abend nach ihrer kirchlichen Trauung, als sie mit Lilien das Abendessen zubereitete. Von ihrer Tante erfuhr sie, dass ihr Cousin Steven, der älteste Sohn von Lilien, kürzlich bei einem Golfturnier Brad getroffen hatte. Dieser habe ihm erzählt, dass er inzwischen mit einer Elisabeth Toolen verheiratet sei. Kathy kannte diese Frau. Sie hatten an derselben Universität studiert und Elisabeth hatte damals schon ein Auge auf Brad geworfen. Nach dem Abschluss ihres Philosophiestudiums war sie nach Frankreich gegangen, um dort in einem Zeitungsverlag zu arbeiten.

Kathy hatte Elisabeth damals nie als ernsthafte Konkurrentin betrachtet, obwohl sie aus einer guten und sehr reichen Familie stammte und deshalb für Brad schon aus diesem Grunde eine gute Partie dargestellt hätte. Elisabeth sah immer sehr gestylt aus und ging die Dinge des Lebens etwas umständlich an, was mit Sicherheit damals der Grund war, warum Brad ihre Annäherungsversuche ignoriert hatte. Für ihn war es zumindest in dieser Zeit einfach wichtig, eine recht patente Partnerin zu haben, die ihn nicht auch noch mit ihren eigenen Problemen belastete.

Nach dem ersten Erstaunen über diese Nachricht war Kathy gerade dabei, nachzuäffen, wie sich Elisabeth damals als verwöhntes Töchterchen aufgeführt hatte, als Leonardo die Küche betrat, um sich etwas zum Trinken zu holen. Als er sie verwundert ansah, zumal er die Unterhaltung von seiner Ehefrau und ihrer Tante in englischer Sprache nur teilweise verstand, erklärte ihm Kathy: »Ich habe von Lilien eben gerade Neuigkeiten von meinem Ex-Verlobten und seiner neuen Frau erfahren.« Leonardo blickte etwas irritiert von Kathy zur Tante und entschloss sich dann, wortlos die Küche zu verlassen. Erst am Abend, als sie allein waren, fragte er sie, ob sie diese Nachricht verletzt habe. Kathy überlegte kurz, bevor sie antwortete: »Es wäre für mich in Ordnung gewesen, wenn ich gehört hätte, dass er eine neue Frau hat, aber ich habe einfach ein Problem damit, dass er mich durch eine völlig blöde Pute ersetzt, die lediglich Geld hat und sonst nichts.«

Er sah sie milde lächelnd an, als er erwiderte: »Vielleicht gibt es ja einfach keine Frau, die dich ernsthaft ersetzen kann.« Kathy sah dies anders: »Weißt du, ich finde es einfach unerträglich, wenn man jahrelang mit einem Mann zusammen ist und sich ernsthaft bemüht, seinen Ansprüchen als Partnerin gerecht zu werden, und dann hört, was er in Wirklichkeit für niedrige Ansprüche hat. Dann hätte ich mir den ganzen Stress auch ersparen können. Das ist doch so, als würde man Perlen vor die Säue werfen.« Dieses Argument überzeugte ihn, auch wenn er wegen ihrer sichtlichen Empörung ein amüsiertes Grinsen kaum verbergen konnte. Er zog sie zu sich in den Arm und strich ihr über die Haare. Dann sagte er: »Komm, meine Perle, lass uns jetzt schlafen gehen, damit der Tag morgen für euch beide nicht zu anstrengend wird.«

Leonardo hatte für diese Woche zwei zusätzliche Nachtdienste übernommen, weil ein Kollege Urlaub hatte. Es war am Dienstagabend, bei der Übergabe der Station, als Leonardo von Monica im Stationszimmer angesprochen wurde. Monica konnte ihre gekränkten Gefühle kaum zurückhalten, als sie sagte: »Ich kann es gar nicht glauben, was für ein perfekter Heiratsschwindler und elender Heuchler du bist.« Leonardo wollte keine Szene und erwiderte deshalb sofort abweisend: »Ich glaube, es bringt nichts, über deine gekränkten Gefühle zu reden. Es ist schon lange nichts mehr zwischen uns und es wäre gut, wenn du dies so akzeptieren könntest.« Monicas Stimme wurde schriller, als sie auf ihn zuging und in die Knopfleiste seines Hemdes griff: »Leonardo, ich werde dieses miese Spiel hier überhaupt nicht akzeptieren. Ich werde dich fertigmachen und deine Frau gleich mit.« Leonardo schob sie, ohne noch etwas zu erwidern, energisch von sich weg, um den Raum zu verlassen, wobei Monica ihm einen Knopf von seinem Hemd abriss.

Als Kathy am nächsten Morgen auf die Station kam, bemerkte sie sogleich, dass etwas mit Leonardo nicht stimmte; es fehlte ihr aber die Gelegenheit, nachzufragen. Erst nach Dienstschluss in ihrer Wohnung erkundigte sie sich besorgt danach: »Ist letzte Nacht etwas geschehen?« Leonardo antwortete nicht sofort; er vergrub sein Gesicht in ihrem Haar, während er sie umarmte, und sagte schließlich müde: »Monica hat mir gestern Abend angedroht, dass sie uns fertigmachen wird«, und erzählte ihr dann die Einzelheiten dieser Auseinandersetzung. Kathy bekam Panik, weil sie befürchtete, dass sich Monica mit Lopez zusammenschließen könnte, und überredete Leonardo, mit ihrem Vater zu reden, damit Monica wenigstens auf eine andere Station versetzt werde.

Es war am nächsten Vormittag während der Visite, als Leonardo von seinem Anwalt einen Anruf bekam. Señor Bastonos hatte erwirkt, dass die polizeiliche Überwachung von Leonardo schriftlich begründet werden musste. Obwohl es noch viel zu früh war, um dies als positives oder negatives Zeichen bewerten zu können, waren Leonardo und Kathy durch diese Nachricht etwas erleichtert. Ebenfalls erleichtert waren sie darüber, dass Dr. Barkley ein Gespräch mit Monica führen und sie verwarnen wollte.

Nach ihren Diensten renovierten sie gemeinsam mit Elena und Lilien das Dachgeschoss der Villa. Nachdem der Flurdurchbruch zu den drei Dienstbotenräumen fertiggestellt war, wurden diese tapeziert und gestrichen. Leonardo hatte zusammen mit Alberto den zweiten Zugang zum Treppenhaus zugemauert und neu verputzt. Da Alberto seinen Freund nach dessen Umzug sehr vermisste, fragte er nach, ob dieser nicht Lust habe, wieder zu den gemeinsamen Fußballtrainings zu kommen. Leonardo lehnte dies sofort aus Zeitgründen ab, worauf sich Kathy einmischte: »Ich finde schon, dass du ab und zu einmal wieder trainieren solltest. Schließlich will ich keinen fetten Ehemann.« Leonardo sah an sich herunter und sagte fast beleidigt: »Ich bin kein fetter Ehemann.« – »Aber du wirst einer werden, wenn du keinen Sport treibst«, blieb Kathy hartnäckig. Ihr ging es in erster Linie darum, dass Leonardo weiterhin seine Kontakte zu alten Freunden und Bekannten pflegte, und da wären diese Trainingstreffen eine gute Gelegenheit. Leonardo war nicht sofort überzeugt, weil er nicht wusste, woher er hierfür die Zeit nehmen sollte, und vertrat außerdem den Standpunkt, dass ein Ehemann und Vater auch ruhig etwas beleibter sein dürfe. Als er aber Albertos enttäuschtes Gesicht sah, stimmte er schließlich doch zu, wieder gelegentlich Fußball zu spielen, wenn der Wohnungsumbau geschafft sei.

Der nächste Besuch in den Armenvierteln am Mittwoch verlief ohne Zwischenfälle. Kathy hatte inzwischen einige Hauptregeln für die Tätigkeit im Untergrund gelernt. So auch die, dass, wenn ein Aktivist verbrannt war – was bedeutete, dass er sich der Polizei gegenüber verdächtig gemacht hatte –, er umgehend ausgetauscht werden musste, um die gesamte Sache nicht zu gefährden. Die zweite wichtige Regel war, dass jeder, der im Untergrund aktiv war, nur gerade so viel an Informationen erhalten durfte, wie für seine Auftragserfüllung erforderlich war. Es sollte auf diese Weise verhindert werden, dass unter Umständen durch Folterungen erpresste Aussagen die gesamte Untergrundarbeit oder aber bestimmte Personen in Gefahr bringen könnten.

Am Freitagmittag wollten Kathy und Leonardo gerade gemeinsam die Station verlassen, als ihnen der Besuch von Lopez angekündigt wurde. Beherrscht und recht kühl fragte Kathy ihn, was denn der Grund für sein Erscheinen sei, worauf dieser erklärte, dass es im Frauengefängnis einen Notfall mit einer jungen schwangeren Frau gegeben habe und derzeit keine medizinische Betreuung in den Gefängnissen vorhanden sei. Äußerst reserviert fragte ihn Kathy: »Und warum bringen Sie die Frau nicht ins Krankenhaus?« – »Weil dies gegen die Vorschriften verstoßen würde«, war seine knappe Antwort. Kathy witterte sofort eine Falle und wollte deshalb wissen, warum er sich nicht an ihren Vater gewandt habe, damit ihm dieser einen Arzt zuteilen könnte.

Lopez spürte sofort, dass sie ihn abwimmeln wollte, und sagte deshalb scharf: »Die Gefangene hat darum gebeten, dass Sie kommen. Es ist Florence, eine Slumbewohnerin und ehemalige Patientin von Ihnen. Wenn Sie nicht wollen, werde ich natürlich Ihren Vater um ärztliche Unterstützung bitten müssen.« Kathys Blick wanderte zu Leonardo, der sehr misstrauisch wirkte. Er sah, dass Kathy mit sich kämpfte, und machte schließlich den Vorschlag: »Wir können ja deinen Vater jetzt informieren und wenn er damit einverstanden ist, gemeinsam ins Gefängnis fahren.« Mit einem festen Blick auf Lopez ergänzte er: »Meiner Frau geht es gesundheitlich im Moment nicht so gut.«

Lopez, für jede Neuigkeit hellhörig, fragte scheinbar voller Anteilnahme, was ihr denn fehle, worauf Leonardo kurz sagte: »Sie bekommt ein Baby und muss sich im Moment etwas schonen.« Es war Lopez anzumerken, dass ihn dieses Thema schmerzlich berührte und er damit nur umgehen konnte, indem er gehässig erwiderte: »Vielleicht haben Sie sich etwas zu viel vorgenommen. Wir sind hier nun einmal nicht in England.«

Nachdem Dr. Barkley zögernd zugestimmt hatte, fuhren sie mit dem Kleintransporter des Krankenhauses im strömenden Regen hinter Lopez' Wagen her. »Kathy, du musst diese Behandlung nicht übernehmen, wenn du es nicht willst. Wir werden bestimmt einen anderen Arzt finden, der es machen wird«, sagte Leonardo eindringlich zu ihr, die bislang schweigend neben ihm gesessen hatte. »Das weiß ich. Ich kann dir nicht sagen, warum, aber mein Gefühl sagt mir, dass ich es tun muss. Bitte verstehe das«, bat Kathy ihn. Sie hatten beide dieses Gefängnis von Asunción noch nie betreten. Aus Erzählungen wussten sie, dass sehr viele politische Gefangene dort untergebracht waren, Folterungen zu den Vernehmungsmethoden gehörten und ansonsten die Unterbringung und die Verpflegung äußerst schlecht waren.

Während ihr Fahrzeug ohne weitere Kontrollen das Eingangstor passieren durfte, nachdem Lopez dies angeordnet hatte, betraten sie das Gebäude erst nach einer Leibesvisitation. Lopez genoss es offensichtlich, dass Kathy von männlichen Gefängniswärtern an Oberkörper, Gesäß und Beinen befingert wurde, während in Leonardo die Wut hochkroch. Auf dem Weg zum Frauentrakt erzählte Lopez, dass die Gefangene seit etwa fünf Stunden Blutungen und Unterleibschmerzen habe. Die Zelle von Florence lag in einem Seitenflügel des Gefängnisses. In den langen Gängen hingen schwach leuchtende Glühbirnen von den Decken und die Zellen schienen völlig überbelegt zu sein. Die Luft war feucht und es stank nach Erbrochenem, Kot und Urin.

Kathy merkte, dass sie wieder das Gefühl von Ekel verspürte, wie damals bei der Diabetikerin. Sie griff nach der Hand von Leonardo, der neben ihr ging. Am Ende des Ganges ließ Lopez eine dunkle Zelle öffnen, aus der leises Stöhnen drang. Kathy hatte wegen der schlechten Lichtverhältnisse im ersten Moment Schwierigkeiten, Einzelheiten zu erkennen. Sie bat

Lopez: »Bitte beschaffen Sie mir mehr Licht und lassen Sie uns mit der Patientin allein.« Ihrem ersten Wunsch kam Lopez dadurch nach, dass er eine Petroleumlampe aufstellen ließ, ihre zweite Bitte lehnte er jedoch ab, indem er auf die Gefängnisvorschriften verwies.

Im Schein der Lampe erkannte Kathy ihre Patientin Florence. Eine junge, hübsche Frau, die in schmerzgekrümmter Haltung auf einer dreckigen, blutverschmierten Pritsche lag und leise wimmerte. Kathy kniete vor ihr nieder und bemerkte, dass sie auch Verletzungen im Gesicht hatte. Vom Anblick der Gefangenen entsetzt, fragte sie Lopez: »Was ist geschehen? Woher stammen diese Verletzungen?« – »Sie ist vermutlich auf dem Weg zum Verhör auf der Treppe gestürzt«, war seine barsche Antwort.

Kathy glaubte ihm kein Wort und sprach mit beruhigenden Worten auf Florence ein, die sich aber nicht beruhigen ließ und jede Berührung ihres Körpers mit einem verzweifelten »Nein« abwehrte. Lopez wurde langsam ungeduldig und fuhr die Gefangene an, dass er auch einen anderen Arzt holen könne, der etwas schneller zur Sache kommen würde, worauf es Florence, wie vor Angst gelähmt, willenlos zuließ, dass Kathy sie vorsichtig auf den Rücken drehte, was ihr große Schmerzen zu bereiten schien.

Fest entschlossen, Lopez kein erotisches Schauspiel zu liefern, tastete sich Kathy unter der schmuddeligen Decke zum Unterleib der Frau vor. Sie wusste von ihrer früheren Betreuung, dass Florence im fünften Monat schwanger war. Der leicht gewölbte Bauch war angespannt und zog sich wehenartig zusammen. Zwischen ihren Beinen lag eine Vorlage, die die Blutungen auffangen sollte. Als Kathy die völlig blutgetränkte Vorlage entfernte und mit der Untersuchung begann, spürte sie an der Reaktion von Florence, dass dies ihr offensichtlich große Schmerzen bereitete. Kathy bat Leonardo, die Patientin zu beruhigen, was er auch tat, indem er ihre Hand festhielt und leise auf sie einsprach.

Die Untersuchung ergab, dass alles auf eine drohende Fehlgeburt hindeutete. Um die Herztöne des Kindes abhorchen zu können, schlug Kathy die Decke ein wenig zurück und sah, dass der Körper der Frau mehrere Schürfwunden und blaue Flecken aufwies. Sie konnte keine Herztöne wahrnehmen und bat deshalb Leonardo, selbst noch einmal den Leib der Patientin abzuhorchen. Als dieser ebenfalls kein Lebenszeichen des Kindes hören konnte, fragte er Florence, ob sie noch Kindsbewegungen wahrnehme, was diese mit einem schwachen Kopfschütteln verneinte. Mit leiser Stimme sagte sie, dass sie ihr Baby schon seit drei Stunden nicht mehr spüre, worauf Leonardo seiner Ehefrau zu einem Schwangerschaftsabbruch riet. Als Kathy versuchte, Florence zu erklären, was sie vorhabe, begann diese hemmungslos zu weinen.

Leonardo verabreichte Florence ein starkes Schmerzmittel und schloss sie an eine Infusion mit Nährstofflösung an, während Kathy den Eingriff vorbereitete. Während der Behandlung wurde offensichtlich, dass Florence auch Verletzungen an den Geschlechtsorganen hatte. Nachdem alles vorbei war, stellte Kathy Lopez zur Rede: »Was ist hier wirklich passiert? Diese Frau ist brutal vergewaltigt worden.« Lopez, der bislang schweigend das Geschehen vom Türrahmen der winzigen Zelle aus beobachtet hatte, antwortete ungerührt: »Wo die Frau herkommt, sind Vergewaltigungen an der Tagesordnung. Das erklärt doch wohl alles. Machen Sie jetzt bitte schnell, ich habe noch einen Termin.« Mit Tränen in den Augen packte Kathy den toten Fötus in ein Tuch und fragte Florence, die völlig apathisch auf dem Rücken lag, ob sie ihn zu ihrer Familie bringen solle. Florence nickte, ohne sie anzusehen.

Kathy blickte zu Leonardo hinüber, der, nur mühsam beherrscht, schweigend Lopez anstarrte. Sie gab Lopez noch knappe Anweisungen, wie Florence weiter zu betreuen sei, und bat ihn eindringlich, sie zu benachrichtigen, falls sich ihr Zustand nicht bessern sollte. Dann griff sie nach Leonardos Arm und verließ mit ihm die Zelle. Sie wusste später nicht mehr, wie sie es geschafft hatte, das Gefängnisgebäude zu verlassen, weil sie nur noch ihre aufsteigende Übelkeit wahrnahm. Bevor sie ihr Fahrzeug erreicht hatten, musste sie sich vor den Augen des Wachpersonals in einem Schwall übergeben. Leonardo brachte sie danach zum Wagen und fuhr zügig los, während Kathy, die tote Leibesfrucht von Florence auf ihrem Schoß haltend, hemmungslos weinte.

Als sie, wieder zuhause, das Treppenhaus betraten, öffnete Dr. Barkley seine Wohnungstür, weil er auf sie gewartet hatte. Der Anblick der beiden ließ ihn erschrecken. Tief besorgt fragte er: »Was ist geschehen?« – »Ich bringe Kathy schnell ins Bett und komme dann herunter«, sagte Leonardo und ergänzte noch: »Mit uns hat Lopez diesmal nichts angestellt.«

In ihrer Wohnung ging Kathy sofort ins Bad, wo Leonardo ihr beim Auskleiden half. Nachdem sie geduscht hatte, brachte er sie ins Bett. Kathy hatte seit der Abfahrt aus dem Gefängnis kein Wort mehr gesprochen. Sie starrte auf dem Rücken liegend stumm an die Zimmerdecke, als Leonardo zu ihr sagte: »Ich gehe schnell runter zu deinen Eltern, damit sie wissen, was geschehen ist. Meinst du, ich kann dich kurz allein lassen?« Kathy nickte nur. Leonardos Schwiegereltern waren erschüttert, als sie hörten, was im Gefängnis vorgefallen war, rieten aber, besonnen zu reagieren, um nicht auch noch das Leben von Florence zu gefährden. Sie wollten am Montag gleich mit ihrem Anwalt über den Vorfall sprechen. Den toten Fötus übergaben sie an Padre Sergio, den sie angerufen hatten und der ihn eine Stunde später abholte, um ihn der Familie von Florence zu übergeben.

An diesem Abend war es auch das erste Mal, dass Dr. Barkley mit Leonardo über Kathys Schwangerschaft sprach. Er fragte seinen Schwiegersohn, ob er den Eindruck habe, dass die derzeitigen Belastungen zu groß für Kathy seien. Dieser tat sich etwas schwer mit einer Antwort, weil er es ablehnte, seine Ehefrau zu bevormunden. Schließlich sagte er: »Ich meine schon, dass Kathy ein gutes Gespür dafür hat, was sie sich zutrauen kann und was nicht. Trotzdem denke ich, dass dieser Terror, der zurzeit von Lopez ausgeht, für keinen Menschen gut sein kann und erst recht nicht für eine Frau, die sich darauf einstellen möchte, dass sie bald Mutter wird.«

Als Leonardo wieder zu Kathy kam, lag diese zusammengerollt im Bett. Lilien war zu ihr gegangen und hatte sich an den Bettrand gesetzt, um ihr einfach nur die Hand zu halten. Nachdem die Tante wieder gegangen war, legte er sich zu Kathy und hielt sie im Arm, bis sie eingeschlafen war. Am nächsten Morgen, sie hatten das Wochenende Dienst im Krankenhaus, erzählte ihr Leonardo beim Frühstück, dass ihre Eltern sich von Señor Bastonos darüber beraten lassen wollten, was man für Florence tun könne. Kathy starrte finster auf ihre Teetasse, als sie antwortete: »Ich glaube, ich habe noch nie in meinem Leben einen Menschen so gehasst wie diesen Kerl. Ich hoffe nur, dass ich ihn niemals als Patienten in die Finger kriege, weil ich dann nicht mehr wüsste, was ich täte. Wahrscheinlich würde ich ihm zuerst seinen schmutzigen Schwanz abschneiden.« – »Dabei würde ich dir sogar helfen«, bestärkte Leonardo sie in ihren Racheplänen.

Zwischen ihren Diensten renovierten sie weiter ihre Wohnung. Kathy war gerade dabei, die alte Tapete von den Wänden zu reißen, als sie spürte, dass ihr die Brust stärker als in den Tagen zuvor schmerzte. Leonardo, der Löcher und Risse in den Wänden verspachtelte, hatte sie beobachtet und bemerkt, dass es ihr nicht gut ging. Er fragte sie deshalb: »Liebes, was ist?« Kathy begann zu weinen. Als sie sich wieder etwas beruhigt hatte, gestand sie: »Ich habe wahnsinnige Angst, dass wir es nicht schaffen.« Er wischte ihr die Tränen aus dem Gesicht und versuchte sie zu trösten: »Wenn du möchtest, gehe ich mit dir aus Paraguay fort. Meine Verantwortung für dich und das Baby ist weitaus größer als die Verantwortung für mein Land.« Kathy war erstaunt über seine Worte und fragte noch einmal nach, ob es ihm wirklich ernst damit sei, worauf er nickte. Sie schwieg einen Moment, bevor sie nachdenklich sagte: »Wir sollten nur im Notfall gehen. Ich gönne Lopez nicht den Triumph, dass er mit seinem Unrecht auch noch siegt. Außerdem wollen wir ihn ja noch kastrieren.«

Nach dem gemeinsamen Kaffeetrinken am Sonntag mit Kathys Eltern und Tante Lilien kündigte ihr Vater an, dass er noch besprechen wolle, wie Kathy während ihrer Schwangerschaft am besten im Krankenhaus einsetzbar sei. Diese sah erst misstrauisch zu Leonardo und fragte dann, ob das auch gestern Abend schon Thema gewesen sei. Dr. Barkley war gewohnt, seiner Tochter gegenüber offen zu sein, und antwortete deshalb: »Ja, wir haben darüber gestern Abend schon einmal gesprochen, wollten aber natürlich das entscheidende Gespräch heute mit dir führen.«

Kathy merkte, wie sie empfindlich reagierte, und fragte deshalb mühsam beherrscht: »Und was habt ihr besprochen?« Leonardo, der sich bei diesem Thema unwohl fühlte, stellte klar: »Wir haben gestern Abend überlegt, ob du die ganze Zeit so wie bislang für Operationen eingeteilt werden solltest.« Kathy starrte erst Leonardo und dann ihren Vater ungläubig an, bevor sie provozierend fragte: »Dad, meinst du nicht auch, dass dies ein viel zu großes Risiko für die Patienten wäre, da ich bereits einmal umgekippt bin und es mir vielleicht noch öfter passieren kann? Vielleicht hat es Leonardo ja schon erzählt, dass mir gestern im Gefängnis auch fürchterlich übel geworden ist.«

Ihr Vater war nicht bereit, sich durch den leicht aggressiven

Unterton in ihrer Stimme irritieren zu lassen, und sagte ziemlich bestimmt: »Kathy, ich denke, dass uns allen klar ist, dass so etwas bei einer Operation einfach nicht passieren darf.« – »Und wo möchtest du mich jetzt einsetzen?« Ihr Vater schlug vor, dass sie, wie sie es immer gewollt habe, für ein paar Monate auf der gynäkologischen Station arbeiten könne. Bitter sagte Kathy: »Das ist eine wirklich gute Idee und passt sicherlich derzeit auch besser zu mir. Ich denke, dass wir es so machen sollten. Entschuldigt mich bitte.«

Mit Tränen in den Augen verließ sie rasch das Esszimmer und lief nach oben. Leonardo murmelte nur: »Scheiße!«, und rannte hinter ihr her. Er holte sie vor der Wohnungstür ein und hielt sie am Arm fest. Noch bevor Kathy zur Gegenwehr ansetzen konnte, bat er sie eindringlich: »Komm, Kathy, lass uns irgendwo hinfahren.« Ihr liefen die Tränen über das Gesicht, als sie einwilligte. Während Leonardo Elena bat, sich ihr Auto ausleihen zu dürfen, lehnte Kathy am Türrahmen und versuchte ihre Gedanken zu ordnen. Sie fühlte sich maßlos verletzt und konnte noch nicht einmal genau sagen, warum.

Leonardo fuhr mit ihr zu einem kleinen Café mitten in der Stadt, das einen teilweise überdachten Innenhof hatte. Es regnete und es waren kaum Menschen auf der Straße. Sie setzten sich unter der Überdachung an einen Tisch in einer Nische und bestellten Kaffee. Sie hatten die ganze Fahrt über bis jetzt kein Wort miteinander geredet und so war diese gemeinsame Bestellung ihr erstes Gesprächsthema. Als die Bedienung wieder gegangen war, bat Leonardo: »Kathy, bitte sag mir einfach alles, was jetzt in deinem Kopf vorgeht.« Diese starrte in den Regen, der neben der Überdachung wie an durchsichtigen Fäden in den Hof floss und sich dort in breiten Pfützen sammelte. Die Luft war warm und trotzdem fror sie. Er bemerkte ihre Gänsehaut auf den verschränkten Armen und fragte, ob er die Decke aus dem Auto holen solle, die Elena immer auf der Rückbank liegen hatte, damit ihre Söhne nicht die Polster beschmutzten. Ohne ihren Blick vom Regen abzuwenden, nickte sie. Als er zurückkam und ihr die Decke über die Schultern legte, sagte Kathy leise: »Ich denke, dass Dad recht hat. Ich bin derzeit wirklich ein zu großes Risiko für die Station und ich habe es bislang auch immer abgelehnt, als Cheftöchterchen in irgendeiner Weise privilegiert zu werden. Ich will es auch diesmal nicht. Es ist auch richtig, wenn Dad meint, dass ich auf der Gynäkologie derzeit weniger Schaden anrichten kann.« Leonardo, der ihr aufmerksam zugehört hatte, glaubte aber nicht, dass damit schon alle Probleme gelöst seien: »Kathy, das sagt dein Kopf und was sagt dein Gefühl?« – »Mein Gefühl sagt, dass ich im Moment anscheinend auf alles verzichten muss, was mir beruflich irgendwie etwas bedeutet hat. Der gemeinsame Dienst mit dir, die gemeinsamen Operationen und die Arbeit auf der Station, auf der ich mich inzwischen recht gut eingelebt habe.«

Leonardo sprach recht leise und aus seiner Stimme klang Resignation: »Glaube mir, ich wünschte, ich könnte dir dies alles abnehmen. Ich habe mir vorher nie Gedanken darüber gemacht, was diese Schwangerschaft im Einzelnen für dich bedeuten könnte. Ich habe immer nur unsere Beziehung gesehen und den Wunsch, mit dir ein Kind haben zu wollen. Jetzt sehe ich plötzlich die vielen Dinge, die du ganz allein tragen musst und wobei ich dir verdammt wenig helfen kann.«

»Vielleicht ist es ja doch so, dass eine Frau nur solange so selbstverständlich wie ein Mann berufstätig sein kann, wie sie noch frei und ungebunden ist. Spätestens wenn sie schwanger wird, hat sie nur noch die Möglichkeit, das zu tun, was die meisten Ehefrauen und Mütter auch tun, und zwar mit Leib und Seele für ihre Familie da zu sein«, philosophierte Kathy müde. Leonardo berührte ihre Hand, die neben ihrer Tasse auf dem Tisch lag. »Kathy, du weißt, dass wir beide das niemals so wollten und es bestimmt auch noch andere Möglichkeiten gibt, auf die wir nur noch nicht gekommen sind. Im Moment wünsche ich mir einfach nur, dass du hundertprozentig zu diesem Kind stehst, weil ich glaube, dass du dann auch zwischenzeitliche Kompromisse besser akzeptieren kannst.« – »Was meinst du mit hundertprozentig zu dem Kind stehen? Hast du Angst, dass ich es jetzt lieber abtreiben will, nur weil ich mir eine Schwangerschaft wahrlich etwas anders vorgestellt habe?«, fragte Kathy ihn irritiert.

Leonardo fuhr sich mit der Hand nervös durchs Haar und sah sie verunsichert an. »Wäre eine Abtreibung für dich wirklich die Lösung des Problems?«, fragte er leise. »Nein. Ich stehe dazu, dass ich, wenn ich mich schon schwängern lasse, diesem Kind auch das Leben schenke und ihm eine gute Mutter sein werde. Ich möchte mir aber die Frage erlauben dürfen, ob ich diese Schwangerschaft auch gewollt hätte, wenn mir klar gewesen wäre, was dies alles für unsere Beziehung und mich bedeutet. Unsere Beziehung hat zum größten Teil von unserem gemeinsamen Job gelebt. Ist dir das eigentlich einmal bewusst geworden?«

»Glaubst du, die ganze Sache war von uns unüberlegt und ein großer Fehler?«, fragte Leonardo sie nach einem längeren Schweigen. Auch sie dachte einen Moment lang nach, bevor sie antwortete: »Für mich geht das hier alles viel zu schnell. Wir hätten einfach erst einmal die Grundlage dafür schaffen müssen, dass wir unsere gemeinsame Arbeit und eine Familie auch problemlos miteinander verbinden können. So denke ich immer, dass an erster Stelle stand, dass wir unter keinen Umständen voneinander durch eine Ausweisung oder etwas Ähnliches getrennt werden wollten und auch hofften, uns Lopez durch eine Schwangerschaft besser vom Hals halten zu können. So ist dieses Kind also nur Mittel zum Zweck, anstatt wirklich von uns gewollt zu sein, und dieser Gedanke macht mir Angst.« Als Leonardo betroffen schwieg und in den Regen starrte, fuhr sie fort: »Kein Kind hat es verdient, nur Mittel zum Zweck zu sein, sondern es hat ein Recht darauf, wirklich von seinen Eltern gewünscht zu werden.«

»Kathy, du hast recht, wenn du sagst, dass ein Kind für seine Eltern niemals nur Mittel zum Zweck sein sollte. Aber kannst du es nicht mal so sehen, als ob du ungewollt schwanger geworden wärst? Hättest du dich dann später nicht auch für das Kind entschieden?« – »Für mich war eine ungewollte Schwangerschaft schon immer ein Albtraum, weil ich dann sehr wahrscheinlich eine Abtreibung nicht gewollt hätte, aber auch nicht wirklich das Kind. Schon um niemals in eine solche Situation zu kommen, habe ich immer äußerst gewissenhaft verhütet. Ich hätte große Probleme damit gehabt, meinem Kind später erklären zu müssen, dass es lediglich das Produkt eines geplatzten Gummis ist«, entgegnete Kathy heftig.

Leonardo sah seine Ehefrau traurig an, als er ihr gestand: »Mir ist eben eigentlich erst richtig bewusst geworden, dass die Sache mit Lopez mir dabei zur Hilfe gekommen ist, um dich schnell heiraten zu können und auch dieses Kind zu zeugen. Ich sehe ein, dass ich dich zu etwas gedrängt habe, wozu du innerlich noch nicht bereit warst. Es tut mir leid.« Kathy war ins Grübeln versunken und antwortete deshalb nicht sofort. »Ich wollte dich heiraten und auch von dir Kinder bekommen, aber eben nicht so schnell, wie es dann geschehen ist. Für solche Dinge braucht man Reife, die einem die nötige Sicherheit gibt, wenn die Probleme kommen. Die habe ich aber noch nicht.«

Leonardo wirkte etwas hilflos, als er sagte: »Am Anfang, nachdem mein Bruder Carlos erschossen worden war, habe ich mir auch immer vorgestellt, wie mein Leben aussehen würde, wenn es nicht geschehen wäre. Ich habe mit meinem Leben gehadert, bis mir Padre Sergio sagte, dass ich mein Schicksal annehmen und auch als Chance begreifen solle. Kathy, wir haben doch immer abgewogen, welche Entscheidung in der jeweiligen Situation die richtige sein könnte. Meinst du nicht, dass unser Kind später einmal stolz darauf sein wird, dass es uns geholfen hat, unsere Beziehung hier leben zu können?« Kathy zögerte einen Moment, bevor sie antwortete: »Ja, es kann stolz darauf sein. Wenn ich mich stark genug fühle, empfinde ich dieses Leben hier als Chance, aber im Moment, da alles zu heftig wird, auch als Bedrohung.«

Sie fuhren wieder zurück in die Wohnung und Leonardo suchte in einer Umzugskiste nach einem Buch, aus dem er Kathy am Abend im Bett vorlesen wollte. Es war seine Lieblingsgeschichte, die davon handelte, dass ein einsamer alter Mann, der im Leben alles hatte, was er besitzen wollte, nun all diese Dinge durch seinen Leichtsinn verlor. Am Ende seines Lebens blieb ihm schließlich nichts als seine Erinnerung an sein früheres Leben. Die Geschichte war sehr traurig und brachte den Leser durch die Art, wie sie geschrieben war, fast zwangsläufig dazu, dass er nachdenklich werden musste. Leonardo erzählte Kathy, dass er diese Geschichte immer als Warnung gesehen habe, dass man durch Leichtsinn sein ganzes Leben zerstören könnte. Als dann sein Bruder starb und kurz darauf die Beziehung zu Maria beendet war und er als Arzt nicht mehr arbeiten durfte, habe er sich so dermaßen verletzt gefühlt, dass er fast erleichtert war, nur noch sehr wenig im Leben zu haben, was ihm wirklich etwas bedeutete, um nicht noch weitere Verlustängste haben zu müssen. Erst jetzt, in der Beziehung zu Kathy, sei er wieder bereit, etwas zu lieben und auch Ängste darum auszustehen.

Kathy hatten seine Worte betroffen gemacht, obwohl sie eigentlich nur das ausdrückten, was bei Leonardo schon häufig zu spüren war: die Angst vor der eigenen Verwundbarkeit. Sie hatte eine Weile schweigend in seinem Arm gelegen und nachgedacht über die Geschichte und seine Worte. Schließlich sagte sie: »Ich glaube, dass jeder Mensch nach seinem ersten großen

Schmerz den Wunsch hat, dass sich so etwas nie wiederholt. Er wird auch versuchen, sich dagegen abzusichern. Aber irgendwie beginnt gerade da der Teufelskreis, wenn nämlich eine Absicherung weiter geht als der Versuch, aus seinen eigenen Fehlern etwas lernen zu wollen, oder aber Ungerechtigkeiten, die man erfahren hat, nicht mehr zulassen zu müssen. Weißt du, für mich ist das Leben voller Gegensätze, die fest zusammengehören, wie der Schatten zum Licht oder die Nacht zum Tag. Ich glaube einfach, dass man Glück nicht empfinden kann, ohne sich der Angst bewusst zu sein, es auch wieder verlieren zu können.« Leonardo hatte aufgehört, ihr über das Haar zu streichen, und zog sie fester zu sich heran. »Hast du auch Angst, dies alles könnte einmal vorbei sein?«, fragte er sie leise. »Ja, aber ich weiß auch, dass ich diese Angst aushalten muss, um diese schönen Momente mit dir erleben zu können. Irgendwie wird das Glück gerade dadurch zu etwas ganz Wertvollem.«

13.–19.12.1976

Am Montag wollte Dr. Barkley das Gespräch mit Monica führen. Es war schon Nachmittag, als er danach zu Kathy und Leonardo in die Wohnung kam, um ihnen hiervon zu berichten. Kathy sah ihrem Vater sofort an, dass etwas nicht in Ordnung war. Er kam auch gleich zur Sache und erzählte, dass Monica ihm gerade mitgeteilt habe, dass sie damals von Leonardo schwanger gewesen sei und das Kind abgetrieben habe, als dieser sich wegen der Schwangerschaft von ihr getrennt habe. Kathy war schockiert und bat ihren Vater, mit Leonardo allein reden zu können. Als ihr Vater gegangen war, fragte sie ihren Ehemann fassungslos: »Stimmt das, was mein Vater eben gerade gesagt hat?« Leonardos Gesicht war blass geworden; er antwortete mühsam beherrscht: »Ich wusste gar nichts von einer Schwangerschaft. Wir haben uns damals getrennt, weil es nicht mehr zwischen uns lief. Wir haben uns immer seltener verabredet, weil ich kein Interesse mehr an dieser Beziehung hatte, bis sie schließlich vorschlug, dass man sie dann auch gleich beenden könne. Ich habe dann sofort zugestimmt. Das war alles. – Außerdem konnte sie von mir gar nicht schwanger sein, weil wir immer mit Kondomen verhütet haben und da ist nichts schiefgegangen.«

»Und warum behauptet sie jetzt solche Dinge?« – »Weil sie mich fertigmachen will. Sie scheint sich in der Rolle zu gefallen, dass sie die arme verlassene Geliebte ist. Es ist doch erstaunlich, dass sie erst diese Rolle spielt, seitdem du im Krankenhaus bist. Vorher schien es ihr doch völlig egal zu sein, ob wir noch zusammen sind oder nicht. Übrigens hatte sie nach mir noch eine kurze Affäre mit einem verheirateten Arzt, der dann nach Argentinien gegangen ist.« Kathy schien beruhigt zu sein und schlug vor, gemeinsam zu ihrem Vater zu gehen.

Dr. Barkley war zwar auf der einen Seite erleichtert, dass der Vorwurf von Monica offenbar nicht den Tatsachen entsprach, aber dennoch beunruhigte ihn, dass die Konflikte immer größere Dimensionen annahmen. Leonardo und sein Schwiegervater erinnerten sich daran, dass Monica ungefähr zwei Monate nach der Trennung drei Wochen lang krank gewesen war. Angeblich hatte sie eine Eierstockentzündung. Kurze Zeit später reichte Dr. Karenz seine Kündigung ein, als bekannt wurde, dass sie mit ihm eine Affäre hatte. Sein Weggang aus dem Krankenhaus war ein Zugeständnis an seine Ehefrau. Leonardo schloss auch nicht aus, dass diese Liebschaft schon bestanden hatte, als es zwischen Monica und ihm nicht mehr richtig lief. Für ihn schien dies auch eine Erklärung dafür zu sein, warum Monica selbst die Trennung vorgeschlagen hatte.

Als Kathy und Leonardo wieder in ihrer Wohnung waren, wollte sie von ihm wissen: »Hättest du sie wegen eines Kindes geheiratet?« Seine Stimme klang müde, als er antwortete: »Vermutlich ja, weil sie mir wohl niemals ohne Heirat das Kind überlassen hätte. Bei einer solchen Ehe, die ich auch niemals vor dem Altar geschlossen hätte, wäre für mich eine schnelle Trennung von Anfang an bereits vorprogrammiert gewesen. Aber ich hätte dann wenigstens das Kind bekommen können. – Das hätte ich aber auch nur dann getan, wenn ich mir ganz sicher gewesen wäre, dass dieses Kind auch von mir ist.« – »Glaubst du, dass sie es meinem Vater nur erzählt hat, um sich für ihr Verhalten dir gegenüber nach der Hochzeit zu rechtfertigen?« Leonardo schwieg einen Moment und wirkte verbittert, als er erwiderte: »Ich denke, dass es stimmt, dass sie etwas mit Lopez hat. Für ihn erfüllt sie mit Sicherheit die Doppelfunktion einer Geliebten und Spionin. Und für Lopez wird sie am besten dann gut arbeiten, wenn sie auf uns gehetzt wird. Ich denke schon, dass es sie verletzt, wenn ihr eine andere Frau ganz selbstverständlich das vorlebt, was sie nicht erreichen konnte. Vielleicht ist bei ihr inzwischen auch die Illusion zerstört, ich hätte dich nur geheiratet, um schneller Kariere zu machen. – Und Monica weiß sehr genau, dass sie unsere heile Welt am besten dadurch beschmutzen kann, dass sie vorgibt, um solche Dinge von mir betrogen worden zu sein.«

Am nächsten Tag entschied Dr. Barkley, dass Monica auf die innere Station versetzt wird und Kathy auf die Frauenstation. Er hatte sich zur sofortigen Versetzung seiner Tochter entschlossen, obwohl ihn sein Schwiegersohn gebeten hatte, Kathy weiterhin auf der Chirurgie arbeiten zu lassen, solange sie es sich selbst zutraute. Leonardo hatte auch vorgeschlagen, sich zukünftig immer mit Kathy zusammen zum Dienst einteilen zu lassen, um im Notfall einspringen zu können. Dr. Barkley blieb aber bei seiner Entscheidung, weil er keine Sonderstellung für seine Tochter wollte und es ihm wichtiger war, dass endlich die Spekulationen und Tratschereien im Krankenhaus ein Ende finden. Kathy fügte sich seiner Entscheidung, weil sie wusste, dass es derzeit die vernünftigste Lösung war. Als ihr Vater dann noch mitteilte, dass Elena und er sich am Vormittag mit Señor Bastonos getroffen und ihn gebeten hätten, die Verteidigung von Florence zu übernehmen, wobei sie die Kosten hierfür tragen wollten, wurde ihr wieder deutlich, dass es hier um sehr viel mehr ging als nur darum, welche Idealvorstellungen sie von ihrem Berufsleben hatte.

Am Donnerstag- und Freitagnachmittag fuhren Kathy und Leonardo mit Tante Lilien in die Stadt, um einen Wagen auszusuchen. Lilien hatte auf Wunsch von Kathy deren Mini in England verkauft und Leonardo war inzwischen bereit, sich von seinem betagten Motorrad zu trennen, weil er einsah, dass dies kein Fahrzeug für eine werdende Familie sein konnte. Der Geldbetrag, der ihnen noch fehlte, sollte statt Weihnachtsgeschenken von Kathys Eltern und Tante Lilien beigesteuert werden. Nach stundenlangem Suchen und Vergleichen einigten sie sich schließlich auf einen gebrauchten hellen Kombi mit schwarzen Seitenstreifen, der geräumig genug war, um auf der Rückbank mehrere Kinder transportieren zu können, und der einen großen Kofferraum hatte.

Für Leonardo war dies sein erstes eigenes Auto und er war richtig stolz. Als Kathy ihn am Abend provozierend fragte: »Na, manchmal macht ein wenig Luxus doch Spaß, oder?«, fühlte er sich ertappt und entgegnete: »Ich habe nichts gegen ein wenig Luxus; ich halte nur nichts von der üblichen Verteilung, indem er nur wenigen Menschen zusteht, während die anderen in bitterer Armut leben.« – »Mit diesem gebrauchten Auto nehmen wir anderen Menschen nichts weg, da bin ich mir ganz sicher«, versuchte Kathy den Kauf zu rechtfertigen und fügte noch hinzu: »Ich möchte hier auch nicht in Luxus leben, aber doch so, dass ich mich wohlfühle, und hierfür brauche ich nicht das große Geld, aber trotzdem mehr als nur ein schlichtes Hemd. Meinst du nicht auch, dass dieser Wagenkauf ein akzeptabler Kompromiss ist?« Leonardo stimmte ihr zu, weil er in den letzten Wochen selbst gemerkt hatte, dass Kathy zwar auf bestimmte Dinge Wert legte, die ihm bislang unwichtig erschienen, aber ansonsten recht sparsam war.

Tante Lilien flog am Wochenende wieder zurück nach London. Während ihres Aufenthaltes war sie in der Wohnung ihres Bruders untergebracht, sodass Kathy häufig Gelegenheit hatte, sie zu sehen. Trotzdem hatten beide beim Abschied das Gefühl, dass die gemeinsame Zeit zu knapp gewesen war. Lilien hatte ihrer Nichte in den zwei Wochen ihres Urlaubs viele Neuigkeiten aus England berichtet; zwar war darunter auch eine Menge Gesellschafts- oder Familientratsch, was aber dennoch recht interessant war. So hatte Kathy erfahren, dass ihre Mutter die Schuld für die überstürzte Eheschließung mit »diesem Südamerikaner« bei ihrem Ex-Mann suchte und völlig außer sich war, weil sie nun annahm, dass das Leben ihrer Tochter hierdurch vollkommen ruiniert worden sei.

Mit ihrem neuen Auto brachten sie Tante Lilien am Samstag zum Flughafen. Bevor die Tante den Flieger bestieg, nahm sie Leonardo und Kathy noch das Versprechen ab, sobald ihr Baby da sein würde, in den Ferien zu ihr nach England zu kommen. Leonardo zögerte erst einen Moment, stimmte dann aber zu, als er sah, wie begeistert Kathy von dieser Idee war.

6 Leonardo wird angeklagt

20.12.1976 – 4.1.1977

Am Montag wartete Kathy im Treppenhaus nach Dienstschluss auf ihren Ehemann. Sie wollte ihn nicht von ihrer alten Station abholen, weil ihr der Arbeitsplatzwechsel immer noch zu schaffen machte. Während sie am Geländer der Treppe lehnte, die nach unten in das Erdgeschoss führte, blickte sie aus dem Fenster in den Park, wo gerade ein Patient nach schwerer Krankheit seine ersten Gehversuche wagte. Plötzlich nahm sie neben sich ein schepperndes Geräusch wahr. Als sie sich umdrehte, hörte sie den lauten Schrei von Leonardo: »Kathy, pass auf!«, und sah, wie ein Krankenbett direkt auf sie zugeschoben wurde. Sie griff nach dem Treppengeländer und umklammerte es. Während sie sich gerade umdrehte, um auf die Treppenstufen nach unten auszuweichen, verspürte sie einen heftigen Stoß in den Rücken, der sie stolpern ließ und auf den obersten Stufen zu Fall brachte.

Leonardo, der aus dem Erdgeschoss gekommen war und sich gerade auf der Mitte der Treppe befand, als dies geschah, war sofort bei ihr und fragte völlig außer sich, ob sie sich verletzt habe. Kathy, die mit umgeknicktem Fuß auf ihre rechte Gesäßhälfte gefallen war und noch immer das Treppengeländer umklammert hielt, sagte nur: »Ich glaube, mein rechter Fuß hat etwas abbekommen. Bitte bring mich hier weg.« Mit versteinertem Gesichtsausdruck antwortete er: »Gleich«, strich ihr wie geistesabwesend über den Arm und ging auf Monica zu, die das leere Krankenbett geschoben hatte. Inzwischen waren auch Patienten und Personal auf den Zwischenfall aufmerksam geworden und hinzugeeilt. Monica hielt sich am Fußende des Bettes fest und starrte auf Leonardo, der ihr mit der flachen

Hand kräftig ins Gesicht schlug. Dann packte er sie fest am Arm und schrie unbeherrscht: »Das machst du mir nicht noch einmal. Verschwinde hier aus dem Krankenhaus, aber sofort!« Monica ließ das Bett stehen und rannte wie gehetzt den Gang hinunter. Leonardo war wieder zu Kathy gegangen, die gerade mit Unterstützung des Pflegers Antonio aufzustehen versuchte, was ihr aber schwerfiel. Gemeinsam mit Antonio brachte er seine Ehefrau, die mit ihrem rechten Fuß nicht mehr richtig auftreten konnte, in Dr. Barkleys Behandlungszimmer und ließ seinen Schwiegervater auf der Station benachrichtigen, wo er gerade seinen Spätdienst angetreten hatte.

Kathy lag zugedeckt auf der Behandlungsliege und starrte an die Zimmerdecke. Ihr war kalt und ihr Fuß schmerzte. Sie versuchte die Bilder der letzten Minuten in ihrem Kopf zu ordnen, was ihr jedoch nur teilweise gelang, weil in ihr die Angst hochkroch, ihrem Kind könnte etwas geschehen sein. Unter der Decke, die sie von Antonio bekommen hatte, legte sie beide Hände auf ihren Bauch. Leonardo, der sich zu ihr auf den Rand der Liege gesetzt hatte, streichelte etwas hilflos ihre Schulter; er blickte sehr ernst, fast merkwürdig verstört, und seine dunklen Augen hatten einen feuchten Schimmer.

Dr. Barkley war besorgt, als er kurz darauf ins Behandlungszimmer kam, und fragte sofort, was geschehen sei. Nachdem ihm Leonardo den Vorfall beschrieben und er seine Tochter nach ihren Schmerzen befragt hatte, wäre es ihm am liebsten gewesen, wenn Kathy zur Beobachtung auf die gynäkologische Station gekommen wäre. Diese protestierte aber sofort heftig, weil sie sich nicht zwischen ihre eigenen Patientinnen legen und von ihren Kollegen behandeln lassen wollte, sodass ihr Vater, der sie gründlich untersucht hatte, schließlich nachgab und ihr strenge Bettruhe zuhause verordnete. Wegen des Bänderrisses am rechten Fuß würde Kathy sowieso für einige Zeit nicht arbeitsfähig sein und sollte sich deshalb, nach Auffassung ihres Vaters, nun auch die nötige Zeit und Ruhe nehmen, wieder auf die Beine zu kommen.

Leonardo brachte seine Ehefrau in einem Rollstuhl zu ihrer Wohnung und legte sie dort sofort ins Bett. Kathy fror, obwohl sie warm zugedeckt war. Durch diesen Vorfall immer noch sehr aufgebracht, spürte Leonardo, dass er so keine große Hilfe für sie sein konnte. Er bat Elena deshalb, sich um Kathy zu kümmern, und telefonierte dann mit Alberto. Dieser kam sofort und blieb bis zum Abend. Er versuchte seinen Freund, der dabei war, seine Wut und Panik mit Rotwein zu ertränken, zu beruhigen, was ihm aber nur teilweise gelang. Leonardos alte Wunden waren wieder aufgebrochen und schienen diesmal noch schmerzhafter zu sein als damals nach dem Tod von Carlos.

Elena blieb so lange bei ihrer Schwiegertochter, bis diese am späten Nachmittag schließlich einschlief. Kathy hatte vorher noch mitbekommen, dass Leonardo dabei war, sich zu betrinken; sie sprach ihn aber nicht darauf an, als er nach ihr schaute und besorgt fragte, wie es ihr gehe. Am Abend, als Alberto gerade gegangen war, kam ihr Vater. Nachdem Dr. Barkley sich vergewissert hatte, dass der Zustand seiner Tochter stabil war, ging er mit Leonardo ins Wohnzimmer. Dort sagte er eindringlich zu ihm: »Ihr habt beide noch einmal großes Glück gehabt. Sieh das einmal so: Wenn du dich jetzt betrinkst, bringt das weder etwas für dich noch für Kathy. Mach lieber, dass du ins Bett kommst und deinen Rausch ausschläfst.«

Kathy konnte die Nacht nicht schlafen. Sie hatte Schmerzen, wollte aber wegen ihrer Schwangerschaft keine Medikamente dagegen einnehmen. Leonardo hatte sich, ohne sich auszuziehen, zu ihr aufs Bett gelegt und war sehr schnell eingeschlafen. Als am nächsten Morgen der Wecker klingelte, schmerzte ihm der Kopf. Kathy, die beobachtete, wie er sich auf dem Bettrand sitzend die Schläfen rieb, fragte ihn: »Meinst du nicht, dass es ausreicht, wenn mir schon etwas wehtut?« Leonardo sah sie einen Moment schweigend an und offenbarte ihr dann: »Ich hatte gestern Angst, dass ich jetzt selbst gewalttätig werden würde. Ich musste mich bei Monica unheimlich beherrschen, um sie nicht zusammenzuschlagen oder sogar noch mehr zu tun. – Es tut mir leid, wenn ich mich gestern nicht so um dich gekümmert habe, wie du es gebraucht hättest. Es kamen einfach wieder die ganzen alten Gefühle von Angst und Verzweiflung in mir hoch – und ich habe dann viel zu viel getrunken.«

Er konnte mit seinem Schwiegervater verabreden, dass er erst drei Stunden später zum Dienst erscheinen würde, und hatte so Gelegenheit, noch in aller Ruhe mit Kathy zu frühstücken und darüber zu reden, was sich am Vortag ereignet hatte. Hierbei erzählte Leonardo ihr, dass seine Mutter nach ihm drei Fehlgeburten hatte und es schon so aussah, als würde sie keine Kinder mehr bekommen können. Er habe damals als Kind mitbekommen, wie seine Mutter unter dem Verlust ihrer ungeborenen Kinder litt, obwohl er sich noch nicht so richtig hatte vorstellen können, wie man einem Kind nachtrauern kann, das man noch nie gesehen hat und von dem man nur weiß, dass es ganz klein im Bauch der Mutter lebt. Gestern habe er aber diese Angst um so einen Winzling nachvollziehen können und selbst große Sorge gehabt, dass Kathy durch den Sturz das Kind verlieren könnte.

Kathy gab zu, dass sie hiervor auch große Angst gehabt und die ganze Nacht in sich hineingehorcht habe, ob sie im Unterleib ein Ziehen oder Schmerzen verspürte. Ihr sei aber nun deutlich bewusst geworden, dass sie dieses Kind hundertprozentig wolle und auch bereit sei, ihr Leben hierfür zu verändern. Leonardo hatte sich nach diesen Worten zu ihr hinübergebeugt und ihr Gesicht nach einem zarten Kuss lange betrachtet. Dann fragte er: »Meinst du, dass die ganze Sache wenigstens den Zweck erfüllt hat, dass dieses Kind für dich nun doch ein Wunschkind wird?« – »Ja, es ist unser Wunschkind. Da bin ich mir ganz sicher.«

An diesem Tag kam Leonardo nicht von seinem Frühdienst nach Hause. Um drei Uhr rief Kathy besorgt auf der Station an und erfuhr von Schwester Isabell, dass ihr Ehemann gerade von Lopez auf der Station verhaftet worden sei. Fassungslos fragte Kathy: »Warum ist er verhaftet worden?« – »Ich weiß nicht, warum. Es ging alles sehr schnell. Erst wurde er von Lopez im Stationszimmer verhört und dann von zwei Polizisten abgeführt, die dann auch sofort mit ihm losgefahren sind.« – »Weiß mein Vater schon von der Sache?« Isabells Stimme war anzumerken, dass sie durch den Vorfall sehr aufgebracht war: »Ich habe Dr. Barkley gleich informiert. Der wollte sich umgehend darum kümmern, dass Dr. Terno von seinem Anwalt vertreten wird.«

Kathy konnte nach dieser Nachricht nicht mehr länger im Bett bleiben. Auf zwei Krücken gestützt, die ihr Vater gestern Abend noch aus dem Krankenhaus mitgebracht hatte, humpelte sie nach unten und suchte Elena, die gerade die Schularbeiten ihrer Söhne beaufsichtigte. Aufgeregt erzählte ihr Kathy, was geschehen war, worauf Elena einen Moment schwieg und dann sehr bestimmt sagte: »Dein Vater wird sich schon um die Angelegenheit kümmern. Denk jetzt bitte auch einmal an dein Kind, sonst wirst du es noch verlieren.« Kathy schossen die Tränen in die Augen, als sie hilflos fragte: »Und wie soll das bitte gehen? Ich versuche doch ständig daran zu glauben, dass alles noch gut wird, und es wird stattdessen immer schlimmer.« Elena, die mit ihr auf dem Sofa saß, nahm sie in den Arm und strich ihr über den Rücken. Dann schlug sie vor: »Bleib doch, solange Leonardo nicht bei dir ist, hier unten. Du kannst im Gästezimmer schlafen und bist so wenigstens oben nicht allein.«

Dr. Barkley kam gegen 17 Uhr nach Hause. Er erzählte,

dass Monica heute Vormittag erdrosselt von einem Gärtner am Rande des Botanischen Gartens unter einem Busch gefunden wurde und Leonardo wegen Mordverdachts festgenommen worden sei. Kathy, die ihm fassungslos zugehört hatte, fragte: »Aber wie soll das denn gehen? Er hat doch ein Alibi!« Der Gesichtsausdruck ihres Vaters wirkte sehr ernst, als er sagte: »In der Hand von Monica wurde ein abgerissener Hemdknopf gefunden und Leonardo hat im Verhör zugegeben, dass dieser Knopf ihm gehört.«

»Wieso hatte Monica bitte einen abgerissenen Hemdknopf von Leonardo in der Hand?«, fragte Kathy verzweifelt. »Dad, was geht hier eigentlich vor?« – »Leonardo hat behauptet, dass Monica ihm den Knopf während einer Auseinandersetzung am Montag nach eurer kirchlichen Trauung vom Hemd gerissen habe. Dies wurde ihm aber nicht geglaubt. Ich denke, dass Lopez alles sehr clever eingefädelt hat und es nun ziemlich kompliziert wird.« – »Dad, hat Leonardo überhaupt noch eine Chance?« Kathy liefen die Tränen übers Gesicht, als sie angstvoll ihren Vater ansah. »Ja, wenn wir es schlau genug anstellen. Wir müssen als Erstes das Hemd finden, an dem der Knopf fehlt, und wir müssen genau aufschreiben, wann Leonardo mit welchen Personen zusammen war, um ein lückenloses Alibi zu präsentieren. Nur dann kann Señor Bastonos auch etwas für Leonardo tun.«

Gemeinsam mit ihren Eltern ging Kathy in ihre Wohnung und suchte das Hemd. Da Monica nicht nur den Knopf abgerissen, sondern dabei auch den Stoff beschädigt hatte, benutzte es Leonardo nur noch als Arbeitshemd zum Renovieren. Es sah daher, von Farbe verschmutzt, dementsprechend aus. Dieses Hemd wollte Dr. Barkley am nächsten Tag Señor Bastonos übergeben und nahm es deshalb mit nach unten in sein Büro. Kathy war früh im Gästezimmer ihrer Eltern schlafen gegangen. Nachdem sie nach vielem Grübeln endlich eingeschlafen war, wachte sie schweißgebadet gegen Mitternacht wegen eines Albtraums auf. Sie hatte geträumt, dass Leonardo im Gefängnis gefoltert werde. Da sie es im Bett nicht mehr aushielt, humpelte sie leise zurück in ihre Wohnung. Dort setzte sie sich in den alten Ledersessel von Leonardo, der am Wohnzimmerfenster stand, deckte sich mit einer Wolldecke zu und starrte in die Dunkelheit. Es regnete wieder und die Tropfen rannen wie Ströme von Tränen über die Fensterscheibe.

Am nächsten Morgen fand Elena sie so im Sessel vor. Besorgt mahnte sie: »Kathy, komm wieder mit nach unten. Farah wird dir ein Frühstück machen und bei dir sein, während ich in der Schule bin.« Farah war die resolute Haushälterin ihrer Eltern. Während sie das Wohnzimmer aufräumte, schimpfte sie über Lopez. Sie machte Kathy, die auf dem Sofa lag und ihr dabei zusah, Mut, dass auch ein Lopez Fehler mache und dies dann ihre Chance sein würde. Gegen elf Uhr klingelte es an der Haustür. Es waren der Anwalt von Leonardo, Lopez und zwei Polizisten. Farah hatte ihnen die Tür geöffnet und sie zu Kathy geführt. Lopez und seine Leute wollten oben in der Wohnung nach weiteren Beweismitteln suchen, worauf Kathy Lopez fragte: »Was suchen Sie eigentlich? Sie wissen doch genau, dass Sie oben in der Wohnung nichts Verdächtiges finden werden.« Dieser musterte sie mit kalten Augen, wie sie blass, mit einer Decke zugedeckt, auf dem Sofa saß, bevor er kühl zurückfragte: »Wieso sind Sie sich eigentlich so sicher, dass Ihr Mann es nicht war?« – »Weil er für jede Minute innerhalb der letzten 48 Stunden ein Alibi hat und es auch keinen Grund für diese Tat gibt. Monica musste das Krankenhaus verlassen, nachdem sie versucht hatte, mich die Treppe hinunterzustürzen.« – »Dann steht es ja umso besser für ihren Mann«, erwiderte Lopez knapp und drängte darauf, nach oben zu gehen.

Kathy war absichtlich auf dem Sofa sitzen geblieben, um hierdurch ihre Worte über die Sinnlosigkeit dieser Hausdurchsuchung noch zu unterstreichen. Während ihre Wohnung von Lopez und seinen Leuten inspiziert wurde, humpelte sie schnell in das Arbeitszimmer ihres Vaters und nahm Leonardos Hemd. Sie schnitt es mit einer Schere in fünf Teile und legte den linken Ärmel und das rechte Vorderteil in die Besenkammer ihrer Eltern, nachdem sie zuvor Putzmittel darauf verteilt und hiermit flüchtig über den Fußboden gewischt hatte. Dann gab sie Farah, die oben die Wohnung aufgeschlossen hatte und gerade zurückkam, die übrigen Hemdteile, die sie Señor Bastonos aushändigen sollte.

Nach einer Stunde kamen Lopez und seine Leute sowie Señor Bastonos wieder herunter. Lopez hatte die Teile von Leonardos Hemd in der Hand und fragte gereizt: »Können Sie mir vielleicht verraten, wo hierzu der Rest ist?« – »Den habe ich mal als Putzlappen benutzt, nachdem das Hemd inzwischen selbst für Renovierungsarbeiten zu lumpig ausgesehen hat. Haben Sie oben auf unserer Baustelle nichts gefunden?« – »Nein.« – »Und haben Sie auch schon im Müll nachgesehen? Wir verbrauchen im Moment ziemlich viele Lappen.« Lopez setzte sich in den Sessel, der ihr gegenüberstand, und fragte: »Wo waren Sie gestern Abend?« – »Im Bett.« Kathy schlug die Decke zurück und zeigte auf ihren Verband am Fuß. »Und wo war ihr Mann?« – »Mein Mann hat den Nachmittag und den Abend mit einem Freund in unserer Wohnung verbracht und dabei auf den Schreck ziemlich viel Rotwein getrunken. Gegen 20 Uhr hat mein Vater ihn dann ins Bett geschickt, damit er seinen Rausch ausschläft.«

Es war nicht das, was Lopez hören wollte, und so bohrte er weiter: »Kann es nicht sein, dass Ihr Mann, als Sie geschlafen haben, wieder aufgestanden ist?« – »Ich habe die ganze Nacht vor Schmerzen nicht geschlafen. Mein Mann ist erst wieder aufgestanden, als der Wecker geklingelt hat. Weil er dann immer noch nicht richtig fit war, bekam er von meinem Vater die

Erlaubnis, seinen Dienst drei Stunden später zu beginnen. Und für die Zeit seines Dienstes gibt es im Krankenhaus ja wohl genug Zeugen.« Lopez stand auf und drängte seine Leute zum Aufbruch. Als sie gegangen waren, holte Kathy die fehlenden Hemdteile aus der Besenkammer und reichte sie Señor Bastonos, der noch bei ihr geblieben war, mit den Worten: »Ich hatte Angst, dass Lopez das entlastende Beweismittel vernichten könnte, und so haben wir wenigstens dies.« – »Da haben Sie ja eben wirklich ziemlich hoch gepokert«, sagte Señor Bastonos. »Bewahren Sie diese Teile lieber hier auf. Lopez wird mit Sicherheit dieses Haus nicht noch einmal durchsuchen, nachdem er beim ersten Mal so erfolglos war. Bei mir in der Kanzlei war er dagegen noch nicht. Es sollte mich nicht wundern, wenn dort plötzlich auch eingebrochen wird.« Bevor er ging, machte er ihr noch Mut, indem er ihr versprach, dass er versuchen wolle, Leonardo am nächsten Tag mangels Beweisen freizubekommen.

Am nächsten Mittag musste Kathy jedoch von Señor Bastonos erfahren, dass Lopez zwar nicht mehr davon ausgehe, dass Leonardo Monica umgebracht hat, aber ihn verdächtige, den Mord in Auftrag gegeben zu haben. Fassungslos hörte Kathy dem Anwalt zu, wie dieser berichtete, welche Argumentation Lopez für diesen Tatverdacht vorbrachte, und dass ihr Ehemann erst nach den Feiertagen dem Richter vorgestellt werden solle und dann die Chance bestehe, ihn gegen Kaution freizubekommen. Kathy saß weinend in dem Ledersessel am Wohnzimmerfenster, als Elena sie zum Essen holen wollte. Señor Bastonos war schon wieder gegangen. Beim Mittagessen machte Elena den Vorschlag, morgen mit ihr zu Leonardos Familie zu fahren, damit diese von der ganzen Sache unterrichtet werde. Denn es war ursprünglich geplant gewesen, dass Leonardo und sie zur Weihnachtszeit einen Tag bei seiner Familie verbringen. Kathy war hiermit einverstanden und bat Elena: »Kannst du mit mir nachher zu Padre Sergio fahren?« – »Was willst du dort?«, fragte diese erstaunt. »Ich will ihn bitten, Leonardo im Gefängnis zu besuchen.«

Zu ihrem Erstaunen wusste Padre Sergio bereits, dass Leonardo im Gefängnis war und was man ihm vorwarf. Als Kathy nachfragte, woher er diese Information habe, antwortete Padre Sergio: »Monica wurde am Montagabend gegen 23 Uhr am Botanischen Garten von zwei Männern unter die Büsche gelegt. Sie hatten die junge Frau, die zu diesem Zeitpunkt schon steif war, in einem dunklen Fahrzeug transportiert. Drei Bewohner aus der angrenzenden Armensiedlung haben dies beobachtet, sich aber nicht getraut, die Polizei zu rufen. Ihnen kam das Fahrzeug bekannt vor, weil es mittwochs hier schon häufig gesehen worden ist. Am Dienstagvormittag wurde dann die Leiche vom Gärtner des Botanischen Gartens entdeckt, der sofort die Polizei rief. Bereits gegen Mittag hat die Polizei dem Gärtner dann erzählt, dass der Arzt aus den Armenvierteln der Täter sei.«

Kathy begann zu frösteln von dem, was sie gerade gehört hatte. Mühsam sich beherrschend, fragte sie: »Haben sich die drei Männer die Tote genau angesehen?« – »Ja, sie wollten doch nachsehen, was mit der Frau war.« – »Können Sie bitte die drei Männer kommen lassen?« Padre Sergio schickte einen kleinen Jungen, der vor der Kirche mit seinen Freunden spielte, zu den betreffenden Männern. Es kamen tatsächlich auch gleich zwei von ihnen. Kathy fragte sie, ob ihnen etwas an der Leiche aufgefallen sei. Pedro, der Ältere, sagte, dass sie im Gesicht geblutet und um den Hals ein weißes Tuch gehabt habe, mit dem sie vermutlich auch getötet worden sei. »Und was war mit ihren Händen?«, fragte Kathy ungeduldig. »Nichts. Die Hände hingen zur Seite herab, als wir sie ein Stück aus dem Gebüsch gezogen haben.« – »Waren die Hände beide offen oder zur Faust geschlossen?«, hakte Kathy nach. Petro sah sie verständnislos an, als er antwortete: »Natürlich offen. Es wäre doch komisch gewesen, wenn sie eine Faust gehabt hätte, oder?«

Als Kathy fragte, ob sie bereit wären, als Zeugen auszusagen, lehnten sie dies sofort ab, weil sie keinen Ärger mit der Polizei haben wollten. Sichtlich enttäuscht, sagte Kathy mit eindringlichen Worten: »Ich verstehe, wenn man hier nicht freiwillig zur Polizei gehen möchte, aber Sie würden hiermit das Leben von Leonardo, von unserem Kind und von auch mir retten. Bedenken Sie dies bitte und denken Sie auch daran, wie sich mein Mann immer für Ihre Leute eingesetzt hat.« Als die beiden Männer wieder gegangen waren, bat sie Padre Sergio, am nächsten Tag ins Gefängnis zu fahren, was dieser ihr auch fest zusagte. Auf dem Heimweg fuhren sie noch bei Señor Bastonos vorbei und erzählten ihm von den Zeugen. Er wollte morgen noch einmal mit Padre Sergio und den Zeugen sprechen, um sie vielleicht doch noch zu einer Aussage zu bewegen.

Am nächsten Morgen brachen Elena und Kathy gleich nach dem Frühstück auf. Kathys Schwiegereltern ahnten sofort, dass etwas mit ihrem Sohn geschehen sein musste, als sie Elena und Kathy, die sich auf ihre Krücken stützen musste, vor der Tür stehen sahen. Elena übernahm es, ihnen die Situation zu erklären, während Kathy blass und stumm auf dem Sofa saß. Ihre Schwiegermutter begann zu weinen, als sie hörte, dass ihr Sohn im Gefängnis sitze, und über das, was Lopez ihm vorwarf. Voller Verzweiflung sagte sie: »Ich habe doch gleich gewusst, dass ihn diese Ehe ins Verderben stürzt.« Ihre Worte taten Kathy weh. Ohne auf Elenas Unterstützung zu warten, erwiderte sie: »Es ist nicht diese Ehe, die Leonardo zerstört, sondern die Feigheit bestimmter Menschen, Lopez nicht die Stirn zu bieten. Leonardo war in den letzten Wochen das erste Mal seit Jahren wieder glücklich. Ist das etwas nichts?« Ihre Schwiegermutter verließ darauf ohne etwas zu erwidern schluchzend den Raum und ihr Schwiegervater fragte fast hilflos, ob sie etwas für Leonardo tun könnten. Elena, die bewusst nichts von Leonardos Aktivitäten im Pfarrhaus erzählt hatte, beruhigte ihn, dass sein Sohn einen guten Anwalt habe und alles für ihn getan werde.

Ohne sich vorher von Leonardos Mutter verabschieden zu können, die sich in ihrem Schlafzimmer eingeschlossen hatte, traten sie die Heimreise an. Sie fuhren nicht gleich nach Hause, sondern machten zunächst einen Abstecher zum Pfarrhaus. Padre Sergio war am Nachmittag bei Leonardo gewesen und hatte auch einen kurzen Moment unbeobachtet mit ihm reden können. Leonardo habe sehr blass und müde ausgesehen, sei aber nicht gefoltert oder ansonsten schlecht behandelt worden. Padre Sergio sollte Kathy ausrichten, dass Leonardo sie liebe und sie auf sich und das Baby achten solle. Kathy liefen die Tränen über das Gesicht, als er dies sagte. Sie bat ihn: »Bitte beten Sie mit mir zusammen für Leonardo.«

Kathy hatte sich am Weihnachtstag trotz ihres Fußverbandes zum Nachtdienst einteilen lassen. Sie konnte nachts nur sehr schlecht schlafen, weil sie noch immer Albträume hatte, und wollte auch den Weihnachtsfeierlichkeiten so gut es ging entfliehen. Am 25. Dezember fuhr sie mit ihrer Familie zur Weihnachtsmesse zu Padre Sergio in die Kirche. Nach der Messe wurde sie von Petro angesprochen. Er flüsterte ihr zu: »Wir tun es für Ihren Mann.« Erleichtert antwortete Kathy: »Danke. Machen Sie aber bitte nur das, was Ihnen Señor Bastonos rät.« Die Feiertage erschienen Kathy endlos. Ungeduldig fieberte sie dem 5. Januar entgegen; dem Tag, an dem Leonardo dem Richter vorgestellt und über seine Freilassung gegen Kaution verhandelt werden sollte. Die Nacht vor der Verhandlung war für Kathy die schlimmste. Aus ihrer Unruhe heraus wurde sie fast stündlich wach und schaute auf den Wecker, der ihr aber nur anzeigte, dass diese Nacht noch längst kein Ende gefunden hatte.

Kathy war mit ihrem Vater und Señor Bastonos zum Gericht gefahren. Sie warteten gerade fünf Minuten vor dem Gerichtssaal, als Leonardo in Handschellen von zwei Polizisten ins Gebäude geführt wurde. Lopez ging ihnen ein paar Schritte voraus. Kathy trat auf Leonardo zu, um ihn begrüßen und auch berühren zu können, wurde aber sofort von Lopez am Arm festgehalten und barsch angewiesen, dass ihr eine Kontaktaufnahme mit dem Gefangenen untersagt sei. Von Leonardo trennten sie noch gerade drei Meter. Enttäuscht stellte sie sich Leonardo gegenüber an die Wand des Flures. Dieser betrachtete stumm ihr Gesicht. Er sah blass und müde aus und wirkte schmaler als sonst, lediglich seine dunklen braunen Augen schienen in dieser kalten Umgebung zu brennen.

Lopez versuchte auch diesen Kontakt zu verhindern, indem er Leonardo fragte, ob er seine Papiere bekommen habe. Ohne den Blick von seiner Ehefrau zu wenden, antwortete dieser: »Ja.« Sein Gesichtsausdruck wirkte ungebrochen und stolz und um seine Mundwinkel konnte man ein leicht spöttisches Lächeln erkennen. In Kathy kroch die Panik hoch. Sie liebte diesen Mann, der so aufrecht und mutig vor ihr stand, und sie hatte Angst, ihn heute durch Lopez zu verlieren. Leonardo spürte ihre Gefühle; sie ließen ihn nur noch stärker und entschlossener werden.

Señor Dr. Leonardo Terno wurde aufgerufen und sie durften den Gerichtssaal betreten. Kathy und ihrem Vater wurde ein Platz in der ersten Besucherreihe zugewiesen. Der Richter war ein Mann um die fünfzig, der einen korrekten und ruhigen Eindruck machte, sodass Kathy gleich Vertrauen zu ihm fasste und wieder etwas ruhiger wurde. Nachdem der Richter die Personalien von Leonardo abgefragt hatte, las er den Schuldvorwurf vor. Hierin wurde ihm nicht nur die Anstiftung zur versuchten Tötung seiner Ehefrau und die Ermordung von

Monica, seiner ehemaligen Geliebten, zur Last gelegt, sondern auch eine langjährige Unterstützung der Untergrundarbeit.

Fassungslos wanderte Kathys Blick zu Leonardo, der trotz dieser niederschmetternden Verdächtigungen merkwürdig ruhig schien. Sowohl er als auch sein Anwalt versuchten die Anschuldigungen zu widerlegen, was jedoch nur teilweise gelang. Der Richter wurde hellhörig, als er erfuhr, dass schon gegen Leonardos Familienangehörige ein ähnlich lautendes Verfahren mangels Beweisen eingestellt werden musste. Señor Bastonos argumentierte geschickt, dass sich sein Mandant scheinbar schon allein deshalb verdächtig mache, dass er sich damals als einziger Arzt aus dem Krankenhaus bereit erklärt habe, die Armenviertel zu betreuen, wo doch allgemein bekannt sei, dass einige Slumbewohner wichtige Kontakte zum Untergrund unterhalten. Der Richter hakte noch einmal nach und fragte, warum gerade Leonardo diesen Job mache, worauf dieser erklärte, dass er hierdurch die Möglichkeit habe, zusätzlich Geld zur Unterstützung seiner Familie zu verdienen. Da Lopez wiederum zu diesem Anklagepunkt keine weiteren Beweise gegen Leonardo hatte und die Erklärungen des Angeklagten hierzu für den Richter plausibel klangen, stellte dieser das Verfahren hinsichtlich des Verdachtes der Untergrundunterstützung ein.

Zu dem Anklagepunkt, Monica dazu angestiftet zu haben, seine Ehefrau umzubringen, trug Leonardo mit ruhiger Stimme vor, dass sein Verhältnis zu Monica, schon Monate bevor Kathy überhaupt nach Paraguay gekommen war, beendet gewesen sei und seine ehemalige Geliebte danach bereits eine andere Affäre gehabt habe. Erst seit ihr bekannt war, dass Kathy und er ein Paar seien, habe sie plötzlich versucht, ihr Zusammenleben zu stören, vermutlich, weil auch die neue Affäre schon wieder beendet war und sie aus reiner Missgunst das Glück anderer Menschen zerstören wollte. Der Richter fragte Kathy und ihren Vater, ob sie dies bestätigen könnten, worauf Dr. Barkley noch einige Details über Monicas Affäre mit Dr. Karenz schilderte und somit den Eindruck verstärkte, dass Monica schon sehr darauf bedacht war, durch Liebesaffären zu Krankenhausärzten ihre Position zu verbessern. Kathy gab noch einmal zu bedenken, dass ihr Ehemann überhaupt keinen Vorteil dadurch hätte, sie töten zu lassen, und er sogar derjenige gewesen sei, der sie unmittelbar vor der Tat durch lautes Zurufen gewarnt habe.

Der letzte Tatvorwurf, die Ermordung von Monica, blieb bestehen, weil es Zeugenaussagen darüber gab, wie aggressiv und auch handgreiflich sich Leonardo ihr gegenüber im Treppenhaus unmittelbar nach dem Sturz seiner Ehefrau verhalten hatte. Außerdem sollte noch eine weitere Zeugin, die Mitbewohnerin der Ermordeten, befragt werden, die Monica noch gesprochen hatte, als diese völlig verstört vom Krankenhaus nach Hause gekommen war. Man einigte sich schließlich darauf, dass Leonardo für 400 000 Guaraní auf Kaution entlassen werde und der eigentliche Prozess Mitte Februar beginnen würde. Leonardo zögerte wegen der hohen Kaution erst, aber als sein Schwiegervater sehr bestimmt sagte, dass er diesen Betrag aufbringen werde, war auch er damit einverstanden. Neben der Kautionszahlung hatte Leonardo noch die Auflagen zu erfüllen, sich bis zur Gerichtsverhandlung einmal wöchentlich bei Lopez zu melden und die Stadt nicht zu verlassen.

Das Ergebnis dieser Verhandlung war offensichtlich nicht im Sinne von Lopez. Mit finsterer Miene verließ er als Erster den Gerichtssaal. Leonardo hatte gleich Kathy in seine Arme genommen und sie fest an sich gedrückt. Dann bedankte er sich bei seinem Rechtsanwalt und seinem Schwiegervater, ohne deren hohen Einsatz es mit Sicherheit anders ausgegangen wäre. Während der anschließenden Fahrt zur Villa hielt er schweigend die Hand seiner Ehefrau fest umklammert. In seinem Zuhause angekommen, fiel ihm das Reden noch sichtlich schwer.

Nachdem er Elena kurz begrüßt hatte, bat er, sich zurückziehen zu dürfen. Er setzte sich in seinen Ledersessel und starrte in den Park. Kathy hatte sich auf das Sofa gekauert und wartete auf eine Reaktion von ihm. Als eine solche minutenlang nicht erfolgte, fragte sie: »Möchtest du jetzt allein sein oder willst du mir sagen, was du gerade fühlst?«

Er sah sich nicht zu ihr um, als er mit müder Stimme feststellte: »Ich fühle nicht mehr viel. Ich wage es nicht mehr.« Kathys Augen füllten sich mit Tränen, als sie leise fragte: »Glaubst du nicht mehr, dass wir es schaffen können?« Diesmal drehte sich Leonardo zu ihr um und antwortete resignierend: »Kathy, ich mache mir nichts mehr vor. Glaubst du, dass es uns diesmal gelingt, dass Lopez mich nach einer Niederlage vor dem Richter in Ruhe lassen wird? Siehst du eigentlich nicht, wo wir hier sind? Lopez lässt Monica umbringen, oder hat es vielleicht auch selbst gemacht – und läuft frei rum. Nichts passiert. Glaubst du, dass er etwas zu befürchten hätte, wenn er uns umbringen lassen würde?«

Kathy starrte ihn sekundenlang an. Verzweifelt schüttelte sie ihren Kopf, als sie mit eindringlichen Worten erwiderte: »Leonardo, auch dieses miese Spiel hat seine Regeln. Unsere Chancen stehen nicht schlecht, es gewinnen zu können. Bitte gib jetzt nicht auf. Kämpfe für uns und unser Kind weiter!« Er stand auf und verließ das Wohnzimmer. Kathy konnte hören, wie er im Bad Wasser in die Wanne laufen ließ. Nach einer Weile kam er zu ihr zurück und fragte: »Kommst du mit?« Er hatte zwei gefüllte Weingläser in der Hand und führte Kathy ins Bad. Die Gardinen waren bereits zugezogen und verdunkelten den Raum. Auf dem Waschtisch standen drei Kerzen, die er angezündet hatte. Als Kathy mit ihm in der Wanne lag, nahm er sein Glas Rotwein und goss es langsam über ihre linke Schulter aus, sodass der Wein wie ein Rinnsal aus Blut ins Badewasser floss. Kathy hatte es wortlos geschehen lassen und schaute einen Moment ratlos auf das Wasser, das sich rötlich verfärbte. Dann nahm sie ihr Glas, goss die Hälfte des Rotweines in seines um und sagte: »Schön, dass du wieder bei uns bist.« Er zögerte erst einen kurzen Moment, als sie ihm sein Glas reichte, und trank es dann mit großen Schlucken leer.

Sie hatte nicht getrunken und bat ihn, ihr Glas neben sich auf dem Waschtisch abzustellen. Als er sich hierzu umdrehte, sah sie an seiner Schulter und auf dem Rücken blaue Flecke. Entsetzt wollte sie wissen: »Haben sie dich doch gefoltert?« Er sah sie merkwürdig ruhig an, als er antwortete: »Nein, ich bin wirklich die Treppe heruntergefallen.« Kathy verstand nicht ganz und hakte nach: »Wie meinst du das?« – »Als ich gestern nach der letzten Unterredung mit Señor Bastonos zurück in meine Zelle gebracht werden sollte, stieß mich plötzlich ein Gefängniswärter die schmale steile Steintreppe hinunter.« – »Und dann? Was haben sie dann mit dir gemacht?«, fragte Kathy ziemlich verstört. »Da ich die ganze Sache mit ein paar Prellungen überlebt hatte, wurde ich barsch aufgefordert, mich endlich in meine Zelle zu bewegen. Als ich heute zur Gerichtsverhandlung geführt wurde, dachte ich zuerst, dass sie noch einen Versuch unternehmen würden, aber zu dieser Zeit war gerade Essensausgabe und da hätte es zu viele Zeugen gegeben.« Kathy hatte trotz des warmen Wassers eine Gänsehaut bekommen. Sie bat ihn: »Bitte lass uns zu Bett gehen.«

Sie lagen erst eine Weile schweigend nebeneinander und jeder starrte in das Halbdunkel des Schlafzimmers, als Kathy schließlich fragte: »Möchtest du, dass wir von hier fortgehen?« Er holte tief Luft, bevor er antwortete: »Dazu ist es jetzt zu spät. Wir kommen hier gar nicht mehr raus. Ich habe bis zur Verhandlung gar keine Papiere mehr, die ich bräuchte, um dieses Land verlassen zu können.« Ängstlich griff sie nach seinem Arm, worauf er sie zu sich herüberzog. Als sie sich liebten, war ihre Verzweiflung größer als die Lust, aber diese verband sie auf eine traurige Art.

Erst später, als sie in seinem Arm lag, konnte er berichten, was im Gefängnis alles geschehen war und welche Ängste er ausgestanden hatte. Nicht so sehr um sich, sondern auch um Kathy und das Baby. Er erzählte, dass er erfahren habe, dass Lopez entscheide, welche Fälle vor den Richter gelangen und welche bereits im Gefängnis erledigt werden. Es gebe bestimmte Inhaftierte, die Vergünstigungen dafür erhielten, dass sie andere Gefangene, die ihnen benannt werden, fertigmachen. In den vergangenen Monaten habe es mehrere Todesfälle gegeben, die von Lopez offiziell mit der gesteigerten Aggressivität unter den Gefangenen wegen Überbelegung erklärt worden waren, in Wahrheit aber ein Abschlachten nach Plan gewesen seien. Als Kathy ihn bestürzt fragte, ob auch ihn die Mithäftlinge bedroht hätten, antwortete er: »Nein, von denen hatte ich nichts zu befürchten, weil mich viele als Arzt der Armensiedlungen kannten und sie mir sogar noch helfen wollten.«

Leonardo reagierte enttäuscht, als sie ihm mitteilte, dass sie die ganze Woche Nachtdienst habe und deshalb am Abend ins Krankenhaus gehen müsse. Kathy traute sich wegen ihres Fußes noch keinen Tagesdienst zu, weil dieser oftmals bedeutend anstrengender war. Sie wollte erst ablehnen, als er sich anbot, sie zu begleiten, weil er erst einmal ausschlafen sollte, ließ es dann aber zu. Bevor sie ins Krankenhaus gingen, rief er noch seine Eltern an, um ihnen den Ausgang der Gerichtsverhandlung mitzuteilen. Seine Familie war zwar für den Moment beruhigt, dass er aus dem Gefängnis entlassen worden war, aber andererseits auch in großer Sorge darüber, wie es mit ihm weitergehen werde, zumal ihnen Leonardo am Telefon keine weiteren Details mitteilen wollte.

Am nächsten Nachmittag wollte sich Leonardo darum kümmern, welche Ausbildungsstätten für seine Schwester in Frage kommen könnten. Er telefonierte eine Weile und brachte in Erfahrung, dass es eine katholische Ausbildungsstätte in der Nähe seines Heimatortes gab, in deren Wohnheim Serena untergebracht werden könnte. Leonardo schien mit dieser Möglichkeit recht zufrieden zu sein, nur Kathy hatte Bedenken, weil es der ausdrückliche Wunsch von Serena war, nicht in eine kirchliche Einrichtung zu kommen.

Auf ihre Einwände entgegnete Leonardo, dass sie dann nur in einer völlig fremden Umgebung ihre Ausbildung beginnen könnte oder hier im Krankenhaus, was er beides nicht befürworte, worauf ihn Kathy fragte, was Serena eigentlich für ein Mädchen sei. Er war von dieser Frage überrascht und überlegte einen kurzen Moment, bevor er sagte: »Sie ist ein völlig normales Mädchen, zurückhaltend, hilfsbereit und unproblematisch.« Diese Antwort machte Kathy etwas misstrauisch: »Kennst du sie eigentlich wirklich?« Leonardo sah sie verwundert an: »Natürlich kenne ich sie. Sie ist doch meine Schwester.« – »Ich meine, kennst du sie so gut, wie du mich kennst oder deinen verstorbenen Bruder oder Alberto?«

Leonardo gab zu, sich niemals viel mit seiner Schwester befasst zu haben. Fast entschuldigend erklärte er, dass die Erziehung von Serena bislang die Angelegenheit seiner Mutter gewesen sei. »Und warum, meinst du, will Serena am liebsten von zuhause weg?«, fragte ihn seine Ehefrau hartnäckig. »Serena ist manchmal einfach ein bisschen zu romantisch und stellt sich wohl vor, woanders wäre ein Leben viel schöner«, waren seine Vermutungen hierzu. »Warum fragst du sie nicht einfach, was der Grund ist, anstatt etwas in ihren Wunsch hineinzuinterpretieren, was vielleicht gar nicht den Tatsachen entspricht?«, schlug Kathy vor.

Er schaute sie mit einem Blick an, der Kathy zeigte, dass er diese Debatte nicht mochte: »Ich möchte mich nicht auch noch in die Erziehungsangelegenheiten meiner Eltern einmischen. Mein Einsatz müsste doch wirklich ausreichen, wenn ich mich darum kümmere, dass Serena eine gute Ausbildung erhält.« – »Wobei du zwei Wünsche von Serena aber völlig unberücksichtigt lässt, nämlich dass sie nicht zu den Nonnen möchte und auch nicht bei ihrer Familie bleiben will.« – »Kathy, glaubst du wirklich, dass ich Serena damit helfe, wenn ich ihr eine Ausbildungsstelle in einem Krankenhaus fern von ihrem Elternhaus besorge, wo sie vielleicht in einer ihr völlig fremden Stadt unter die Räder kommt? Sie ist gerade 17 Jahre alt und noch völlig unerfahren, was die gefährlichen Dinge des Lebens angeht.«

Seine erzieherische Strenge amüsierte Kathy und weckte in ihr das Verlangen, weiter nachzuforschen: »Was hat denn deine Familie für Pläne mit Serena?« – »Soweit ich weiß, sind sie damit einverstanden, dass sie sich zur Krankenschwester ausbilden lässt, und danach wird sie wohl heiraten und eine Familie gründen«, sagte Leonardo ziemlich lustlos. »Und was wäre, wenn sich Serena nicht an die Pläne deiner Eltern halten würde?« Er holte tief Luft, bevor er antwortete: »Kathy, so etwas wird es bei Serena nicht geben. Warum auch?« – »Vielleicht weil sie etwas von deiner Welt abhaben möchte«, sagte seine Ehefrau nachdenklich.

Leonardo starrte sie einen Moment an und ging dann zum Fenster, um von dort aus minutenlang wortlos in den Park zu blicken. Als er sich wieder zu ihr umdrehte, wirkte er fest entschlossen: »Ich weiß nicht, ob du es mitbekommen hast, aber Serena verehrt dich fast wie ein Idol. Meine Mutter hatte mir dies am Abend vor unserer Hochzeit gesagt und schien darüber nicht gerade glücklich zu sein. Ich habe zwar auch beobachtet, dass meine Schwester ständig die Nähe zu dir sucht und glücklich zu sein scheint, wenn du dich um sie kümmerst; ich habe aber dieser Sache keine so große Bedeutung beigemessen, weil ich denke, dass diese Anfangsschwärmerei für ihre neue

Schwägerin, die so anders ist als andere Frauen, auch irgendwann einmal wieder vergehen wird.«

Kathy schaute ihn mit großen Augen an. »Warum hast du mir nichts davon gesagt, dass ich einen neuen Fan habe?«, fragte sie und wollte die ganze Sache etwas lockerer angehen, was bei Leonardo aber nicht so gut ankam. »Kathy, bitte sieh ein, dass es für Serena einfach nicht gut sein kann, wenn sie so sein will, wie du bist«, sagte er mit eindringlicher Stimme. »Meinst du, weil ich für deine Schwester nicht das Vorbild bin, das sich deine Familie und vielleicht auch du dir vorstellen?«, fragte sie ernst. »Serena ist nicht wie du. Es wird ihr nicht helfen, dich zu kopieren, sondern es wird ihr nur im Leben Schwierigkeiten bereiten und gerade das will ich vermeiden.« – »Welche Schwierigkeiten meinst du?« – »Sie wird massive Probleme mit meinen Eltern bekommen und vielleicht auch keinen Mann finden, der sie heiraten will«, versuchte Leonardo sie zu überzeugen. Kathy antwortete ungerührt: »Wieso? Ich habe doch auch einen Ehemann gefunden und nicht gerade den schlechtesten.«

Leonardo, der dieses Thema gerne beendet hätte, wurde von Kathy gefragt: »Und was ist, wenn deine Schwester in dem Leben, das sie jetzt lebt, gar keine eigene Identität entwickeln kann, weil sie immer nur die Erwartungen erfüllt, die andere an sie stellen?« – »Glaubst du wirklich, dass wir ihr dabei helfen können?«, fragte er zweifelnd. Sie hatte nicht sofort eine Antwort parat, weil sie wusste, dass jeder Vorschlag, den sie machen würde, auch das Wohlwollen ihrer Schwiegereltern finden müsste. Etwas unsicher sagte sie: »Und was hältst du davon, wenn sie hier im Krankenhaus lernt und privat untergebracht wird?« – »Du weißt doch wohl hoffentlich, was das bedeutet. Wir werden die ganze Verantwortung übernehmen müssen, wenn mit Serena etwas schiefgeht. Gerade das wollte ich nicht, weil ich keine Lust habe, auf ein 17-jähriges Mädchen aufzupassen und auch noch für sie der Unterhalter sein zu müssen, wenn sie Langeweile hat«, entgegnete Leonardo ziemlich heftig. Kathy hatte keine andere Idee und bot deshalb an, sich noch einmal mit Serena zusammenzusetzen, um abzuklären, was sie wirklich für Probleme im Elternhaus hatte. Danach könnte man ja immer noch entscheiden, was mit ihr geschehen soll. Hiermit war schließlich auch Leonardo einverstanden.

Nach seiner Freilassung nutzte Leonardo jede Gelegenheit, die Wohnung weiter zu renovieren. Neben dem neuen Schlafzimmer sollte ein Kinderzimmer eingerichtet werden und das alte Schlafzimmer ihr gemeinsames Arbeitszimmer werden. Kathy war oft zu müde und durch ihre Fußverletzung auch gehandicapt, um ihm hierbei eine große Unterstützung zu sein, und begnügte sich daher eher mit Handlangertätigkeiten. Leonardo, der nach seinem Gefängnisaufenthalt sehr viel ernster geworden war, tapezierte gerade das Kinderzimmer, als er sie fragte: »Bereust du unser jetziges Leben manchmal?« – »Nein, obwohl ich es mir so hart nicht vorgestellt habe, will ich es. Und du?« – »Ich denke immer öfter daran, dass es besser gewesen wäre, wenn ich mit dir und dem Kind rechtzeitig aus Asunción weggegangen wäre, anstatt hier diese ständige Angst ertragen zu müssen. Vielleicht hätte es ja für uns beide eine Möglichkeit gegeben, auf dem Land eine kleine Praxis aufzumachen, ohne Wechseldienst und die Furcht vor Lopez.« Kathy konnte ihn verstehen, gab aber auch offen zu, dass sie bislang noch nicht bereit gewesen sei, sich wieder von ihren Eltern und Geschwistern zu trennen. Sie befürchtete auch, dass ihr dieses Land noch zu fremd sei, um sich problemlos ohne den Schutz ihrer Familie in eine neue Gemeinschaft einzufügen.

12.–16.1.1977

Es war am Mittwochvormittag und Leonardo hatte sich, wie es die Gerichtsauflage von ihm verlangte, bei Lopez gemeldet, als ihm dieser beiläufig mitteilte, dass Florence vorletzte Nacht im Gefängnis verstorben sei. Auf Leonardos Frage nach den Ursachen hierfür sagte Lopez nur kühl: »Sie wollte nicht mehr leben und hat sich in ihrer Zelle erhängt. Wie Sie sehen, nützt in manchen Fällen auch kein Anwalt.« Leonardo war zu schockiert, um noch weitere Fragen zu stellen. Er verabschiedete sich deshalb eilig mit den Worten: »Ich melde mich nächste Woche wieder bei Ihnen.«

Kathy erfuhr erst gegen Mittag auf der Fahrt zu den Armenvierteln, dass Florence angeblich Selbstmord begangen habe. Sie bat Leonardo, auf der Rückfahrt bei Señor Bastonos vorbeizuschauen. Dieser hatte am Vormittag vom Tod seiner Mandantin erfahren. Als er nähere Einzelheiten hierzu in Erfahrung bringen wollte, sei ihm lediglich gesagt worden, dass sie am Dienstag in aller Frühe erhängt in ihrer Zelle aufgefunden worden sei. Kathy fragte misstrauisch: »Wann haben Sie denn Florence das letzte Mal gesehen?« – »Am letzten Freitag. Ich hatte inzwischen in den Armenvierteln sogar eine ehemals inhaftierte Frau ausfindig machen können, die aussagen wollte, dass Florence Anfang Dezember mehrere Tage lang während der Verhöre gefoltert und mehrfach vergewaltigt worden sei. Und dies nur, weil man den Aufenthaltsort ihres Bruders erfahren wollte, der ein Regimegegner sein soll.« – »Wo ist eigentlich der Mann von Florence?«, wollte Kathy wissen. »Der ist mit den beiden Kindern bei Verwandten untergetaucht, um sie so vor Lopez besser schützen zu können.« – »Señor Bastonos, glauben Sie wirklich an einen Selbstmord?«, wollte Leonardo wissen. »Nein. Padre Sergio hat sie regelmäßig besucht und ist wie ich der Auffassung, dass sie sich nach der Fehlgeburt wieder etwas erholt hatte und nun auch hoffte, bald entlassen zu werden, nachdem es glaubwürdige Hinweise dafür gab, dass ihr Bruder nach Kuba geflohen ist.« Kathy bat ihn, eine Untersuchung des Falles zu beantragen, was Señor Bastonos auch tun wollte.

Am Abend hatte sich Leonardo gleich wieder daran gemacht,

die neuen Zimmer weiter zu renovieren, während sich Kathy im Wohnzimmer auf das Sofa lege. Sie löschte das Licht und versuchte, ihre Gedanken zu ordnen. Es fiel ihr schwer, zu begreifen, was eigentlich mit Florence geschehen war, und sich vorzustellen, was nun Lopez als Nächstes tun würde. Vielleicht sollte das, was an Florence vollzogen worden war, für sie eine Warnung darstellen. Sie fröstelte und ging in die Küche, um sich einen Kräutertee aufzubrühen. Als sie mit einem Messer den verkanteten Dosendeckel öffnen wollte, rutschte sie ab und stach sich mit der Spitze in den Daumen. Die Wunde war nicht sehr groß, aber dafür tief genug, um stark zu bluten. Kathy hielt ihre blutende Hand über den Abguss, um nicht den Fußboden zu beschmutzen. Ihr Blut vermischte sich mit den Wasserresten in dem Spülbecken zu einer roten Pfütze. Sie starrte sekundenlang auf das sich immer dunkler einfärbende Blut-Wasser-Gemisch, bis ihr schwarz vor Augen wurde. Es gelang ihr noch, sich am Spültisch festzuklammern, bevor sie in sich zusammensackte.

Leonardo war aufmerksam geworden, weil der Wasserkessel pfiff, ihn aber anscheinend niemand vom Herd nahm. Als er in die Küche kam, um nachzusehen, brodelte der Kessel immer noch, während Kathy vor dem Spültisch auf der Seite lag. Ihr blutender Finger hatte nicht nur an dem Spültisch Spuren hinterlassen, sondern auch auf ihrer Kleidung. Voller Panik beugte sich Leonardo über seine Ehefrau und hatte Mühe einzuordnen, was überhaupt geschehen war. Als er sie ansprach, war sie zwar bei Bewusstsein, aber noch immer völlig apathisch. Er nahm den schrillenden Kessel vom Herd und setzte Kathy mit dem Rücken an die Wand. Dann ging er ins Bad und holte Verbandsmaterial, um die Wunde zu versorgen. Während er sie behandelte, fragte er, was sie denn gemacht habe. Sie antwortete nicht sofort, sondern erst, als er sie eindringlich bat: »Kathy, bitte sage mir, was hier eben geschehen ist. Ich habe Angst um dich.« Sie starrte auf den Küchenfußboden, wo sich einige Blutspritzer befanden, und auf ihre Kleidung. Vor ihrem geistigen Auge sah sie die blutverschmierte Pritsche von Florence vor sich und spürte die Kälte der Gefängniszelle. Dann sagte sie leise: »Leonardo, ich kann nicht mehr«, und fing hemmungslos an zu weinen.

Leonardo führte sie ins Schlafzimmer und legte sie ins Bett. Weil sie fror, füllte er das heiße Wasser aus dem Kessel in eine Wärmeflasche. Als er wieder ins Schlafzimmer kam und ihr die Wärmflasche an ihre kalten Füße legte, bat ihn Kathy, das Licht zu löschen. Er setzte sich im Dunkeln zu ihr aufs Bett und nahm wortlos ihre Hand. Nach einer Weile sagte sie zu ihm: »Bitte schlaf mit mir, damit ich merke, dass es uns noch gibt.« Leonardo stand auf und ging ins Bad. Als er sein Spiegelbild sah, fühlte er sich wie ein verwundetes und getriebenes Tier, das seine letzte Kraft aufbrachte, um seinem Jäger nicht zum Opfer zu fallen. Er ging zurück und legte sich neben Kathy. Während er sie in seine Arme zog, begann er ihr eine arabische Geschichte von einem jungen Hirten und seiner Geliebten zu erzählen. Der Hirte musste erst viele Prüfungen bestehen, bis er seine Geliebte zur Frau nehmen durfte, aber die beiden schafften es schließlich gemeinsam und waren dann stärker als je zuvor.

Während er erzählte, strich er ihr über das Haar. Als er geendet hatte, fragte Kathy ihn: »Glaubst du, wir hätten Florence retten können?« – »Ich habe mir diese Frage auch gestellt; aber ich weiß es nicht. Wenn deine Eltern ihr keinen Anwalt besorgt hätten, wäre sie mit Sicherheit weiter gefoltert worden und vielleicht daran gestorben oder sie hätte sich wirklich das Leben genommen. So konnten wir sie hiervor bewahren. – Lopez hat sie vielleicht töten lassen, um zu verhindern, dass nach ihrer Entlassung publik wird, wie man mit ihr umgegangen ist.« – »Aber Lopez kann doch jetzt nicht davon ausgehen, dass man ihm den Selbstmord glaubt.« – »Ich fürchte, Lopez findet auch hierfür eine plausible Erklärung.«

Señor Bastonos erhielt von Lopez am Ende der Woche die weitere Information, dass sich Florence unmittelbar nachdem man ihr die Nachricht überbracht hatte, dass ihr Ehemann mit den Kindern aus Asunción verschwunden sei, erhängt hätte. Weder der Anwalt noch Kathy und Leonardo hielten dieses Selbstmordmotiv für plausibel, weil sowohl sie als auch mit Sicherheit die nunmehr Verstorbene wussten, dass Padre Sergio bekannt war, wo sich die Familie von Florence aufhielt. Auch wenn sich Señor Bastonos nicht so sicher war, ob sein Antrag auf Klärung dieses Vorfalles tatsächlich die Wahrheit ans Licht bringen würde, hatte er dennoch den Eindruck, dass Lopez nicht mehr so selbstsicher wie zuvor wirkte.

Am Wochenende wollte Kathy mit Elena wieder zu Leonardos Familie fahren, da ihr Ehemann Asunción nicht verlassen durfte. Kathy nutzte die Gelegenheit, um mit Serena ausführlicher über deren Ausbildungspläne zu sprechen. Hierbei erfuhr sie von ihr, dass sich früher alle in der Familie recht gut verstanden hätten. Erst seit dem Tod des Bruders und der starken Gehbehinderung des Vaters bestehe nur noch aus der finanziellen Not heraus ein Zusammenhalt. Die Mutter habe ständig Existenzängste und leide darunter, dass die Familie durch die Behinderung des Familienoberhauptes und dem damit verbundenen Verlust einer guten Arbeitsstelle an Ansehen verloren habe. Der Vater sei immer verschlossener und ernster geworden und bei ihren Brüdern habe sie den Eindruck, als würden diese nur noch versuchen, so schnell wie möglich das Elternhaus zu verlassen. Sie selbst wolle auch bald ausziehen, weil die Mutter sie immer stärker bevormunde und kontrolliere. Als ihr Kathy berichtete, dass Leonardo eine Ausbildung bei den Nonnen für sie befürworte, war für Serena sofort klar, dass sie die Enge ihres Elternhauses niemals gegen die Strenge eines von Nonnen geleiteten Schwesternheims eintauschen wollte. Sie sagte, dass sie Angst habe, dort niemals das Leben so erlernen zu können, wie es wirklich ist.

Die immer noch deutlich distanzierte Haltung ihrer Schwiegermutter machte es Kathy nicht gerade leicht, ein gutes Wort für ihre Schwägerin einzulegen. Nachdem sie sich mit Elena abgestimmt hatte, machte sie beim letzten gemeinsamen Essen vor ihrer Heimreise den Vorschlag, dass Serena ihre Ausbildung zur Krankenschwester doch in Asunción beginnen könne, worauf ihre Schwiegermutter gleich aggressiv fragte: »Willst du jetzt auch noch Serena in Gefahr bringen?« Kathy, die mit einer heftigen Reaktion gerechnet hatte, antwortete betont ruhig: »Sobald Serena ihre Ausbildung beginnt, muss sie ihr Elternhaus verlassen. Ich dachte nur, dass es besser sei, wenn sie in der Nähe ihres Bruders wäre, als wenn sie ganz allein in einer anderen Stadt lebt. Außerdem glaube ich nicht, dass es für Serena gefährlich wird, wenn sie im Schutze meiner Familie lebt. Leonardo hat auch erst durch meinen Vater eine neue Chance bekommen.« Es waren die Worte des Schwiegervaters, die seine Ehefrau schließlich zum Einlenken brachten, indem er sehr bestimmt sagte, dass es ihm am liebsten sei, wenn seine Tochter ihre Ausbildung in Asunción beginnen würde.

Leonardo wirkte nicht sehr erfreut, als er erfuhr, dass seine Schwester zu ihnen ans Krankenhaus kommen würde, und fragte deshalb Kathy: »Wenn du schon alles so gut mit meiner Familie abgestimmt hast, konntest du dann auch klären, wo Serena wohnen soll?« Kathy holte tief Luft, bevor sie antwortete: »Deine Eltern würden es am liebsten sehen, wenn sie bei uns wohnen würde.« Leonardo schüttelte fassungslos den Kopf, bevor er mit düsterem Blick schimpfte: »Weißt du, genau das habe ich mir so gedacht, dass Elena und du das in die Hand nehmt. Kathy, bist du dir eigentlich darüber im Klaren, dass wir bald gar keine Zeit mehr für uns haben werden? Da Serena und dann unser Kind? Ich bin noch nicht so weit, dass ich den Familiendaddy für eine Großfamilie spielen möchte.« Sie blieb betont ruhig, als sie antwortete: »Ich möchte auch weiterhin möglichst viel Zeit mit dir verbringen und kann mir deshalb auch gut vorstellen, dass Serena, wenn sie schon hier bei uns wohnen darf, auch einmal auf das Baby aufpassen kann.« Leonardo war von ihrem Vorhaben noch nicht ganz überzeugt, stimmte aber schließlich zu, aber wohl eher, weil ihm keine bessere Lösung einfiel. Bevor er wieder an die Renovierungsarbeiten ging, sagte er noch sarkastisch: »Jetzt wird es hier ja richtig eng. Vielleicht sollten wir uns noch einmal in aller Ruhe überlegen, wie wir unsere Wohnung wirklich einrichten wollen. Vielleicht bekommen wir ja noch weiteren, völlig unerwarteten Familienzuwachs.«

17.–23.1.1977

Am Montag regelte Leonardo mit seinem Schwiegervater, dass Serena am 1. März im Krankenhaus ihre Ausbildung zur Krankenschwester beginnen könne, und mit seinen Eltern, dass er seine Schwester nach der Gerichtsverhandlung abholen werde. Er meldete sich diesmal schon am Montagnachmittag bei Lopez, weil ihm der Termin am Mittwoch wegen der Betreuung der Armenviertel äußerst ungelegen war. Lopez reagierte sehr erstaunt, ihn schon früher als erwartet zu sehen, und fragte ironisch: »Na, hatten Sie Sehnsucht nach mir?« Leonardo ging auf diesen Scherz nicht weiter ein und sagte nur, dass er aus dienstlichen Gründen zukünftig lieber am Montagnachmittag kommen wolle. Bevor er wieder ging, teilte ihm Lopez noch in einem ausgesprochen freundlichen Ton mit, dass er dringend einen Arzt benötige, der zukünftig die Gefängnisse medizinisch betreut. Er bat Leonardo, mit seinem Schwiegervater abzuklären, ob dies ein Arzt aus dem Krankenhaus übernehmen könne.

Dr. Barkley sprach dieses Problem am Dienstag auf der Dienstbesprechung an und erregte hiermit heftig die Gemüter. Die dramatischen Zustände in den Gefängnissen waren allgemein bekannt und es gab verständlicherweise wenig Interesse, diesen Job zu übernehmen, obwohl es durchaus auch Stimmen gab, die eine derartige Betreuung zum Schutz der Inhaftierten für dringend erforderlich hielten. Als sich keiner freiwillig dazu meldete, machte Dr. Colpan den Vorschlag, dass Leonardo die medizinische Betreuung der Gefangenen doch mit übernehmen könne, zumal er ja auch schon die Slums betreue. Leonardo schüttelte energisch den Kopf und sagte: »Ich möchte diese Betreuung nicht übernehmen, weil die Arbeit in den Armenvierteln schon belastend und zeitaufwendig genug ist. Außerdem würde ich meine Glaubwürdigkeit dort verlieren, wenn ich plötzlich für die Polizei arbeite.« Dr. Barkley unterstützte seinen Schwiegersohn in dessen Standpunkt und war ansonsten nicht sehr bemüht, das ärztliche Versorgungsproblem von Lopez durch Zusagen aus seinem Haus zu lösen. In seinen Augen kam jeder praktizierende Arzt für diese Aufgabe in Betracht und die meisten anderen seien zudem mit Sicherheit eher einsatzbereit als die im Wechseldienst verpflichteten Krankenhausärzte. Er wollte dies Lopez auch so am nächsten Tag mitteilen.

Als am Mittwoch Kathy zusammen mit Felicitas und Leonardo in die Armenviertel fuhr, wurde ihr während des sich hieran anschließenden Besuches im Pfarrhaus von Padre Sergio der Fall eines 15-jährigen Mädchens mit dem Namen Edna geschildert. Diese war von ihrem Stiefvater mehrfach sexuell missbraucht worden und jetzt vermutlich schwanger. Padre Sergio bat Kathy, mit diesem Mädchen Kontakt aufzunehmen. Zurzeit war sie von ihm als Aushilfskraft in einem Geschäft in der Innenstadt untergebracht worden.

Auf der Rückfahrt fuhren Leonardo und Kathy dort vorbei

und fragten nach Edna. Der Inhaber des Geschäfts, ein dicklicher, mürrischer Mann, ließ Edna aus dem Lager holen und wollte neugierig wissen, worum es denn gehe. Kathy reagierte verhalten und sagte nur, dass sie sich mit Edna zu einem Treffen verabreden wollte. Aus den Lagerräumen kam ein blasses, schüchternes Mädchen. Misstrauisch musterte sie Kathy, als diese vorschlug, vor der Tür die ganze Sache zu besprechen, um so dem auffälligen Interesse des Inhabers entgehen zu können. Vor dem Geschäft sagte sie mit gedämpfter Stimme zu Edna: »Padre Sergio schickt mich. Er möchte, dass ich mich um dich kümmere. Ich bin Ärztin und arbeite mit in dem Beratungsprojekt für Frauen.« Nur sehr zögernd stimmte Edna einer Verabredung am kommenden Sonntag nach dem Gottesdienst bei Padre Sergio zu.

Am Sonntagmittag ließ sich Kathy für drei Stunden von ihrem Vater vertreten, um mit Felicitas zu Padre Sergio zu fahren. Edna war schon dort und saß ängstlich auf dem Besuchersessel im Büro. Sie wollte aber nur mit Kathy sprechen, sodass Felicitas im Wohnzimmer des Paters wartete. Die Unterhaltung verlief äußerst schleppend, weil das Mädchen nicht über das, was mit ihrem Stiefvater geschehen war, reden wollte. Als Kathy sie fragte, ob sie jetzt schwanger sei, nickte sie mit gesenktem Kopf, worauf Kathy wissen wollte, ob sie schon einmal ärztlich untersucht worden sei, was Edna jedoch verneinte. In dem weiteren Gespräch stellte sich heraus, dass sie seit sechs Monaten keine Blutungen mehr hatte und ihr die Kleider nicht mehr passten. Um nicht noch dicker zu werden, würde sie kaum noch etwas essen. Auf Kathys Bitte, sie untersuchen zu dürfen, reagierte Edna sofort energisch und ablehnend.

Es brauchte einige Zeit, bis sie mit Edna besprechen konnte, was auf sie als Schwangere und später als junge Mutter zukommen würde. Kathy versuchte mit ihr Lebensperspektiven zu entwickeln, was jedoch kaum möglich war, weil Edna ihren derzeitigen Zustand nicht akzeptieren wollte. Erst als Kathy ihr erzählte, dass sie selbst ebenfalls ein Kind erwarte und sich sehr viele Gedanken darüber mache, wie wohl ihr Leben weiter verlaufen werde, schien das Mädchen das erste Mal Interesse an dem Gespräch zu haben. Sie war nun auch bereit, etwas ausführlicher über ihre jetzige Situation zu sprechen. Stockend sagte sie: »Mein Chef wird mich rausschmeißen, wenn er hiervon erfährt. – Letzte Woche wollte ich schon vom Schuppen springen, damit ich endlich wieder blute.« – »Hast du denn keine Verwandtschaft, bei der du wohnen kannst, bis das Kind geboren ist?« Edna schüttelte hierauf nur den Kopf.

Kathy wusste zwar sehr genau, was in England in so einem Fall zu tun gewesen wäre; im Moment war sie jedoch nur ratlos, weil es hier einfach keine Einrichtungen für junge Mütter gab. Sie versprach jedoch, dass sie sich erkundigen werde, wo Edna später mit ihrem Kind wohnen könnte, und redete ihr ins Gewissen, dass sie keinen Abtreibungsversuch unternehmen solle. Außerdem bot sie sich an, sie während der Schwangerschaft zu betreuen. Edna schwieg einen Moment und sagte dann: »Ich bin noch nie gerne zum Arzt gegangen und will es auch jetzt nicht.« Als Kathy sie fragte, ob sie denn das Kind völlig allein zur Welt bringen wolle, fing das Mädchen an zu weinen. Nachdem sie sich wieder etwas beruhigt hatte, fragte Edna, ob es sehr weh tun werde, wenn das Kind kommt, worauf Kathy antwortete: »Wenn einem bei der Geburt richtig geholfen wird, tut es weniger weh und es geht auch oft schneller, als wenn eine Frau aus Angst vielleicht gerade die Dinge tut, die vollkommen falsch sind. Aber um richtig helfen zu können, ist es auch wichtig, dass man weiß, ob sich das Kind richtig entwickelt, wie es im Mutterleib liegt und ob die Mutter auch ganz gesund ist.«

Edna zögerte anfangs noch, bis sie schließlich zustimmte, mit Kathy ins Krankenhaus zu fahren und sich dort untersuchen zu lassen. Leonardo, der ebenfalls Wochenenddienst hatte, war schon etwas beunruhigt gewesen, weil er wieder einen Zwischenfall befürchtet hatte. Edna wirkte sehr verschüchtert, als sie von Leonardo begrüßt wurde, weswegen Kathy ihn bat, sie mit ihr allein zu lassen. Nachdem Edna am Anfang der Untersuchung nahezu auf jede körperliche Berührung abwehrend reagiert hatte, wurde sie schließlich zunehmend willenloser. Außer dass sie zu niedrigen Blutdruck hatte, war mit ihr und dem Kind alles in Ordnung. Felicitas fuhr sie nach der Untersuchung wieder zurück zum Geschäft, wo sie neben dem Lager ein Zimmer bewohnte. Sie gab ihr während der Fahrt noch ein paar Ratschläge, worauf sie jetzt achten müsse.

Mit Leonardo und Elena besprach Kathy nach Dienstschluss, welche Unterbringungs- und Arbeitsmöglichkeiten es für Edna gebe, was sich aber an diesem Abend nicht abschließend klären ließ, weil Elena erst die Nonnen aus der Beratungsstelle fragen wollte, ob die nicht eine Unterbringungsmöglichkeit hätten, was manchmal durchaus möglich war.

24.–30.1.1977

Am nächsten Nachmittag erfuhr Elena von einer Arbeitskollegin, dass Edna auf einem kleinen Bauernhof außerhalb der Stadt bei einem Ehepaar mit vier Kindern, das ein Hausmädchen suchte, untergebracht werden könne. Sie teilte dies Padre Sergio gleich mit. Der wollte sich darum kümmern, dass Edna sich bei dieser Familie vorstellt, und ihr auch beim Umzug behilflich sein.

Leonardo hatte sich am Montag nach Dienstschluss wieder bei Lopez melden wollen, hörte dann aber von einem Polizeibeamten, dass dieser sich ein paar Tage freigenommen habe. Zuerst überlegte Leonardo, ob dies etwas mit seiner Sache zu tun haben könnte, verwarf dann aber seine unguten Gedanken wieder und war zum Schluss einfach nur froh, wenigstens diese Woche nicht mit Lopez zusammentreffen zu müssen. Gemeinsam mit Alberto, Kathy und Elena renovierte er weiter an den freien Nachmittagen die Wohnung. Das dritte neue Zimmer war nun für Serena gedacht und sollte teilweise mit Leonardos Junggesellenmöbeln eingerichtet werden.

Am Mittwochmittag fuhren Kathy und Leonardo in die Armenviertel. Dort gab es diesmal recht wenig zu tun. Kathy behandelte eine Frau, die nach ihrer Entbindung Fieber bekommen hatte, und Leonardo kämpfte wieder einmal seinen nicht enden wollenden Kampf gegen die Krätzemilben und die hierdurch hervorgerufenen heftig juckenden Hautentzündungen. Danach trafen sie sich noch mit Padre Sergio. Sie erfuhren von ihm, dass es am Wochenende wieder verstärkt Razzien gegeben habe, weil angeblich Regimegegner neue Kontaktgruppen in der Umgebung von Asunción gründen wollten. Über Edna wusste Padre Sergio zu berichten, dass sie seit Dienstagabend auf dem Bauernhof wohnte und insgesamt psychisch recht labil sei. Kathy und Leonardo entschlossen sich deshalb, noch einmal kurz bei ihr vorbeizufahren.

Edna spielte gerade mit dem jüngsten Kind der Familie im Garten, als sie auf dem Hof eintrafen. Sie lächelte, als sie Kathy erblickte, und kam ihnen entgegen. Da Kathy den Eindruck hatte, sie sehe noch blasser aus als beim letzten Mal, erkundigte sie sich gleich danach, wie es ihr gehe. Edna erzählte ihr, dass sie immer sehr müde sei, nachts aber nicht schlafen könne, weil sie diese schrecklichen Träume habe. Sie träume, dass in ihrem Bauch kein Kind sei, sondern ein völlig entstelltes Wesen, und sie könne es auch nicht ertragen, wenn sie merke, dass es sich bewegt. Kathy sah ratlos zu Leonardo, der, während sie sich unterhielten, mit dem kleinen Sohn der Familie gespielt hatte, aber doch sehr viel von dem Gespräch mitbekam. Seinem Gesichtsausdruck war anzumerken, dass er fassungslos war und nicht so recht wusste, was zu tun sei. Vorsichtig schlug Kathy vor: »Edna, du könntest ja jeden Donnerstag in die kirchliche

Beratungsstelle für Frauen kommen. Da gibt es ein paar werdende Mütter und du kannst dich dann einmal mit denen unterhalten. Du wirst sehen, dass keine Schwangerschaft ohne Ängste abläuft.« Diese antwortete ausweichend: »Mal sehen, ob ich dafür Zeit habe.«

Auf der Rückfahrt fragte Leonardo seine Ehefrau, was sie glaube, das mit diesem Mädchen sei, worauf Kathy erwiderte: »Wenn ich jetzt in England wäre, würde ich Edna sofort eine Therapie empfehlen. Ich bin mir ziemlich sicher, dass der Ekel vor ihrem eigenen Kind auch etwas mit dem sexuellen Missbrauch durch den Stiefvater zu tun hat. – Aber wir sind hier nicht in England und so kann ich nur hoffen, dass sie gläubig genug ist, um nicht eine große Dummheit zu begehen.«

Am Sonntagvormittag rief Kathys Mutter an, die inzwischen von ihrem zweimonatigen Australienaufenthalt heimgekehrt war. Leonardo, der beim Klingeln des Telefons den Hörer abgenommen hatte, wurde von seiner Schwiegermutter nur knapp nach Kathy gefragt. Er reichte seiner Ehefrau den Hörer und flüsterte ihr dabei zu: »Deine Mutter ist am Telefon.« Kathy war erstaunt, da sie ohnehin recht wenig Kontakt zu ihr gehabt hatte und seit Anfang Oktober gar keinen mehr. Sie wollte unbefangen klingen, als sie sagte: »Hallo Ma, das ist ja eine Überraschung, dass du anrufst.« Ihre Mutter war gleich sehr direkt und machte kein Hehl daraus, dass sie von Kathys überstürzter Heirat nicht begeistert war und auch nicht davon, dass ihr Ehemann unbedingt ein Ausländer sein musste. Als sie Kathy fragte, ob er wenigstens vermögend und beruflich erfolgreich sei, antwortete diese ausgesprochen kühl: »Nein, Leonardo ist weder vermögend, noch ist er beruflich erfolgreich in deinem Sinne. Er ist nämlich einfacher Stationsarzt, aber dafür ein verdammt guter. Geheiratet habe ich ihn, weil er der netteste Mann ist, von Dad einmal abgesehen, den ich in meinem Leben kennen gelernt habe.«

Bitter erwiderte ihre Mutter: »Du kommst mir manchmal vor wie ein verträumter Teenager, aber nicht wie eine erwachsene Frau. Verliebtheit ist doch wohl das Vergänglichste an einer Beziehung. Ich bin einmal gespannt, wie lange es diesmal hält.« Kathy, die keine Lust hatte, über dieses Thema weiter zu debattieren, sagte nur: »Wenn alles gutgeht, werde ich im Sommer wieder in England sein, um mich von Tante Lilien nach der Geburt unseres Kindes verwöhnen zu lassen.« Ihre Mutter war von der Nachricht, dass ihre Tochter auch noch schwanger war, so schockiert, dass sie nach einem kurzen Moment des Schweigens das Gespräch mit der Bemerkung beendete: »Du musst ja wissen, was du tust; schließlich bist du alt genug. Ich hoffe nur, dass das Erwachen aus deinem Jungmädchentraum nicht allzu schmerzhaft ist.« Kathy saß nach dem Telefonat noch einen Moment lang nachdenklich im Wohnzimmer, bevor sie zu Leonardo in die Küche ging. Dort erzählte sie ihm von dem Gespräch und philosophierte, dass es anscheinend ein Ausgleich der Gerechtigkeit sei, dass seine Schwiegermutter ihn ebenso wenig mit offenen Armen als neues Familienmitglied aufnehme, wie seine Mutter es bei ihr tue. Leonardo ließ dies ungerührt, weil ihm Elena als Schwiegermutter sowieso viel lieber war und er zwei Schwiegermütter als unnötigen Luxus empfunden hätte.

31.1.–6.2.1977

Am Montag erfuhr Leonardo, dass sein Gerichtstermin am 15. Februar stattfinden sollte. Er war diesmal gemeinsam mit seinem Rechtsanwalt zu Lopez gegangen und hatte festgestellt, dass dieser anfangs sehr reserviert und nicht so angriffslustig wie sonst wirkte. Als Leonardo und Señor Bastonos wieder gehen wollten, sagte Lopez: »Sie brauchen sich nächsten Montag nicht mehr hier zu melden. Wir sehen uns dann wieder vor Gericht. – Übrigens finde ich es sehr bedauerlich, dass kein

Arzt aus Ihrem Krankenhaus die ärztliche Versorgung der Gefangenen übernehmen will. Wenn sich Ihre Frau damals intensiver um Florence gekümmerte hätte, wäre sie vermutlich noch am Leben.« Leonardo sah ihn einen Moment ungläubig an und erwiderte, als er zur Tür ging, um das Büros zu verlassen: »Das sehe ich etwas anders.« Auf der Rückfahrt erfuhr er von Señor Bastonos, dass der Tod von Florence derzeit untersucht werde und sich dies unter Umständen für Lopez unangenehm auswirken könnte.

Edna war am Donnerstag nicht in die Beratungsstelle gekommen, sodass sich Kathy entschloss, am Wochenende zu ihr zu fahren. Als sie am Samstag mit Leonardo auf dem Bauernhof eintraf, teilte ihnen die Bäuerin mit, dass Edna seit Mittwochabend nicht mehr bei ihnen gewesen sei. Angeblich habe sie dringend ihre kranke Mutter besuchen müssen. Einen Tag später besuchte Kathy mit Leonardo den Gottesdienst von Padre Sergio. Es war ihre Idee gewesen und Leonardo war ihr für ihre Bereitschaft, so kurz vor seiner Gerichtsverhandlung mit ihm gemeinsam noch einen Gottesdienst zu besuchen, dankbar. Danach hatten sie noch Gelegenheit, mit Padre Sergio über Ednas Verschwinden zu sprechen, worauf sich dieser sofort bereit erklärte, am Nachmittag einmal bei Ednas Mutter vorbeizuschauen.

Am Abend rief Padre Sergio bei Kathy an und teilte ihr mit, dass sich Edna nicht bei ihrer Familie gemeldet habe und er sich in den Armenvierteln noch ein wenig umhören wolle, ob jemand Ednas Aufenthaltsort kenne. Leonardo hatte mitbekommen, dass sich Kathy am Telefon sehr besorgt angehört hatte und ging deshalb zu ihr ins Wohnzimmer. Als ihm Kathy anschließend erzählte, was sie gerade von Padre Sergio erfahren hatte, sagte er ruhig, aber sehr bestimmt: »Du musst jetzt auch einmal an dich und unser Kind denken. Du kannst nicht immer nur für andere da sein. Egal, was mit Edna geschehen sein mag, du hast alles für sie getan, wie du auch alles für Florence getan hast. Du kannst nun einmal nicht die ganze Welt retten.« Sie schwieg einen Moment, bevor sie nickte und ihn dann bat, zur Ablenkung mit ihr auf dem Klavier zu spielen. Während sie spielten, gelang es ihr, sich wieder auf ihr eigenes Leben zu besinnen, und auch, auf die Albernheiten von Leonardo einzugehen.

7.–20.2.1977

In der letzten Woche vor der Verhandlung waren Kathy und Leonardo sehr gefasst, aber auch stärker in sich gekehrt als sonst. Jeder war bemüht, seine Sorgen nicht auf den anderen zu übertragen und sowohl sich als auch seinem Partner Mut zu machen. Auch die Nachricht von Padre Sergio am Mittwoch, bislang kein Lebenszeichen von Edna erhalten zu haben, änderte nichts an ihrer disziplinierten Haltung. Leonardo hatte nach Dienstschluss den Ehrgeiz, das Zimmer für sein Kind unbedingt fertigzubekommen. Stumm und sichtbar verbittert machte er sich an die Arbeit. Kathy hatte sich angeboten, ihm ein wenig dabei zu helfen, was ihr aber nicht gut tat, weil sie diese bedrückte Stimmung nicht mehr aushielt. Sie konnte nicht verhindern, dass sich ihre Augen mit Tränen füllten, und ging, damit er es nicht sah, rasch ins Badezimmer, wo sie ihren Kopf fest gegen die kalten Fliesen presste.

Als sie nach einer viertel Stunde wieder zurückkam, bemerkte Leonardo sofort, dass sie geweint hatte. Er nahm sie wortlos in den Arm und hielt sie fester als sonst an sich gedrückt. Dann schlug er vor, dass sie doch etwas Gutes zum Abendessen kochen könnte, während er fertig tapezierte. Es war schon dunkel, als sie gemeinsam am Küchentisch saßen. Um sich selbst und auch seiner Ehefrau Mut zu machen, sagte Leonardo: »Die Türen und Fenster werde ich streichen, wenn die Verhandlung vorbei ist, und dann brauchen wir noch einen Teppich und Vorhänge.« Kathy nickte nur, weil sie den Kloß im Hals verspürte. Leonardo, der sonst recht selten Alkohol trank, und wenn, dann auch nur sehr wenig, fragte: »Ist es für dich in Ordnung, wenn ich den Halbliter Rotwein austrinke? Mir ist so danach.« Verstohlen wischte sie sich die Tränen von ihrer Wange, bevor sie leise sagte: »Es ist schon okay. Mir ist kalt und ich möchte ins Bett.« Er kam eine Stunde später zu ihr ins Schlafzimmer und merkte sofort, dass sie noch wach war, worauf er sie fragte, ob sie zusammen beten wollten, damit alles gut werde. Kathy streckte ihm ihre Hände entgegen; er umfasste sie und sprach das Gebet, das Kathy mit einer Fürbitte für ihren Mann beendete.

Am Samstag kam Fernando zu Besuch, weil er bei der Gerichtsverhandlung seines Bruders dabei sein wollte. Kathy, die mit Leonardo an diesem Wochenende Bereitschaftsdienst hatte, zog sich nach Dienstschluss etwas zurück, um den beiden Brüdern Zeit füreinander zu lassen. Da Leonardo seiner Familie noch nichts von Kathys Schwangerschaft erzählt hatte, war dies auch eine Gelegenheit, seinen Bruder hierin einzuweihen, zumal dieser zuvor schon etwas verstohlen Kathys deutlichen Bauchansatz gemustert hatte. Fernando freute sich, bald Onkel zu werden, und war ansonsten auch davon angetan, dass seine Schwester in der nächsten Woche nach Asunción ziehen würde. Er hatte sich vorgenommen, nun öfter zu Besuch zu kommen, weil ihm neben den Familienkontakten auch die Stadt und die Wohnung seines Bruders gut gefielen.

Kathy hatte sich am Abend vor dem Gerichtstermin früh ins Bett gelegt, um etwas Zeit zum Nachdenken zu haben. Leonardo versprach ihr, auch bald zu kommen. Während sie auf dem Rücken lag und ihre Hände ihren Bauch umfassten, spürte sie das erste Mal ihr Baby. Bewegungslos lag sie so da und horchte in sich hinein. Es waren ganz zarte Lebenszeichen, die aber bewirkten, dass Kathy die Tränen über ihr Gesicht rannen, vor Anspannung und auch vor Glück. Als Leonardo sich kurz darauf zu ihr ins Bett legte, fragte er sie: »Hast du Angst vor morgen?« Kathy nahm seine Hand und legte sie sich auf den Bauch. Dann antwortete sie: »Nein, jetzt habe ich keine Angst mehr. Eben habe ich unser Kind gefühlt. Ich werte dies als Zeichen, dass alles gut wird.« Leonardo wollte auch nicht daran denken, was passieren könnte, wenn der Plan von Lopez aufgehen sollte, sondern nur noch auf eine schöne Zeit mit Kathy und dem Baby hoffen.

Am nächsten Morgen waren sie sehr zeitig aufgestanden. Leonardo hatte seine Lederjacke angezogen und Kathy einen hellen Hosenanzug aus Leinen, den sie während ihrer Examensprüfung getragen hatte und in dem sie aussah wie eine Tochter aus gutem Hause. Als sie so vor ihren Ehemann trat, fragte er sie lächelnd: »Willst du jetzt mit deinem Outfit noch alles herausreißen?« – »Vielleicht hilft es ja«, hoffte sie. Dann öffnete sie ihre Jacke und zeigte auf ihren Hosenbund, der schon deutlich spannte: »Es wird auch höchste Zeit, dass dein Termin stattfindet, sonst hätte ich nicht mehr in dieses gute Stück gepasst.« Sie fuhren zusammen mit Fernando und Kathys Eltern zum Gericht. Señor Bastonos wartete vor dem Gerichtssaal schon auf sie, ebenso Alberto mit seiner Ehefrau, Padre Sergio und die Zeugen aus den Armenvierteln. Gerade als sie aufgerufen wurden, kam Lopez eilig über den Flur gehetzt. Er grüßte sie nur knapp und betrat dann nach ihnen den Saal.

Offensichtlich hatte Lopez inzwischen seine Strategie geändert, um Leonardo doch noch hinter Gitter zu bekommen. So wurde Leonardo vom Staatsanwalt lediglich vorgeworfen, zwei bislang noch unbekannten Männern den Auftrag erteilt zu haben, seine ehemalige Geliebte umzubringen, weil diese versucht habe, nachhaltig sein neues Familienglück zu stören. Leonardo hatte mit versteinerter Miene den Ausführungen des Staatsanwaltes zugehört. Als ihn der Richter fragte, ob er aussagen wolle, sagte er: »Ja, ich möchte aussagen und ich will auch beweisen, dass dies alles nicht stimmt, was der Staatsanwalt gerade gesagt hat.« Mit ruhiger Stimme trug er vor, dass er überhaupt nicht zu derartigen Mitteln hätte greifen müssen, weil seine ehemalige Geliebte nach dem durch sie verursachten Treppensturz seiner Ehefrau sowieso das Krankenhaus verlassen musste, auf diese Weise seien bereits alle Probleme gelöst worden. Danach wies Señor Bastonos in seiner Verteidigung auf die Ungereimtheiten bei der Spurensicherung hin. So war angeblich in der Hand der Ermordeten ein abgerissener Hemdknopf des Angeklagten gefunden worden, worauf der Verdacht sofort auf Dr. Terno als Täter gefallen sei. Und dann, als dieser für die Tatzeit ein Alibi benennen und auch nachweisen konnte, dass Monica ihm schon lange vor ihrer Ermordung in einem Streitgespräch diesen Knopf abgerissen hatte, hieß es plötzlich, der Angeklagte habe zwei Männer beauftragt, seine ehemalige Geliebte zu töten. Es wäre doch wohl wirklich unglaublich dumm vom Angeklagten gewesen, wenn er die Männer beauftragt hätte, der Toten seinen Hemdknopf als Beweismittel in die Hand zu legen. Zum Schluss benannte Señor Bastonos noch die Entlastungszeugen aus den Armenvierteln, die die Ermordete gefunden hatten, und zwar ohne den Hemdknopf in ihrer Hand.

Als der Verteidiger geendet hatte, ging ein merkliches Raunen durch den Zuschauerraum und auch dem Richter kamen Zweifel an den Ermittlungsergebnissen von Lopez. Sichtbar gereizt fragte er diesen, wieso das »Beweismittel Hemdknopf« gar nicht in den Ermittlungsakten auftauche. Lopez tat ahnungslos, als er antwortete: »Es gab auch nie ein solches Beweismittel.« Señor Bastonos legte daraufhin dem Richter seine Unterlagen vor, aus denen eindeutig hervorging, dass sein Mandant gerade wegen dieses Beweismittels sofort nach dem Auffinden der Leiche verhaftet worden war und dass, ebenfalls aus diesem

Grunde, einen Tag später eine Durchsuchung seiner Wohnung stattgefunden habe.

Der Richter entschied, die Gerichtsverhandlung für eine halbe Stunde zu unterbrechen und sich mit Lopez, dem Staatsanwalt und Señor Bastonos zu einer nicht öffentlichen Beratung zurückzuziehen. Leonardo wartete derweil mit seiner Familie, den Zeugen und den Prozesszuschauern auf dem Flur vor dem Gerichtssaal. Keiner von ihnen hatte ernsthaft mit einem solchen Prozessverlauf gerechnet und so herrschte bange Ungewissheit, ob dies ein gutes Zeichen sei oder ob es sich nun anders weiterentwickeln würde. Es wurde in der Wartezeit nicht viel miteinander geredet, sondern man tauschte nur etwas hilflos Blicke aus und ab und an ein aufmunterndes Lächeln. Leonardo hatte sich mit dem Rücken gegen den Fensterrahmen gelehnt und Kathy zu sich herangezogen, sodass er mit einem Arm ihre Hüfte umfassen konnte.

Nach vierzig langen Minuten wurden sie wieder in den Gerichtssaal gerufen. Der Richter wartete, bis alle ihre Plätze wieder eingenommen hatten, und verkündete mit ernstem Gesicht: »Dr. Leonardo Terno wird in allen ihm zur Last gelegten Anklagepunkten freigesprochen. Das Gericht ist zu dem Urteil gelangt, dass ihm strafbare Handlungen anhand der Ermittlungsergebnisse nicht nachgewiesen werden können. Dass Dr. Terno überhaupt heute vor Gericht steht, lässt sich nur so erklären, dass schon seit mehreren Wochen ein noch unbekannter Täter versucht, ihm zu schaden, und hierbei vermutlich sogar so weit gegangen ist, dass er ihn in den Verdacht gebracht hat, diese Straftaten begangen zu haben.«

Als der Richter dies sagte, blickte Kathy fast ungläubig abwechselnd von Leonardo zu Lopez. Während die Anspannung langsam aus dem Gesicht ihres Ehemannes wich, verkrampften sich die Gesichtszüge von Lopez zusehends. Obwohl sich Kathy, schon zu ihrer eigenen Beruhigung, immer wieder gesagt hatte, dass alles gut gehen werde, kam ihr nun das plötzliche Ende dieses Prozesses fast unwirklich vor. Als der Richter die Verhandlung für beendet erklärte, stand sie auf und ging mit feuchten Augen zu ihrem Ehemann. Dieser hatte sich zu ihr umgedreht und nahm sie fest in seine Arme. Als er sie wieder losließ, musste auch er mit Tränen der Erleichterung kämpfen.

Dr. Barkley machte den Vorschlag, dass sie alle gemeinsam mit den Zeugen, dem Rechtsanwalt und Padre Sergio in ein gutes Lokal zum Essen fahren sollten, zu dem er und Elena anlässlich des Prozessausganges einladen wollten. Obwohl Leonardo und Kathy jetzt lieber allein gewesen wären, sagten sie aus Dankbarkeit für die Unterstützung durch die anderen zu. Sie wollten gerade losfahren, als sie Lopez sahen, der es sichtlich vermied, beim Verlassen des Gerichtsgebäudes zu ihnen herüberzuschauen. Leonardo blickte ihm hinterher und sagte nur: »Das Problem Lopez haben wir noch lange nicht gelöst.«

Das gemeinsame Essen wurde von den anderen wie eine Siegesfeier verstanden. Man diskutierte über den Verlauf des Strafverfahrens, als sei es um Schachzüge in einem spannenden Spiel gegangen. Alle freuten sich offensichtlich darüber, dass es gelungen war, Lopez zu besiegen und ihm sogar einige Schwierigkeiten zu bereiten, weil er sich nun nicht nur für den Tod von Florence, sondern auch für den von ihm nicht gelösten Kriminalfall zu verantworten hatte. Wenn Leonardo nicht als Mörder verurteilt werden konnte, musste der Richtige ja noch auf freiem Fuß sein. Außerdem schien das fehlende Beweismittel ein Nachspiel für ihn zu haben. Kathy und Leonardo bereuten zwar nicht, mitgegangen zu sein, hielten sich aber sehr zurück in der Beurteilung des heutigen Tages. Sie saßen die meiste Zeit schweigend am Tisch und hielten einander die Hand. Als sie um 15 Uhr nach Hause fuhren, wollten sie einfach nur noch so schnell wie möglich ins Bett. Dort hielten sie sich weinend im Arm und dankten Gott in einem gemeinsamen Gebet für den Ausgang des Verfahrens.

Am nächsten Morgen beim Frühstück im Bett sagte Leonardo: »Danke, dass du die Sache mit dem Hemd gemacht hast. Señor Bastonos hat mir gestern im Lokal zugeflüstert, dass du wie eine Löwin kämpfst.« Kathy fand den Vergleich durchaus passend und erwiderte: »Was ich liebe, lasse ich mir nun einmal ungern wegnehmen. Auch nicht von einem Lopez.«

Gleich nach dem Frühstück fuhren sie mit Fernando los, um Serenas Umzug vorzubereiten. Leonardos Eltern hatte unmittelbar nach der Verhandlung auf dem Weg zum Lokal von Fernando bereits telefonisch erfahren, dass ihr Sohn freigesprochen worden war. Dieser Umstand stimmte die Mutter anfangs etwas versöhnlicher Kathy gegenüber, bis zu dem Moment, als Leonardo beim gemeinsamen Mittagessen die Schwangerschaft seiner Ehefrau bekannt gab. Nach einem kurzen Schweigen fragte die Mutter: »Und wie wollt ihr jetzt finanziell über die Runden kommen, wenn Kathy nicht mehr arbeiten kann?« Leonardos Gesichtsausdruck wurde härter, als er antwortete: »Kathy kommt aus einem Land, wo Mutterschaft nicht als Hinderungsgrund für eine Berufstätigkeit gesehen wird. Dass dies auch hier möglich ist, beweist Elena jeden Tag.« Seiner Mutter schien diese Antwort aber nicht auszureichen, sodass sie ihren Unmut dadurch zum Ausdruck brachte, dass sie prophezeite: »Ich denke, dass ihr euch einfach zu viel aufhalst.« Diesmal war es Kathy, die antwortete: »Ich halte es für völlig normal, wenn sich ein 30-jähriger Mann entschließt, eine Familie zu gründen, und glaube auch, dass dies allein noch keine Überforderung darstellt.« Ihre Schwiegermutter verstand sehr schnell, worauf sie anspielte, und schlug deshalb vor, dass die Familie sich einmal ohne Kathy mit Leonardo unterhalten sollte. Dieser war über ihren Vorschlag derart empört, dass er sofort scharf entgegnete: »Kathy ist meine Ehefrau und gehört somit auch zur Familie.« Bissig antwortete seine Mutter: »Vielleicht ist es dir noch nicht aufgefallen, aber sie ist nicht so wie wir und deshalb auch keine von uns.« Kathy war inzwischen aufgestanden, um in Serenas Zimmer zu gehen, das sie während ihres Aufenthaltes bewohnten. Bevor sie das Esszimmer verließ, sagte sie verletzt und wütend: »Es ist für mich schon interessant, zu wissen, dass, wenn es um die Finanzierung dieser Familie geht, ich anscheinend doch dazugehöre.«

Ihre Schwiegermutter wurde rot vor Wut und schrie: »Ich habe dich niemals darum gebeten, uns Geld zu geben. Vielleicht erinnerst du dich einmal daran, dass du uns erst in diese finanziell unsichere Situation gebracht hast. Du hast doch Leonardo verpflichtet, für dich und das Kind zu sorgen.« Kathy sah fassungslos zu Leonardo, der seinen Zorn über diese Auseinandersetzung kaum verbergen konnte, und verließ dann wortlos den Raum. Auf der Treppe hörte sie, wie Leonardo mit scharfer Stimme seine Mutter anfuhr: »Ich kann dir nur raten, zukünftig derartige Behauptungen zu unterlassen. Außerdem ist Kathy nicht die Verführerin, die mein und euer Leben durcheinandergebracht hat, wie du immer meinst, sondern für mich der absolute Glücksfall. Bis Kathy kam, habe ich gar nicht mehr gewusst, wer ich wirklich war. Ich war nur immer für andere nützlich und wusste gar nicht mehr, was ich wirklich brauche. – Mutter, auch wenn es für dich schwer verständlich ist, aber ich habe diese Beziehung und diese Ehe hundertprozentig gewollt und will auch dieses Kind.«

Es folgte eine lange, teilweise heftige Aussprache zwischen Leonardo und seinen Eltern, an der auch Fernando teilnahm. Leonardo hatte schon zuvor den Besuch seines Bruders genutzt, um Lösungsmöglichkeiten für die schwierige finanzielle Situation seiner Familie zu finden, und war nun gemeinsam mit Fernando bemüht, seine Eltern für ihre Ideen zu gewinnen. So machten sie deutlich, dass ihre Eltern sich zu sehr darauf verlassen hatten, dass ihre zweit- und drittältesten Söhne ihnen einen Großteil ihrer finanziellen Nöte abnehmen könnten, wodurch diese kaum noch Möglichkeiten hätten, eine eigene Familie zu ernähren. Fernando hatte seit einem Jahr eine feste Arbeitsstelle bei einem kleinen Zeitungsverlag und wollte spätestens im nächsten Jahr seine Freundin heiraten und von zuhause ausziehen. Serena beabsichtigte, an diesem Wochenende ihr Elternhaus zu verlassen, sodass dann lediglich der jüngste Bruder Stefano noch bei seinen Eltern wohnen würde. Fernando und Leonardo machten daher den Vorschlag, dass ihre Mutter, die bislang den Haushalt und das weitläufige Gartengrundstück versorgt hatte, eine Stelle als Haushälterin annehmen könnte, was diese aber empört mit den Worten ablehnte: »Das habe ich noch nicht nötig, den Dreck anderer Leute wegzuwischen.«

Leonardos Vater dagegen reagierte keineswegs verletzt, sondern schien die Beweggründe seiner Söhne zu verstehen. Da er selbst seit seiner Entlassung als Lehrer stundenweise für zwei Betriebe die Buchhaltung übernommen hatte, konnte er sich vorstellen, diese Teilzeitjobs noch etwas intensiver zu betreiben. Er war zwar stark behindert, was das Laufen und Stehen anging, konnte aber gut am Schreibtisch arbeiten. Um seine Ehefrau zu überzeugen, redete er ihr gut zu, dass man schon eine passende Arbeit für sie finden werde und dass es für sie sicherlich auch ganz schön sein könnte, wenn sie öfter einmal aus ihrer häuslichen Umgebung herauskäme. Dieses Gespräch beunruhigte die Mutter sehr, sodass Leonardo noch einmal betonte, dass er zwar weiterhin die monatlichen Zahlungen leisten werde, aber diese nach der Geburt seines Kindes auf die Hälfte seines Arztgehaltes reduzieren wolle.

Kathy hatte inzwischen mit ihrer Schwägerin alles für deren Umzug zusammengepackt. Serena freute sich und war schon sehr aufgeregt. Als Leonardo nach fast zwei Stunden zu ihnen nach oben kam, standen die Kartons schon fertig gepackt an einer Zimmerwand. Müde ließ er sich auf das Bett seiner Schwester fallen und sagte: »So, während ich mich nach dieser harten Überzeugungsarbeit erst einmal ausruhe, können Fernando und Serena ja schon mal die Sachen zum Auto tragen.« Kathy, die sofort spürte, dass die Unterhaltung wohl im Sinne ihres Ehemannes gelaufen sein musste, fragte erstaunt: »Willst du denn heute Abend schon losfahren?« – »Nein, aber ich will auch nicht die Nacht mit dir zwischen den Umzugskisten verbringen.« Kathy hätte gerne von ihm noch mehr über die Unterredung mit seinen Eltern erfahren und schlug deshalb vor: »Lass uns doch noch bis zum Abendessen spazieren gehen. Die beiden können in dieser Zeit unseren Wagen beladen.«

Leonardo zeigte ihr den Wohnort, seine alte Schule und die Plätze, wo er als Kind gespielt hatte. Er führte sie zu all diesen Orten seiner Kindheit, weil er wollte, dass sie alles über ihn erfuhr. Als sie zum Abendessen wieder zurückkamen, hatten seine Geschwister den Wagen schon beladen. Die Stimmung beim anschließenden Essen war bedrückt, aber friedfertig. Da Kathy und Leonardo früh schlafen gehen wollten, verabschiedeten sie sich zeitig und gingen nach oben. In Serenas Zimmer sagte Kathy, die von der Stimmung in Leonardos Familie sehr betroffen war: »Deine Familie ist nicht mehr so, wie du sie als Kind erlebt hast. Sie hat durch den Tod deines Bruders und die Behinderung deines Vaters deutliche Risse bekommen. Ich glaube, dass deine Eltern zurzeit viel zu viele eigene Probleme haben, um ihren Kindern noch die Zuwendung und Fürsorge zu geben, die sie eigentlich bräuchten. – Und deine Mutter reagiert auf ihre Existenzängste mit dem Zwang, alles in ihrer Umgebung kontrollieren und steuern zu wollen. Sie nimmt ihren Kindern damit die Möglichkeit, sich zu selbstständigen Menschen zu entwickeln.«

Sie spürte, dass ihre Worte Leonardo unheimlich wehtaten,

und zwar nicht, weil er ihr nicht glaubte, sondern weil sie etwas aussprach, was er lange Zeit nicht hatte wahrhaben wollen. Es dauerte eine Weile, bis er fragte: »Meinst du nicht, dass das Leben meiner Eltern noch mehr zerstört wird, wenn ihre Kinder nun alle das Elternhaus verlassen?« – »Wenn es so weitergeht, werden deine Geschwister viel eher als notwendig von zuhause ausziehen, weil sie das Familienleben hier nicht mehr ertragen, und das geschieht dann vielleicht auch noch im Streit. Dann hätten deine Eltern wirklich ihre Kinder verloren. Serena zum Beispiel will ja ihre Familie, sie braucht aber auch Freiräume, um sich entwickeln zu können. Sie wird mit Sicherheit zukünftig gerne mit dir nach Hause fahren, um die Eltern zu besuchen oder um ihren Urlaub hier zu verbringen.«

Leonardo hatte in der Nacht auf der alten Matratze vor Serenas Bett ziemlich schlecht geschlafen und war am nächsten Morgen froh, als er endlich aufstehen konnte. Gleich nach dem Frühstück brachen sie mit Serena auf. Der Abschied von ihrer Familie war kurz, aber nicht ohne Tränen, worauf die erste halbe Stunde der Heimreise sehr schweigsam verlief. Richtig munter wurde Serena erst, als sie ihr neues Zimmer sah und es gar nicht erwarten konnte, ihre Sachen einzuräumen. Gleich nach der Begrüßung der neuen Hausbewohnerin machte Dr. Barkley den Vorschlag, dass sie schon am nächsten Tag mit ihrer Ausbildung beginnen könne, weil eine Kinderkrankenschwester nach einem Unfall ausgefallen sei, worauf Serena einfach nur noch aufgeregt und glücklich war.

Während Leonardo mit seiner Schwester deren Zimmer einräumte, ging Kathy ins Arbeitszimmer und nahm das Kruzifix aus dem unteren Fach des Schreibtisches, wo sie es gleich nach der Hochzeit sicher verstaut hatte. Sie betrachtete es einen Moment lang und überprüfte dann, wie das gedrechselte Kreuz mit der zierlichen Jesusgestalt verbunden war. Als sie sah, dass die Verbindung lediglich aus zwei kleine Schrauben bestand, suchte sie sich einen Schraubenzieher aus Leonardos Werkzeugkiste und löste damit vorsichtig die Holzfigur ab. Zufrieden nahm sie darauf das Kreuz und hielt es im Wohnzimmer über dem alten Ledersessel von Leonardo an die Wand. Um es dort befestigen zu können, suchte sie nach einem passenden Nagel und schlug ihn in das Mauerwerk.

Leonardo und Serena waren von dem Hämmern aufmerksam geworden und neugierig zu ihr ins Wohnzimmer gekommen. Als Kathy ihnen stolz ihr Werk zeigte, fragte Leonardo irritiert: »Wo hast du denn das Kreuz her?« – »Das ist das Hochzeitsgeschenk von deinen Eltern.« Sein Gesicht drückte seine Fassungslosigkeit deutlich aus, als er fragte: »Das war doch ein Kruzifix. Was hast du denn mit dem Jesus daran gemacht?« – »Den habe ich vorsichtig vom Kreuz abgetrennt und werde ihn in eine leere Schmuckschachtel legen.« Seiner Reaktion hierauf war die Empörung anzumerken, als er ihr erregt vorhielt: »Kathy, das darfst du nicht. Du hast gerade ein heiliges Symbol zerstört.« Seine Ehefrau blieb jedoch unbeeindruckt, als sie erwiderte: »Dieses Symbol haben wir Menschen gemacht, um immer an die Kreuzigung Jesu erinnert zu werden. Ich kann mir nicht vorstellen, dass es eine Sünde sein kann, wenn ich aus dieser Darstellung für menschliche Grausamkeit einen Akt des Friedens mache, indem ich das Kreuz als Zeichen unseres Glaubens an die Wand hänge und den Leichnam Jesu in eine kleine Holzkiste lege – so wie wir auch unsere Lieben beerdigen würden.«

Serena hatte das Gespräch aufmerksam mit angehört und mischte sich nun ein, indem sie einwandte: »Bist du dir denn ganz sicher, dass der Jesus an dem Kreuz schon tot war? Ich dachte immer, dass sein Leiden dargestellt werden soll?« Kathy nahm die kleine Holzfigur und betrachtete aufmerksam deren Gesichtszüge. Dann hielt sie die Figur ihrem Ehemann hin und fragte: »Glaubst du, dass er schon tot sein soll?« Leonardo sah aus, als würde er langsam den Verstand verlieren. Zuerst schickte er seine Schwester auf ihr Zimmer und dann nahm er Kathy die kleine Holzfigur aus der Hand. Er versuchte, ruhig zu bleiben, als er sagte: »Kathy, ich weiß nicht, ob hier ein Leichnam dargestellt worden ist. Ich habe mir hierüber auch noch nie Gedanken gemacht. Dieses Kruzifix ist für mich ein kirchliches Symbol meines Glaubens und nicht so sehr die Darstellung von Realität. Kannst du das nicht auch einmal so sehen? – Du wirst hier nicht eine alte menschliche Schuld begleichen können, indem du diese kleine Figur vom Kreuz holst und in eine hübsche Kiste legst.« Kathy nahm ihm unbeirrt die Figur aus der Hand und legte sie in eine kleine Schmuckschatulle mit den Worten: »Du magst recht haben, dass ich hiermit nicht eine alte Schuld begleichen kann, aber ich kann auch für mich ein Zeichen setzen, indem ich für mein Leben Gewalt und Grausamkeiten ablehne, und zwar auch Darstellungen davon, und das ist keine Sünde, da bin ich mir ganz sicher.«

Seine erste Ablehnung gegen ihr Verhalten wich langsam einer gewissen Nachdenklichkeit, als er fragte: »Meinst du nicht, dass man immer diese Grausamkeit vor Augen haben sollte, um sich dann für den besseren Weg zu entscheiden?« – »Wenn du jemanden liebst, machst du dir dann auch immer Gedanken, wie es ist, ihn zu hassen, und entscheidest dich deshalb dann lieber für die Liebe? Ich glaube, dass der richtige Weg, das Gute und die damit verbundene Moral überzeugen sollten und dass nur die Zweifler die Abschreckung zur Orientierung brauchen. – Leonardo, ich möchte Frieden und Gewaltlosigkeit in unserem ganz privaten Leben haben und es hierdurch zeigen. Ich wollte nicht ein religiöses Symbol beschädigen.« Er nahm ihr die kleine Schatulle ab und deckte die Jesusgestalt sorgsam mit Watte zu. Dann fragte er sie: »Und wo willst du sie hinstellen?« – »Auf die Fensterbank, zwischen die Blumen«, war ihr Vorschlag. Fast andächtig stellte er sie dort ab. Als er sich wieder zu ihr umdrehte, war ihm anzusehen, dass dieser Akt ihn sehr berührt hatte. Er zog Kathy zu sich in den Arm und sagte leise: »Ich mache es für uns, aber jetzt schreibe nicht noch die Bibel um, nur weil dir dort manche Stellen nicht so gefallen. Lass es einfach einmal so, wie es ist. – Und bitte erzähle nicht gleich Padre Sergio davon, was wir eben getan haben.«

Am nächsten Tag hatten Kathy und Leonardo Spätdienst. Als sie am Abend vom Krankenhaus nach Hause kamen, lag Serena schon in ihrem Bett. Neugierig fragten sie, wie ihr erster Arbeitstag verlaufen sei, worauf Serena recht einsilbig berichtete, dass sie auf der Kinderstation mit den Kindern gespielt und sie auch schon gefüttert und gewaschen habe. Weil Kathy den Eindruck hatte, dass etwas mit ihrer Schwägerin nicht stimmte, gab sie Leonardo ein Zeichen, dass sie mit Serena allein sprechen wollte. Sie setzte sich zu ihr aufs Bett und fragte, ob etwas geschehen sei, was sie bedrücke. Serena wich ihrem Blick aus und schwieg einen Moment. Dann erzählte sie mit leiser Stimme, dass ihr eine andere Schwesternschülerin auf der Station erzählt habe, dass Leonardo etwas mit einer ziemlichen Schlampe gehabt habe, die aber inzwischen ermordet worden sei, und dass man Leonardo verdächtigt habe, diesen Mord in Auftrag gegeben zu haben. Sichtlich betroffen rief Kathy ihren Ehemann herein. Serena liefen die Tränen über die Wangen, als Kathy sie aufforderte, noch einmal zu berichten, was sie im Krankenhaus erfahren habe. Sie wiederholte es mit leiser Stimme, ohne ihren Bruder anzusehen, weil ihr die ganze Sache ausgesprochen unangenehm war.

Kathy war aufgestanden und sagte zu ihrem Ehemann: »Vielleicht kannst du deiner Schwester ja einmal die ganze Angelegenheit erklären.« Sie verließ den Raum und ging ins Wohnzimmer. Leonardo war so wütend, dass er sich seiner Schwester gegenüber nicht einmal die Mühe gab, dies zu verbergen. Gereizt sagte er: »Es ist richtig, dass ich mit Schwester Monica im letzten Jahr über mehrere Monate hinweg eine Affäre hatte. Wir haben uns dann getrennt, schon Monate bevor ich Kathy kennengelernt habe. Es scheint in diesem Hause offensichtlich immer wieder Leute zu geben, die mir irgendwelche Skandale andichten wollen. – Und mit dem Mord habe ich nichts, aber auch gar nichts zu tun.« Ohne eine Reaktion von Serena abzuwarten, verließ er das Zimmer, um nach Kathy zu sehen.

Diese hatte sich in seinen Ledersessel gesetzt und blickte aus dem Fenster. Leonardo zog einen Esszimmerstuhl heran und setzte sich zu ihr. Leise sagte er: »Es tut mir leid, was wieder über mich geredet wird.« Nach einem kurzen Schweigen erwiderte Kathy: »Weißt du, früher habe ich mich aufgeregt, wenn meine Mutter mich immer ermahnt hatte, dass ein guter Ruf alles sei. Ich fand es übertrieben und dachte, dass viel wichtiger als der gute Ruf eine skandalfreie Realität sein müsse. Jetzt sehe ich, dass dies offenbar doch nicht ausreicht.« Nachdenklich sagte Leonardo: »Ja, du hast recht. Über meine Affäre mit Monica wird wohl noch länger getratscht werden, als ich jemals gedacht hätte.«

Am nächsten Morgen wachte Kathy auf, als sie Serena in der Küche hantieren hörte. Sie stand auf, um noch mit ihr zu reden, bevor sie zur Arbeit ging. Serena sah sie etwas unsicher an, als sich ihre Schwägerin zu ihr an den Küchentisch setzte und sie fragte, ob sie zu der Sache von gestern Abend noch etwas wissen möchte. Voller Enttäuschung brach es aus Serena heraus: »Ich habe früher immer geglaubt, dass Leonardo fast ein Heiliger ist, der sich um die Familie kümmert und als Arzt den Menschen hilft. Jetzt erfahre ich an meinem ersten Arbeitstag, dass er eine Affäre mit einer Schlampe hatte, und alle Leute wissen davon. – Er ist ein Heuchler. – Vorgestern hat er dich noch belehrt, als du das Kruzifix auseinandergebaut hast, als wäre er der Hüter der katholischen Kirche. In Wirklichkeit hält er sich gar nicht daran, was die Kirche vorschreibt.«

Kathy hatte nicht viel Zeit, ihr die Hintergründe der ganzen Sache zu erklären, weil Serena in wenigen Minuten zur Arbeit musste. Sie sagte deshalb nur: »Nach der Trennung von Maria wollte dein Bruder keine neue Beziehung mehr. Weil er aber glaubte, als Mann nicht auf gewisse Dinge verzichten zu können, hatte er eine Affäre mit Monica angefangen und sie nach wenigen Monaten wieder beendet, weil sie ihm nichts brachte.« Serena starrte sie einen Moment lang an, bevor sie entgegnete: »Gute Katholiken tun so etwas nun einmal nicht.« Ohne Kathy auch nur die Chance einer Erwiderung zu geben, stand sie auf und verließ die Wohnung.

Kathy erzählte Elena vor ihrem Spätdienst davon, wie Leonardos Schwester auf die ganzen Redereien im Krankenhaus reagierte, und dass sie sich Sorgen mache, ob dies nicht alles zu viel für sie sei. Elena sah dies etwas gelassener. Sie vertrat den Standpunkt, dass ihr Schwiegersohn zu der ganzen Sache mit Monica stehen solle, anstatt den verschämten Sünder zu spielen, weil diese Affäre einfach eine Erfahrung in seinem Leben sei, aus der er seine Lehren gezogen habe. Um Kathy und Leonardo auch nach dem Einzug von Serena noch etwas Zweisamkeit zu ermöglichen, schlug sie vor, Leonardos Schwester etwas stärker in das Familienleben zu integrieren, das sich in der unteren Etage der Villa abspielte.

Leonardo war deutlich stiller als sonst, als er an diesem Abend nach Hause kam. Serena und er gingen sich aus dem Weg und dem gemeinsamen Abend mit Kathy versuchte er sich dadurch zu entziehen, dass er sich sehr früh schlafen legen wollte. Als er aus dem Bad kam, fragte ihn Kathy: »Ist es für dich okay, wenn ich auch ins Bett komme?« Ohne etwas zu erwidern, nickte er und ging ins Schlafzimmer. Als sie kurz darauf das Schlafzimmer betrat, lag er schon im Bett und starrte an die Zimmerdecke. Sie löschte das Licht und legte sich zu ihm. Dann fragte sie: »Ist es wegen Serena?« Er brauchte einen

Moment, bevor er antwortete: »Weißt du, ich hatte wirklich geglaubt, dass unsere Kollegen im Krankenhaus echtes Mitgefühl für uns empfanden, als die Sache mit dem Prozess lief, und jetzt lassen einige Leute keine Gelegenheit aus, um unser Leben weiter zu stören, und sei es mit hervorgekramten Storys, die auch noch falsch dargestellt werden.« Kathy erzählte ihm, was Elena geraten habe, wie er mit seiner Vergangenheit umgehen solle, worauf er entgegnete: »Wenn es nicht um mein Ansehen vor meiner kleinen Schwester ginge, wäre das auch sicherlich gut machbar, aber so ist es etwas anderes.« Damit wenigstens das Zusammenleben innerhalb der Familie keinen Schaden nähme, schlug Kathy ihm vor, noch einmal mit Serena zu reden, was er am nächsten Tag auch tun wollte.

Am nächsten Morgen lagen sie noch im Bett, als es an der Tür klingelte. Es war Padre Sergio, der ihnen aufgeregt berichtete, dass Edna gestern Nacht von der Polizei verhaftet worden sei, nachdem sie zusammen mit zwei Jugendlichen aus den Armenvierteln ihren Stiefvater schwer verletzt habe. Er wolle sie an diesem Wochenende im Gefängnis besuchen. Nachdem Padre Sergio wieder gegangen war, erkundigten sie sich im Krankenhaus nach dem Verletzten. Er lag auf der Chirurgie und hatte drei Messerstiche im Arm- und Brustbereich sowie mehrere Prellungen und einen Rippenbruch. Es bestand aber keine akute Lebensgefahr mehr für ihn. Obwohl Kathy entsetzt über diese Tat war, auch wenn sie nicht völlig unerwartet kam, empfand sie gleichzeitig Erleichterung darüber, dass sie wieder ein Lebenszeichen von Edna erhalten hatte.

Während Kathy das Mittagessen zubereitete, fand zwischen Leonardo und seiner Schwester eine lange Aussprache statt. Sie redeten nicht nur über die Dinge, die Serena über ihren Bruder am Arbeitsplatz erfahren hatte, sondern auch über ihre unterschiedlichen Wahrnehmungen, was ihr Familienleben im Elternhaus betraf. Dieses Gespräch tat beiden ausgesprochen gut, sodass sie danach den restlichen Sonntag entspannt verbringen konnten, indem sie am Nachmittag alle gemeinsam in die Stadt fuhren und Serena einige Sehenswürdigkeiten von Asunción zeigten.

7 Die Familie wird größer

Am Montag informierte Kathy Señor Bastonos und bat ihn, sich um Edna zu kümmern. Sie wollte über den Anwalt erreichen, dass sie die Inhaftierte weiterhin als Ärztin betreuen könnte. Von Elena hatte sie schon die finanzielle Zusage bekommen, dass auch dies, wie schon die Vertretung von Florence, aus dem Etat der Beratungsstelle bezahlt werden würde. Zu ihrem Erstaunen bekam sie am Mittwochvormittag von Lopez auf der Station einen Anruf. Er forderte sie auf, nach ihrem Frühdienst zu ihm auf die Polizeistation zu kommen, weil er mit ihr über Edna reden wollte. Misstrauisch fragte Kathy, ob er das nicht mit Señor Bastonos regeln könne, worauf Lopez erwiderte: »Wenn Sie tatsächlich für das Mädchen eine Behandlungserlaubnis erhalten wollen, müssen Sie schon selbst kommen.« Widerwillig sagte sie zu.

Auf dem Weg zu den Armenvierteln fuhren sie bei Lopez vorbei. Felicitas und Leonardo blieben im Wagen, während Kathy nach oben ging. Lopez hatte sie in seinem Büro schon erwartet und gab sich ausgesprochen charmant. Nachdem er sie auffällig gemustert hatte, fragte er: »Na, haben Sie keine Angst, allein in die Höhle des Löwen zu kommen?« Kathy wollte Gelassenheit demonstrieren und antwortete: »Nein, warum? Falls mir hier wirklich Gefahr drohen sollte, habe ich unten im Fahrzeug genügend Verstärkung.« Lopez zog leicht die Augenbraue hoch. Mit einer Handbewegung bot er ihr einen Platz an und kam sofort zur Sache: »Was bieten Sie mir denn als Gegenleistung an, wenn ich Ihnen die Erlaubnis erteile, das junge Mädchen im Gefängnis weiter zu betreuen?« Obwohl sich Kathy über diese Frage ärgerte, antwortete sie betont ruhig: »Meine Gegenleistung wäre, dass diesmal keine Schwangere eine Fehlgeburt erleidet und verstirbt.« Seine kalten Augen starrten sie einen Moment an, bevor er scharf sagte: »Das will ich wohl hoffen, dass sich so ein Vorfall nicht noch einmal wiederholt.«

Nachdem Kathy mit ihm abgesprochen hatte, dass sie an jedem zweiten Mittwochabend zu Edna fahren könne, und er dies auf der Bescheinigung für das Gefängnis vermerkt hatte, wollte sie sich verabschieden. Sie war gerade im Begriff, sein Büro wieder zu verlassen, als er wie beiläufig fragte: »Fährt Ihr Mann eigentlich immer noch regelmäßig zu seinen Eltern?« Erstaunt fragte Kathy zurück: »Und, wofür brauchen Sie diese Information?« – »Ich würde mich sehr freuen, wenn wir uns in der Abwesenheit Ihres Mannes einmal verabreden könnten.« Sein Gesicht hatte wieder dieses herausfordernde Lächeln, das sie schon bei ihrer ersten Begegnung an ihm nicht gemocht hatte. Betont höflich antwortete sie: »Señor Lopez, ich habe kein Interesse an derartigen Treffen.« Sie drehte sich um, ohne eine weitere Reaktion von ihm abzuwarten, und verließ das Büro. Hastig ging sie den langen Flur hinunter, begleitet von dem hallenden Geräusch ihrer Schritte. Sie fühlte, wie ihr Herz heftig schlug, und war froh, als sie endlich das Fahrzeug erreicht hatte.

Sie stieg ein und bat Leonardo, gleich loszufahren. Dieser startete den Wagen und fragte sie besorgt, was denn geschehen sei, worauf Kathy das Gespräch schilderte. Während Felicitas' Kommentar war, dass die Art von Lopez wie immer unverschämt sei, schwieg Leonardo. Nur an der Art, wie er verkrampft das Lenkrad hielt, konnte Kathy sehen, wie entsetzt und wütend er war. Nach den Krankenbesuchen in den Armenvierteln und einem kurzen Gespräch mit Padre Sergio fuhren sie sofort zum Gefängnis. Felicitas wartete im Fahrzeug auf sie, während Kathy und Leonardo ins Gefängnis gingen. Zu ihrem Erstaunen gab es beim Einlass keine Probleme für

Leonardo, der dem Wärter gegenüber angab, dass er seiner Ehefrau assistieren müsse.

Edna, die mit zwei weiteren Frauen in einer Zelle im dunklen Seitentrakt untergebracht war, schien sich zwar zu freuen, als sie Kathy sah, machte aber ansonsten einen recht emotionslosen Eindruck. Sie sah sehr blass aus und hatte an der Hand mehrere Schnittverletzungen. Kathy setzte sich zu Edna auf die schmutzige Matratze und fragte sie, wie es ihr gehe, während Leonardo an der Zellentür stehen geblieben war. Nur sehr zögernd berichtete ihr Edna, dass sie nachts Albträume habe. Sie drehten sich zum größten Teil um ein Ungeheuer in ihrem Bauch, was aus ihr herauskriechen und dann mit ihr kämpfen würde. Fast panisch sagte sie: »Jetzt ist es passiert. Ich bin ein schlechter Mensch und man wird mich bestrafen.«

Kathy versuchte sie zu beruhigen, indem sie ihr erklärte, dass sie diese Träume hauptsächlich aus Angst vor der Geburt habe und dass sich jede Frau vor den Geburtsschmerzen fürchte. Erstaunt fragte Edna, ob sie denn auch Angst vor der Geburt habe, worauf Kathy nickte. Soweit es möglich war, untersuchte sie Edna, die noch immer sehr niedrigen Blutdruck hatte. Über den Rechtsanwalt wollte sie erreichen, dass sie die nächste Untersuchung von Edna im Krankenhaus durchführen könnte. Bevor sie wieder ging, fragte Edna: »Hilfst du mir auch, wenn das Kind kommt?« – »Ja. Und du überlegst dir jetzt schon einmal einen Namen.«

Als sie nach Hause kamen, ging Kathy gleich in die Küche, um das Abendessen vorzubereiten, während sich Leonardo in seinen Sessel setzte. Ihn beschäftigte immer noch der Besuch im Gefängnis; zu frisch war die Erinnerung an seine eigene Inhaftierung. Nach einer halben Stunde kam Kathy ins Wohnzimmer, um ihn zum Essen zu holen. Zärtlich strich sie ihm über sein Haar, während er nachdenklich aus dem Fenster blickte. Als sie ihn fragte, ob er zum Essen komme, bat er sie, dies noch etwas zu verschieben. Kathy war über seine Reaktion etwas erstaunt, schlug dann aber vor, dass sie mit dem Essen ja noch warten könnten, bis Serena nach Hause käme, worauf er sie zu sich auf seinen Schoß zog und sie mit der großen Wolldecke zudeckte, die auf der Armlehne des Sessels lag. Vorsichtig legte er seine Hand auf ihren Bauch und fragte leise: »Passt du hierauf auch immer gut auf?« Kathy schwieg einen Moment, bevor sie antwortete. »Ich verspreche dir, dass ich es zukünftig noch viel stärker tun werde.« Gemeinsam warteten sie auf ein Zeichen ihres Babys, das sich immer öfter bemerkbar machte, bis Serena aus dem Krankenhaus kam.

Beim gemeinsamen Essen fragte Serena, ob sie sich für das Wochenende mit den beiden Schwesternschülerinnen verabreden könne, mit denen sie sich inzwischen angefreundet hatte. Leonardo, der sehr streng über seine kleine Schwester wachte, fragte sofort interessiert nach, was sie denn unternehmen wollten. Er war aber ansonsten mit ihrem Umgang ganz zufrieden, wie er überhaupt froh darüber war, wie gut sich seine Schwester inzwischen im Krankenhaus und auch zuhause eingelebt hatte.

Am Donnerstag war wieder ein Paket von Tante Lilien aus London gekommen. Da Kathys Bauch in den letzten Wochen deutlich an Umfang zugenommen hatte, passten ihr viele Kleidungsstücke nicht mehr. Aus diesem Grunde hatte sie mit ihrer Tante telefoniert. Lilien, die bei ihren früheren Besuchen genau registriert hatte, was es hier in Asunción zu kaufen gab, und auch den Geschmack ihrer Nichte gut kannte, hatte ihr seit ihrer Abreise schon einmal ein Paket mit Kleidung geschickt, die sie während ihrer Schwangerschaft tragen konnte. Leonardo hatte etwas irritiert geschaut, als Kathy ihm kniefreie, enganliegende Stretchkleider vorführte, über die sie eine passende Hemdbluse trug, oder Blusen und Sommerkleider aus Indien. Als er nachfragte, wie lange sie denn diese Kleider tragen wolle, bekam er von ihr zur Antwort, dass der Stoff der Stretchkleider sehr nachgebe und sie diese bestimmt bis zum achten Monat würde tragen können. »Wie konnte ich auch nur annehmen, dass du dich während der Schwangerschaft anders kleiden würdest als sonst. Du betonst ja auch sonst sehr geschickt alles, was du hast, warum nicht auch deinen schwangeren Bauch«, stellte er daraufhin resigniert fest. Er machte Kathy hiermit betroffen: »Findest du schwangere Bäuche so hässlich, dass man sie lieber hinter wallenden Gewändern verstecken sollte und dadurch dann« wenigstens rundherum dick wirkt?« Leonardo sah sie etwas ratlos an und sagte schließlich: »Ein schwangerer Bauch ist nicht hässlich. Nur vielleicht etwas dominant und hier in Paraguay stellt man ihn nun einmal nicht zur Schau.« Sie sah ihn etwas argwöhnisch von der Seite an. »Wäre es für dich in Ordnung, wenn ich trotzdem diese Kleider trage?«, wollte sie von ihm wissen. »So langsam gewöhne ich mich an deinen Stil. Aber trotzdem werde ich wohl nie ganz verstehen, was die Mode für euch Engländer bedeutet.«

28.2.–6.3.1977

In das fertig renovierte Kinderzimmer wollte Kathy eine Kommode und das dazu passende Kinderbett stellen, in dem alle Terno-Kinder gelegen hatten. Es war Leonardos Wunsch, dass auch seine Kinder in ihren ersten Lebensjahren in diesem Bett schlafen sollten. Beide Möbelstücke waren von Leonardos Großvater getischlert worden und standen noch bei seinen Eltern. Da Leonardos Vater bald seinen Geburtstag feiern würde, zu dem sie eingeladen waren, wollten sie diese Gelegenheit nutzen, um die Möbel dort abzuholen.

Als sie am Mittwochnachmittag von den Krankenbesuchen in den Armenvierteln zurückkamen, sahen sie Serena am Krankenhaustor mit einem jungen Mann stehen. Leonardo hielt den Wagen neben ihr an und fragte, ob sie denn auch bald komme.

Serena errötete und antwortete hastig: »Fahrt ruhig schon vor, ich komme gleich nach.« Leonardo fuhr weiter und sagte mehr zu sich: »Da stimmt doch was nicht.« Leicht amüsiert meinte Felicitas: »Vielleicht hat sich die Kleine ja verliebt.« Leonardo schwieg zwar, wirkte aber sehr gereizt, als sie die Behandlungstaschen am Krankenhaus ausluden.

Kathy wollte erst einmal abwarten und tat so, als sei nichts Aufregendes geschehen. Sie waren kaum in der Wohnung, als Serena ebenfalls nach Hause kam. Leonardo fragte sie gleich: »Wer war denn das eben?« Seine Schwester blickte gequält, als sie antwortete: »Das ist der große Bruder von Franca. Wir haben uns letztes Wochenende kennengelernt, als ich meine Freundin zuhause besucht habe.« – »Und was wollte er von dir?«, hakte Leonardo unerbittlich nach. Serena schwieg einen Moment und sagte dann kaum hörbar mit gesenktem Blick: »Wir wollten uns einfach sehen.« Leonardos Stimme wurde etwas schärfer, als er fragte: »Wieso wolltet ihr euch sehen?«

Ohne ihrem Bruder die Frage zu beantworten, wollte Serena in ihr Zimmer gehen. Leonardo verstellte ihr den Weg und forderte: »Serena, ich möchte eine Antwort von dir.« Ihre Stimme klang trotzig, als sie sagte: »Weil wir uns mögen.« Kathy hatte sich bewusst aus dieser Auseinandersetzung herausgehalten und war sofort in die Küche gegangen, um das Abendessen vorzubereiten. Ihr fehlten einfach die Maßstäbe dafür, wie ein junges katholisches Mädchen in Paraguay zu erziehen sei, weshalb sie dies hauptsächlich ihrem Ehemann überlassen wollte. In der Küche hörte sie, wie Leonardo seiner Schwester untersagte, in ihrem Alter schon etwas mit jungen Männern zu haben, worauf diese zu ihrer Verteidigung erwiderte, dass die anderen Schwesternschülerinnen auch schon einen Freund hätten.

Derartige Argumente überzeugten ihren großen Bruder keineswegs: »Serena, ich habe unseren Eltern versprechen müssen, dass ich darauf achte, dass du hier deine Ausbildung machst und ansonsten ein anständiges Mädchen bleibst«, sagte er streng. Serena blieb jedoch uneinsichtig und erwiderte wütend: »Du hast dich hier auch nicht immer so anständig benommen, wie du vor uns getan hast.« Es herrschte einen kurzen Moment Schweigen. Dann hörte Kathy, wie ihr Ehemann ziemlich aufgebracht seine Schwester anschrie: »Das war ja wohl etwas ganz anderes. Geh sofort in dein Zimmer.« Dies musste er ihr nicht zweimal sagen. Mit einem lauten Knall schlug Serena ihre Zimmertür hinter sich zu.

Von Leonardo war nichts mehr zu hören. Nachdem Kathy den Herd ausgestellt hatte, ging sie in den Flur. Die Tür zum Arbeitszimmer stand einen Spalt weit offen und sie konnte ihn am Schreibtisch sitzen sehen, wo er vor sich hinstarrte. Kathy kam an die Tür und fragte, ob er lieber allein sein wolle. »Nein«, war seine knappe Antwort. Sie setzte sich ihm gegenüber und fragte vorsichtig: »Bist du jetzt enttäuscht, weil Serena deine Fürsorge nicht zu schätzen weiß?« Leonardo blickte immer noch wütend vor sich auf den Schreibtisch und sagte nur kurz: »Ja.« Kathy blieb beharrlich: »Und du würdest sie jetzt am liebsten wieder nach Hause schicken?« Er sah sie an und antwortete wieder nur: »Ja.« – »Und was wirst du wirklich tun?«, fragte sie. »Es natürlich nicht machen«, antwortete er mürrisch.

Während beide in der Küche zu Abend aßen, überlegten sie, welche Freiheiten sie Serena einräumen könnten. Ihnen war bewusst, dass ein generelles Jungenverbot nur dazu führen würde, dass diese Treffen heimlich stattfinden und ihnen dann völlig aus der Kontrolle geraten würden. Daher entschieden sie sich dafür, den jungen Mann erst einmal kennenzulernen und dann weiterzusehen. Leonardo, den die Auseinandersetzung mit seiner Schwester sehr gekränkt hatte, fragte Kathy: »Kannst du nicht mit ihr bereden, wie es weitergehen soll?« Diese musste lächeln und konnte sich die Bemerkung nicht verkneifen: »Ich glaube, ich werde euch Katholiken niemals verstehen. Erst tut ihr immer lange Zeit so, als ob ihr die Keuschheit in Person seid, und dann brennt euch plötzlich die Hose.« Leonardo war nicht daran interessiert, sich von ihr provozieren zu lassen, und konterte, indem er fragte: »Wäre es dir lieber gewesen, ich hätte schon bei der ersten gemeinsamen Dienstbesprechung meine Hand auf deinen Oberschenkel gelegt?« Diese Frage erstaunte sie etwas: »Hättest du das denn am liebsten getan?« Er überlegte kurz und erwiderte dann: »Nein, da noch nicht, aber drei Wochen später.«

Leonardo hatte sich zu Kathy hinübergebeugt und sie geküsst, als Serena plötzlich in der Küchentür stand. Die Musik im Radio hatte ihre Schritte übertönt. Sowohl Leonardo als auch seiner Schwester war die Situation peinlich. Serena machte gleich wieder auf dem Absatz kehrt und er fragte frustriert seine Ehefrau: »Und, was machen wir jetzt?« – »Geh einfach zu ihr hin und sag ihr, dass wir ihren Freund kennenlernen möchten, und wenn er in Ordnung ist, darf sie sich solange mit ihm verabreden, wie sie sich an bestimmte Spielregeln hält. Eine davon ist, dass sie nicht mit ihm ins Bett zu gehen hat, bevor sie 18 Jahre alt ist. – Und außerdem solltest du ihr vielleicht ziemlich bestimmt sagen, dass du hier der Rudelführer bist und sie sich nicht für dein Sexualleben zu interessieren hat.«

Leonardo trank sein Glas aus und ging dann zu Serena ins Zimmer. Da es in der Wohnung ziemlich ruhig blieb, nahm Kathy an, dass sich die beiden einigen würden. Nach einer viertel Stunde kam Leonardo zurück und schien sehr zufrieden mit sich zu sein. Er setzte sich wieder zu Kathy an den Küchentisch und berichtete: »Ich denke, sie weiß jetzt Bescheid, wie es hier zu laufen hat.« Dann streichelte er Kathys Bauch und sagte: »Ich möchte, dass unser Baby ein Junge wird, damit mir so ein Stress als Vater erspart bleibt.« Amüsiert erwiderte Kathy: »Wir können ja mal am Wochenende an deinen Brüdern sehen, ob Jungen wirklich so viel besser sind.«

Fernando und Stefano kamen am Freitagabend mit dem Bus an. Kathy holte sie mit dem Auto vom Busbahnhof ab, weil Leonardo Spätdienst hatte. Sie hasste den unübersichtlichen und hektischen Straßenverkehr von Asunción und reagierte deshalb etwas nervös, als Leonardos Brüder sie in ihrer lebhaften Art gleich in ein Gespräch verwickeln wollten. In der Villa angekommen, zeigte sie ihnen das neue Kinderzimmer, in dem sie übernachten sollten. Als sie ihre Taschen abgestellt hatten, wollten sich die beiden Brüder ins Wohnzimmer setzen und Musik hören, worauf Kathy sie aber bat, ihr beim Essenkochen in der Küche zu helfen. Fernando sagte gleich abwehrend: »Das können wir nicht.« – »Macht nichts, dann lernt ihr es eben«, erwiderte Kathy ungerührt.

Sichtlich lustlos und recht wortkarg schnitten sie das Gemüse klein und deckten den Tisch, während Kathy kochte. Sie waren froh, als sie hörten, dass Serena und Leonardo vom Spätdienst nach Hause kamen. Nach dem Essen wollte Kathy sehr früh schlafen gehen, weil sie müde war und auch Leonardo die Gelegenheit geben wollte, mit seinen Geschwistern einmal einen Abend ohne sie zu verbringen. Dieser genoss es, seine Familie um sich zu haben, und sie unterhielten sich bis nach Mitternacht lebhaft im Wohnzimmer. Als Leonardo gut gelaunt gegen ein Uhr ins Schlafzimmer kam, schlief Kathy schon fest.

Am nächsten Morgen war Kathy als Erste aufgestanden und hatte schon den Frühstückstisch gedeckt. Sie hatte frisches Brot gebacken und dann die anderen geweckt. Während Serena und Leonardo sehr zeitig am Esstisch saßen, mussten sie auf die beiden Brüder warten. Als Fernando sein verspätetes Erscheinen damit entschuldigte, dass das Bad ja besetzt gewesen sei, sagte Kathy leicht gereizt: »Wir haben auch noch den kleinen Waschraum, den du benutzen kannst.« Fernando sah sie verschlafen an und fragte: »Sag mal, hast du jetzt, wo du schwanger bist, immer so schlechte Laune?« – »Nein, ich möchte nur etwas von meinem freien Wochenende haben und euch nicht die ganze Zeit bemuttern müssen.« Leonardo hatte sofort verstanden, was sie meinte, und machte deshalb einen Plan, wie die gemeinsamen Tage mit seinen Geschwistern ablaufen könnten.

Nach dem Frühstück fuhren sie alle gemeinsam in die Stadt. Stefano staunte, wie weitläufig Asunción war und wie viele schöne und große Häuser es hier gab. Serena schien sichtlich stolz zu sein, dass sie es geschafft hatte, aus der Provinz herauszukommen und nun das Leben einer Großstädterin führen zu können. Auf dem Pettirossi-Markt kauften sie frisches Obst und Gemüse für das Wochenende und Serena leistete sich von ihrem ersten Geld eine Lederhandtasche. Nach einigem Suchen in den Läden der Innenstadt konnten sie sich auch endlich auf Geburtstagsgeschenke für Leonardos Vater einigen. Sie kauften ein Hemd, zwei Bücher und einen aus Holz geschnitzten Brieföffner.

Wieder zurück in der Villa, war Leonardo sehr bemüht, seine Brüder dazu anzuhalten, die Taschen nicht einfach im Flur stehen zu lassen und ihre Jacken an die Garderobe zu hängen. Auch ermahnte er sie, im Kinderzimmer nicht überall ihre Anziehsachen herumliegen zu lassen, jedoch war die Resonanz hierauf recht spärlich. Es zeigte sich auch beim späteren gemeinsamem Kochen und Geschirrspülen, dass Leonardos Brüder es weder gewohnt waren, in einer Etagenwohnung zu leben, noch ganz simple Dinge zur Selbstversorgung zu erledigen. Außerdem wollten sie bei ihrem großen Bruder einfach nur ein spannendes Wochenende erleben.

Als sie zum Essen alle beisammensaßen, wollte Leonardo besprechen, wer am nächsten Tag welche Arbeiten übernehmen solle. Kathy beobachtete die langen Gesichter von Fernando und Stefano, schwieg aber. Erst als der Ältere bemerkte, dass er noch nie so viel habe im Haushalt schuften müssen, sagte sie verächtlich: »Weichei!« Fernando, der gern sein männliches Gehabe zur Schau stellte, giftete seine Schwägerin an: »Hast du etwa schon einmal den Mülleimer leeren oder das Gemüse schneiden müssen, wenn du bei jemandem zu Besuch warst?« Kathy hatte sich seelenruhig auf ihrem Stuhl zurückgelehnt und erwiderte schnippisch: »Was meinst du wohl, warum wir uns so viel Besuch einladen? – Damit wir immer jemanden haben, der uns den Haushalt macht.« Fernando war wütend und hatte nicht vor, sich von ihr veralbern zu lassen. Gehässig fragte er: »Warum könnt ihr euch eigentlich keine Haushälterin leisten? Mit euren Jobs müsst ihr doch beide genug verdienen.« Noch bevor Leonardo eingreifen konnte, antwortete Kathy: »Weil euer Bruder mit der Hälfte seines Gehaltes euch und eure Eltern mitfinanziert, wie du sehr genau weißt. Aber vielleicht könnt ihr euch ja einfach einmal bemühen, gar nicht erst so viel Dreck zu machen. Zum Beispiel könntet ihr euch beim Pinkeln hinsetzen, anstatt ständig den Fußboden und die Fliesen vollzuspritzen.« Für einen Moment trat ein betretenes Schweigen ein. Fernando war der Erste, der seine Fassungslosigkeit überwand und fragte: »Sag mal, willst du mich hier lächerlich machen? Denkst du vielleicht, ich pinkele wie ein Mädchen, nur weil es in diesem Haushalt keine vernünftige Hausfrau gibt?« Kathy kochte innerlich vor Wut. Sie war aufgestanden und sagte scharf: »Fernando, du meinst keine Hausfrau, sondern eine Sklavin, die ständig deinen Dreck wegmacht, obwohl du alt genug bist, es selber zu tun.« Während sie die Küche verließ, hörte sie noch sein empörtes Schimpfen: »Die muss nur nicht denken, dass sie mich so anmachen kann, eh. Diese schwangere Kuh ist ja grässlich.« Kathy hörte nicht mehr, was Leonardo seinem Bruder erwiderte. Sie ging ins Schlafzimmer und legte sich aufs Bett.

Nach zehn Minuten kam Leonardo zu ihr und entschuldigte sich: »Es tut mir leid, wie sich meine Brüder verhalten. Meine Mutter hat die Jungen nie zur Hausarbeit angehalten, weil dies in ihren Augen immer Frauensache war, und jetzt sehen wir das Ergebnis davon.« Kathy blickte weiterhin wütend an die Zimmerdecke, als sie antwortete: »Weißt du, dass ich mich manchmal frage, ob ich hier im völlig falschen Film bin? Das ganze Wochenende versuche ich mich mit deiner teilweise recht durchgeknallten Familie zu arrangieren, und muss mich von deinem Bruder noch als schwangere Kuh titulieren lassen, während wir so ganz nebenbei den Oberbullen der City im Nacken haben, der noch ein paar offene Rechnungen mit dir zu begleichen hat.«

Betroffen fragte Leonardo sie: »Willst du dieses Leben so nicht mehr?« – »Doch, aber ich bin nur froh, dass die Liebe offensichtlich so den Verstand benebelt, dass man die meiste Zeit gar nicht mehr mitbekommt, was hier so alles abläuft. – Aber in einer Sache bin ich mir sehr sicher. Wenn mein Sohn auch so werden sollte wie diese kleinen Provinzmachos, dann will ich lieber einen Hund bekommen.« Leonardo nahm ihre Hand und legte sie zusammen mit seiner auf ihren Bauch. »Kathy, egal was es wird, ich verspreche dir, dass ich unser Kind sehr gewissenhaft und auch in deinem Sinne erziehen werde.«

Am Abend hatten sie eigentlich alle gemeinsam ins Kino gehen wollen, wozu Leonardo und Kathy nun keine Lust mehr hatten. Nachdem sich Fernando recht kleinlaut bei seiner Schwägerin entschuldigt hatte, fuhr Leonardo seine Geschwister in die Stadt, damit sie allein ins Kino gehen konnten. Den Abend verbrachte er bis zum Abholen seiner Geschwister mit Kathy zuhause, indem sie bei Kerzenschein Schallplatten hörten und auf dem Sofa kuschelten.

Leonardo führte am nächsten Tag ein sehr langes und ernstes Gespräch mit seinen Geschwistern. Er sprach dabei auch sehr offen die Dinge an, die ihm in der letzten Zeit bei seinen Besuchen zuhause aufgefallen waren. Um ihnen ein besseres Verständnis für seine derzeitige Familiensituation zu vermitteln, erzählte er seinen Brüdern auch, was in den letzten Wochen hier in Asunción vorgefallen war, ohne jedoch seine Kontakte zum Untergrund zu erwähnen, die auch Serena nicht bekannt waren. Nach der Unterredung war Leonardo erleichtert, endlich über die Themen gesprochen zu haben, die bislang von seinen Eltern immer gemieden worden waren, und seinen Geschwistern schien danach auch bewusst zu sein, dass ihr großer Bruder inzwischen viele Dinge seines Elternhauses kritisch betrachtete und keineswegs gewillt war, dieses Familienmuster an seine eigenen Kinder weiterzugeben.

Nach dem Mittagessen wollte Leonardo seine Brüder zum Busbahnhof bringen. Als Fernando sich von Kathy verabschiedete, gab er zu, dass sie ja gar nicht so verkehrt sei, er aber niemals eine Engländerin zur Frau nehmen wolle, weil die ihm einfach zu anstrengend seien. Ungerührt entgegnete sie: »Ich glaube nicht, dass du dir hierüber ernsthafte Gedanken machen musst, weil sich mit Sicherheit auch niemals eine Engländerin für dich interessieren wird.« Fernando sah sie entrüstet an und sagte: »Manchmal kann einem Leonardo wirklich leidtun«, wofür ihm dieser einen Stoß in den Rücken versetzte. Serena, die neben Kathy stand, als sie dem Fahrzeug hinterhersahen, bemerkte, dass sie sich mit solchen Äußerungen bei Fernando nicht gerade beliebt machen würde, worauf ihr Kathy unbeirrt antwortete: »Weißt du, Serena, wenn man erst einmal anfängt, Dinge zu tun, nur um sich bei seinen Mitmenschen beliebt zu machen, hat man sich damit bereits selbst aufgegeben. Du glaubst gar nicht, wie schnell man ausgenutzt und gnadenlos ausgebeutet wird, und deine Brüder hätten das mit Sicherheit auch getan.« Serena, die ihre Brüder nur zu gut kannte, konnte ihr hier nur beipflichten.

Die Brüder befanden sich schon auf der Heimreise, als Serena ihre erste Verabredung mit dem jungen Mann hatte, in den sie verliebt war. Er hieß Michaelo und war 20 Jahre alt. Sie wollten am Nachmittag in der Stadt spazieren gehen. Schon Stunden vor dem Treffen war sie furchtbar aufgeregt und fühlte sich durch die Späße ihrer Brüder beim Mittagstisch ziemlich genervt.

Serena hatte geahnt, dass Leonardo erst nach einem vermittelnden Gespräch mit Kathy zum Einlenken in dieser Sache bereit gewesen war. Hierfür war sie ihrer Schwägerin sehr dankbar, was sie ihr auch sagte, als sie zusammen das Geschirr abwuschen. Kathy gab Serena noch den Rat, ihren Bruder als Rudelführer anzuerkennen, weil Leonardo kein Mann sei, der sich einfach wegdrängen lasse, worauf Serena sie erstaunt fragte: »Bist du denn auch bereit, dich Leonardo unterzuordnen?« – »Ich würde niemals etwas gegen den Willen von Leonardo tun, solange ich das Gefühl habe, dass er versucht, meinen Standpunkt zu verstehen und sich auch ernsthaft um einen Kompromiss bemüht hat. Hiermit könnte ich dann auch leben und würde nicht mehr auf meinem Standpunkt beharren – es sei denn, es werden meine Grundprinzipien verletzt. Es ist zwar manchmal schon ein mühsames Ringen um solch einen Kompromiss, aber anders ist ein vertrauensvolles Zusammenleben zwischen zwei Menschen nun einmal nicht möglich.«

Als Serena am frühen Abend nach dem Treffen mit Michaelo zurückkam, schwärmte sie mit der Verliebtheit eines jungen Mädchens, dass er der wunderbarste Mann sei, den sie jemals kennengelernt habe, worauf Kathy nur lächelnd schwieg und Leonardo gleich anmeldete, dass er am nächsten Wochenende ihren Verehrer einmal kennenlernen wolle.

7.–13.3.1977

Am Montagabend rief Leonardos Mutter an und fragte, ob es dabei bliebe, dass sie zur Geburtstagsfeier des Vaters kommen würden. Als Leonardo dies bejahte, zeigte sich aber sehr schnell, dass der eigentliche Grund ihres Anrufes ein ganz anderer war. Von Stefano hatte sie beim Mittagessen erfahren, dass Serena einen Freund habe. Anfangs glaubte sie wohl noch, ihre Schwiegertochter für alles verantwortlich machen zu können, musste dann aber sehr schnell einsehen, dass Leonardo den Umgang seiner Schwester mit Michaelo tolerierte. Aufgebracht beendete sie das Telefonat mit den Worten: »Wenn deine Schwester einen schlechten Ruf bekommt, hast du das zu verantworten.«

Als er Kathy von der Auseinandersetzung mit seiner Mutter berichtete, sagte diese: »Ich komme nur wegen deines Vaters mit. Im Moment geht es mir unheimlich gut und ich habe keine Lust, mir meine gute Laune durch deine unzufriedene Mutter vermiesen zu lassen.« Sie hatte im Moment den Eindruck, als würde ihr Leben endlich einmal so verlaufen, wie sie es sich immer gewünscht hatte, und seit sie das Kind in sich spürte, war sie auch noch rigoroser darin geworden, mehr auf sich zu achten. Leonardo beneidete sie dafür, dass sie dem Baby im Moment so viel näher war als er, und freute sich jedes Mal, wenn er auch einmal Lebenszeichen von ihm erfühlen konnte.

Am Mittwoch holten sie Edna nach den Krankenbesuchen in den Armenvierteln vom Gefängnis ab, um sie im Krankenhaus untersuchen zu können. Señor Bastonos hatte hierfür die Erlaubnis erwirken können. Schon während der Fahrt erzählte Edna, dass am kommenden Freitag der Prozess sei und dass sie sich hiervor fürchte. Als Kathy nachfragte, wovor genau sie Angst habe, antwortete sie: »Ich will nicht den Rest meines Lebens in einem dunklen Loch sitzen und von denen gequält werden.« Kathy versuchte sie zu beruhigen, indem sie sagte: »Dies mag für die Gefangenen zutreffen, die keinen Anwalt haben. Aber solange sich Señor Bastonos um dich kümmert, wird es Lopez nicht wagen, dir ein Haar zu krümmen, dafür hat er schon genug Probleme.«

Als Kathy mit ihr allein im Untersuchungszimmer war, griff Edna plötzlich nach ihrem Arm und flehte sie an: »Bitte, lass mich fliehen. Lopez wird mich sonst umbringen lassen.« Kathy sah sie sekundenlang an, bevor sie sehr bestimmt erwiderte: »Edna, wenn ich das täte, würde ich das Leben meiner Familie zerstören. Das kannst du nicht wirklich wollen.« Edna ließ sie wieder los und bat mit verstörtem Blick: »Kann ich einmal zur Toilette gehen?« Kathy nickte und bat Felicitas, sie dorthin zu begleiten. Wie von Kathy schon vermutet, versuchte Edna auf dem Flur zu fliehen, was ihr aber nur bis zur großen Flügeltür gelang, weil sie dort von der resoluten Felicitas eingeholt und festgehalten wurde.

Edna lehnte unter Tränen eine weitere Untersuchung ab, worauf Leonardo und Felicitas sie wieder zurück ins Gefängnis fuhren. Während der Fahrt teilte Edna ihnen mit, dass sie sich nicht mehr von Señor Bastonos verteidigen lassen würde und auch Kathy nicht mehr sehen wolle. Leonardo versuchte sie noch umzustimmen, was ihm aber nicht gelang. Als er Kathy davon erzählte, bat sie ihn, gemeinsam mit ihr zu Padre Sergio zu fahren. Dieser versprach, weiterhin Kontakt zu Edna zu halten und am Freitag auch zu der Gerichtsverhandlung zu gehen.

Am Freitag wurde Edna zu drei Jahren Haft verurteilt. Sie sollte bis zur Geburt des Kindes im Gefängnis in Asunción bleiben und dann verlegt werden. Kathy bat Padre Sergio, der nach der Gerichtsverhandlung zu ihnen gekommen war, Edna zu überzeugen, sich weiterhin von ihr medizinisch betreuen zu lassen, worauf dieser resigniert sagte: »Bei Edna habe ich den Eindruck, als habe sie völlig ihre Seele verloren. Ich kenne kaum ein Wesen, dem alles so völlig egal ist, wie dieses Mädchen.« Auch Kathy war ratlos. Sie hatte noch nie so einen Fall erlebt, bei dem sie nur noch mit ansehen musste, wie alles dem Abgrund zusteuerte, obwohl es noch Chancen gab. Sie konnte diesen Zustand der Hilflosigkeit eigentlich nur deshalb ertragen, weil sie sich immer wieder sagte, dass sie selbst alles Erforderliche getan habe und es nun wichtig sei, dass sie sich für den Fall bereithielt, dass Edna ihre Hilfe wieder zulassen würde.

Kathy sprach auch mit Leonardo mehrfach über den von ihr vereitelten Fluchtversuch. Beide kamen zu der Überzeugung, dass Edna mit ihrem Kind in den sicheren Tod gelaufen wäre, da Lopez sie mit großer Wahrscheinlichkeit auf der Flucht zum Abschuss freigegeben hätte und die Sache für ihn nur eine neue Chance gewesen wäre, die Familien Barkley und Terno abermals zu beschuldigen, illegale Dinge zu unterstützen.

Am Wochenende hatten Kathy und Leonardo zusammen Bereitschaftsdienst und seit Wochen die erste Gelegenheit, wieder eine Operation gemeinsam durchführen zu können. Leonardo bezeichnete Kathy als seine Muse, die ihn zu Höchstleistungen motiviere. Dr. Barkley, der dies auch so einschätzte, sagte ihnen zu: »Wenn euer Baby erst einmal auf der Welt ist, könnt ihr beiden wieder das Traumpaar des Operationssaals sein.« Kathy war zwar inzwischen auf der Frauenstation nicht mehr ganz so unglücklich wie am Anfang, weil sie sich in ihrer jetzigen Situation den Schwangeren, die sie betreute, näher denn je fühlte, aber sie vermisste hier die enge Zusammenarbeit mit Leonardo.

Zwischen ihren Diensten wollten sie endlich Michaelo kennenlernen. Leonardo hatte seiner Schwester versprochen, dass sie alle gemeinsam mit ihrem Freund in eine Parrillada gehen würden. Schon die ganze Woche über war Serena aufgeregt, zumal ihr Freund von dieser Idee auch sehr angetan war. Um neun Uhr holten sie Michaelo mit dem Wagen von zuhause ab. Weil Serena und Michaelo recht schüchtern nebeneinander auf der Rückbank saßen, versuchte Kathy die Stimmung ein wenig zu entkrampfen, indem sie vom Nachtleben in London erzählte. In der Parrillada angekommen, hielten es die beiden frisch Verliebten nicht lange an ihrem Tisch aus, weil sie unbedingt tanzen wollten.

Leonardo wirkte angespannt und nervös, so als habe er große Probleme damit, den Anblick der Verliebtheit seiner Schwester zu ertragen, außerdem tanzten die beiden seiner Meinung nach ziemlich eng. Er wusste, dass er Serena etwas erlaubte, was seine Eltern wohl kaum dulden würden, und er fühlte sich deshalb auch dafür verantwortlich, was hier geschah. Kathy, die anfangs noch um ein Gespräch mit ihm bemüht war, gab es irgendwann auf, mit seinen einsilbigen Antworten eine gute Unterhaltung führen zu wollen. Sie musste einsehen, dass sein Hauptinteresse stärker auf der Tanzfläche lag als bei ihr. Nachdem sie ihn minutenlang angeschwiegen hatte, legte sie unter dem Tisch ihre Hand auf seinen Oberschenkel, worauf Leonardo zusammenzuckte und sie entsetzt ansah. Kathy schaute ihn provozierend an, als sie sagte: »Du, ich bin auch noch da«, und streichelte sein Bein.

Leonardo ergriff schnell ihre Hand und hielt sie fest. Dann fragte er: »Möchtest du tanzen?« Kathy nickte und er führte sie zur Tanzfläche. Als Kathy merkte, dass er auch von hier aus häufig zu seiner Schwester hinübersah, warnte sie ihn mit den Worten: »Wenn du nicht augenblicklich aufhörst, mich wie Luft zu behandeln, werde ich dich hier in aller Öffentlichkeit unsittlich berühren.« Gequält erwiderte er: »Ich weiß nicht, ob es richtig ist, was wir Serena hier erlauben.« Seine Ehefrau versuchte ihn zu beruhigen: »Ich habe Serena noch einmal eindringlich die Spielregeln erklärt und ich glaube, dass sie sich daran hält. Da Michaelo einen ganz vernünftigen Eindruck macht, denke ich, dass wir nun auch einmal an uns denken und den Abend völlig entspannt genießen sollten.«

In den Tanzpausen hatten sie Gelegenheit, etwas mehr von Michaelo, der inzwischen etwas zugänglicher wurde, zu erfahren. Er wollte Pharmazie studieren und jobbte bei seinem Onkel im Laden, um sich Geld für ein eigenes Auto zu verdienen. Er machte auf Leonardo und Kathy einen ausgesprochen guten Eindruck, was auch umgekehrt der Fall war, zumindest verriet Serena Kathy dies auf der Toilette. Leonardo war nun beruhigter und auch bereit, die ganze Sache seinen Eltern gegenüber zu vertreten. Nachdem sie Michaelo kurz nach Mitternacht vor seinem Elternhaus abgesetzt hatten und zur Villa fuhren, legte Serena, die in der Mitte der Rückbank saß und sich nach vorne gebeugt hatte, ihre Arme um Leonardos und Kathys Hals und sagte selig: »Danke, dass ihr mir so einen tollen Abend geschenkt habt.« Kathy blickte lächelnd zu Leonardo hinüber und sah, dass er gerührt war.

14.–27.3.1977

Am Montag fuhr Kathy nach dem Frühdienst mit Leonardo in die Stadt. Sie wollten seinem Vater noch einen Kassettenrekorder zum Geburtstag kaufen und ihm dazu Kassetten schenken, die mit Musik von Kathys Schallplatten bespielt werden sollten. Da sich Kathys Eltern an diesem Geschenk beteiligen wollten, reichte das Geld für ein gutes Gerät und zwanzig Kassetten, die Leonardo gemeinsam mit seiner Schwester an den kommenden Abenden bespielte. Unmittelbar nach ihrem Frühdienst wollten sie am Freitag aufbrechen, um am Nachmittag bei seinen Eltern zu sein.

Sie waren diesmal mit dem kleinen Lieferwagen von Alberto gefahren, weil sie das Kinderbett und die Kommode mitnehmen wollten. Als sie ankamen, war die Geburtstagsfeier mit den Nachbarn, einigen Freunden und Familienangehörigen schon in vollem Gange. Die Begrüßung der Mutter fiel recht kühl aus, was aber nicht weiter auffiel, da sie als Gastgeberin sehr beschäftigt war und einen etwas gehetzten Eindruck machte. Der Vater freute sich sehr über ihre Geschenke und stellte Kathy nicht ohne Stolz seinen Gästen als seine Schwiegertochter vor. Diese zeigten sogleich ein großes Interesse an ihr und wollten wissen, ob sie sich denn schon gut eingelebt habe, wie das Leben in England sei und ob sie manchmal Heimweh verspüre. Nachdem Kathy geduldig all ihre Fragen beantwortet hatte, ging sie in die Küche, um ihre Schwiegermutter zu unterstützen. Als sie ihre Hilfe anbot, bekam sie von ihr die knappe Anweisung, dass sie schon mal das Geschirr abwaschen könne.

Kathy hatte sich ein Tuch um ihre Hüften gebunden, um ihr festliches Kleid zu schonen, und war gerade dabei, das Abwaschwasser in die Spülschüssel laufen zu lassen, als Stefano in die Küche kam. Erstaunt fragte er: »Was machst du denn da?« – »Ich helfe deiner Mutter, damit es ihr nicht zu viel wird.« Etwas zögernd fragte er: »Soll ich dir das Geschirr abtrocknen?« Kathy antwortete sofort begeistert: »Das wäre toll. Dann wären wir schnell fertig.« Als ihre Schwiegermutter wieder einmal hastig in die Küche kam, um Nachschub für die Gäste zu holen, fragte sie ihren jüngsten Sohn barsch: »Was machst du denn hier?« Tapfer antwortete Stefano, dass er Kathy beim Abwasch helfe. Seine Mutter lief im Gesicht rot an und schaute zornig von Kathy zu ihrem Sohn. Dann schubste sie ihn mit den Worten aus der Küche: »Ich möchte nicht, dass unsere Gäste mitbekommen, dass meine Söhne Frauenarbeit machen.«

Obwohl ihr Kathy vor Wut am liebsten den Geschirrlappen vor die Füße geworfen hätte, wusch sie ohne ein Wort zu sagen weiter die Teller ab. Nach einiger Zeit kam Leonardo, der sie schon vermisst hatte, herein und bemerkte sofort an ihrem Gesichtsausdruck, dass Ärger in der Luft lag. Seine Ehefrau war noch so wütend, dass sie ihm ziemlich aufgebracht berichtete, was gerade geschehen war. Mit einem Kopfschütteln nahm er das Geschirrtuch und trocknete gerade die Teller ab, als seine Mutter wieder die Küche betrat. Gereizt fragte sie ihn: »Ist deine Frau nicht in der Lage, den Abwasch allein zu erledigen?«, worauf Leonardo scharf antwortete: »Ich möchte nicht, dass Kathy hier alleine den ganzen Abwasch macht, während ich mich da draußen mit den Gästen amüsiere.« Seine Mutter nahm eine Schüssel und ging damit zur Tür. Dort drehte sie sich noch einmal um und stellte fest: »Es hat ja wirklich nicht lange gedauert, bis deine Frau aus dir den perfekten Pantoffelhelden gemacht hat.« Diesmal reichte bei Kathy die Wut, um zu handeln. Sie riss sich das Tuch von den Hüften und warf es ihrer Schwiegermutter vor die Füße, bevor sie wortlos die Küche verließ. Gemeinsam mit Leonardo ging sie wieder zurück zu den Gästen. Leonardo sah ihr an, dass sie zu aufgebracht war, um noch Spaß an der Feier zu haben, und machte deshalb den Vorschlag, mit ihr zu einer kleinen Hütte auf einer nahegelegenen Schafweide zu gehen. Kathy stimmte sofort zu, worauf sie Fernando kurz Bescheid sagten, dass sie das Fest für ein paar Stunden verlassen würden.

Die kleine Hütte, die etwas abseits des Weges lag, erreichten sie nach einem zwanzigminütigen Fußmarsch. Sie diente dem Hirten als Schlafstätte, wenn er nicht gerade mit seiner Herde hinauszog. Leonardo hatte hier oft mit seinem Bruder Carlos gespielt und sich später auch mit Maria getroffen. Nach der Trennung war er nie wieder hierhergegangen, weil er die Erinnerung an diese Zeit scheute. Die Hütte stand leer und war recht spärlich eingerichtet, aber trotzdem gemütlich. Leonardo inspizierte alles und stellte dann fest, dass sich in den drei Jahren kaum etwas verändert hatte.

Kathy setzte sich auf einen Holzstuhl an den kleinen Tisch, der vor dem Fenster stand. Ihre Füße schmerzten und sie zog sich ihre Schuhe aus, die für einen derartigen Spaziergang etwas ungeeignet waren. Schweigend beobachtete sie ihren Ehemann, der sich inzwischen auf die Pritsche gesetzt hatte und mit seiner Hand behutsam über die derbe Wolldecke strich. Dann fragte er: »Würdest du hier mit mir schlafen?« – »Hast du hier auch mit Maria geschlafen?«, wollte sie wissen. Leonardos Blick wirkte etwas verunsichert, als er mit »Ja« antwortete. »Tut es dir weh, wenn du jetzt wieder hier bist?«, fragte sie vorsichtig. Er dachte einen Moment nach: »Was die Erinnerung an Carlos betrifft, ja.«

Sie war aufgestanden und hatte sich zu ihm auf die Pritsche gesetzt. Dort nahm sie seine Hand und sagte: »Nein, ich möchte hier nicht mit dir schlafen. Ich hätte den Eindruck, dass unsere Beziehung dadurch ein Stück von ihrer Einmaligkeit verlieren würde.« Er nickte und gab zu, dass er sich mit diesem Vorschlag auch nur hatte beweisen wollen, dass die letzten dunklen Schatten seiner ersten Liebe verschwunden waren. Nach einem längeren nachdenklichen Schweigen fragte er: »Würdest du denn die Nacht mit mir in einem kleinen alten Gasthof im nächsten Ort verbringen?« Als sie ihn fragend ansah, versicherte er mit einem Lächeln, dass er da noch nicht gewesen sei, aber Carlos dort seine große Liebe verführt habe, worauf sich Kathy mit seinem Vorschlag einverstanden erklären konnte.

Sie fuhren wieder zurück zum Fest. Auf dem Weg dorthin erzählte ihr Leonardo, dass er Maria während seiner Wehrverpflichtung kennengelernt habe, als er im Umland seines Heimatdorfes direkt vor ihrem Haus im Straßenbau tätig war und sie ihm immer frisches Trinkwasser brachte. Damals sei er über diese Tätigkeit ganz froh gewesen, weil er sich nicht zum Töten ausbilden lassen wollte. Maria und er hatten vorgehabt, zu heiraten, sobald er genug Geld als Arzt verdient hätte, da Maria selbst wegen der Versorgung ihrer nach einem Unfall mit Gerbsäure fast erblindeten Mutter keinen Beruf hatte erlernen können. Kathy hatte ihm aufmerksam zugehört und fragte dann: »Hatte Maria denn gar kein Geld verdient und war ganz darauf angewiesen, dass du das Geld nach Hause bringst?« – »Ja, nahezu. Sie verdiente sich ein bisschen Geld zuhause mit Näharbeiten und hoffte ansonsten, ihre Situation durch eine Heirat verbessern zu können.« Leonardo erzählte weiter, dass er nach dem Studium in einer Arztpraxis über ein Jahr lang sein erstes Geld verdient hatte, was zwar nicht üppig, aber schon eine richtig gute Sache gewesen sei, als man ihm wegen der Verhaftung seiner Familienmitglieder Berufsverbot erteilte. Erst glaubte er noch, dass Maria für seine Probleme Verständnis haben würde, dann sei sie aber immer ungeduldiger geworden und er immer verschlossener, bis sie sich schließlich getrennt hätten. Etwas später habe er dann von ihrer Heirat mit ihrem jetzigen Ehemann erfahren. »Bist du jetzt froh darüber, wie alles gekommen ist?«, wollte Kathy von ihm wissen. »Ja, heute schon, aber es war ein langer und auch schmerzlicher Weg bis zu dieser Einsicht«, erwiderte er voller Überzeugung.

In seinem Elternhaus wieder angekommen, mieden sie seine Mutter, um nicht noch einen Familienstreit zu provozieren. Gegen 23 Uhr fragte Leonardo seine Ehefrau, ob sie aufbrechen wollten. Schon vor der Feier hatten sie mit Leonardos Eltern abgesprochen, dass sie in einem kleinen Gasthof übernachten würden, weil in seinem Elternhaus jedes Bett und jede Matratze von Geburtstagsgästen belegt war. Es war vereinbart worden, am nächsten Tag zum Mittagessen wieder zurück zu sein und gemeinsam mit Serena am frühen Nachmittag wieder nach Asunción zu fahren. Der Gasthof war sehr rustikal, mit alten, gedrechselten Holzmöbeln, die quietschten und knarrten. Sichtbar frustriert zerrte Leonardo seine Matratze und das Bettzeug auf die Erde und fragte: »Hast du Lust, mit mir eine Liebesnacht auf der Erde zu verbringen?« – »Okay. Ich konnte mich zwar noch davor drücken, mit dir in der Hütte zu schlafen, aber der große Luxus bleibt mir heute anscheinend trotzdem verwehrt«, antwortete sie mit einem verschmitzten Lächeln und ließ sich zu ihm auf die Matratze gleiten.

Sie unterhielten sich in dieser Nacht noch über seine Familie. Offensichtlich waren die anderen Familienmitglieder von Kathy inzwischen sehr angetan, was sich aber keineswegs positiv auf das Verhältnis zu ihrer Schwiegermutter auswirkte, sondern die Fronten eher noch verhärtete. Leonardo vermutete, dass es gar nicht einmal ihre Person sei, die seine Mutter so aggressiv reagieren ließ, sondern das, was Kathy durch ihren Einfluss bewirkte, indem sie Traditionen plötzlich in Frage stellte und neue Sitten einführte. Kathy war nachdenklich geworden und sagte: »Aber ich nehme ihr doch nichts weg.« – »Doch, du nimmst ihr ihre Sicherheit weg, die sie bislang in ihrem traditionellen Handeln hatte. Sie wusste bislang, wie alles ablief, und hatte den Eindruck, auch richtig zu handeln. Jetzt kommst du und zeigst ihr, dass eine andere Lebensform auch richtig sein kann und vielleicht sogar erfolgreicher.« Leonardo wollte mit seinen Eltern noch einmal in aller Ruhe reden, wenn sich die Gelegenheit hierzu anbieten würde.

Als sie am nächsten Mittag in Leonardos Elternhaus eintrafen, waren die übrigen Geburtstagsgäste schon alle gegangen. Die Stimmung war spürbar schlecht, weil eine heftige Auseinandersetzung zwischen Serena und ihrer Mutter stattgefunden hatte mit dem Ergebnis, dass Serena nicht wieder mitfahren sollte. Auslöser war ihr Freund Michaelo gewesen, der von ihren Eltern keineswegs akzeptiert wurde. Mit verheultem Gesicht saß Serena am Tisch, während der Vater versuchte, Leonardo und Kathy gegenüber die elterliche Entscheidung zu begründen. Kathy, die sich sehr zurückgehalten hatte, weil sie die Lage nicht noch verschlechtern wollte, war erleichtert, dass Leonardo sich sehr engagiert für seine kleine Schwester einsetzte. Er verwies nicht nur auf den Ausbildungsvertrag, der einzuhalten sei, sondern auch darauf, dass sowohl er als auch Kathy die Erziehung von Serena sehr ernst nähmen. Er betonte auch, dass er sich Michaelo genau angesehen habe und dabei feststellen konnte, dass es sich hierbei um einen sehr netten jungen Mann handele und es nicht zu verantworten sei, wenn man auf diese Weise die Freundschaft zerstörte.

Leonardos Mutter erwiderte fast schrill: »Dann könnt ihr ja auch die Verantwortung übernehmen, wenn Serena schwanger wird.« Betont ruhig antwortete Leonardo: »Ich glaube nicht, dass zu befürchten ist, dass Serena bald schwanger sein wird.« – »Und warum wohl nicht? Wenn ihr großer Bruder schon nicht in der Lage ist, mit dreißig Jahren eine Schwangerschaft zu verhindern, sind doch unsere Bedenken wohl sehr berechtigt«, entgegnete seine Mutter erregt.

Leonardo blickte sie sekundenlang fassungslos an, bevor er sich mit den Worten vom Stuhl erhob: »Mutter, du verstehst nichts, wirklich gar nichts.« Er sah in die Runde und verkündete dann: »Ich möchte jetzt mit Kathy nach Hause fahren. Vielleicht könnt ihr ja Dr. Barkley die Gründe erläutern, warum ihr eurer Tochter nicht das zutraut, was andere Schwesternschülerinnen in dem Alter ganz selbstverständlich hinbekommen.« Noch bevor er mit Kathy das Esszimmer verlassen konnte, lenkte sein Vater ein. Während Serena erleichtert ihre Sachen packte, trug Leonardo zusammen mit Fernando das Kinderbett und die Kommode zum Lieferwagen, wo sie sie auf die Ladefläche hoben. Zur Verabschiedung ließ sich die Mutter von Leonardo nicht mehr blicken und die anderen Familienmitglieder wirkten sehr betreten.

Auf der Rückfahrt weinte Serena hemmungslos und erzählte von der heftigen Auseinandersetzung mit ihren Eltern. Natürlich hatte ihre Mutter Kathy für alles verantwortlich machen wollen. Doch sowohl ihre Brüder als auch sie hätten ihre Eltern darauf aufmerksam gemacht, dass an diesen Auseinandersetzungen hauptsächlich die zahlreichen ungelösten Probleme ihrer Familie schuld seien, worauf ihre Mutter völlig hysterisch in Tränen ausgebrochen sei und behauptet habe, dass Kathy eine Hexe sei, die alle in ihren Bann ziehe. Fernando habe ihr dann gereizt entgegengehalten, dass Kathy zwar jede Menge Haare auf den Zähnen habe, aber noch lange nicht zaubern könne, weil sie sich sonst wohl schon längst eine Haushälterin herbeigezaubert hätte. Leonardo und Kathy hatten ihr ruhig zugehört und sich ein paar Mal etwas ratlos angesehen. Als sich Serena wieder etwas beruhigt hatte, sagte Leonardo: »Auf jeden Fall muss uns allen klar sein, dass nicht geschehen darf, was Mutter befürchtet.«

Das Kinderbett und die Kommode passten gut in das neue Kinderzimmer. Leonardo hatte die Teile gemeinsam mit seinem Schwiegervater hochgetragen, stand nun andächtig in der Zimmertür und betrachtete alles. Zufrieden sagte er: »Ich denke, dass sich unser Kind hier richtig wohlfühlen kann.« Kathy, die ihm beim Aufstellen der Möbel zugesehen hatte, gab ihm recht und fragte ihn, ob er sich schon einmal Gedanken gemacht habe, wie ihr Kind denn heißen solle. Leonardo gestand, dass er darüber schon recht häufig nachgedacht, aber befürchtet habe, dass sie seine Vorschläge nicht akzeptieren würde, worauf Kathy vorschlug: »Wir können ja jeder bis nächste Woche fünf Mädchen- und fünf Jungennamen aufschreiben, die unsere Favoriten sind, und dann einigen wir uns. Notfalls auch auf einen Doppelnamen.«

28.3.–3.4.1977

Am Montagnachmittag war Kathy ganz allein in der Villa, weil ihre ganze Familie in die Stadt gefahren war, um für sie Geburtstagsgeschenke einzukaufen. Tante Lilien hatte ihr ein großes Paket geschickt, das sie gleich öffnete, worauf Leonardo sie spöttisch fragte: »Na, ist das wieder dein Überlebenspaket aus England?« An diesem Nachmittag konnte sie das Alleinsein richtig genießen, während sie auf dem Sofa lag, Tee trank und in den Modemagazinen stöberte, die ihr ihre Tante immer mitsandte, während eine Schallplatte von Eric Clapton spielte. Zuerst war sie noch sehr neugierig auf die Magazine, dann aber schweiften ihre Gedanken ab und sie dachte an ihr Leben in England. Obwohl sie sich gut in Paraguay eingelebt hatte, war es manchmal die soziale Sicherheit, die sie in diesem Land vermisste. Hier herrschte viel Armut und Elend, was anscheinend klaglos von den Betroffenen hingenommen wurde. Auf Kathy aber, die ein anderes Leben kannte, wirkte dies sehr belastend. Auch hätte sie gerne mehr Freizeit, um sich von ihrem nervenaufreibenden Job besser erholen zu können. Es war schon Abend, als ihre Familie ganz geheimnisvoll dreinblickend zurückkam und ihr keiner verraten wollte, was in den Tüten und Kartons war, die sie mitgebracht hatten.

Am Mittwochnachmittag bekam Kathy einen Anruf aus dem Gefängnis, dass bei Edna die Wehen eingesetzt hätten. Sie gab Felicitas sofort Bescheid, weil sie die Geburt nicht allein durchführen wollte. Als sie im Gefängnis ankamen, hörten sie schon im Gang das Wimmern von Edna. Sie lag auf einer Pritsche in einer Einzelzelle und wirkte panisch und verkrampft. Als sich Kathy zu ihr herunterbeugen wollte, klammerte Edna sich sofort an ihrem Arm fest und fing fürchterlich an zu weinen. Die Fruchtblase war bereits geplatzt und sie hatte seit einer Stunde Wehen, die alle zehn Minuten kamen.

Felicitas hatte gleich damit begonnen, für die Entbindung alles notdürftig in der Zelle vorzubereiten und auf ihre energische Art das Wachpersonal aufgefordert, ihr sauberes warmes Wasser und zwei Schüsseln zu bringen sowie frische Betttücher. Da das Kind in der richtigen Position lag, hoffte Felicitas, dass die Geburt in ein paar Stunden beendet sein würde. Es wäre wohl auch so verlaufen, wenn Edna nicht alles getan hätte, um dies zu verhindern. Es dauerte nicht lange, bis sie nur noch um sich schlug und bei jeder Wehe vor Schmerzen laut aufschrie, sodass ihre Schreie durch die Gänge des Gefängnisses hallten.

Kathy ließ sich zum Gefängnisleiter bringen und versuchte ihn davon zu überzeugen, dass Edna augenblicklich ins Krankenhaus gebracht werden müsse, weil sie eine Entbindung durch Kaiserschnitt nicht ausschließen könne. Der Leiter wollte diese Entscheidung jedoch nicht ohne Lopez fällen und telefonierte deshalb mit ihm. Lopez sagte zu, dass er vorbeikommen wolle, um die Entscheidung vor Ort zu fällen. Nervös war Kathy wieder zurück in die Zelle gegangen. Eine halbe Stunde später stand Lopez in der Zellentür und fragte herausfordernd: »Und was passiert, wenn ich einer Verlegung ins Krankenhaus nicht zustimme?«

Kathy war inzwischen von Ednas Schreien und der ganzen Situation so gereizt, dass sie in einem scharfen Ton antwortete: »Hören Sie, hier geht es nicht nur um eine Gefangene, sondern um ein unschuldiges Menschenleben, das nichts dafür kann, dass seine Mutter straffällig geworden ist. Das Kind wird vielleicht sterben, wenn es nicht bald auf die Welt geholt wird, und ich werde Sie persönlich für den Tod des Kindes verantwortlich machen, falls bei dieser Entbindung etwas schiefgehen sollte.« Lopez ging mit eisiger Miene auf Kathy zu und packte sie hart am Oberarm. Er warnte sie harsch: »Sie drohen mir nicht noch einmal!«, und verließ dann die Zelle. Kurze Zeit später wurde ihnen durch den Gefängnisleiter ausgerichtet, dass sie mit Edna ins Krankenhaus fahren könnten, sie aber selbst dafür verantwortlich seien, dass Edna in spätestens einer Woche wieder im Gefängnis sein würde.

Zwei Wärter trugen Edna zum Wagen. Es war draußen inzwischen dunkel geworden, was sie innerhalb der Gefängnismauern noch nicht wahrgenommen hatten. Leonardo erwartete sie bereits im Krankenhaus. Er hatte sich schon große Sorgen gemacht und war sichtlich erleichtert, als er sie kommen sah. Kathy bat ihn nach kurzer Schilderung dessen, was geschehen war, zu entscheiden, ob die Geburt durch einen Kaiserschnitt beendet werden müsse.

Edna wollte sich aber nicht von Leonardo untersuchen lassen, worauf er sie barsch anfuhr, ob sie lieber ihr Kind umbringen wolle. Diese schrie völlig entnervt: »Das ist mir egal! Ich will dieses Kind nicht!« Leonardo sah kurz Kathy an und ging dann sehr bestimmt zu Edna an den Behandlungstisch. Er packte sie an beiden Oberarmen und hielt sie fest. Dann sagte er in einem Ton, der keinen Widerspruch duldete: »Ich werde dich notfalls auch gegen deinen Willen untersuchen, weil es mir im Moment völlig egal ist, was du denkst und was du willst. Wenn du dieses Kind wirklich nicht willst, dann gib ihm wenigstens die Chance, endlich von dir loskommen zu können, anstatt dass du es zwingst, in dir verrecken zu müssen.«

Sie ließ sich daraufhin weinend von Leonardo untersuchen, der ebenfalls zu dem Schluss kam, dass so schnell wie möglich ein Kaiserschnitt durchgeführt werden müsse. Gemeinsam mit Felicitas bereitete er alles für die Operation vor, während sich Kathy rasch umzog. Edna wimmerte vor Schmerzen und war inzwischen in einem Zustand, in dem sie nichts mehr besänftigen konnte. Da sie die Wehen nicht mehr ertrug, gab sie schließlich ihre Zustimmung zur Operation. Als Kathy an den Operationstisch trat, fragte Leonardo sie, ob er den Kaiserschnitt lieber allein mit Felicitas durchführen solle, weil er bemerkt habe, wie müde sie aussah. Kathy schüttelte den Kopf und sagte: »Ich gehe gleich nach Hause, wenn wir dieses Kind auf die Welt gebracht haben.«

Die Operation verlief ohne Komplikationen. Kathy hob den kleinen Körper des Säuglings aus dem geöffneten Unterleib und hielt ihn in ihren Händen. Es war ein kleines Mädchen mit schwarzen Haaren. Gemeinsam mit Felicitas versorgte Leonardo die Wunde, während sich seine Ehefrau um das kleine Mädchen kümmerte. Sie war noch sehr zierlich, sodass Kathy sie auf die Säuglingsstation zu den Frühgeburten brachte. Nachdem Kathy die Kleine gründlich untersucht hatte, wusch sie das kleine schreiende Wesen und zog es an. Sie war noch neben dem Kinderbett sitzen geblieben, bis es erschöpft eingeschlafen war. Während sie das Kind betrachtete, versuchte sie sich vorzustellen, welche finstere Zukunft es haben würde.

Sie schreckte aus ihren Gedanken hoch, als sie Schritte hinter sich hörte. Es war Leonardo, der nach ihr sehen wollte, während Edna von Felicitas weiter betreut wurde. Er beugte sich zu ihr hinunter und strich ihr vorsichtig übers Haar, während er fragte: »Wie geht es euch beiden?« – »Wir sind müde und traurig«, war ihre knappe Antwort. Leonardo betrachtete noch einen Moment den Säugling und mahnte dann: »Komm, Kathy, lass uns jetzt gehen. Der Tag war lang genug für dich.« Kathy nickte und stand auf. Sie streichelte der Kleinen zum Abschied über das Gesicht und bat Leonardo, mit ihr noch einmal zu Edna zu gehen.

Edna war noch sehr benommen und fror, trotz einer wärmenden Bettdecke. Als sich Kathy zu ihr ans Bett setzte und ihr berichtete, dass es ihrem kleinen Mädchen gut gehe, presste sie ihre Lippen zusammen und drehte das Gesicht zur Wand. Auch auf die Frage, wie denn das Kind heißen solle, reagierte sie nicht. Erst als Kathy aufstand und ihr mitteilte, dass sie nun gehe, sagte Edna leise: »Gib du ihr einen Namen. Du hast das Kind schon immer mehr gewollt als ich.« Kathy war zutiefst betroffen, als sie erwiderte: »Edna, das ist nicht fair. Was kann das Kind dafür?« Diese drehte ihr abrupt das Gesicht zu und schrie: »Warum verstehst du denn nicht? Ich will das Kind nicht. Ich schenke es dir und jetzt lass mich endlich in Ruhe.« Zusammen mit Leonardo ging Kathy aus dem Zimmer. Auf dem Flur sah sie ihn hilflos an und bat ihn: »Bitte, lass uns noch einmal zu dem Baby gehen.«

Nachdem Kathy die Kleine, die ruhig schlief, lange betrachtet hatte, fragte sie Leonardo, was er von dem Namen Nora halte. Leonardo, der froh war, alles hinter sich gebracht zu haben, wollte sich nicht auch noch um die Namen anderer Kinder Gedanken machen. Er fand den Namen Nora zwar nicht gerade landesüblich, aber auch nicht schlecht. Bevor sie gingen, trug Kathy diesen Namen auf dem Schild am Kinderbett und dem Namensbändchen ein und bat die Nachtschwester, sie sofort zu informieren, falls mit dem Kind etwas sein sollte.

Erst in ihrer Wohnung wurde Kathy bewusst, dass es bereits ein Uhr früh war. Sie hatte seit dem Mittagessen nur immer Kleinigkeiten zwischendurch zu sich genommen oder Tee getrunken, wie auf der Hinfahrt zum Gefängnis und vorhin auf der Säuglingsstation. Nachdem sie noch einen großen Becher Milch mit Honig getrunken hatte, schlief sie sofort ein. Am Morgen wurde sie wach, als der Wecker um fünf Uhr klingelte. Leonardo bat sie, liegen zu bleiben, weil er der Meinung war, dass der Tag gestern zu viel für sie gewesen sei. Er wollte mit seinem Schwiegervater klären, ob sie ihren Dienst kurzfristig tauschen könnte. Kathy war dankbar dafür, noch länger im Bett bleiben zu können. Bevor sie wieder einschlief, streichelte sie über ihren Bauch und nahm sich ganz fest vor, auch so ein süßes Baby wie Nora zur Welt zu bringen.

Gegen Mittag rief sie bei Padre Sergio an und bat ihn, am Nachmittag im Krankenhaus vorbeizukommen. Bevor sie auf die Frauenstation ging, sah sie noch nach Nora, die gerade die Flasche bekommen sollte. Kathy bat die Säuglingsschwester, ihr dies zu überlassen. Nora lag klein und rosig in ihrem Arm und saugte noch recht zaghaft die Milch ein. Während Kathy dieses fremde Baby auf ihrem Schoß hielt, spürte sie die Bewegungen ihres eigenen Kindes. Ihr kam die ganze Situation so unwirklich vor. Zerrissen von ihren Gefühlen der Vorfreude auf ihr Baby und der Sorge um dieses kleine Mädchen, das sein Leben so dicht am Abgrund begonnen hatte, verließ sie die Säuglingsstation.

Sie ging nicht gleich zu Edna, sondern erst nach der Stationsübergabe und der Behandlung einer jungen Frau, die mit einer Risikoschwangerschaft eingeliefert worden war. Edna wirkte nicht erfreut über ihr Kommen. Sie erwiderte ihren Gruß nur knapp und starrte dann an die Zimmerdecke. Als Kathy sie fragte, wie es ihr gehe, antwortete sie knapp: »Schlecht.« – »Und warum?«, wollte Kathy wissen. »Weil mein Bauch höllisch wehtut.« Auf die Frage, ob sie denn ihr Baby immer noch nicht sehen wolle, schaute sie Kathy mit einem giftigen Blick an und wurde aggressiv: »Ich habe das Kind nie gewollt und will es auch jetzt nicht. Ich hätte es schon damals abgetrieben, wenn ich nicht so viel Schiss gehabt hätte, dass es mir wehtut. Warum nimmst du nicht endlich das Kind und lässt mich in Ruhe? – Ich bin nun einmal nicht so eine tolle Mama wie du. Kapier das endlich.«

Kathy war schockiert von der Kälte dieses jungen Mädchens. Sie verließ ohne ein weiteres Wort zu sagen den Raum und hatte danach Schwierigkeiten, sich auf ihre Arbeit zu konzentrieren. Gegen 16 Uhr kam Padre Sergio auf die Station. Sie schilderte ihm, was geschehen war, und bat ihn, mit Edna darüber zu reden, was mit Nora passieren solle. Nach einer Stunde kam er wieder zu ihr ins Behandlungszimmer. Er sah sie lange schweigend an, bevor er fragte: »Kathy, würdest du Nora nehmen?« Sie brauchte einen Moment, bevor sie fragte: »Was hat denn Nora für Chancen, wenn ich sie nicht nehme?« – »Nora hat eine Mutter, die sie nicht will und die bereit ist, ihr Kind wegzugeben. Wenn du es nicht nehmen würdest, käme noch eine generelle Freigabe zur Adoption in Betracht, was manchmal auch einem Kinderhandel gleichkommt, zumal die Kleine sehr hellhäutig ist, wie ich eben gerade auf der Säuglingsstation gesehen habe.«

Kathy sagte, dass sie erst mit Leonardo über die Sache reden wolle, worauf Padre Sergio sie bat, sich aber schnell zu entscheiden, weil Edna, noch bevor sie wieder zurück ins Gefängnis muss, die Erklärung unterzeichnen wolle, damit Kathy ihre Tochter adoptieren könne. Er wollte mit der Anfertigung dieser Erklärung Señor Bastonos beauftragen. Das Gespräch hatte Kathy fürchterlich aufgewühlt. Sie wollte nicht bis zum Dienstschluss warten und rief deshalb Leonardo zuhause an, um ihn zu bitten, zu ihr auf die Station zu kommen. Er kam sofort und erkundigte sich beunruhigt, was denn geschehen sei, worauf ihn Kathy ohne nähere Umschweife fragte: »Möchtest du Nora adoptieren?« Er brauchte nicht lange zu überlegen und antwortete: »Nein.« – »Und, warum nicht?«, fragte sie leise. »Weil wir bald selbst ein Kind bekommen und dieses Kind unsere ganze Kraft braucht.« – »Und was soll mit Nora geschehen?« Leonardo holte tief Luft, bevor er sagte: »Das weiß ich nicht, Kathy. Ich weiß nur, dass ich nicht in der Lage bin, die ganze Welt zu retten, und mich jetzt auf mein eigenes Kind konzentrieren möchte.«

Kathy sah ihn schweigend an. Leonardo, der ihrem Blick nicht auswich, fragte: »Möchtest du sie denn adoptieren?« – »Ich reiße mich nicht darum, aber ich möchte sie auch nicht in eine völlig ungewisse Zukunft entlassen.« – »Dann lass uns doch für sie eine Familie finden«, schlug Leonardo vor. »Das wird nicht so einfach sein, weil wir keine Zeit haben. Am Montag muss Edna wieder zurück ins Gefängnis und wird dann wohl verlegt werden. Nora wird man ihr entweder gleich abnehmen und vielleicht an Kinderhändler verkaufen oder aber, falls sie Glück hat, wird sie von den Behörden vermittelt, was aber auch recht ungewiss ist.« Leonardo schwieg eine Weile, bevor er fragte: »Kathy, geht es dir wirklich nur um das Baby oder ist da noch mehr?« – »Ja, es geht auch noch um mehr. Ich habe bei Edna einen großen Fehler gemacht. Ich war so naiv, zu glauben, dass sie sich mit der Zeit zu ihrem Baby bekennen würde, nur weil ich mir mit meinen Glücksgefühlen, Mutter zu werden, gar nicht vorstellen wollte, dass jemand sein

Kind völlig ablehnen kann.« – »Und was, meinst, du hättest du stattdessen tun können?« – »Ich hätte mit ihr frühzeitig über eine Adoption sprechen und mich mit Hilfe von Padre Sergio um eine Familie bemühen müssen, die Nora genommen hätte. Vielleicht hätte dies auch etwas Druck von Edna genommen.«

Leonardo wirkte nachdenklich und auch ein wenig bestürzt, als er zugab: »Wir hätten alle, die mit ihr zu tun hatten, damit ernsthaft rechnen müssen. Ich habe die Schwangerschaft lediglich medizinisch betrachtet und mir relativ wenig Gedanken über Edna gemacht, weil dies so ein krasser Kontrast zu deiner Schwangerschaft war. Und trotzdem glaube ich, dass wir nicht alles in unsere Familie aufnehmen können, was im Leben in Gefahr gerät.« Ihre Stimme klang sehr ruhig, aber eindringlich, als sie ihn bat: »Leonardo, bitte hole Nora. Lege sie hier auf den Tisch und sage es ihr bitte ins Gesicht, was du mir eben zum Schluss gesagt hast.« Er sah sie ungläubig an. Als sie ihre Bitte noch einmal wiederholte, wirkte er verunsichert, als er ihr gestand: »Das kann ich nicht.« – »Dann hole bitte das Kind und sage ihm, was du meinst, ihm sagen zu können.« Sekundenlang sah er sie unschlüssig an und fragte dann: »Was hast du vor?« Sie war inzwischen innerlich ganz ruhig geworden und antwortete mit fester Stimme: »Wenn wir es schaffen, beim Anblick dieses Kindes uns dagegen zu entscheiden und es seinem ungewissen Schicksal zu überlassen, werde ich mit dieser Entscheidung leben können, aber erst dann.«

Leonardo schüttelte den Kopf und fuhr sich nervös mit der Hand durch die Haare: »Kathy, wann ist einmal Schluss? Was ist, wenn morgen wieder ein herrenloses Kind daliegt? Willst du etwa ein Waisenhaus aufmachen?« – »Haben wir denn wirklich schon alles aufgenommen, sodass unsere Existenz bedroht ist?«, fragte Kathy leise. Als er schwieg, fuhr sie fort: »Zukünftig sollten wir rechtzeitig mit Padre Sergio überlegen, was in solchen Fällen geschehen kann. Jetzt haben wir nun

einmal nicht die Zeit, uns etwas auszudenken. Edna gibt Nora
entweder uns oder in eine ungewisse Zukunft. Padre Sergio
hat gesagt, dass es für Nora, weil sie so hellhäutig ist, bestimmt
einen guten Preis gebe.«

Leonardo war gegangen und kehrte nach zehn Minuten mit
Nora zurück. Er legte sie zwischen Kathy und sich auf den
Tisch und starrte auf das Baby. Nora war wach und blinzelte
ihre Umgebung an, während sie zaghaft mit den Ärmchen
in der Luft ruderte. Es dauerte eine Weile, bis Leonardo fast
entschuldigend sagte: »Es ist doch keine Schande, wenn ich
meine Babys lieber selber mache.« – »Und ich will dieses Kind
nicht auf dem Gewissen haben«, entgegnete sie. »Das wäre
doch so, als seiest du ungewollt schwanger geworden. Hast du
nicht selbst gesagt, wie schrecklich es für ein Kind ist, nicht
wirklich gewollt zu sein?«, war sein Einwand. »Ja, deshalb will
ich ja auch Nora sehen. Wenn ich schon von dieser Adoption
nicht begeistert bin, will ich wenigstens wissen, ob ich dieses
Kind seinem ungewissen Schicksal überlassen kann.«

Sie mussten ihre Unterhaltung unterbrechen, weil Kathy
zu einer Patientin gerufen wurde, die am Vormittag operiert
worden war und nun über starke Schmerzen klagte. Als sie
wieder zurückkam, weinte Nora und Leonardo wirkte nervös,
während er versuchte, sie in seinem Arm zu beruhigen. Kathy
nahm sie ihm ab, was aber auch nichts half. Die Kleine wurde
erst ruhig, als Kathy ihr ihren kleinen Finger ins Mündchen
schob. Leonardo sah zu, wie Nora sofort anfing, an dem Finger zu saugen. Voller Zweifel fragte er: »Glaubst du wirklich,
dass du sie genauso lieben könntest wie unser eigenes Kind?
Nur Schuldgefühle gegenüber dem Kind zu haben ist doch
viel zu wenig.« – »Ich habe nicht nur Schuldgefühle, aber diese
haben auch dazu geführt, dass ich mir jetzt stärker Gedanken
mache. – Es ist vielleicht ein dummer Vergleich, aber meine
Stute habe ich damals auch wahnsinnig geliebt. Ich denke,

man muss ein Kind nicht selbst geboren haben, um es wirklich lieben zu können.« – » Kathy, ich habe Angst vor der Verantwortung. Wir geben schon für unser eigenes Kind ganz viel auf und nun auf einmal zwei Kinder.« – »Und wenn wir Zwillinge bekommen hätten?«, fragte Kathy, die Nora beim Nuckeln betrachtete. »Wir wollten doch immer mehrere Kinder.« Leonardo wirkte kleinlaut, als er entgegnete: »Ich fände es nun einmal besser, wenn wir ganz langsam mit einem Kind anfangen würden.« Nora wurde immer ungeduldiger, sodass Kathy sie Leonardo übergab, damit er sie wieder zurückbringen konnte. Bevor er ging, sagte sie noch: »Auch wenn ich mir wünschen würde, dass du so denkst wie ich, verspreche ich dir, nichts gegen deinen Willen zu tun.« Leonardo sah auf das schreiende Bündel und schlug vor: »Und ich würde sie erst einmal nur wollen, weil ich dich liebe. Meinst du, das reicht?« – »Nein, Nora hat es verdient, dass sie auch von dir gewollt wird«, antwortete sie bestimmt.

Als Leonardo mit Nora gegangen war, fühlte Kathy sich innerlich wie ausgebrannt. Sie wollte morgen versuchen, mit Padre Sergio eine Lösung zu finden. Müde kam sie kurz nach 22 Uhr in der Villa an. Leonardo hantierte gerade im Wohnzimmer und sagte ihr gleich, als er sie kommen hörte, dass sie nicht mehr dort hineingehen dürfe, weil er mit Serena schon ihren Geburtstagstisch gedeckt habe. Im Flur roch es nach frisch gebackenem Kuchen. Kathy ging ins Bad und machte sich fürs Bett fertig. Sie hatte sich gerade hingelegt, als Leonardo kam und sich zu ihr auf die Bettkante setzte. »Ist alles in Ordnung mit euch beiden?«, fragte er sie. Kathy nickte. Er nahm ihre Hand und erzählte ihr: »Ich war vorhin noch eine halbe Stunde auf der Säuglingsstation und habe mit Serena zusammen Nora versorgt. Danach bin ich zu Elena und deinem Vater gegangen und habe mit ihnen gesprochen.« – »Und was haben meine Eltern gesagt?« – »Dein Vater war nicht gerade begeistert, weil er Angst hat, wir könnten uns übernehmen, doch Elena fand die Idee toll und hat uns auch gleich ihre Hilfe angeboten.« – »Und was möchtest du?« – »Vielleicht soll es so sein und ich darf mich dieser Aufgabe des Schicksals nicht verschließen. Ich habe deshalb noch einmal bei Padre Sergio angerufen.« – »Und was hat er gesagt?« – »Dass er es begrüßen würde, wenn wir diese Herausforderung annehmen, nur sollten wir auch innerlich wirklich dazu bereit sein.« – »Möchtest du Nora als Kind denn nun haben?«, hakte Kathy nach und merkte, wie ihr Herz vor Aufregung heftig schlug. »Ja, wenn du mir hilfst, mit so kleinen Monstern umgehen zu können.«

Leonardo legte sich zu ihr ins Bett und sie beteten gemeinsam, dass sie die richtige Entscheidung für Nora treffen mögen. Sie hatten vereinbart, noch diese Nacht abzuwarten und sich erst dann endgültig zu entscheiden. Wenn sie ohne quälenden Zweifel ruhig schlafen könnten, wollten sie dies als sicheres Zeichen werten, dass eine Adoption von Nora richtig sei. Kathy schlief bis zum Morgen fest durch und wurde erst wach, als Leonardo ihr mit einer Rose das Frühstück ans Bett servierte. Neugierig fragte sie ihn beim gemeinsamen Frühstück, wie er denn geschlafen habe. Leonardo dachte einen Moment nach und antwortete dann: »Ich weiß gar nicht mehr, was ich geträumt habe. Ich war gestern einfach nur noch müde und heute früh hat mich Serena leise geweckt.« – »Und wie wertest du das?« – »Dann muss es wohl so sein. Das Schicksal hat es wohl so gewollt«, war seine knappe Antwort.

Jetzt war es Leonardo, der ein wenig ungeduldig wurde, weil er Kathy ins Wohnzimmer zu ihrem Geburtstagstisch locken wollte. Sie zog sich schnell ihren Morgenmantel an und ließ sich mit verschlossenen Augen zu ihren Geschenken führen. Erst als Leonardo eine Kerze angezündet hatte, durfte sie ihre Augen öffnen. Auf dem Tisch hatten am Abend zuvor alle Familienmitglieder ihre Geschenke für Kathy abgelegt. Von

Leonardo hatte sie, passend zu ihrer Kette, ein paar Ohrringe bekommen, von ihren Eltern eine große Topfpflanze, in der ein Gutschein für einen neuen Esszimmertisch mit entsprechenden Stühlen steckte, sowie fünf bunte Kissen fürs Wohnzimmer, von ihren Brüdern und Serena ein schönes Schultertuch und von Leonardos Familie eine Überdecke fürs Ehebett mit zwei Kissen. Ihre Mutter hatte ihr eine Karte geschickt, in der sie mitteilte, dass sie ihr Geld für ein Geschenk überwiesen habe, und von Tante Lilien bekam sie eine schöne große Reisetasche aus Leder, woraus Kathy schloss, dass ihre Tante mit diesem Geschenk sicherlich auch an die verabredete Reise nach England erinnern wollte.

Leonardo und Kathy hatten sich an diesem Tag freigenommen und sich stattdessen für den Wochenenddienst einteilen lassen. Gemeinsam mit Kathys Eltern, ihren Brüdern und Serena aßen sie zu Mittag, wobei das Hauptthema ihrer Gespräche die Adoption von Nora war. Während für Serena und die Jungen die Gründe hierfür gleichgültig waren und sie die Sache einfach nur spannend fanden, befürwortete Elena dies nach wie vor, weil sie fest daran glaubte, dass dieses Vorhaben mit Unterstützung der gesamten Familie klappen könnte. Allmählich wichen auch die Bedenken von Kathys Vater. Ihm war es wichtig, dass sie sich alles sehr genau überlegten und nicht einfach den kleinen Säugling angesichts seiner Not adoptieren wollten. Um 16 Uhr war es dann endlich so weit. Señor Bastonos brachte die von Edna unterschriebene Erklärung und ließ auch Leonardo und Kathy das Dokument unterzeichnen, wodurch sie bekundeten, dass sie Nora als Kind annehmen wollten. Mit diesen Unterlagen wollte Señor Bastonos die Adoption beantragen. Als ihn Kathy fragte, was mit Edna geschehen werde, sagte er nur: »Ich weiß nicht, was mit ihr geschehen wird. Auf jeden Fall wird sie nicht gerade zu den Häftlingen gehören, um deren Gesundheit oder Leben man im Gefängnis sehr bemüht sein wird.«

Er war gerade wieder gegangen, als Elena fragte, ob sie nicht noch nach unten kommen wollten, um auf ihre Elternschaft anzustoßen. Während sie im Wohnzimmer standen und Elena die Gläser mit Wein füllte, für Kathy eines mit Orangensaft, brachten Serena und Dr. Barkley ein kleines schreiendes Bündel. Es war Nora, die sie von der Säuglingsstation geholt hatten. Dr. Barkley hatte mit dem Kinderarzt gesprochen und war mit ihm übereingekommen, dass sie hier in der Villa besser aufgehoben sei. Während die weiblichen Familienmitglieder wenig Berührungsängste gegenüber dem Säugling hatten, war es bei den männlichen deutlich anders. Kathys Brüder fanden Nora zwar niedlich, aber wussten nicht so recht, was sie mit ihr anfangen sollten. Ihr Vater betrachtete sie eher wie eine kleine Patientin und Leonardo wäre froh gewesen, wenn er eine Bedienungsanleitung für dieses kleine Wesen gefunden hätte.

Als Kathy später mit ihm und Nora nach oben ging, sagte er: »Ich möchte einmal wissen, wo ihr Frauen diese Selbstsicherheit hernehmt, dass man das Leben mit diesen kleinen Querköpfen schon meistern kann.« – »Ich glaube, das ist einfach unser Mutterinstinkt«, war sich Kathy ziemlich sicher. Sie wollte Nora nicht in das Kinderbett legen, sondern nahm den Babykorb, den Elena vom Spitzboden geholt hatte, und schlug ihn mit einer Decke und Tüchern aus. Leonardo schien zu ahnen, warum sie dies tat, und sagte nur: »Wenn sie eine Terno ist, kann sie auch in dem Kinderbett liegen.« Kathy war erleichtert über seine Worte, schlug dann aber vor, dass Nora, solange sie so klein sei, ruhig in dem kleinen gemütlichen Korb liegen solle und dann später ins Kinderbett umziehen könne. Serena hatte von der Säuglingsstation noch Windeln, Kleidung, Creme und Milch besorgt, sodass sie gut übers Wochenende kommen würden. Zu dritt versorgten sie die Kleine, die die Nacht bei Serena schlafen sollte, da Kathy und Leonardo am nächsten Morgen Wochenenddienst hatten. Als sie schon im Bett lagen, gingen sie ihre Namenslisten durch und einigten sich schließlich darauf, wie ihr ungeborenes Baby heißen sollte. Ein Mädchen wollten sie Jenila nennen und einen Jungen Miguel.

Am Samstag zögerte Kathy das Zusammentreffen mit Edna hinaus. Als sie gegen Mittag zu ihr ins Zimmer kam, erwähnte sie das Baby nicht und fragte nur, wie es ihr gehe. Edna antwortete darauf nicht und fragte stattdessen: »Kommst du morgen Abend noch zu mir, um mich zu verabschieden? Ich werde doch am Montag in aller Frühe wegegebracht.« Kathy versprach es ihr. Sie war zerrissen in ihrem Gefühl für dieses junge Mädchen. Auf der einen Seite sah sie, was man ihm angetan hatte, und dies erweckte ihr Mitleid, aber auf der anderen Seite sah sie auch ein Mädchen, das schon so hart und unerbittlich geworden war und hierdurch auf sie abstoßend wirkte.

Als sie in die Villa kam, war Nora gerade wach. Elena hatte sie nach unten geholt und strahlte über das ganze Gesicht. Sie hatte sich immer eine Tochter gewünscht und hatte nun wenigstens eine kleine Enkelin. Leonardo wollte am Samstag und Sonntag eine Doppelschicht einlegen, um mit dem Geld für die zusätzlichen Dienste die Familienkasse aufzubessern, weil er zur Einrichtung des neuen Esszimmers auch seinen Anteil beisteuern wollte. Als er nach Hause kam, erzählte er, dass Edna Besuch gehabt habe. Die Freunde und Verwandten habe sie angeblich durch die Vermittlung von Padre Sergio vor ihrer Verlegung noch sehen dürfen.

Nach ihrem Spätdienst am nächsten Tag ging Kathy zu Edna ins Zimmer. Sie lag in einem Vierbettzimmer, weshalb Kathy nicht erstaunt war, als Edna sie bat, mit ihr noch einen Moment in den Park zu gehen, weil sie ihr noch etwas sagen wollte. Es war schon dunkel und nur das Licht der Fenster und die wenigen Laternen im Park beleuchteten spärlich die Wege. Edna schlug vor, sich auf eine der Bänke zu setzen, die unter den großen Bäumen standen. Obwohl Kathy dieses Zusammentreffen unangenehm war und sie gleich betonte, dass sie nicht lange Zeit habe, ging sie mit, weil sie sich sagte, dass es das letzte Mal sei, wo sie die Mutter ihrer Adoptivtochter sehen würde.

Sie gingen gerade an einer Buschgruppe vorbei, als sich plötzlich zwei Männer mit Gesichtsmasken ihnen raschen Schrittes näherten. Der eine packte Kathy grob am Arm und hielt ihr ein Messer seitlich an die Rippen, worauf Kathy ihn entsetzt fragte: »Was wollen Sie?« Der andere Mann hatte Edna gegriffen und wies sie barsch an: »Mach, was wir dir sagen, und komm mit!« Kathy und Edna wurden über den Rasen zu einem Auto geführt, das auf dem Schotterparkplatz des Krankenhauses stand. Der größere Mann befahl ihnen, einzusteigen, während die kleine, dickliche Gestalt sich hinter das Lenkrad setzte. Als Kathy hinten im Fahrzeug saß, fragte sie: »Was haben Sie mit uns vor?« Der große Mann hatte sich neben sie auf die Rückbank gesetzt, während Edna sich auf den Vordersitz gekauert und sofort unter einer dunklen Decke versteckt hatte. Erst als das Fahrzeug schon fuhr, sagte der Fahrer: »Wir brauchen dich noch, um hier heil herauszukommen. In der Stadt setzen wir dich aus.« Sie erreichten das Zauntor des Krankenhauses. Kathy wurde befohlen, den Wärter des Krankenhauses anzuweisen, das bereits verschlossene Tor zu öffnen, was dieser mit einem etwas argwöhnischen Blick auf die beiden Männer, die ihre Masken inzwischen abgenommen hatten, auch tat.

Nach dem Passieren der Toreinfahrt zogen sie wieder die Tarnung vor ihre Gesichter und fuhren in Richtung Innenstadt. Kathy, die versuchte, ihre Panik zu unterdrücken, wurde mit jedem Kilometer Fahrt unruhiger. Drei Straßen hinter dem Bahnhof befahlen sie Kathy schließlich, den Wagen zu verlassen. Ohne noch etwas von Edna zu sehen, stieg sie aus und stand dann am Straßenrand. Da sie kein Geld bei sich hatte, ging sie ins nächste Lokal und bat dort, ihr ein Taxi zu bestellen. Um das Telefonat bezahlen zu können, musste sie den Taxifahrer bitten, ihr hierfür Geld zu leihen, was dieser mit einem misstrauischen Blick auch tat. Als ihm Kathy ihr Fahrziel nannte, fragte er sie musternd: »Und warum verkleiden Sie sich als Ärztin, wenn Sie zur Entbindung ins Krankenhaus wollen?« Gereizt antwortete Kathy: »Ich bin Ärztin im Krankenhaus, wo wir gerade hinfahren, und bin eben entführt worden. Auch solche Frauen sind ab und zu einmal schwanger.« Der Fahrer schwieg betreten, wobei Kathy nicht wusste, ob er ihr überhaupt glaubte. Sie selbst unterbrach das Schweigen erst, als sie an dem breiten Eisentor der Krankenhausumzäunung ankamen. Kathy bat den Wärter, ihr das Tor zu öffnen und das Taxi passieren zu lassen, wenn es gleich wieder zurückkommen würde. Dann forderte sie den Fahrer auf, sie direkt zur Villa fahren.

Als sie die Haustür aufschloss, kam ihr Vater ins Treppenhaus und fragte besorgt, wo sie denn gewesen sei. Kathy bat ihn, den Taxifahrer zu entlohnen, und hielt sich am Türrahmen fest, weil sie spürte, wie sie den Boden unter ihren Füßen zu verlieren drohte. Elena, die ebenfalls in den Flur getreten war, führte sie ins Wohnzimmer. Nachdem Kathy erzählt hatte, was geschehen war, erfuhr sie von ihren Eltern, dass Leonardo auf sie im Krankenhaus gewartet habe. Vor zwanzig Minuten sei ein Anruf vom Wärter gekommen, den ihre Wegfahrt misstrauisch gemacht habe, und Leonardo sei dann sofort mit dem Wagen losgefahren, um sie in der Stadt zu suchen.

Kathy, die die ganze Zeit wie zum Schutz eine Hand an ihren gewölbten Leib gelegt hatte, wollte nun nach oben gehen, weil sie fror und lieber im Bett auf ihren Ehemann warten wollte. Ihr Vater riet ihr aber dringend, die Polizei zu verständigen, weil sie sonst Schwierigkeiten mit Lopez wegen Ednas Verschwinden bekommen würden. Widerwillig stimmte Kathy zu, dass ihr Vater die Polizei telefonisch über den Vorfall informierte. Danach teilte er ihr mit, dass noch zwei Beamte vorbeikommen würden. Ungeachtet dieser Ankündigung ging Kathy in ihre Wohnung, wo Serena mit Nora schon auf sie wartete. Eine halbe Stunde später fuhren die Polizeibeamten vor, gerade als Leonardo bei seinen Schwiegereltern anrief und nachfragte, ob sie ein Lebenszeichen von Kathy erhalten hätten. Die Polizisten hatten Lopez nicht erreichen können und wollten nun ohne ihn die Aussagen aufnehmen und Beweise sichern.

Dr. Barkley schilderte ihnen, was er von seiner Tochter über das Geschehene wusste. Als sie Kathy hierzu noch selbst vernehmen wollten, erklärte ihr Vater, dass sie unter Schock stehe und sich bereits hingelegt habe, um nicht noch ihr ungeborenes Kind zu gefährden. Sie einigten sich schließlich darauf, dass sie am nächsten Tag vernommen werden solle. Während sie sich von Dr. Barkley noch Ednas Zimmer und die Stelle im Park zeigen ließen, wo die Entführung begonnen hatte, kam Leonardo endlich zurück. Mit blassem Gesicht lief er ins Haus und fragte Elena, die ihn gehört und ihm entgegengekommen war, was geschehen sei. Ungeduldig hörte er ihrem knappen Bericht zu und ging dann sofort nach oben. Als er zu Kathy ins Schlafzimmer kam, lag diese im Dunkeln im Bett, das Körbchen mit der schlafenden Nora direkt vor sich.

So wie er war, legte er sich zu ihr und suchte ihre Hand, die auf ihrem Bauch ruhte. Dann fragte er leise: »Ist alles in Ordnung mit euch?« Kathys Stimme klang verbittert: »Das war der Preis für Nora.« Sowohl Kathy als auch Leonardo glaubten, dass Edna dies alles geplant und sie für ihren Plan benutzt hatte, ohne Rücksicht darauf, was mit Kathys Baby und mit ihr selbst in Bezug auf Lopez passieren würde. Obwohl sie wussten, dass sie Lopez mit dieser Sache wieder eine Angriffsfläche geliefert hatten, versuchten sie, sich zur Ruhe zu zwingen und abzuwarten, wie er sich nun verhalten würde.

8 Lopez gibt nicht auf

4.–10.4.1977

Sie hatte gerade zwei Stunden geschlafen, als sich Nora meldete. Leonardo, der wollte, dass Kathy liegen blieb, um weiterzuschlafen, nahm schlaftrunken das kleine schreiende Bündel und ging mit ihr in die Küche. Dort lief Nora erst richtig zu Höchstform auf und brüllte, bis ihr Gesicht hochrot anlief. Nervös klopfte Leonardo bei Serena an die Tür und bat sie, ihm zu helfen, weil er sich ja schließlich nicht zerreißen könne. Während er die Milch anwärmte, ging Serena mit Nora in der Küche auf und ab, was diese aber auch nicht beruhigte. Erst als Leonardo ihr den Nuckel der Flasche in den Mund schob, wirkte sie zufrieden und fing sofort zu saugen an. Serena, die verschmitzt lächelnd ihrem großen Bruder das Baby überließ, bemerkte: »Tja, Leonardo, kleine Babys sind reine Nervensache.«

Nach einer dreiviertel Stunde kam Leonardo mit Nora zurück ins Schlafzimmer. Während er sie ins Körbchen legte, sagte er zu Kathy, die sich bei ihm erkundigt hatte, wie es denn gelaufen sei, dass mit Muttermilch die Sache einfacher wäre. Sie fand nicht, dass ihr Ehemann sehr deprimiert wirkte, und fragte ihn deshalb hartnäckig, wie denn sein Eindruck von Nora sei. Leonardo legte sich ins Bett und schaute sie noch einmal provozierend an, bevor er das Licht löschte. Dann stellte er fest: »Kathy, du möchtest doch gar nicht wissen, wie mein Eindruck von Nora ist, sondern ob ich inzwischen Gefühle für die Kleine hege. Ich habe jetzt nahezu eine Stunde mit ihr verbracht, in der sie mir ins Ohr gebrüllt und danach gierig ihre Flasche ausgetrunken hat. Dann hat sie mir beim Rülpsen einen Schwall Milch auf die Schulter gespuckt und zum

Abschluss die Hosen so derartig voll gehabt, dass ich sie ganz neu anziehen musste. Die dreckige Wäsche liegt übrigens in der Badewanne. – Aber ansonsten war die Kleine ja ganz nett.«

Bis Farah kommen würde, wurde Nora am nächsten Morgen in Elenas Obhut gegeben, weil Kathy, Serena und Leonardo Frühdienst hatten. Sie wollten sich aber ab der nächsten Woche so für die Dienste einteilen lassen, dass sie sich abwechselnd um das Baby kümmern könnten. Gegen acht Uhr kam Padre Sergio auf die Frauenstation, weil er sich von Edna verabschieden wollte. Als Kathy ihm erzählte, was gestern Abend geschehen sei, wirkte er nicht sonderlich erstaunt, sodass sie misstrauisch wurde. Sie hätte ihn gerne gefragt, ob er etwas mit der ganzen Sache zu tun habe, hielt sich dann aber doch an die Regel, dass Nichtwissen der beste Schutz in solchen Dingen ist. Stattdessen sagte sie: »Ich werde jetzt wohl einen fürchterlichen Ärger mit Lopez bekommen, weil er mich am Mittwoch noch ausdrücklich darauf hingewiesen hatte, dass ich für Edna verantwortlich sei.« Padre Sergio antwortete wie immer sehr gelassen: »Dann sagen Sie ihm bitte, dass ich veranlasst habe, dass Edna noch Verwandte und Freunde sehen kann, bevor sie verlegt wird, damit sie psychisch etwas stabiler wird.« Kathy sah ihn erstaunt an und fragte: »Und was ist, wenn Sie dann Ärger bekommen?« – »Ich werde mit dem Ärger schon besser fertig als Sie. Sagen Sie es bitte Lopez so, wie ich es Ihnen eben gesagt habe. – Und was Edna betrifft, war das ihre Chance. Ohne Kind im Leib ist sie doch für die Leute hier noch viel weniger wert und das hätte für sie sehr gefährlich werden können.«

Es dauerte keine Stunde, bis Lopez auf der Station erschien. Kathy bestand darauf, dass ihr Vater als Leiter des Krankenhauses bei diesem Gespräch mit anwesend war. Während sie auf ihn warteten, versuchte Lopez sie schon zu attackieren, indem er sagte: »Ich bin ja einmal gespannt, wie Sie sich diesmal aus der Affäre ziehen wollen.« Kathy hatte sich an ihren

Schreibtisch gesetzt und antwortete ruhig: »Ich glaube nicht, dass ich etwas Unrechtes getan habe.« Lopez höhnte: »Nein, Sie sind ja immer das kleine Engelchen aus gutem Hause.« Sie ließ sich nicht beirren und versuchte den Spieß umzudrehen, indem sie ihn fragte: »Haben Sie eigentlich keine Angst, dass Sie dafür, wie Sie mit Ihren Mitmenschen umgehen, einmal zur Rechenschaft gezogen werden?« Lopez sah sie einen Moment erstaunt an, bevor er mit einem kalten Grinsen antwortete: »An das Jüngste Gericht glaube ich nicht, dann müsste es sich schon um ein irdisches Wesen handeln, das mir etwas anhaben könnte.« Kathy blieb hartnäckig: »Halten Sie sich für so genial, dass Sie glauben, dass Ihnen kein Mensch gewachsen ist?« Er war wieder ernst geworden, als er ihr verriet: »Doch, ich glaube, dass mir ein Mensch gewachsen ist und mir auch äußerst gefährlich werden kann, und zwar Sie. Sie haben Einfluss und Macht über Ihre Mitmenschen und das gefällt mir nicht.« Kathy wollte dem Gespräch die Schärfe nehmen, indem sie erwiderte: »Es ist richtig, dass ich Einfluss auf meine Mitmenschen habe, weil sie spüren, dass sie mir wichtig sind, aber mit Macht hat das wenig zu tun. Macht ist in meinen Augen ein rein egoistisches Ziel und das ist mir wahrlich fremd.«

Sie war erleichtert, als ihr Vater eintraf und das eigentliche Verhör beginnen konnte. Nachdem sie Lopez erzählt hatte, was gestern Abend vorgefallen war, erkundigte sich dieser, wo denn das Kind von Edna sei. Er wurde sofort hellhörig, als er von der geplanten Adoption erfuhr, und fragte: »War die Fluchthilfe der Preis für das Kind?«

Dr. Barkley war von dieser Unterstellung empört und sagte deshalb sehr bestimmt: »Das ist doch völlig absurd. Warum soll meine Tochter wohl eine Straftat für ein fremdes Baby begehen, wo sie doch in Kürze selbst Mutter wird?« Lopez wandte sich an Kathy: »Und warum wollen Sie denn das Kind adoptieren, wenn Sie doch selbst eins bekommen? Ich verstehe das nicht ganz.« Kathy holte tief Luft, bevor sie antwortete: »Edna hat mir ihr Kind gegeben, weil sie wusste, dass sie ihm keine gute Mutter würde sein können, und ich habe die Aufgabe angenommen, weil ich es nicht geschafft habe, eine andere vernünftige Lösung für das Kind zu finden. – Aber nicht nur deshalb habe ich das kleine Mädchen angenommen, sondern auch, weil ich glaube, ihm eine gute Mutter sein zu können.« Lopez' Augen verengten sich, als er sarkastisch sagte: »Man sollte manchmal glauben, sie seien eine Heilige.«

Als Dr. Barkley höflich, aber bestimmt nachfragte, ob er jetzt alle Informationen habe, wurde Lopez deutlich: »Ich kann Ihre Tochter nicht einfach so ungeschoren davonkommen lassen. Schließlich war sie mir für Edna verantwortlich.« Kathy ahnte, was jetzt kommen würde, und verteidigte sich deshalb: »Was hätte ich Ihrer Meinung nach denn tun sollen? Sie an das Bett fesseln oder einschließen lassen? Wir sind hier ein Krankenhaus und kein Gefängnis. Es wäre ja schließlich Ihre Aufgabe gewesen, für die Bewachung von Edna zu sorgen.« Mit diesen Worten traf sie Lopez an einem wunden Punkt, weil er generell keine Kritik an seiner Person zuließ. »Soweit ich mich erinnern kann, Señora Barkley, haben Sie durch Ihren Einsatz dazu beigetragen, dass Edna überhaupt das Krankenhaus verlassen konnte. Sonst sind Sie doch so clever und mutig. Warum waren Sie es denn diesmal nicht und haben die Flucht verhindert?« Bevor sie antworten konnte, griff ihr Vater in den Schlagabtausch ein: »Señor Lopez, diesen Vorwurf wollen Sie doch nicht allen Ernstes meiner Tochter machen. Sie hat schon aus Sorge um ihr ungeborenes Kind so gehandelt. Alles andere wäre doch unverantwortlich gewesen.«

Lopez wagte sich nicht weiter vor und fragte nur noch, ob Edna in den letzten Tagen Besuch gehabt habe, worauf Kathy antwortete: »Da es kein Besuchsverbot gab, haben wir auf der Station keine besonderen Vorkehrungen getroffen oder besonders darauf geachtet. Vielleicht fragen Sie einmal die anderen Frauen, die mit Edna in einem Zimmer gelegen haben. Soweit ich weiß, sind die schon gestern Abend von Ihren Kollegen hierzu vernommen worden.« Lopez schien vorerst keine weiteren Fragen mehr zu haben. Er verabschiedete sich kühl mit den Worten: »Ich denke, dass Sie in dieser Angelegenheit noch etwas von mir hören werden, und falls Sie doch noch mehr zur Täterbeschreibung und zum Fluchtfahrzeug aussagen können, außer dass es sich um zwei Männer und ein dunkles Fahrzeug gehandelt hat, erwarte ich von Ihnen, dass Sie sich umgehend bei mir melden.«

Am nächsten Tag fuhren Leonardo, Felicitas und Kathy wieder in die Armenviertel. Felicitas hatte anfangs noch Bedenken, ob Kathy als Schwangere ein gutes Vorbild für ihr Projekt mit dem Schwerpunkt der Schwangerschaftsverhütung sein könnte, zumal ihr Zustand inzwischen nicht mehr zu übersehen war. Nun konnte sie aber feststellen, dass Kathys Schwangerschaft von den Patientinnen insgesamt recht positiv aufgenommen wurde, zumal sie überzeugend die Botschaft vermittelte, dass ein Kind nicht nur eine Sache des Schicksals ist, sondern auch der gezielten Familienplanung sein kann.

Kathy und Felicitas hatten ihre Untersuchungen und Beratungsgespräche bereits abgeschlossen und warteten im Fahrzeug auf Leonardo, der noch nach einem kleinen Jungen sehen wollte, der bereits seit längerer Zeit krank war. Obwohl Leonardo dessen Eltern mehrfach gedrängt hatte, ihren Sohn Joseo im Krankenhaus gründlich untersuchen zu lassen, hatten sie dies bislang abgelehnt. Es dauerte nicht sehr lange, bis Leonardo mit dem Kind auf dem Arm zum Fahrzeug kam. Mit knappen Worten erklärte er, dass der Junge inzwischen Blut spucke und er ihn endlich mit ins Krankenhaus nehmen könne. Während der Fahrt setzte sich Kathy zu dem verängstigten Kind auf die Rückbank und vermied es, Leonardo weitere Fragen zu stellen, weil sie den Kleinen nicht beunruhigen wollte. An Leonardos Gesichtsausdruck konnte sie jedoch erkennen, dass es nicht gut um das Kind stand. Im Krankenhaus führte Leonardo die Untersuchungen gemeinsam mit Kathy durch und kam zu dem Ergebnis, dass er das Kind operieren müsse, um die Blutungen zu stoppen. Während der Operation bestätigten sich dann seine schlimmsten Befürchtungen: Joseo hatte Krebs, und zwar schon in einem sehr weit fortgeschrittenen Stadium.

Kathy hatte ihren Ehemann noch nie so niedergeschlagen gesehen wie nach dieser Operation. Aus seinen Erzählungen wusste sie, dass er die Familie sehr mochte und auch diesen kleinen Jungen, der ihr einziger Sohn war. Leonardo war wortlos aus dem Operationssaal in das Stationszimmer gegangen und hatte sich dort an seinen Schreibtisch gesetzt. Als Kathy eintrat, hatte er seinen Kopf in die Hände gestützt und saß völlig regungslos da. Nach einer Weile sagte er, dass er zu den Eltern von Joseo fahren müsse, um mit ihnen zu reden, worauf Kathy ihn fragte: »Möchtest du, dass ich mitkomme?« Er antwortete nicht sofort: »Nein, ich möchte mit deinem Vater zu den Eltern fahren. Nora braucht dich und du brauchst deinen Dienstschluss.« Sie akzeptierte seine Entscheidung und war froh, dass sich ihr Vater sofort bereit erklärte, mit Leonardo loszufahren.

Es dauerte zwei Stunden, bis sie zurückkamen. Leonardo sah blass und müde aus und wollte sofort zu Bett gehen. Er bat Kathy, sich zu ihm zu legen. Nachdem er das Licht gelöscht hatte, schwieg er lange Zeit. Schließlich sagte er: »Heute war so ein Tag, vor dem ich schon immer Angst gehabt habe. – Ich stelle mir im Moment ernsthaft die Frage, inwieweit wir Ärzte wirklich in der Lage sind, Menschen von schweren Krankheiten zu heilen.« Seine Stimme klang hierbei hart und verbittert. Nach einer Weile des Schweigens fragte sie, ob er den Jungen weiter betreuen werde, obwohl sie seine Antwort schon vorher kannte. »Ja, ich werde den Kleinen die nächsten Tage noch weiterbetreuen. Mehr Zeit wird ihm wohl nicht bleiben.« Kathy spürte, dass Leonardo, der sie in seinem Arm hielt, bei diesen Worten gegen seine Tränen ankämpfte. Selbst hilflos, sagte sie leise: »Sag mir bitte, wenn ich etwas tun kann.« – »Lass uns jetzt einfach schlafen. Nora wird uns bald wecken.«

Leonardo schlief in dieser Nacht sehr unruhig und stand gegen zwei Uhr auf, als Nora wach wurde. Nachdem er sie versorgt hatte, ging er ins Arbeitszimmer, um in seinen Unterlagen nachzulesen, welche Behandlungsmöglichkeiten es noch für Joseo gebe, um Zeit zu gewinnen oder Qualen zu verringern. Als Kathy am Morgen vom Wecker geweckt wurde, war das Bett neben ihr leer. Sie stand auf und sah vom Flur aus durch die halb geöffnete Tür, dass Licht im Arbeitszimmer brannte. Auf dem Schreibtisch und auf der Erde lagen einige aufgeschlagene Bücher. Leonardo war im Wohnzimmer auf dem Sofa eingeschlafen, ohne eine wirklich neue Erkenntnis gewonnen zu haben. Beim Frühstück erzählte er Kathy, dass die Eltern von Joseo gestern bei seinem Besuch den Wunsch geäußert hätten, dass ihr Sohn zuhause sterben solle. Er versprach daraufhin, ihn sobald wie möglich aus dem Krankenhaus zu entlassen, wenn die tägliche ambulante Betreuung geregelt sein würde. Notfalls wolle Leonardo selbst jeden Tag hinausfahren, um nach ihm zu sehen.

Als Leonardo an diesem Tag von der Arbeit nach Hause kam, wirkte er zwar recht gefasst, aber es war ihm anzumerken, dass ihn die Sache mit dem krebskranken Jungen weiterhin sehr bedrückte. Nachdem er Kathy begrüßt hatte, nahm er ihr Nora ab und setzte sich mit ihr in seinen Sessel ans Fenster. Nora, die frisch versorgt war, lag schon etwas schläfrig in seinem Arm. Vom Sofa aus konnte Kathy beobachten, wie Leonardo die Kleine sehr intensiv betrachtete und ihr sanft über den Kopf streichelte. Dann sagte er: »Du hattest recht. Man kann auch Kinder lieben, die nicht das eigene Fleisch und Blut sind.« Am Abend im Bett fragte er Kathy auffällig intensiv nach ihrem Wohlbefinden und drängte darauf, dass sie in den nächsten Tagen wieder zum Frauenarzt gehen solle. Kathy, die bemerkte, dass er besorgter als sonst üblich war, fragte: »Hast du Angst, dass deiner Familie etwas zustoßen könnte, wogegen du machtlos wärst?« Leonardo schwieg einen Moment und antwortete dann: »Ich weiß, dass ich im Moment vielleicht etwas hysterisch reagiere und mir einbilde, durch mehr Kontrolle das Risiko verringern zu können. Mein Kopf sagt mir auch, dass man nicht jede Gefahr ausschalten kann und einfach daran glauben muss, dass das Schicksal einem schon den richtigen Weg zeigt. Wir sollten aber dennoch versuchen, so wenig Fehler wie möglich zu machen. Das hat mir auch Padre Sergio heute gesagt, mit dem ich über die Nachbehandlung des Jungen gesprochen habe.«

Kathy erzählte ihm, dass sie als Kind bei Unglücksfällen immer versucht habe, die Schuldfrage zu klären, in der Hoffnung, zu dem Ergebnis zu kommen, dass die hiervon Betroffenen ihr Unglück selbst verschuldet hätten. Leonardo hatte ihr aufmerksam zugehört und erwiderte: »Diese sogenannte Schuldfrage habe ich auch gestern auf der Fahrt zu den Eltern von Joseo zu klären versucht. Es ist nicht auszuschließen, dass der Junge hätte gerettet werden können, wenn die Eltern früher einer Untersuchung und anschließenden Behandlung im Krankenhaus zugestimmt hätten. Aber wäre es wirklich fair, den Eltern die Schuld für die tödliche Krankheit ihres Sohnes zu geben, nur weil sie aus einer Bevölkerungsschicht stammen, in der man allem gegenüber misstrauisch ist, was man nicht kennt, und man auch hofft, dass achtjährige Kinder noch nicht an Krebs erkranken? Es würde mir natürlich leichter fallen, wenn es sich bei meinem Patienten um einen heruntergekommenen Alkoholiker handeln würde. Aber hat nicht auch dieser Mensch nur eine Teilschuld an seinem Lebensstil? Ich denke, wir sollten unendlich dankbar sein, wenn es uns gut geht, und unser Leben nicht leichtfertig aufs Spiel setzen.«

11.–17.4.1977

Am Montagnachmittag erfuhren sie von Señor Bastonos, dass einer Adoption von Nora nichts mehr im Wege stehe. Kathy war bei ihm auf dem Rückweg vorbeigefahren. Glücklich überbrachte sie Leonardo diese Nachricht und informierte ihn auch darüber, dass der Arzt mit ihr zufrieden gewesen sei, worauf ihr Ehemann sehr erleichtert reagierte. Gegen Abend rief Leonardo bei seinen Eltern an und erzählte ihnen das erste Mal etwas von Nora. Die Begeisterung seiner Mutter war wie erwartet äußerst gering. Sie konnte einfach nicht verstehen, dass man ein fremdes Kind aufnimmt, wenn man noch nicht einmal den eigenen Kindern ein sorgenfreies Leben garantieren kann. Künftige Probleme in der Versorgung ihrer Enkel vermutete sie schon deshalb, weil ihre Schwiegertochter auch weiterhin unbedingt berufstätig sein wollte.

Am Freitag hatte Leonardo Joseo selbst nach Hause gebracht. Er benötigte zweimal am Tag starke Schmerzmittel, die Leonardo ihm im Wechsel mit dem Gemeindehelfer Angelo verabreichen wollte. Sein Gesundheitszustand war insgesamt sehr schlecht, aber es gab nichts mehr, was einen längeren Krankenhausaufenthalt hätte sinnvoll erscheinen lassen. Dr. Barkley unterstützte das Vorhaben seines Schwiegersohnes und erklärte sich bereit, einen Teil der ambulanten Betreuung zu übernehmen. Er versprach sich davon, dass dieser tragische Fall aufklärende Wirkung in dem Armenviertel haben könnte und die Akzeptanz für eine frühzeitige medizinische Behandlung auf Seiten der Bewohner erhöhen würde.

Leonardo fuhr jeden Tag zu Joseo hinaus, obwohl er schon am Montag bemerkt hatte, dass ihm ein weißer Pkw folgte. Es erstaunte ihn daher nicht, als er am Donnerstagabend auf der Rückfahrt von einem Polizeifahrzeug angehalten wurde, in dem Lopez saß, der ihn über seine häufigen Besuche in den Armenvierteln befragte. Lopez reagierte auf Leonardos Auskunft misstrauisch, weil er nicht glauben konnte, dass ein Arzt jeden Tag wegen eines kleinen, todkranken Kindes hinausfährt, und wollte dieser Sache nachgehen.

Um weitere Zusammenstöße mit Lopez zu vermeiden, rief Dr. Barkley am Freitagvormittag bei diesem an und klärte die ganze Situation. Lopez schien inzwischen keinen Argwohn mehr zu hegen, zumal er die Angaben von Leonardo überprüft hatte. Es waren schon über zwei Stunden vergangen, seit Leonardo am Freitagnachmittag das Haus verlassen hatte, um zu Joseo zu fahren. Kathy hatte Nora versorgt und sich dann selbst hingelegt, um bis zu Leonardos Rückkehr zu schlafen. Sie war gerade eingeschlafen, als sie durch das Klingeln des Telefons geweckt wurde. Schlaftrunken nahm sie den Hörer ab und meldete sich. Am anderen Ende der Leitung war Padre Sergio, der ihr mit aufgeregter Stimme mitteilte, dass Leonardo zusammengeschlagen worden sei und verletzt im Pfarrhaus liege. Sie solle sofort mit ihrem Vater vorbeikommen.

Kathy war mit einem Schlag hellwach. Eilig zog sie sich an, nahm die schlafende Nora aus ihrem Körbchen und ging mit ihr nach unten. Ihr Vater saß gerade an seinem Schreibtisch, als Kathy ihm die Nachricht von Padre Sergio überbrachte. Hastig sprang er auf, griff seine Arzttasche und gab Elena, die Nora übernommen hatte, knappe Anweisungen, wie sie sich in der Zwischenzeit verhalten solle. Dann fuhr er mit seiner Tochter los. Auf der Fahrt fragte er Kathy, ob Padre Sergio ihr noch weitere Informationen gegeben habe, was diese aber verneinte. In ihrer Angst versuchte sie, sich zu beruhigen, indem sie sich sagte, dass, wenn für Leonardo Lebensgefahr bestehen würde, ihr dies Padre Sergio mit Sicherheit gesagt hätte, dennoch wuchs ihre Aufregung, je näher sie dem Pfarrhaus kamen.

Padre Sergio kam ihnen gleich entgegengelaufen, als ihr Wagen vorfuhr. Er wirkte aufgeregt, als er sagte, dass Leonardo in seinem Schlafzimmer liege und man ihn ziemlich zugerichtet habe. Dr. Barkley betrat vor Kathy das Schlafzimmer. Mit raschen Schritten ging er zum Bett, auf dem Leonardo lag. Noch halb verdeckt durch den Rücken ihres Vaters, konnte Kathy Leonardos blutverschmiertes und verquollenes Gesicht sehen. Entsetzt von diesem Anblick, stürzte sie ans Bett. Leonardo öffnete die Augen, als er die Stimme seines Schwiegervaters vernahm, der ihn anzusprechen versuchte. Dann erblickte er Kathy und versuchte mühsam zu sprechen: »Kathy, geh bitte raus.« Diese wurde energisch und sagte: »Nein, ich will hierbleiben. Ich will wissen, was passiert ist.« Dr. Barkley hatte seine Arzttasche neben das Bett gestellt und versuchte von Leonardo Informationen darüber zu bekommen, was geschehen sei und wo er überall Schmerzen habe.

Leonardo hatte als sichtbare Verletzungen eine offene Wunde an der Stirn und eine am Hinterkopf, die ziemlich stark geblutet hatte, sowie Prellungen, eine Platzwunde an der Lippe und eine Verletzung an der rechten Hand, die aufgrund der Fingerstellung so aussah, als sei sie gebrochen. Da er Probleme beim Atmen hatte und insgesamt noch recht benommen wirkte, schloss Dr. Barkley gebrochene Rippen und eine Gehirnerschütterung nicht aus. Er drängte deshalb darauf, dass Leonardo sofort zur weiteren Untersuchung ins Krankenhaus gefahren werde, und ging mit Padre Sergio zum Fahrzeug, um den Beifahrersitz als Liegesitz einzustellen. Kathy war bei ihrem Ehemann geblieben. Ihr liefen die Tränen über das Gesicht, während sie vorsichtig seinen Arm berührte, weil dies eine der wenigen Stellen an ihm zu sein schien, die unverletzt geblieben waren. Leonardo lag mit geschlossenen Augen auf dem Rücken und schwieg.

Gemeinsam mit Padre Sergio brachte Dr. Barkley Leonardo, der große Schwierigkeiten beim Gehen hatte, zum Fahrzeug. Kathy hatte inzwischen die Arzttasche zusammengepackt und setzte sich dann auf die Rückbank. Bis zur Ankunft im Krankenhaus dämmerte Leonardo im Halbschlaf. Er öffnete die Augen erst wieder, als zwei Pfleger ihn auf eine Trage hoben und zur Unfallstation brachten. Kathy und ihr Vater folgten ihnen. Dr. Barkley wollte Leonardo zuerst röntgen lassen und wies seine Tochter an, im Behandlungszimmer zu warten. Kathy war froh, dass das Stationspersonal ihren Wunsch respektierte, während der Wartezeit allein sein zu wollen, und ihr lediglich einen warmen Tee brachte.

Leonardo wirkte noch erschöpfter, als er vom Röntgen zurückkam. Während die Aufnahmen entwickelt wurden, vernähte Dr. Barkley die beiden Platzwunden am Kopf seines Schwiegersohnes. Kurze Zeit später wurden die Röntgenaufnahmen gebracht. Sie zeigten deutlich, dass zwei Rippen angebrochen waren, an der rechten Hand ein Bruch im Bereich der Mittelhandknochen vorlag und der Mittelfinger angebrochen war. Bis auf eine Gehirnerschütterung und die Verletzungen an Stirn, Hinterkopf und Lippe war Leonardos Kopf zum Glück unversehrt geblieben. Dr. Barkley hätte es am liebsten gesehen, wenn sein Schwiegersohn zur Beobachtung noch eine Nacht auf der Station geblieben wäre, wogegen Leonardo aber erfolgreich protestierte.

So wurde Leonardo von zwei Pflegern zur Villa gebracht und dort in sein Bett gelegt. Kathy war ihnen gefolgt und setzte sich, als sie allein waren, zu ihm auf die Bettkante. Sie konnte ihm ansehen, dass er starke Schmerzen hatte, und fragte ihn deshalb: »Möchtest du jetzt etwas gegen deine Schmerzen haben?« Leonardo, der dies bislang abgelehnt hatte, war inzwischen so zermürbt, dass er zustimmte. Während Kathy im Bad damit beschäftigt war, die Spritze vorzubereiten, hörte sie im Schlafzimmer ein Scheppern. Panisch lief sie zurück ins Schlafzimmer und sah, dass Leonardo sich erbrochen hatte. Er musste vorher noch einen verzweifelten Versuch unternommen haben aufzustehen und hatte hierbei den Wecker vom Beistelltisch neben dem Bett gerissen.

Als sie das Bett frisch bezogen und ihm eine Spritze gegen seine Schmerzen gegeben hatte, bekam sie von ihm deutlich zu spüren, dass er nicht einfach zu versorgen sein würde. Er wollte seine derzeitige hilflose Lage nicht akzeptieren, weil er sie als demütigend empfand. Um ihm Mut zu machen, sagte Kathy schließlich, während sie auf ihren sichtbar gerundeten Leib zeigte: »Hey, ich werde auch bald auf deine Hilfe angewiesen sein. Oder glaubst du etwa, dass ich aus dieser Sache völlig alleine rauskommen kann?« Leonardos Gesichtsausdruck wirkte noch finsterer, als ihn schon die Verletzungen im Gesicht aussehen ließen. »Kathy, es tut mir leid, aber du wirst jetzt wohl deinen Vater bitten müssen, dir bei der Geburt zu helfen. Ich werde dazu nicht mehr in der Lage sein.«

Kathy war mit ihren Nerven am Ende. Sie setzte sich auf den Bettrand und sah ihn verzweifelt an. Leonardo hatte sein Gesicht von ihr abgewandt und lag wie erstarrt im Bett. Sie berührte vorsichtig seinen Arm und sagte leise: »In ein paar Wochen wird deine Hand wieder verheilt sein.« – »Wenn ich Pech habe, wird sie steif werden und ich werde noch nicht einmal mehr als Hautarzt arbeiten können«, antwortete er und seine Stimme klang hart und verbittert. »In England gibt es Reha-Kliniken, die mit einem ganz besonderen Trainingsprogramm Versteifungen nach Knochenbrüchen verhindern können«, versuchte Kathy ihm Mut zu machen. Leonardo war zu depressiv, um hierdurch Hoffnung zu schöpfen. Abwehrend sagte er: »Wir sind hier nicht in England und mein Vater ist heute ein Krüppel, nur weil seine gebrochenen Beine nicht richtig zusammengewachsen und dann steif geworden sind.« Sie aber wollte nicht lockerlassen: »Wir können aber, sobald das Kind geboren ist, nach England fahren und du kannst dich dort behandeln lassen.« – »Glaubst du wirklich, eine Reha-Klinik in England wird einen armen Arzt aus Paraguay kostenlos behandeln? Kathy, sieh es endlich realistisch. Diese Sache wird uns hier schon ein Vermögen kosten. Ich werde wochenlang nicht arbeiten und du wirst es auch bald nicht mehr können. Hier in Paraguay gibt es nur dann Geld, wenn du arbeitest. Wirst du krank oder kriegst ein Kind, ist das allein dein Problem.«

Leonardo sah so erregt aus, dass Kathy es für besser hielt, das Gespräch vorerst nicht weiterzuführen. Sie schlug deshalb vor, dass er jetzt erst einmal versuchen solle, zu schlafen. Sie wollte Leonardo noch eine Nierenschale und die Urinflasche ans Bett stellen, weil er noch nicht aufstehen sollte. Diese beiden Gegenstände verursachten bei Leonardo jedoch spontan Aggressionen. Gereizt sagte er: »Ich brauche so etwas nicht. Ich kann schließlich ins Bad gehen.« Kathy versuchte ruhig zu bleiben und fragte: »Haben wir nicht beide einmal gelernt, dass man mit einer Gehirnerschütterung konsequent im Bett liegen soll?« In seinem Blick spiegelten sich Wut und Verzweiflung, als er trotzig antwortete: »Es ist mir völlig egal, was wir gelernt haben. Ich lasse mich hier nicht zu einem totalen Pflegefall machen.« Sie konnte nur mühsam ihren Ärger zurückhalten, als sie antwortete: »Leonardo, wenn dir auf dem Weg zur Toilette schwindelig werden sollte, werde ich dich weder halten noch allein ins Bett schaffen können. Ich habe bislang immer geglaubt, dass dein Verantwortungsgefühl deiner Frau und deinen Kindern gegenüber immer noch größer ist als dein Mannesstolz.«

Ohne eine Reaktion von ihm abzuwarten, verließ sie das

Schlafzimmer und ging nach unten, um Nora zu holen. Ihr Vater war inzwischen mit einem Pfleger losgefahren, um nach dem Fahrzeug von Leonardo zu suchen. Elena, die sonst immer sehr krisenfest war, wirkte nervös, als sie besorgt nachfragte, wie es Leonardo gehe. Nachdem Kathy ihr die Probleme mit ihrem Ehemann geschildert hatte, bot sich Elena an, Nora über Nacht bei sich zu behalten, was Kathy dankbar annahm. Sie streichelte ihrer kleinen Tochter noch einmal die Wange und ging dann wieder nach oben, um für Leonardo Tee zu kochen, den sie dann auf den kleinen Tisch neben seinem Bett abstellte. Er lag auf dem Rücken und hatte die Augen geschlossen. Weil sie ihn nicht stören wollte, ging sie leise zur Tür, als er sagte: »Es tut mir leid, dass ich mich vorhin so mies benommen habe.« Kathy drehte sich zu ihm um und erwiderte: »Gut, dass du das einsiehst. Ich habe nämlich schon überlegt, ob ich dir morgen Schwester Isabell als Krankenpflegerin schicken soll.« Leonardo sah sie ungläubig an und fragte empört: »Ist das dein Ernst? Hast du einmal gesehen, wie die mit Kranken umgeht?« – »Ja, sehr energisch, aber äußerst wirkungsvoll.« – »Bitte lass mich hier einfach liegen, mehr will ich doch gar nicht.« – »Das mache ich nur, wenn es mir auch vernünftig erscheint. Schließlich habe ich keine Lust, unsere Kinder allein großziehen zu müssen.« Sie blieb noch einen Moment bei ihm am Bettrand sitzen, bis er eingeschlafen war, und ging dann zu Serena in die Küche. Diese war inzwischen von der Arbeit nach Hause gekommen und wollte gar nicht glauben, was Kathy ihr von Leonardo erzählte. Fast panisch hielt sie ihre Hände an die Tischkante geklammert und murmelte immer wieder: »Das ist ja wie damals, als sie Carlos und meinen Vater so fertiggemacht haben. Werden die uns denn nie in Ruhe lassen?« Kathy hatte auch keine Antwort hierauf und schwieg betreten.

Inzwischen war auch Dr. Barkley zurückgekehrt. Der Krankenhauswagen, mit dem Leonardo gefahren war, so berichtete er, habe einige Blechschäden, die am Rad erst einmal notdürf- tig ausgebeult werden müssten, um ihn überhaupt wieder fahr- bereit zu bekommen. Von Padre Sergio hätten sie erfahren, dass Leonardo auf dem Rückweg von den Armensiedlungen von zwei Männern auf der Straße zusammengeschlagen worden sei und die Schlägerei nur deshalb beendet werden konnte, weil drei größere Jungen auf Fahrrädern diesen Vorfall beobachtet hätten und Leonardo zur Hilfe gekommen seien. Einer der Jungen habe dann auch Padre Sergio gerufen. Dr. Barkley habe bei dieser Gelegenheit gleich mit Padre Sergio abgesprochen, dass Joseo sein Schmerzmittel täglich zweimal von Angelo ge- spritzt bekommen solle, während vom Krankenhaus nur im Notfall und ansonsten jeden zweiten Tag jemand hinausfahren würde, um nach dem Jungen zu sehen.

Leonardo schlief bis tief in die Nacht. Gegen ein Uhr wurde er unruhig, sodass Kathy ihn weckte, weil sie glaubte, dass er einen Albtraum habe. Die Schmerzen waren wieder durch- gekommen und er hatte geträumt, dass Lopez' Männer ihn verfolgten. Nachdem ihm Kathy etwas gegen seine Schmer- zen gegeben hatte, versuchte er weiterzuschlafen, was ihm aber nicht gelang; zu groß waren seine Sorgen um die Zukunft seiner Familie.

Kathy, die vor Müdigkeit gleich wieder eingeschlafen war, wurde gegen fünf Uhr wieder wach und merkte, dass Leo- nardo nicht schlief. Sie fragte ihn: »Kannst du nicht schla- fen?« – »Nein.« – »Hast du wieder Schmerzen?« – »Das geht schon, ich weiß nur nicht, wie es weitergehen soll, wenn ich jetzt auch noch ausfalle. Wir brauchen das Geld.« Kathy ver- suchte ihn zu beruhigen, indem sie ihm sagte, dass sie dieses Wochenende mit ihrem Vater schon eine Lösung finden würde.

Obwohl sie an diesem Wochenende keinen Dienst hatte, stand Kathy um sechs Uhr auf, um das Frühstück zu machen. Leonardo, der noch einen Tag im Bett bleiben sollte, konnte sowieso nicht schlafen und sie wollte auch Nora bald holen. Nach dem Frühstück bot sie Leonardo an, ihm beim Waschen zu helfen, was dieser aber gleich ablehnte. Gereizt sagte sie: »Leonardo, was soll das eigentlich? Ich habe dich doch schon oft genug nackt gesehen.« – »Aber nicht in so einem erbärmlichen Zustand«, war seine verbitterte Antwort. Kathy ging ohne noch ein weiteres Wort zu sagen aus dem Schlafzimmer und bat Serena, nach ihrem Bruder zu sehen, bevor sie nach unten ging, um Nora zu holen. Diese hatte von Elena schon alles bekommen, was sie brauchte, und lag friedlich in ihrem Körbchen im Esszimmer, während ihre Großeltern frühstückten.

Frustriert setzte sich Kathy zu ihnen und erzählte, dass Leonardo keine Hilfe von ihr annehmen wolle und sich große Sorgen um seine Zukunft mache. Ihr Vater hatte sich schon Gedanken darüber gemacht, wie in der nächsten Woche die Dienste einzuteilen seien. Für den Ausfall von Leonardo wollte er einen jungen Mediziner aus der Universität gewinnen, der in fünf Wochen als Entwicklungshelfer nach Kenia fliegen wollte und sich zurzeit durch Aushilfstätigkeiten etwas Geld verdiente. Da Dr. Barkley seine Tochter in den letzten Wochen vor ihrer Entbindung stärker für Verwaltungsaufgaben einsetzen wollte, um so ihren Verdienstausfall so gering wie möglich zu halten, schlug er vor, dass Leonardo dies ebenfalls stundenweise tun könne.

Er selbst hatte vor ein paar Wochen von Leonardos ehemaligem Doktorvater, mit dem er seit mehreren Jahren eng befreundet war, das Angebot für zwei Lehraufträge an der medizinischen Fakultät erhalten. Ihn reizte diese Aufgabe sehr, obwohl er noch nicht genau wusste, wie er dies mit seiner Arbeit im Krankenhaus vereinbaren könnte. So passte es ganz gut in sein Konzept, dass Kathy ihm zukünftig einen Teil seiner Verwaltungstätigkeiten abnehmen würde. Seinem Schwiegersohn hatte er schon vor zwei Wochen den Vorschlag unterbreitet, die Lehraufträge mit ihm gemeinsam durchzuführen, womit dieser sofort einverstanden war, zumal er hiermit zusätzliches Geld verdienen könnte. Auch plante er, dass Leonardo und Kathy zukünftig die theoretische Schulung der Auszubildenden im Krankenhaus übernehmen sollten. Sie hätten so die Möglichkeit, ihre das Familienleben belastenden Wechseldienste zu reduzieren.

Als Kathy mit Nora wieder nach oben kam, saß Leonardo im Bett und las. Es war das Buch, das ihm Carlos das letzte Jahr vor seinem Tod zu Weihnachten geschenkt hatte. Kathy stellte das Körbchen mit Nora neben dem Bett ab und fragte ihn, ob sie etwas mit ihm besprechen könne. Leonardo legte das Buch beiseite und sah sie erwartungsvoll an. Nachdem sich Kathy zu ihm auf den Bettrand gesetzt hatte, informierte sie ihn über die Pläne ihres Vaters. Ihr Ehemann schien wenig begeistert zu sein. Er starrte sie ungläubig an und wollte Näheres über den neuen Arzt erfahren, der ihn vertreten sollte, worüber ihm Kathy aber nur spärlich berichten konnte, weil sie selbst nicht so viel über ihn wusste. Leonardo war wortkarg geworden und versuchte, sich seine gekränkten Gefühle nicht anmerken zu lassen. Erst als Kathy ihm später etwas zum Trinken brachte, fragte er sie: »Wirst du mit ihm so zusammenarbeiten, wie wir es getan haben?« Seine Frage schmerzte. Sie sah ihn hilflos an und antwortete: »Nein, hauptsächlich wird mein Vater mit ihm zusammenarbeiten. Ich werde wohl nur recht wenig mit ihm zu tun haben.« Er beendete das Gespräch, indem er wieder in sein Buch schaute, worauf Kathy das Schlafzimmer verließ.

Unschlüssig stand sie eine Weile im Wohnzimmer am Fenster und blickte in den Park. Dann ging sie zum Telefon und rief bei ihren Schwiegereltern an. Es meldete sich ihr Schwiegervater. Kathy fragte ihn ohne weitere Erklärung, ob Fernando zu sprechen sei. Dieser war gerade im Garten, sodass es etwas dauerte, bis er ans Telefon kam. Er war erstaunt, dass ihn seine

Schwägerin sprechen wollte, und erkundigte sich sofort, ob etwas passiert sei. Kathy erzählte es ihm und bat ihn, für eine Woche nach Asunción zu kommen, weil Leonardo dringend seinen Beistand benötige. Er versprach, mit dem Nachmittagsbus zu kommen, wusste aber noch nicht, ob er für die gesamte nächste Woche von seinem Chef Urlaub bekommen würde.

Zum Mittagessen wollte Leonardo unbedingt aufstehen. Kathy schnitt ihm das Essen so klein, dass er es mit der Gabel, die er in der linken Hand hielt, essen konnte. Während sie aßen, nutzte Kathy die Gelegenheit, ihrem Ehemann und Serena mitzuteilen, dass Fernando am Nachmittag kommen werde. Leonardo sah sie fassungslos an und fragte gereizt: »Was soll der denn noch hier?« – »Dir helfen.« – »Ich brauche keine Hilfe«, war seine trotzige Antwort. Kathy holte tief Luft, bevor sie einwandte: »Ich denke schon, dass du dich heute Abend einmal waschen musst und ab Montag müssen Serena und ich wieder zur Arbeit. Da wäre es eine große Hilfe, wenn dir Fernando zur Hand gehen könnte.« Leonardo sah sie einen Moment lang wortlos an. Dann legte er die Gabel aus der Hand und stand auf. Bevor er die Küche verließ, sagte er noch: »Das geht ja bei dir unheimlich schnell, dass du einen Menschen bevormundest, nur weil er nicht mehr kann.«

Sie hörten nur noch das Zuschlagen der Schlafzimmertür. Kathy konnte ihre Tränen nicht mehr zurückhalten, worauf Serena etwas hilflos ihren Unterarm streichelte und fragte: »Soll ich einmal mit ihm reden?« Während Kathy sich die Tränen aus dem Gesicht wischte, stand sie auf. »Nein, das muss ich selbst hinbekommen. Pass bitte heute Nachmittag auf Nora und deinen Bruder auf, wenn ich Fernando vom Busbahnhof abhole«, erwiderte sie, bevor sie zu Leonardo ins Schlafzimmer ging. Dieser lag auf dem Bett und starrte an die Zimmerdecke. Sie setzte sich ans Fußende des Bettes und versuchte, sich zu rechtfertigen: »Es tut mir leid, wenn es dir wie eine Bevormundung vorkommt, aber ich habe auch Panik. Unser Leben hat nicht mehr so viel Spielraum für Krisenfälle.« Er sah sie an und bemerkte, dass sie geweint hatte. Versöhnlich sagte er: »Du hättest mich ja wenigstens fragen können.« – »Okay, dann frage ich dich hiermit, ob du damit einverstanden bist, dass ich nachher mit Fernando zur Polizei fahre und anzeige, was man mit dir gestern gemacht hat.« Gereizt sah er sie an und fragte: »Kathy, was soll das wieder bringen? Ich war gerade froh, dass uns Lopez etwas in Ruhe lässt, und nun willst du ihn wieder aufstacheln.« – »Lopez hat uns nur scheinbar in Ruhe gelassen und hat die erste Gelegenheit wieder genutzt, um zuzuschlagen. Glaubst du etwa, es war ein Zufall, dass die Kerle dir gerade die rechte Hand zertreten haben? Die haben doch genau gewusst, dass deine ganze berufliche Zukunft nun auf dem Spiel steht. Besser hätte es Lopez doch gar nicht treffen können, indem er dir auf diese Weise ein Berufsverbot wegen einer Behinderung verpasst und dadurch unser gemeinsames Leben gefährdet.«

Leonardo schwieg einen Moment, bevor er fragte: »Du glaubst also auch, dass ich jetzt ein Krüppel bin und nicht mehr als Chirurg arbeiten kann?« – »Nein, aber Tatsache ist, dass du die nächsten Wochen nicht mehr am OP-Tisch stehen wirst. Leonardo, bitte höre auf, immer alles noch schlimmer zu sehen, als es ohnehin schon ist, und gefährde mit deinem Starrsinn nicht noch unsere Beziehung.« Er willigte schließlich ein, dass Anzeige erstattet werden sollte, und auch, dass Señor Bastonos ihn am Montag aufsuchen würde, um mit ihm abzustimmen, wie seiner Anzeige vor der Justizbehörde der nötige Nachdruck verliehen werden könnte.

Am Nachmittag fuhr Kathy zum Busbahnhof. Fernando wartete schon, weil es in der Innenstadt einen Unfall gegeben hatte und sie sich wegen des dadurch verursachten Verkehrsstaus verspätete. Er wirkte sehr besorgt und sagte während der

Fahrt zur Polizeistation: »Ihr habt hier ja nur noch Ärger und Stress. Sag mal, wollt ihr wirklich hier in Paraguay bleiben? Ihr könntet doch in England bestimmt ein tolles Leben führen.« Kathy sah ihn kurz von der Seite an und antwortete dann sarkastisch: »In England ist es so langweilig, dass man sich im Fernsehen Krimis anschaut. Hier ist alles Realität. Das ist doch toll, was?« – »Und was ist der wirkliche Grund?«, hakte ihr Schwager nach. »Ich habe das früher auch anders gesehen, aber inzwischen weiß ich, dass das Zuhause dort ist, wo man seine Familie hat, und dass diese Dinge oftmals wichtiger sind als ein tolles, unbeschwertes Leben. Leonardo hat seine Familie hier und ich auch, zumindest, was meinen Vater und seine neue Familie betrifft.« Zu Kathys Erleichterung hatte Fernando von seinem Chef die Erlaubnis erhalten, die kommende Woche Urlaub zu nehmen, sodass zumindest in dieser Zeit die Versorgung von Leonardo sichergestellt werden konnte.

Sie mussten auf der Polizeistation eine halbe Stunde im Flur warten, bevor ihre Anzeige von einem mürrischen Polizeibeamten aufgenommen wurde. Als Kathy darauf hinwies, dass auch noch ein Schreiben des Anwaltes mit der Benennung von Zeugen kommen würde, verzichtete man darauf, Leonardo selbst zu diesem Vorfall zu befragen. Später in der Villa teilte ihnen Serena gleich im Treppenhaus recht aufgebracht mit, dass Leonardo gerade dabei sei, sich zu betrinken. Kathy glaubte zunächst, nicht richtig gehört zu haben, und fragte deshalb ungläubig: »Wer hat ihm denn den Alkohol gegeben?«, worauf ihre Schwägerin antwortete: »Den hat er sich selbst aus dem Wohnzimmer geholt.«

Kathy spürte, dass sie noch nie so eine Wut auf ihren Ehemann gehabt hatte wie in diesem Moment. Nur mühsam beherrscht ging sie nach oben, öffnete die Schlafzimmertür und starrte Leonardo an, der schon einige Gläser Wein getrunken hatte. Mit einem scharfen Unterton fragte sie: »Geht es dir gut?« Leonardo war von ihrer Gegenwart recht wenig beeindruckt und erwiderte gelassen, dass es ihm jetzt schon besser gehe. Seine Reaktion machte Kathy noch wütender und sie fragte ihn provozierend: »Gedenkst du nun deine ganzen Probleme im Alkohol zu ertränken? Vielleicht sollte ich dann gleich ein paar Kisten Wein nachbestellen. Schließlich haben wir eine ganze Menge Probleme.«

Obwohl Leonardo nicht mehr ganz nüchtern war, spürte er ihren Zynismus und der gefiel ihm nicht. Er versuchte sich deshalb erst gar nicht zu verteidigen, sondern ging gleich zum Gegenangriff über, indem er mit schon etwas schwerer Zunge sagte: »Kannst du dir eigentlich vorstellen, wie das ist? Ich versuche hier ein vernünftiges Leben hinzubekommen und alles geht schief? – Dann kann man nicht mehr und wird einfach ausgetauscht. – Ist der Mann schon da, der mein Geld kriegt?« Leonardo machte dabei mit der linken Hand, in der er sein Glas hielt, eine ausladende Handbewegung, wobei ihm der Rotwein auf die Decke schwappte und dort aussah wie ein großer Blutfleck.

Kathy versuchte so gut es ging die Nerven zu behalten. Sie setzte sich auf den Bettrand und sagte sehr bestimmt: »Leonardo, du weißt genau, dass das nicht stimmt. Wenn du endlich einmal aufhören würdest, dich selbst zu bemitleiden, könntest du diese Situation auch annehmen, anstatt sie noch zu verschlimmern.« Er hatte das Glas abgestellt und nach ihrem Arm gegriffen. Sein Griff war so hart, dass er schmerzte: »Kathy, ich wollte dir ein guter Mann sein. Aber du siehst, es geht nicht. Hier liegt ein Versager, ein Krüppel ohne Geld. Mehr nicht.« – »Ja, ich weiß, was du gerade empfindest. Der große Macho ist finanziell von seiner Ehefrau abhängig und das macht ihm große Probleme. Deshalb betrinkst du dich doch auch sinnlos und setzt damit das aufs Spiel, was dir geblieben ist, nämlich eine Frau, die dich liebt, und zwei kleine Kinder«, stieß Kathy ungerührt hervor.

Sie hatte ihren Arm seinem Griff entzogen, war aufgestanden und zur Tür gegangen. Bevor sie das Schlafzimmer verließ, sagte sie: »Ich weiß nicht, wie du das schaffen willst, aber wir haben nach dieser sehr harten Woche endlich wieder einmal ein freies Wochenende, um uns ein wenig erholen zu können. Ich erwarte eigentlich einen Ehemann, der auch einmal für seine Familie da ist. Du kannst nicht von mir erwarten, dass ich den Karren ganz alleine aus dem Dreck ziehe.« Sie ging zu seinen Geschwistern, die im Wohnzimmer bei Nora waren. Fernando war von dem Familienzuwachs begeistert und hatte ihn gleich auf den Schoß genommen. Mit großen braunen Augen betrachtete die Kleine ihren Onkel. Kathy verabredete mit Leonardos Geschwistern, dass sie am Abend mit Michaelo zum Tanzen gehen könnten, aber gegen Mitternacht wieder zurück sein sollten. Kathy erlaubte ihnen auch, den Wagen zu benutzen, was Fernando als große Ehre empfand.

Nachdem Fernando seinen großen Bruder begrüßt hatte, half er ihm beim Waschen und Umziehen sowie beim Neubeziehen des Bettes. Dann brachte er ihm sein Essen ans Bett und leistete ihm Gesellschaft. Nach dem Abendessen fuhr Fernando mit seiner Schwester in die Stadt, wo sie sich mit Michaelo verabredet hatten. Kathy versorgte Nora für die Nacht und wollte sich dann selbst sehr früh schlafen legen. Wortlos holte sie ihren Morgenrock und ihr Nachthemd aus dem Schlafzimmer, um sich im Bad zu waschen und umzuziehen. Nach der Auseinandersetzung war sie nicht mehr bei ihrem Ehemann gewesen und überlegte sich nun, ob sie lieber mit Nora auf der Besuchermatratze im Arbeitszimmer schlafen sollte. Das tat sie dann aber doch nicht, weil sie die Situation nicht eskalieren lassen wollte, sondern legte sich, ohne noch etwas zu sagen, von Leonardo abgewandt ins Bett.

Ihr deutlich unterkühltes Verhalten verfehlte seine Wirkung nicht. Kleinlaut fragte Leonardo sie: »Bist du wütend auf mich?« Müde und gereizt antwortete sie nur knapp: »Ja. Ich bin müde, bitte lass mich jetzt schlafen.« Während sie einschlief, spürte sie noch, wie Leonardo vorsichtig ihre Schulter streichelte, worauf sie aber nicht mehr reagierte. Gegen drei Uhr wurde sie von Nora geweckt. Schlaftrunken stand sie auf und versorgte die Kleine im Arbeitszimmer, um ihren Ehemann nicht zu stören. Als sie nach einer dreiviertel Stunde mit ihr zurückkkam und sie wieder in ihr Körbchen legte, merkte sie, dass Leonardo wach in seinem Bett lag. Sie hatte sich gerade wieder hingelegt, als er sie leise fragte: »Wirst du mich auch noch lieben, wenn ich ein Krüppel werden sollte?« Sie brauchte etwas Zeit für ihre Antwort: »Ich bin mir ziemlich sicher, dass unsere Liebe niemals an einer Krankheit oder Behinderung zerbrechen wird. Wenn sie tatsächlich zu Ende gehen sollte, dann nur, weil es kein Vertrauen und keine Rücksichtnahme mehr in unserer Beziehung gibt.«

Leonardo schwieg eine Weile und sagte dann: »Es war falsch, dir meine Ängste und meinen Frust einfach so entgegenzuschleudern. Ich werde das zukünftig mit mir selbst ausmachen, um dich nicht weiter damit zu belasten.« Kathy konnte nicht fassen, dass er sie einfach nicht verstehen wollte. Sie atmete tief durch, bevor sie klarstellte: »Du musst deine Probleme und Ängste nicht mit dir allein ausmachen und ich bin auch jederzeit bereit, mit dir darüber zu reden. Was du aber gemacht hast, war etwas ganz anderes. Du hast dich als Opfer des Schicksals gesehen und mich wie auch dein ganzes soziales Umfeld verdächtigt, dass wir dich mit deinem Problem alleinlassen. Du wirfst uns vor, dass wir dich nicht verstehen und dich bevormunden, und bist auch nicht bereit, dir helfen zu lassen. Begreifst du nicht, dass du mich mit deinem Verhalten verletzt?« Ihre Worte hatten ihn betroffen gemacht. Er versprach, sich nicht mehr so gehen zu lassen und auch weniger misstrauisch zu sein.

Am Montag wurde Kathy von ihrem Vater der neue Arzt, Dr. Carco, vorgestellt. Es wurde verabredet, dass er hauptsächlich auf der Kinderstation arbeiten und nur bestimmte Operationen zusammen mit Dr. Barkley durchführen würde. Dr. Carco machte einen recht offenen und unkomplizierten Eindruck, was Kathy schon deshalb als angenehm empfand, weil sie im Moment genug Probleme mit schwierigen Charakteren hatte. Als sie nach Hause kam, war Señor Bastonos schon bei ihrem Ehemann gewesen und hatte sich die Informationen geben lassen, die er brauchte. So hatte ihm Leonardo geschildert, dass er auf dem Rückweg von den Armenvierteln von einem hellen Pkw gerammt und hierdurch von der Fahrbahn abgekommen sei. Nachdem er seinen Wagen am Straßenrand zum Stehen bringen konnte, hätten die beiden Männer die Fahrertür aufgerissen, ihn aus dem Wagen gezerrt und sofort auf ihn eingeschlagen, bis er zu Boden gefallen sei. Dort habe ihm der eine Mann kräftig auf die rechte Hand getreten und gesagt, dass es nun mit seinen Doktorspielchen vorbei sei. Nach einem Schlag auf den Hinterkopf habe er das Bewusstsein verloren und sei erst wieder zu sich gekommen, als Padre Sergio sich über ihn gebeugt habe. Señor Bastonos wollte noch Padre Sergio nach den Zeugen befragen und dann an die Justizbehörde schreiben.

Leonardo begrüßte seine Ehefrau etwas zurückhaltend, worauf sie ihn fragte, was geschehen sei. Er rang mit der Antwort: »Okay, ich habe ein Problem. Ich kann mich nicht damit abfinden, dass es da einen neuen Arzt im Krankenhaus gibt, der meinen Job macht.« Kathy, die müde von der Arbeit war, die ihr von Tag zu Tag schwerer fiel, sagte: »Glaub mir, ich kann wirklich verstehen, wie du dich fühlst, aber diese Vertretung muss einfach sein, damit ich mich etwas mehr schonen kann. Lass uns einfach beruflich etwas kürzer treten, bis wir beide wieder fit sind.« Dann erzählte sie ihm, dass sie sich mit ihrem Vater noch einmal seine Röntgenaufnahmen angesehen habe. »Wie es aussieht, wurden dein Daumen und dein Zeigefinger in keiner Weise in Mitleidenschaft gezogen und das sind ja gerade die beiden Finger, die die Feinarbeit der Hand zu leisten haben«, versuchte sie ihm Mut zu machen. Als sie ihn nach dem Essen neu verbunden hatte, fragte er sie, ob sie etwas dagegen habe, wenn er am Nachmittag zusammen mit Fernando zu Joseo hinausfahren würde.

Kathy erstaunte diese Frage nicht, sie hatte aber gehofft, dass sie nicht so früh kommen würde. Der Zustand des Jungen war gestern schon so schlecht, dass Dr. Barkley ihm nur noch wenige Tage zum Leben gab. Sie merkte, wie wieder die Angst in ihr hochkroch, als sie antwortete: »Nein, ich habe nichts dagegen, dass du fährst. Es wird wohl das Beste für alle Beteiligten sein. Ich habe nur wahnsinnige Angst, dass dir wieder etwas zustoßen könnte.« Leonardo war erleichtert, ihre Zustimmung bekommen zu haben, und versprach, kein Risiko einzugehen. Er bat sie aber beim Abschied: »Wenn es sein muss, lass mich bitte bei dem Jungen bleiben, bis er es geschafft hat.« Kathy stimmte auch dieser Bitte zu, machte aber zur Bedingung, dass er sich sofort über Padre Sergio bei ihr melden sollte, falls er Unterstützung benötigte.

Kathy war voller Unruhe, als sie mit Nora allein war. Nachdem sie ihre Tochter am Abend zum Schlafen ins Körbchen gelegt hatte, setzte sie sich in Leonardos Ledersessel ans Fenster und starrte ins Leere, während die alte Pendeluhr, die sie von ihrer Großmutter geerbt hatte, an der Wohnzimmerwand unaufhörlich tickte. Es war schon 20 Uhr und Leonardo war bereits seit vier Stunden fort. Um sich zu beruhigen, ging sie in die Küche und kochte sich einen Tee. Ihr kam diese Wohnung, in der sie sich vom ersten Tag an immer sicher und wohl gefühlt hatte, auf einmal vor wie eine gestürmte Festung.

Die vertrauten Gegenstände um sie herum vermittelten ihr keine Geborgenheit mehr und das Ticken der Pendeluhr, das sie immer so geliebt hatte, machte ihr das Warten nur noch unerträglicher.

Kathy hatte sich mit ihrem Teebecher zurück in den Sessel gesetzt und blickte in die Baumkronen, über die sich die Konturen des Mondes abzeichneten. Mit der linken Hand umfasste sie die Uhr von Leonardo, die dieser auf dem Wohnzimmertisch hatte liegen lassen. Es war kurz vor 22 Uhr, als sie von Weitem ein Fahrzeug hörte, das näher kam. Sie stand auf und trat ans Fenster, von wo aus sie den Weg einsehen konnte, der von der Straße zur Villa führte. Im Mondschein erkannte sie ihr helles Auto, das vor dem Haus hielt. Erleichtert lief sie ins Treppenhaus, um die beiden Brüder zu begrüßen, und war sofort voller Angst, als ihr nur Fernando entgegenkam. »Wo hast du denn Leonardo gelassen?«, fragte sie, noch bevor er oben ankam. Fernando sah müde aus und schien mit den Nerven völlig am Ende zu sein. Er nahm Kathy zur Begrüßung nur kurz in den Arm und antwortete dann: »Leonardo ist bei dem Jungen geblieben. Der Kleine liegt im Sterben.« Er drückte ihr einen zusammengefalteten Zettel in die Hand und zog seine Jacke aus.

Kathy faltete den Zettel auseinander, auf dem mit undeutlicher Schrift stand: »Kathy, ich liebe dich. Bis bald. Leonardo.« Etwas hilflos fragte sie ihren Schwager, ob er noch einen Tee mit ihr trinken wolle, worauf Fernando erwiderte: »Ja, aber vorher will ich mir noch den Dreck und Gestank von den Slums vom Leibe waschen.« Der Tee war schon fertig, als Fernando in die Küche kam. Er setzte sich Kathy gegenüber an den Küchentisch und starrte sie sekundenlang nur an, bis es aus ihm herausplatzte: »Sag mal, wie haltet ihr dieses ganze Chaos eigentlich aus?« Obwohl sie seine Reaktion verstehen konnte, hatte sie Mühe, seine Frage zu beantworten, weil ihr nicht ganz klar war, welches Chaos er gerade meinte. Vorsichtig fragte sie deshalb: »Was meinst du damit?« Fernando, ein junger Mann mit dem Temperament eines Jungstiers, sah sie einen Moment lang ungläubig an und machte dann erregt seinem Ärger Luft: »Kathy, willst du mich für blöd verkaufen? Mein Bruder liegt dort draußen mit gebrochenen Knochen auf einer stinkigen Matratze neben einem sterbenden kleinen Jungen und meint auch noch, es sei sein Job. Und du sammelst Säuglinge auf, die keiner haben will, und weißt dabei nicht, was mit deinem eigenen Kind werden soll. Was glaubst du eigentlich, wie lange ihr dieses Leben noch durchhalten könnt?«

Kathy hielt ihren Kopf auf ihre Hand gestützt und sah ihn nachdenklich an. Dann sagte sie: »Weißt du, Fernando, als ich vor ungefähr einem Jahr in euer Land kam, da wollte ich nach einer kaputten Beziehung einfach nur zu meinem Vater und zu seiner Familie, um meine Wunden heilen zu lassen. Dass ich dann hier auch noch einen Job bekam, war mir ganz recht. Vielleicht hätte ich eine Zeitlang diesen Job gemacht und wäre wieder zurück nach England gefahren, wenn ich deinen Bruder nicht kennen und lieben gelernt hätte. Dein Bruder hat mir damals gezeigt, dass man hier nicht einfach nur Arzt sein kann, um damit Geld zu verdienen. – In den letzten Monaten haben wir versucht, vielen Menschen zu helfen. Jetzt ist es leider so, dass wir selbst Hilfe brauchen, und gerade deshalb habe ich dich gebeten, zu kommen.«

Serena war von ihrem Spätdienst nach Hause gekommen und hatte sich noch zu ihnen in die Küche gesetzt. Sie besprachen, dass Fernando morgen Nachmittag auf Nora aufpassen solle, weil Kathy nach Dienstschluss zu Leonardo hinausfahren wollte und nicht genau sagen konnte, wann sie zurück sein würde. In dieser Nacht konnte Kathy nicht gut schlafen. Sie fror und fühlte sich einsam, obwohl Nora neben ihr im Körbchen lag. Der Vollmond kam ihr auf einmal kalt und bedrohlich vor, sodass sie die Vorhänge schloss und Nora zu sich ins Bett legte. Als ihre Tochter sie gegen drei Uhr weckte, war sie fast erleichtert, dass sie diese für sie unerträgliche Stille der Nacht unterbrechen konnte. Erst nachdem sie Nora versorgt hatte, konnte sie fest schlafen und hatte Mühe, beim Klingeln des Weckers aufzustehen.

Sie wollte gerade mit Nora die Wohnung verlassen, um sie zu Elena zu bringen, da stand plötzlich Fernando hinter ihr. Gut gelaunt wünschte er ihr einen »Guten Morgen« und sagte dann: »Es tut mir leid, dass ich gestern Abend die Nerven verloren habe, aber das war alles etwas zu viel für mich.« Für Kathy war es kein Problem, seine Entschuldigung anzunehmen. Bevor sie ging, ermahnte sie ihn noch einmal, am Nachmittag gut auf Nora aufzupassen. Fernando versprach es ihr. Nach der Umarmung zum Abschied war er wieder der charmante Macho, der ihr hinterherrief: »Übrigens, dein Bauch steht dir gut.«

Es war 15 Uhr, als Kathy in der Baracke bei dem kranken Jungen ankam. Obwohl niemand mit ihr gerechnet hatte, schien keiner über ihr Auftauchen erstaunt zu sein, wohl auch deswegen, weil der Kummer um Joseo wenig Raum für andere Gedanken ließ. Leonardo blickte zwar etwas besorgt, als sie ihm sagte, dass sie bleiben wolle, widersprach ihr aber nicht. Der Junge war schon seit Stunden nicht mehr ansprechbar und hatte bereits Aussetzer in der Atmung. Sein Gesicht war blass und eingefallen und sein Körper dünstete schon den Geruch des Todes aus. Leonardo hatte die meiste Zeit bei ihm in der kleinen dunklen Kammer verbracht und sich mit der Mutter bei der Wache abgewechselt. Die Stimmung insgesamt war sehr gefasst, weil sich jeder mit dem Gedanken vertraut gemacht hatte, dass Joseo bald sterben würde. Kathy wollte nicht, dass sich irgendjemand um ihr Wohl bemühte. Sie wollte einfach nur bei ihrem Ehemann sein, der, vollgepumpt mit Kaffee, den ihm Padre Sergio gebracht hatte, bereits über den

Punkt hinaus war, an dem er seine Erschöpfung noch wahrgenommen hätte. In eine Decke gewickelt, setzte sich Kathy zu ihm auf die Matratze, neben sich eine Kanne mit gesüßtem heißem Tee. Leonardo sagte nichts, sondern griff nur stumm nach ihrer Hand, die er minutenlang fest umklammert hielt. Er blickte auf das Krankenlager des Jungen, manchmal eher ins Leere und manchmal, um zu kontrollieren, ob noch etwas zu tun sei. Auf jeden Fall hatte Kathy das Gefühl, von ihm gebraucht zu werden, und mehr wollte sie nicht.

Obwohl Kathy still und regungslos neben Leonardo saß, hatte sie anfangs Probleme, ihre Gedanken auf diese Ruhe einzustellen. In ihrem Bauch spürte sie das werdende Leben mit all seiner Energie und hier im Zimmer war ein kleiner Junge, der auch einmal so begonnen hatte. Jetzt war er schon viel zu früh am letzten Teil seines Weges angekommen, den fast jeder Mensch hofft, erst im hohen Alter gehen zu müssen. Eine kleine Kiste mit Schuhputzzeug stand in der Ecke der Kammer, so klein und unbedeutend wie auf den ersten Blick das Leben dieses sterbenden Kindes erschien, das bis zu seiner Erkrankung als Schuhputzer in den Straßen von Asunción ein bisschen Geld für die Familienkasse dazuverdient hatte. Bislang hatte Kathy noch nie einen Menschen bis zu dieser Schwelle begleitet. Sie hatte zwar schon häufig um das Leben eines Patienten gerungen und manchmal auch einen ausweglosen Kampf verloren, sie war aber noch nie in der Situation gewesen, dass sie gemeinsam mit dem Patienten auf den Eintritt des Todes gewartet hatte, weil sie sein Leben nicht mehr retten konnte. Hierfür waren meistens das übrige Pflegepersonal oder aber die Angehörigen des Patienten da und manchmal ging ein Patient diesen Weg auch ganz allein.

Sie versuchte zu begreifen, was sich hinter dieser Akzeptanz des Todes und dieser Stille verbarg; wovor die meisten Menschen Angst hatten, obwohl er jedem Lebewesen doch gewiss war. Sie spürte, dass einem die Nähe zu einem Sterbenden das Gefühl gab, selbst vom Tod gestreift zu werden. Kathy wusste nicht mehr, wie lange sie dort gesessen hatte. Die Zeit und all die anderen Dinge außerhalb dieser Kammer waren plötzlich gar nicht mehr so wichtig. Am Anfang hatte sie noch die Geräusche vor dem Fenster wahrgenommen, jetzt spürte sie nur noch die zeitlose Stille und sah das Kind, das sich immer weiter von diesem Leben entfernte. Der Tod selbst trat erstaunlich schnell ein. Nachdem die Atmung immer flacher geworden und der Puls kaum noch zu spüren war, setzte das Herz aus. Leonardo hatte sich nach vorne gebeugt und hielt die Hand des Jungen fest. Nur einmal kam noch Regung in den kleinen Körper, als zum letzten Mal ein Zucken durch seine Muskeln ging und sich der Mund des Jungen öffnete, so als müsste er seine Seele aus dem Körper lassen. Leise sagte Leonardo: »Jetzt hat er es geschafft.«

Die Mutter des Jungen, die am Fußende des Krankenbettes gesessen hatte, war aufgesprungen und hatte weinend den Raum verlassen. Leonardo war noch minutenlang sitzen geblieben, schweigend und mit gesenktem Kopf. Dann fragte er Kathy, ob sie ihm helfen würde, den Jungen vorzubereiten. Kathy nickte, obwohl ihr nicht ganz klar war, was er damit meinte. Sie waren gerade dabei, ihm die Infusionsnadel aus dem Arm zu ziehen und die Pflaster von dem ausgemergelten kleinen Körper abzulösen, als die Eltern des Kindes die Kammer betraten. Leonardo und Kathy sprachen ihnen ihr Beileid aus und Leonardo fragte sie, ob sie gemeinsam das Kind waschen, neu einkleiden und dann im Haus aufbahren wollten. Während sie diese letzten körperlichen Dinge für Joseo taten, lösten sich ein wenig der Schock und die Angst vor dem Nichts.

Es war bereits 21 Uhr, als Kathy mit Leonardo aufbrach, um nach Hause zu fahren. Sie schwiegen während der ganzen Fahrt. Erst als Kathy den Wagen vor dem Haus parkte, strich

Leonardo ihr mit der Hand über das Haar und sagte: »Danke, dass du gekommen und die Zeit über bei mir geblieben bist. Lass uns bitte erst morgen über alles reden.« Fernando und Serena waren noch auf. Sie hatten im Wohnzimmer gesessen und sich Schallplatten angehört. Als sie Leonardo und Kathy sahen, war ihnen beiden sofort klar, was geschehen war. Serena fragte fast schüchtern, ob sie noch etwas für sie tun könne. Kathy schüttelte nur den Kopf und erkundigte sich nach Nora.

Mit Nora hatte es keine Probleme gegeben. Sie lag seit einer Stunde friedlich im Körbchen und schlief. Leonardo bat seinen Bruder, ihm beim Waschen und Auskleiden zu helfen. Nachdem die beiden Männer im Bad verschwunden waren, legte sich Kathy aufs Sofa. Sie nahm zwar die Musik vom Schallplattenspieler wahr, fühlte sich aber, als gehöre sie gar nicht in diese fast belanglose Welt. Erst die Bewegungen ihres Kindes machten ihr bewusst, dass sie auch wieder Gedanken an das Leben um sie herum zulassen musste. Sie hatte, nachdem auch sie sich gewaschen und für die Nacht umgezogen hatte, noch einen Moment neben Noras Körbchen gesessen, ihre glatte Haut gestreichelt und den Babygeruch eingeatmet, bevor sie sich zu Leonardo ins Bett legte. Sie strich ihm vorsichtig über den Arm und sagte: »Im Moment hilft es mir unheimlich, dass da etwas in mir ist, was einfach nur leben will.« Leonardo legte seine Hand auf ihren Bauch und hoffte, die Bewegungen seines Kindes spüren zu können. Als er sie wahrnahm, gestand er ihr: »Ich habe während der vergangenen Stunden auch oft an dich und die Kinder gedacht und das hat mir die Kraft gegeben, bis zum Schluss durchzuhalten. Als du da warst, habe ich gemerkt, dass du manchmal auf die Zeichen von unserem Kind reagiertest, aber ich wagte nicht, dich zu berühren, weil ich der Mutter von Joseo nicht wehtun wollte. Sie musste heute ihren Sohn verlieren und ich wollte ihr zeigen, dass sie nicht allein ist.« – »Glaubst du, dass sie die Anwesenheit einer Schwangeren belastet hat?« – »Nein, ich glaube, so, wie es abgelaufen ist, nicht. So warst du einfach nur da und hast mit ihr gemeinsam die traurigen Stunden verbracht.«

Fernando hatte sich angeboten, Nora in der Nacht zu versorgen, damit Kathy einmal durchschlafen konnte und sie war ihm dankbar dafür. Sie schlief erschöpft und fest, bis am nächsten Morgen der Wecker klingelte. Leise stand sie auf, um Leonardo nicht zu wecken, der nur kurz vom Klingeln aufschreckte, dann aber sofort wieder einschlief. Bevor sie ging, schaute sie noch schnell zu Nora, die neben Fernandos Matratze in ihrem Körbchen lag und friedlich schlief. Sie streichelte ihr noch einmal über das Gesicht und ging dann zur Arbeit. Ihrem Vater konnte sie von Joseos Tod erst berichten, als er zu ihr auf die Station kam. Er war betroffen, obwohl er nach seinem letzten Krankenbesuch damit hatte rechnen müssen, einfach aus der Hilflosigkeit heraus und dem Wissen um die Trauer der Eltern. Aber auch sonst berührte ihn der Tod eines Kindes immer sehr, wo sie doch erst mit dem Leben beginnen wollten und dann plötzlich keine Chance mehr dazu hatten.

Als Kathy kurz nach 14 Uhr nach Hause kam, fand sie Ehemann, Tochter und Schwager friedlich vereint in der Küche vor. Sie wollten das Mittagessen kochen. Während Leonardo aus einem alten Kochbuch vorlas, versuchte Fernando dies in die Tat umzusetzen. Nora lag derweil in ihrem Körbchen und ruderte mit ihren Ärmchen. Als Serena eine halbe Stunde später erschien, war das Essen fertig und schmeckte allen wirklich gut. Fernando strahlte, als sie ihn dafür lobten. Er war auch ansonsten sehr stolz darauf, dass er Nora recht gut versorgt und die Wohnung aufgeräumt hatte. Kathy musste schmunzeln, als er nach dem Essen Serena anfuhr, sie solle nachher das Bad säubern, weil sie an der Reihe sei, und ihre Schuhe nicht im Flur liegen lassen.

Am Nachmittag kam Dr. Barkley, um mit seiner Tochter und

seinem Schwiegersohn die neue Diensteinteilung zu besprechen. Leonardo schien erleichtert zu sein, dass er trotz seiner Verletzungen ganz selbstverständlich Aufgaben übernehmen sollte. So bat ihn sein Schwiegervater, schon die Vorlesungen vorzubereiten und die Dienstpläne zu erstellen, während Kathy sich stärker um die Neuanschaffungen und Medikamentenbestellungen kümmern sollte. Sie wurde als Ausgleich hierfür nicht mehr für zusätzliche Dienste oder fürs Wochenende eingeteilt. Die Krankenbesuche in den Armenvierteln sowie die Projektarbeit wollten Dr. Philippo und Felicitas vorerst weiterführen. Als ihr Vater ging, sah Kathy Leonardo forschend an und fragte: »Na, ist diese Lösung für dich so in Ordnung?« Er nickte und sagte dann: »Entschuldige bitte, dass ich mich so schrecklich benommen habe.«

Am Donnerstag sollte die Beerdigung von Joseo sein. Padre Sergio hatte Leonardo und Kathy durch einen Boten ausrichten lassen, dass sie eingeladen seien. Kathy konnte sich für den Termin zwei Stunden freinehmen und fuhr mit Leonardo um zwölf Uhr los. Während die Beisetzung selbst noch recht friedlich verlief, war kurz darauf Unruhe bei einigen Trauergästen zu spüren. Ein Mann, der Onkel von Joseo, kam auf Leonardo und Kathy zu und sagte ihnen: »Wir vermissen Sie. Dr. Philippo ist zwar nett, aber kein richtiger Ersatz. Leonardo ist einer von uns. Er hat keine Angst, sich zu uns auf die Matratze zu setzten, um uns zu behandeln.« Schon aus Zeitmangel mussten Leonardo und Kathy es ablehnen, noch an dem gemeinsamen Essen teilzunehmen. Als sie von Padre Sergio zu ihrem Fahrzeug gebracht wurden, erfuhren sie, dass Leonardo großes Ansehen bei den Menschen hier erlangt hatte und einige der Bewohner das, was mit ihm geschehen war, bei Lopez rächen wollten. Padre Sergio wirkte sehr beunruhigt, weil er befürchtete, dass dies wieder zu Blutvergießen führen könnte. Als ihn Leonardo fragte, was er tun könne, um dies zu verhindern, antwortete Padre Sergio nur resigniert: »Leonardo, was willst du ihnen sagen? Dass Lopez ein guter Mann ist, dem man kein Haar krümmen darf? Oder willst du sagen, dass wir hier in einem Land leben, in dem Lopez für sein Verhalten schon zur Rechenschaft gezogen wird? – Hier muss doch jeder selbst sehen, was er noch mit seinem Gewissen vereinbaren kann.«

Leonardo wirkte ziemlich betreten, als er mit Kathy nach Hause fuhr. Er hatte vor einem Jahr einmal einen Aufstand in den Armenvierteln mitbekommen und dies hatte ihm sehr deutlich gezeigt, dass die Menschen hier nur den Kürzeren ziehen konnten. Am Nachmittag war er mit seinem Bruder bei seinem Anwalt gewesen, um nachzufragen, ob seine Strafanzeige überhaupt Wirkung zeigte. Señor Bastonos hatte inzwischen die Zeugen befragen können und hierbei das Autokennzeichen in Erfahrung gebracht. Er sah für das ganze Verfahren recht gute Voraussetzungen. Als ihm Leonardo von der aufgeheizten Stimmung in den Armenvierteln erzählte, erklärte er sich sofort bereit, am nächsten Tag noch einmal gemeinsam mit Padre Sergio mit den aufgebrachten Menschen zu reden, um so größere Unruhen zu vermeiden.

Am Freitagabend kam Alberto mit seiner Familie zu Besuch. Serena und Fernando hatten das Essen zubereitet. Sie fanden inzwischen Gefallen an dem Familienleben ihres Bruders, das so ganz anders verlief, als sie es bislang gewohnt waren, und wollten sich nützlich machen. Kathy, die von ihrer Arbeit sehr müde war, hatte sich um 23 Uhr von den Gästen verabschiedet und ins Bett gelegt, während sich die anderen noch ausgelassen im Wohnzimmer unterhielten. Nur die beiden Kinder von Alberto hatten sie nach dem Essen in das Kinderzimmer zum Schlafen gelegt, während Nora im Schlafzimmer in ihrem Körbchen schlummerte. Kathy war bereits eingeschlafen, als sie vom Klingeln des Telefons geweckt wurde. Sie hörte Leonardo, der mit jemandem am Telefon sprach und sich dabei anscheinend ziemlich aufregte. Kurz darauf kam er zu ihr ins Schlafzimmer und sagte: »Dr. Carco ist am Telefon und will dich dringend sprechen.«

Kathy zog sich ihren Morgenmantel über und ging in den Flur zum Telefon. Von Dr. Carco, der für die Nacht als zweiter Arzt eingeteilt war, erfuhr sie, dass ein Patient mit Namen Lopez mit Verletzungen eingeliefert worden sei und nun verlange, dass sie ihn behandle. Obwohl Kathy diese Nachricht hellwach machte, versuchte sie am Telefon unbeeindruckt zu wirken, indem sie sagte: »Richten Sie diesem Herrn bitte aus, dass ich Feierabend habe und er sich von den diensthabenden Ärzten behandeln lassen kann.« Sie hörte am Telefon, wie Dr. Carco dies Lopez ausrichtete und wie dieser außer sich vor Wut geriet und lautstark damit drohte, Kathy von seinen Leuten holen zu lassen. Seine Worte zeigten bei Dr. Carco Wirkung, sodass er nun abermals versuchte, Kathy davon zu überzeugen, wie wichtig es sei, dass sie schnell in die Aufnahme komme. Da Kathys Eltern an diesem Wochenende mit dem befreundeten Professor aufs Land gefahren waren, sah sie sich gezwungen, selbst eine Entscheidung zu treffen. Um ihren Kollegen nicht zum Prellbock zwischen ihr und Lopez werden zu lassen, sagte sie schließlich zu.

Wütend legte sie den Hörer auf und sah Leonardo an, der neben ihr gestanden, aber nur Bruchstücke des Telefonats mitbekommen hatte. Während sie sich anzog, erzählte sie ihm, was geschehen war. Leonardo wollte sie anfangs davon abhalten, ins Krankenhaus zu gehen, sah dann aber doch keine andere Möglichkeit, wenn er nicht eine Auseinandersetzung mit Lopez riskieren wollte. Kathy hatte sich inzwischen fertig angezogen und sich auch die Zeit genommen, noch ihre Haare zu bürsten und zusammenzubinden sowie Kajal- und Lippenstift zu benutzen, weil sie nicht einsah, wenn sie schon aus dem Bett geholt worden war, auch noch so aussehen zu müssen.

Mit der nötigen Wut im Bauch kam sie in der Aufnahme an. Ohne ihn zu begrüßen, ging sie forsch auf Lopez zu, der mit blutigem Gesicht auf einem Stuhl saß, und sagte: »Ich hoffe, Sie haben einen triftigen Grund dafür, mich um diese Zeit aus dem Bett holen zu lassen. Unser Job ist anstrengend genug und wir brauchen auch einmal Schlaf.« Lopez schien eine Auseinandersetzung mit ihr nicht zu scheuen und erwiderte kühl. »Auf mich ist heute Nacht ein Anschlag verübt worden und da ist es mein gutes Recht, mich nur von den Ärzten behandeln zu lassen, die mein Vertrauen genießen.« Kathy wurde zynisch: »Das ist mir neu, dass ausgerechnet die Ehefrau von einem Mann, den Sie gerne zu einem Regimegegner erklären lassen würden, Ihr Vertrauen genießt.« Lopez ließ sich auf keine weitere Diskussion ein und sagte, dass er sie zu dieser Behandlung auch zwangsverpflichten könne, worauf Dr. Carco unruhig wurde. Kathy holte sich einen Stuhl und setzte sich an den Behandlungstisch. Dann forderte sie Lopez auf, sich auf den Tisch zu legen, und bat Dr. Carco, mit der Behandlung zu beginnen. Sie spürte in sich eine starke Abneigung, den verschwitzten, gedrungenen Körper dieses Mannes zu berühren, und wollte sich auch nicht von ihm dazu zwingen lassen.

Noch bevor Dr. Carco tätig werden konnte, richtete sich Lopez erbost auf und befahl ihr, die Behandlung selbst durchzuführen. Kathy war wieder aufgestanden und sagte sehr bestimmt: »Wie Sie an meinem Verhalten und meinen Anordnungen sehen können, nehme ich Ihre Ängste ausgesprochen ernst und werde bei Ihrer Behandlung anwesend sein. Mehr können Sie von mir nicht erwarten, weil ich Nachtschichten in meinem Zustand nicht mehr machen darf.« Es war ihm anzusehen, dass er Alkohol getrunken hatte. Mit seinem rotfleckigen Gesicht starrte er Kathy einen Moment lang an, als könne er nicht begreifen, was sie da eben gesagt hatte. Dann griff er langsam zu seinem Pistolenhalfter und zog seine Waffe.

Während er auf Kathy zielte, erhob er sich von der Behandlungsliege und ging auf sie zu, bis die Mündung der Pistole ihren gewölbten Bauch berührte. Im scharfen Ton herrschte er sie an: »Du tust jetzt, was ich dir sage, sonst schieße ich dir eine Kugel in den Leib. Du wirst sehen, dass das deinem Bastard gar nicht gut bekommen wird.« Sie wusste, dass sie es zukünftig sehr viel schwerer haben würde, sich seinen Forderungen zu widersetzen, wenn sie jetzt nachgäbe; sie sah aber auch, dass sie wenig Spielraum hatte, sich seinem Druck zu entziehen, wenn sie nicht riskieren wollte, dass er seine Drohung in seinem blinden Zorn wahrmacht.

Kathys Stimme klang hart, als sie ihn fragte: »Und was machen Sie dann? Schießen Sie sich dann eine Kugel in den Kopf?« Lopez starrte sie ungläubig an. Noch ehe er etwas darauf erwidern konnte, forderte ihn Kathy auf, sich von Dr. Carco behandeln zu lassen, und schob ihre Hand zwischen seine Pistole und ihren Leib. Lopez schien auf jeden Fall noch klar genug im Kopf zu sein, um an diesem Abend nicht alles riskieren zu wollen. In seiner herrischen Art forderte er Kathy auf, sich an den Behandlungstisch zu stellen und ihrem Kollegen genau auf die Finger zu sehen. Mit der Erklärung, dass sie nicht mehr so lange stehen könne, setzte sie sich wieder auf den Stuhl. Von dort aus nahm sie nur noch wie aus weiter Ferne wahr, dass Dr. Carco die Behandlung durchführte. In ihrem Kopf spielte sich noch einmal die Szene ab, die sie unmittelbar zuvor erlebt hatte. Sie dachte nur, dass dieser Mann verrückt sei und es irgendwann einmal schaffen könnte, ihr Leben zu zerstören.

Lopez hatte eine Platzwunde an der Stirn und eine Zerrung an der linken Schulter – nach Kathys Einschätzung ziemlich harmlose Verletzungen. Als die Behandlung abgeschlossen war und er sich wieder anziehen konnte, stand Kathy auf und sagte: »Ich werde jetzt gehen; es geht mir heute nicht so gut.« Ohne eine Reaktion von ihm abzuwarten, drehte sie sich um und verließ den Behandlungsraum. Hastig ging sie in Begleitung eines Pflegers zurück zur Villa, wo sie schon voller Unruhe erwartet wurde. Bevor Kathy überhaupt bereit war, Leonardo mitzuteilen, was sie gerade im Krankenhaus erlebt hatte, legte sie sich ins Bett und bat Serena, ihr eine Wärmflasche zu machen. Leonardo war außer sich, als er hörte, was geschehen war, und wollte seine Ehefrau überreden, mit ihm aus Asunción wegzugehen. Er erzählte ihr, dass Alberto ihn vorhin darauf aufmerksam gemacht habe, dass der Arzt aus dem Dorf seiner Eltern für ein halbes Jahr eine Vertretung suche. Kathy fühlte sich jedoch nicht mehr in der Lage, an diesem Abend eine Entscheidung zu treffen, und bat ihn deshalb, morgen in Ruhe über alles zu reden.

Der Samstag war der letzte Tag, an dem Fernando zu Besuch war. Er wollte gleich mit dem ersten Bus nach Hause fahren. Leonardo spürte, dass ihm seine Verletzungen ohne die Unterstützung durch seinen Bruder deutlich mehr zu schaffen machen würden, und wirkte deshalb ziemlich bedrückt. Nachdem Fernando abgereist war, versuchte er noch einmal, Kathy davon zu überzeugen, so schnell wie möglich wegzuziehen. Diese reagierte noch ausweichend, weil sie erst mit ihrem Vater über den Vorfall reden wollte und sich zurzeit auch unfähig fühlte, in einer fremden Umgebung ein völlig neues Leben zu beginnen.

Am Sonntagabend berichtete sie ihrem Vater und Elena, was mit Lopez vorgefallen war, und auch, dass Leonardo mit dem Gedanken spiele, für ein halbes Jahr eine Aushilfstätigkeit auf dem Land anzunehmen. In einem langen Gespräch überlegten sie gemeinsam, welche tatsächlichen Vorteile dies im Moment haben könnte. Kathy hatte ernsthafte Zweifel daran, dass es sinnvoll sei, in ihrem jetzigen Zustand eine neue Arbeitsstelle anzutreten, zumal auch Leonardo in den nächsten Wochen nur sehr eingeschränkt arbeitsfähig sein würde. Trotzdem glaubte sie, Leonardos Wunsch nicht einfach ignorieren zu können, weil sie sich mehrfach gegenseitig versprochen hatten, gemeinsam aus Asunción wegzugehen, wenn sich die Lebensumstände hier verschlechtern sollten.

Dr. Barkley schlug schließlich vor, dass sie sich erst einmal die Praxis auf dem Lande ansehen sollten und man dann noch in aller Ruhe würde entscheiden können, ob es sich lohnen würde, diese Aushilfstätigkeit anzunehmen. Er selbst hätte es lieber gesehen, wenn sie geblieben wären und man Lösungen dafür gefunden hätte, wie ihr Leben in Asunción sicherer werden könnte, aber er konnte auch ihre Angst und den Wunsch nach einer Auszeit verstehen. Unabhängig von ihrer Entscheidung beabsichtigte er, in Absprache mit Señor Bastonos einen Brief an das Justizministerium zu schreiben, in dem er den Überfall auf Leonardo und den Vorfall von Freitagabend mit Lopez schildern und um entsprechende Maßnahmen bitten wollte, die derartige Zwischenfälle zukünftig verhindern könnten. Ferner wollte er eindringlich darauf hinweisen, wie wichtig es sei, dass Leonardo ungehindert seine Arbeit in den Armenvierteln verrichten könne, und dass es darüber hinaus erforderlich sei, dass seine Anweisungen als Leiter des Krankenhauses nicht einfach von Lopez außer Kraft gesetzt werden. Kathys Vater hatte aber auch noch einen anderen Entschluss gefasst. Er war am Wochenende von dem befreundeten Professor auf eine Ärztin in Asunción aufmerksam gemacht worden, die viele Jahre pausiert hatte, um ihre vier Kinder großzuziehen. Jetzt suchte sie eine Möglichkeit, wieder in ihrem Beruf zu arbeiten, und Dr. Barkley wollte ihr anbieten, erst einmal für zwei Wochen im Krankenhaus zu hospitieren. Wenn die Zusammenarbeit mit ihr gut verliefe, wollte er ihr einen Teilzeitarbeitsvertrag anbieten.

2.–8.5.1977

Als Kathy am nächsten Tag von der Arbeit nach Hause kam, erzählte ihr Leonardo, dass Padre Sergio gerade bei ihm gewesen sei. In den Armenvierteln habe es am Wochenende Unruhen gegeben und nun seien die Polizeirazzien verstärkt worden und auch schon einige Festnahmen erfolgt. Der älteste Junge, der den Überfall auf Leonardo bezeugen wollte, sei auch darunter gewesen und nun inhaftiert. In diesem Gespräch hatte Leonardo Padre Sergio noch einmal eindringlich darauf hingewiesen, dass er es nicht akzeptiere, dass seine Familie durch irgendwelche Aktionen gefährdet werde, worauf Padre Sergio zugegeben habe, dass die Sache mit Edna wirklich etwas riskant gewesen sei. Leonardo hatte auch mit dem Landarzt und mit Albertos Eltern telefoniert. Falls Kathy am Mittwoch und Donnerstag frei bekommen könnte, hätten sie die Gelegenheit, sich die Landpraxis einmal anzusehen und die beiden Tage bei Albertos Eltern auf dem Bauernhof zu wohnen. Kathy gelang es, mit zwei Kollegen die Wochenenddienste zu tauschen, sodass sie am Mittwoch gleich in aller Frühe aufbrechen konnten. Schweren Herzens nahm sie Elenas Angebot, Nora bei sich zu behalten, an.

Der Bauernhof von Albertos Eltern lag zwei Autostunden von der Hauptstadt entfernt. Da Kathy wegen Leonardos Handverletzung selbst fahren musste, hatte sie nach der Fahrt ziemlich starke Rückenschmerzen, zumal das Baby im Moment recht unglücklich auf einen Nerv drückte. Nach dem Mittagessen bei Albertos Familie, von der sie sehr freundlich aufgenommen wurden, stellten sie sich bei Dr. Stahlmann vor. Er war ein netter Herr deutscher Abstammung, der nicht gerade begeistert wirkte, als er Kathy und Leonardo mit ihren körperlichen Handicaps sah. Er hatte sich eigentlich eine voll einsatzfähige Vertretung gewünscht und nicht eine Schwangere ein paar Wochen vor ihrer Entbindung sowie einen Arzt, der seine rechte Hand derzeit nicht benutzen konnte. Er hoffte, dass die beiden sehr schnell ein Einsehen haben würden, wenn sie seinen Berufsalltag erst einmal besser kennengelernt hätten.

Die Praxis von Dr. Stahlmann war bereits überfüllt, als Kathy und Leonardo dort ankamen. Man einigte sich darauf, dass Kathy so gut es ging mit behandelte, während Leonardo nur zusah. Es gab offene Beine zu versorgen, eine Warze zu entfernen und zahlreiche Infektionskrankheiten zu behandeln. Kathy, die es seit dem Beginn ihrer Schwangerschaft vermieden hatte, ansteckende Krankheiten selbst zu behandeln, übernahm daher nur die harmloseren Fälle. Am späten Nachmittag gab es noch zahlreiche Krankenbesuche mit dem Wagen zu erledigen, zu denen Kathy und Leonardo mitfahren durften.

Die Arbeit hier war so ganz anders als die im Krankenhaus. Es gab viele chronisch Kranke, die nicht nur mit Medikamenten versorgt werden mussten, sondern auch jede Menge menschlicher Zuwendung von ihrem Arzt brauchten. Dr. Stahlmann nahm sich sehr viel Zeit für seine Patienten und kannte deren Familiensituation genau, sodass neben der medizinischen Betreuung ganz selbstverständlich auch das eine oder andere private Problem besprochen wurde. Kathy hatte wegen ihrer anhaltenden Rückenschmerzen Mühe, sich auf diese ländliche Idylle einzulassen. Sie wollte nicht erfahren, wann die Kuh des herzkranken Bauern kalben würde oder welche Hochzeit als nächste anstand. Leonardo wirkte ebenfalls betreten, obwohl ihm viele Dinge von seinen Hausbesuchen in den Armenvierteln vertraut waren, diese hatten aber nur wenige Stunden in der Woche ausgemacht. Weil er bemerkt hatte, dass es seiner Ehefrau nicht so gut ging, machte er ihr bei den letzten beiden Krankenbesuchen den Vorschlag, im Fahrzeug sitzen zu bleiben, was sie dann auch tat.

Auf der Rückfahrt zur Praxis sagte Dr. Stahlmann diplomatisch: »Ihren Erzählungen habe ich vorhin entnommen, dass Sie mit Sicherheit über großes medizinisches Wissen verfügen, während es hier eher um die harmloseren Krankheitsfälle geht.« Leonardo entgegnete, dass dies wohl richtig sei, er aber hoffe, dass eine ländliche Praxis dem Familienleben besser bekommen würde als der Wechseldienst im Krankenhaus. Dr. Stahlmann, der eine Vertretung für seine Praxis benötigte, um die Versorgung seiner schon sehr betagten pflegebedürftigen Eltern in Deutschland regeln zu können, machte den Vorschlag, dass sie alle eine Nacht darüber schlafen und sich dann morgen noch einmal zusammensetzen sollten. Als sich Leonardo und Kathy gegen 20 Uhr endlich auf der Rückfahrt zu Albertos Eltern befanden, sagte Kathy müde und frustriert: »Ich glaube nicht, dass dieser Job familienfreundlicher ist. In Asunción wäre ich schon längst zuhause und könnte mit Nora auf dem Sofa liegen.« Leonardo sah das anders: »Wenn wir uns den Job aufteilen würden, wäre der Tag auch nicht so lang. Dann kann einer die Praxisarbeit übernehmen und der andere die Hausbesuche.«

Ungläubig und wütend zugleich lenkte Kathy den Wagen an den Straßenrand und hielt dort an. Dann fragte sie provozierend: »Leonardo, wer soll das bitte alles machen, bis deine Hand wieder verheilt ist? Nora und ich oder wer?« Er schwieg einen Moment, bevor er sagte: »Ich glaube nicht, dass dies für dich der wirkliche Hinderungsgrund ist. Dr. Stahlmann wird vielleicht in einem Monat nach Deutschland gehen und dann kann meine Hand schon wieder einsatzfähig sein. Gib doch zu, dass du es einfach gar nicht willst.« Ihre Augen füllten sich mit Tränen, als sie ihm recht gab. »Ja, ich will das hier nicht. Dieses Land ist mir zu fremd, als dass ich mich hier überall zuhause fühlen könnte. Mit meinen Eltern in der Nähe ist das für mich noch in Ordnung, aber so nicht mehr. – Leonardo, ich möchte wieder in unsere Wohnung, die wir doch gerade für unsere kleine Familie renoviert haben, und ich möchte zu unserer Tochter.« Leonardo versuchte sie zu beruhigen und bat sie, noch die Nacht abzuwarten und erst am morgigen Vormittag zurückzufahren.

Während Leonardo am Abend noch mit Albertos Familie zusammensaß, war Kathy schon schlafen gegangen. Sie lag in dem fremden Bett und fühlte sich einsam. Heute hatte sie deutlich gespürt, dass die Grenzen ihrer Bereitschaft, sich in diesem Land einleben zu wollen, überschritten wurden. In Asunción musste sie schon auf viele angenehme Dinge verzichten, die in England ganz selbstverständlich waren, aber hier sah sie nichts mehr von dem, was ihr das Leben lebenswert erscheinen ließ. Sie war schon eingeschlafen, als Leonardo gegen Mitternacht zu ihr ins Bett kam. Anfangs hatte sie noch gehört, wie unten im Esszimmer geredet und gelacht wurde. Obwohl sie sich freiwillig aus dieser Gemeinschaft zurückgezogen hatte, fühlte sie sich das erste Mal von dem Leben in diesem Land ausgeschlossen. Sie befürchtete, dass Leonardo diese Praxisvertretung gerne übernehmen würde, weil er das einfache Leben auf dem Lande aus seiner Kindheit kannte und für viele Dinge, die ein Großstadtleben ausmachten, sowieso nur schwer zu begeistern war. Er brauchte nicht die Theaterbesuche und die gesellschaftlichen Auftritte. Leonardo war ein Mensch, der in seiner Freizeit gern mit guten Freunden zusammensaß und stundenlang diskutierte, sich manchmal mit ihnen zum Fußball verabredete oder aber auf seiner Gitarre spielte. Seitdem er mit Kathy zusammen war, hatte er zwar weniger Zeit für derartige gesellige Abende, aber dafür wurden sie dann noch um ein gutes Essen bereichert.

Am nächsten Morgen hatte Leonardo keine Mühe aufzustehen. Bevor er sich waschen ging, weckte er seine Ehefrau mit einem Kuss. Kathy war in der Nacht häufig wach geworden, weil ihr der Rücken schmerzte, und fühlte sich daher keineswegs ausgeschlafen. Als er zurückkam, machte sie noch immer keine Anstalten aufzustehen. Erstaunt sah er sie an und setzte sich zu ihr ans Bett. »Hey, was ist? Willst du heute nicht aufstehen?«, fragte er gutgelaunt. Sie schüttelte nur müde den

Kopf. Leonardos Optimismus wich augenblicklich aus seinem Gesicht. Besorgt fragte er: »Geht es dir nicht gut?« Kathy war verzweifelt und fragte: »Leonardo, kannst du nicht verstehen, dass ich zurzeit einfach nur in meiner vertrauten Umgebung sein möchte, wie ein Tier in seiner Höhle, und auf die Geburt unseres Kindes warten will?« Er streichelte ihr Gesicht und versuchte sie zu beruhigen, indem er vorschlug: »Lass uns jetzt einfach aufstehen und zu Dr. Stahlmann fahren, damit wir ihm sagen können, dass wir kein Interesse mehr haben, und dann fahren wir direkt zu Nora.« – »Bist du dir ganz sicher, dass du es nicht mehr willst?« – »Ja, allein hätte ich es getan, aber ich bin jetzt nicht mehr allein und ich habe eingesehen, dass dieses Leben nichts für dich ist.«

Nach dem Frühstück fuhren sie zu Dr. Stahlmann. Es war ihm anzusehen, dass er erleichtert war, als er hörte, wie sie sich entschieden hatten. Auf der Rückfahrt schmiedeten sie Pläne, wie sie ihr neues Esszimmer einrichten wollten und welcher Tischler den Auftrag erhalten sollte. Es waren nur noch wenige Kilometer bis Asunción, als Leonardo seine Ehefrau amüsiert darauf aufmerksam machte, dass sie sich wie eine Stute verhalte, die auf dem Rückweg zum Stall immer schneller wird, um ganz schnell wieder bei ihrem Fohlen zu sein.

Nora war gerade wach, als sie zuhause ankamen, und wirkte recht munter auf Farahs Arm. Kathy nahm sie ihr ab und ging mit ihr nach oben. Dort setzte sie sich mit Nora in den Ledersessel und spürte, dass sie noch nie so glücklich war, wieder in diese Wohnung heimgekehrt zu sein. Nach dem Mittagessen fuhren sie mit Nora zum Tischler und besprachen mit ihm die Anfertigung der Esszimmermöbel. An dem Tisch sollte Platz genug für viele Gäste sein, aber er sollte andererseits auch nicht zu klobig aussehen, und im Vitrinenschrank musste reichlich Geschirr und Tischwäsche verstaut werden können. Kathy hatte in diesem Land sehr schnell gelernt, dass kleine Esstische völlig ungeeignet waren, und wollte sich in diesem Punkt den hiesigen Gepflogenheiten anpassen. Danach gingen sie mit Nora noch Anziehsachen einkaufen, weil sie bislang immer Bekleidung von der Säuglingsstation getragen hatte, sowie Kinderbettwäsche und Spielzeug. Leonardo bereitete es sichtbar Freude, seine Tochter neu einzukleiden und ihr Spielsachen auszusuchen, sodass sich Kathy bewusst etwas zurückhielt.

Als sie am späten Nachmittag wieder zurück zur Villa kamen, war bei ihren Familienangehörigen die Erleichterung groß, als sie ihnen mitteilten, dass sie sich gegen das Landleben entschieden hätten. Am Abend setzten sie sich noch einmal mit ihren Eltern zusammen und überlegten, wie es hier in Asunción für sie weitergehen könne. Für Leonardo war dieses Gespräch sehr wichtig und er hatte es Kathy auf der Rückfahrt auch abverlangt, indem er sagte: »Ich kenne England nicht und weiß auch nicht, was du alles aufgeben musstest. Vielleicht würde es mir ebenso wie dir jetzt gehen, wenn ich Paraguay verlassen müsste. – Mich stört bei dieser ganzen Diskussion um unsere Zukunft nur, dass wir jetzt so tun, als hätten wir die ganze Sache hauptsächlich gemacht, um für unsere Familie eine optimale Lebensform zu finden, was aber einfach nicht stimmt. Es ist noch nicht einmal eine Woche her, da hat dir Lopez die Pistole an den Leib gehalten und dich bedroht. Kathy, das ist die Realität und nicht das Abwägen, ob das Leben auf dem Lande besser ist als das in der Stadt.«

Dr. Barkley sah die ganze Situation weniger dramatisch als sein Schwiegersohn. Für ihn war es wichtig, dass sowohl Leonardo als auch Kathy die nächsten Wochen keine Betreuung der Armenviertel übernahmen und ansonsten, wie von ihm schon nach Leonardos Verletzung vorgeschlagen, ihre Arbeit entsprechend ihren derzeitigen Fähigkeiten verrichteten. Er mahnte auch an, dass sie sich erst einmal in aller Ruhe auf die Geburt ihres Kindes vorbereiten sollten. Die Zuversicht seines

Schwiegervaters schien Leonardo wieder etwas zu beruhigen. Aber später in ihrer Wohnung reagierte er sofort ausgesprochen gereizt, als ihm Kathy mitteilte, dass sie morgen mit Tante Lilien telefonieren wolle, um den geplanten Englandurlaub abzusprechen und um in Erfahrung zu bringen, ob dort eine Reha-Maßnahme für seine Hand in Betracht kommen könnte. Sie verstand sein Verhalten nicht und fragte deshalb nach, was sein Problem sei, worauf er antwortete: »Ich finde es einfach Wahnsinn, wie viel Geld wir für vier Wochen Urlaub ausgeben sollen.«

Kathy war enttäuscht: »Ich habe mich die ganze Zeit darauf verlassen, dass wir, sobald unser Kind auf der Welt ist, alle zusammen für ein paar Wochen nach England fliegen. Jetzt, da du auch noch einen triftigen Grund für deinen Auslandsaufenthalt hast, sind die Chancen optimal, dass du auch eine Ausreisegenehmigung bekommst. Und dass du dann deine Hand in der Reha-Klinik nachsehen und eventuell ambulant behandeln lassen kannst, ist doch die beste Möglichkeit, um bleibende Schäden auszuschließen.«

Leonardo wollte dies heute noch nicht abschließend entscheiden und schlug deshalb vor, dass sie erst einmal abwarten sollten, bis das Kind da sei. Seine unverbindliche Art ärgerte sie maßlos, sodass sie hartnäckig blieb: »Ich brauche deine feste Zusage und die Vorfreude auf unseren Englandaufenthalt. Weißt du eigentlich, dass ich in letzter Zeit dieses ganze Chaos hier nur deshalb ertragen konnte, weil ich mich auf unsere gemeinsamen Wochen in England gefreut habe. Mein Heimatland erschien mir da manchmal fast wie das Paradies auf Erden.« Als er mit einer Zusage immer noch zögerte, bat sie, mühsam ihre Tränen zurückhaltend: »Leonardo, du wirst es nicht verstehen, aber ich muss wieder nach England, weil ich sonst dieses Leben hier nicht mehr aushalte. – Wenn du nicht mitkommen willst, lass mich bitte mit den Kindern allein fahren.«

Er sah sie sekundenlang ernst an und fragte dann: »Wenn du allein mit den Kindern fliegen würdest, kämst du dann auch wieder zurück?« Kathy tat seine Frage weh, aber auch der Gedanke, dass sie vielleicht doch lieber in England bleiben und ihr dann die Rückkehr nach Paraguay unendlich schwerfallen würde. Sie hatte Zweifel, ob sie dann überhaupt noch dieses Leben hier würde akzeptieren können. Trotz ihrer zwiespältigen Gefühle, der Liebe zu ihrem Ehemann und dem Wunsch nach einem unbeschwerten und sicheren Leben traf sie eine schnelle Entscheidung, indem sie antwortete: »Ich würde schon wegen dir zurückkommen.« Er nahm sie vorsichtig in den Arm und sagte leise. »Okay, für dich bin ich auch bereit, einen Großteil unserer Ersparnisse hierfür auszugeben.« Nachdem er sich nun zu dem gemeinsamen Urlaub durchgerungen hatte, konnte er auch Kathys Wunsch akzeptieren, die beiden Kinder in England taufen zu lassen.

Am Freitagabend rief Kathy bei Tante Lilien an und sagte ihren Besuch im Sommer fest zu. Was die Reha-Maßnahme für Leonardo betraf, wollte ihre Tante einen befreundeten Orthopäden befragen. Leonardo rief danach bei seiner Familie an und erfuhr von seinem Vater, dass dieser für einen Geschäftsmann mit Auslandskontakten den englischsprachigen Schriftverkehr abwickeln werde und dies, zusätzlich zu seinen bisherigen Jobs, noch zehn gut bezahlte Stunden pro Woche einbrächte. Auch Fernando wollte noch mit Leonardo sprechen, weil er wissen wollte, wie sein großer Bruder ohne seine Hilfe zurechtkam. Mit gedämpfter Stimme erzählte er Leonardo, dass er seine Mutter aufgefordert habe, sich auch einmal einen Job zu suchen, weil ja schließlich alle Erwachsenen in der Familie Geld verdienen würden, worauf diese drei Tage lang kein Wort mehr mit ihm gesprochen und gesagt habe, dass sie noch nicht wisse, ob sie am 15. Mai mit zu Serenas Geburtstagsfeier kommen werde.

Die getauschten Dienste am Wochenende fielen Kathy unheimlich schwer. Sie hatte ständig ein leichtes Ziehen im Unterleib und wollte deshalb am Montag ihren Frauenarzt aufsuchen. Als sie dies Leonardo mitteilte, war der sehr besorgt, weil er befürchtete, ihr zu viel zugemutet zu haben. Er gab sich große Mühe, zusammen mit Serena die Hausarbeit zu erledigen und Nora zu versorgen. Angesichts des bevorstehenden 18. Geburtstages von Serena und der mit ihr getroffenen Absprache schlug Kathy ihrem Ehemann vor, Serena mit zum Frauenarzt zu nehmen, damit diese die Pille verschrieben bekomme. Leonardo sah sie verdutzt an und fragte: »Wieso, hat Serena gesagt, dass da bald was laufen wird?« – »Nein, aber es könnte ja passieren, wenn ich gerade im Wochenbett liege oder wir in England sind. Mir wäre es lieber, dass wir rechtzeitig etwas tun.« – »Und was ist, wenn wir sie damit erst auf die Idee bringen?« Kathy musste lachen: »Glaubst du wirklich, du musst deine Schwester und ihren Freund erst auf die Idee bringen?« Er schwieg einen Moment betreten, bevor er erwiderte: »Meine Eltern werden uns umbringen, wenn sie erfahren, dass wir Serena die Pille besorgt haben. Meine Mutter denkt immer, dass, wenn ein Mädchen keine Gelegenheit für solche Dinge erhält, sie so etwas auch gar nicht vor der Ehe tun wird.« Kathy war hier anderer Meinung: »Wenn Serena tatsächlich bis zu ihrer Heirat Jungfrau bleiben möchte, dann wird sie mir sagen, dass sie keine Pille braucht. Und falls sie morgen doch mit möchte, dann haben wir wenigstens alles getan, um eine ungewollte Schwangerschaft zu verhindern.« Leonardo hoffte, dass seine Schwester Nein sagen würde, aber sie wollte mit und so bat er beide inständig, keinem davon etwas zu sagen, worauf Kathy erwiderte, dass sie aber nicht lügen werde, falls es doch einmal Thema werden sollte.

Die neue Ärztin hatte zugesagt und sollte Kathy auf der Frauenstation unterstützen. Sie war eine ruhige, sehr lebenserfahrene Frau und die Zusammenarbeit mit ihr war ausgesprochen angenehm. Am Nachmittag fuhr Kathy mit Serena zu ihrem Frauenarzt. Serena war sehr aufgeregt und wollte, dass ihre Schwägerin die ganze Zeit bei ihr blieb. Bei der Untersuchung von Kathy stellte sich heraus, dass sie schon leichte Senkwehen hatte. Sie war nun vier Wochen vor dem errechneten Geburtstermin und sollte zukünftig beruflich kürzertreten. Als sie wieder nach Hause kamen, wirkte Leonardo etwas befangen seiner Schwester gegenüber. So war auch seine erste Frage, als er mit Kathy allein war, ob Serena tatsächlich die Pille bekommen habe. Seine Ehefrau reagierte amüsiert: »Ja, warum nicht? Wir waren doch bei einem Frauenarzt und nicht beim Pfarrer.« Das war für Leonardo das Stichwort. »Vielleicht sollte Padre Sergio noch einmal mit Serena und Michaelo reden«, schlug er vor. Kathy sah ihn verständnislos an: »Leonardo, was soll das eigentlich? Wir haben doch vor der Ehe auch miteinander geschlafen. War das etwa ein Verbrechen?« – »Ich habe aber teilweise sehr darunter gelitten.« – »Dann lass jetzt bitte nicht noch Serena leiden, nur weil sie Dinge tun möchte, die nun einmal zur Liebe dazugehören.« Er rang mit sich, als er sie schließlich bat: »Aber versprich mir, dass du ihr nicht auch noch erlaubst, dass sie es hier in der Wohnung machen kann. Das könnte ich auf keinen Fall meinen Eltern gegenüber rechtfertigen.« Beruhigend sagte sie: »Ich verspreche es dir. Wenn sie es wirklich wollen, finden sie bestimmt auch so ein Hotel wie das, in dem es damals mit uns angefangen hat.« – »Und warum können sie denn nicht auch so wie wir damals verhüten, anstatt dass Serena jetzt die Pille schluckt?« – »Weil ich das für Anfänger einfach zu unsicher finde. Wenn dann etwas schiefgeht, haben wir wirklich ein Problem.« – »Und unser zweites Adoptivkind«, ergänzte Leonardo diesen Gedankengang.

Kathy hatte sich früh ins Bett gelegt und Leonardo wollte einfach nur bei ihr sein. Nachdem er mit ihr die Bewegungen des Kindes erfühlt und sich dabei vorgestellt hatte, wie es wohl sein würde, ging seine Ehefrau zu einem Thema über, was seit seiner Verletzung arg zu kurz gekommen war. Unter dem Vorwand, einmal sehen zu wollen, ob ihm seine Rippen noch wehtun, begann sie seinen Oberkörper zu streicheln. Als Leonardo diese Untersuchung doch etwas merkwürdig vorkam, hielt er ihre Hand fest und fragte: »Was hast du vor?« Sie machte unbeirrt weiter und antwortete: »Hey, wenn ich jetzt schon recht keusch und züchtig leben muss, lass mich wenigstens bei dir Hand anlegen.«

Am nächsten Tag erhielt Leonardo ein Schreiben von der Justizbehörde, in dem er dazu aufgefordert wurde, am Freitagvormittag dort vorstellig zu werden. Voller Argwohn fuhr er gemeinsam mit Señor Bastonos hin. Zu seiner Beruhigung wurden ihm keine neuen strafbaren Handlungen vorgeworfen, sondern es ging allein um die Vorfälle der letzten Monate, die er und seine angeheiratete Familie zur Anzeige gebracht hatten. Señor Bastonos schilderte sehr geschickt, dass sich der Angriff auf seinen Mandanten negativ auf die Krankenversorgung in den Armenvierteln ausgewirkt und sich insgesamt der Umgang mit Lopez dramatisch verschlechtert habe, wobei er auch von dem Vorfall berichtete, als Lopez sich im Krankenhaus behandeln lassen wollte. Sie konnten zwar von dem Staatsanwalt in Erfahrung bringen, dass Ermittlungen gegen Lopez liefen, jedoch wurden ihnen keine konkreten Einzelheiten genannt. Am Ende dieser Unterredung erhielt Leonardo die Zusage, nach seiner Genesung ungehindert wieder seiner Arbeit in den Armenvierteln nachgehen zu dürfen, und man stellte ihm auch eine Reisegenehmigung in Aussicht, damit er sich in England nachbehandeln lassen könnte.

Leonardo konnte es nicht erwarten, seine Ehefrau darüber zu informieren, was er gerade vom Staatsanwalt erfahren hatte, und ging daher gleich zu ihr auf die Station. Diese war erleichtert, als er ihr schilderte, dass diesmal nicht er verdächtigt wurde, sondern Lopez, und war glücklich über die in Aussicht gestellte Reisegenehmigung. Am Abend schmiedeten sie Urlaubspläne. Leonardo kannte England nur aus Büchern, die er sich früher einmal von seinem Vater ausgeliehen hatte. Demzufolge war das Wetter dort häufig feucht und neblig, das Essen nicht so schmackhaft, aber dafür die Polizisten sehr nett. Auf jeden Fall nahmen sie sich vor, bis zu ihrem Urlaub Leonardos Englischkenntnisse zu verbessern, damit er sich im Heimatland seiner Ehefrau würde verständigen können.

Am Samstagvormittag kam die Familie Terno mit dem Fernbus in Asunción an. Kathy holte ihre Schwiegereltern und die beiden Brüder mit dem Auto vom Busbahnhof ab. Während die beiden Jungen sehr gelassen wirkten, war ihren Schwiegereltern anzumerken, dass sie sehr aufgeregt waren. Sie waren in den letzten Jahren einige Male in Asunción gewesen, hatten ihren Sohn dann jedoch nie in seiner Wohnung besucht. Als Kathy auf das Krankenhausgrundstück in Richtung der Villa fuhr, verstummte das Gespräch fast andächtig. Leonardo und Serena hatten auf sie gewartet und kamen zur Begrüßung mit Nora auf dem Arm an das Fahrzeug. Fernando freute sich, die Kleine wiederzusehen, und nahm sie sofort seiner Schwester ab. Nach dem Ausladen des Gepäcks gingen sie alle gemeinsam nach oben. Leonardos Eltern waren sichtlich beeindruckt von der Bleibe ihres Sohnes und seine Mutter verhielt sich insgesamt ausgesprochen höflich und zurückhaltend, sodass Kathy später ihrem Ehemann gegenüber bemerkte: »So handzahm war deine Mutter ja noch nie. Vielleicht hätten wir sie schon einmal früher einladen sollen. – Übrigens hat sie sehr wohlwollend das Kreuz über deinem Sessel betrachtet.« – »Und, hat sie etwas gemerkt?«, fragte Leonardo sofort beunruhigt. »Nein, ich glaube nicht. – Außerdem stehe ich zu dem, was ich getan habe.«

Damit dieser Besuch für Kathy nicht zu anstrengend werden würde, hatten sie auf Elenas Vorschlag hin Leonardos Eltern unten im Gästezimmer einquartiert. Das Wochenende und auch die Geburtstagsfeier von Serena am Sonntag verliefen lebhaft, aber harmonisch. Kathy hatte ihrem Ehemann im Vorfeld versprechen müssen, dass sie sich schonen würde, und konnte dies auch konsequent durchhalten, weil sie genug Helfer hatte, die ihr beim Essenkochen und Tischdecken sowie beim anschließenden Abwasch zur Hand gingen. Von Nora waren ihre Schwiegereltern sehr angetan, auch wenn die Schwiegermutter ihre Sorge darüber nicht zurückhalten konnte, dass sie sich mit dem Kind übernehme. Die Auseinandersetzungen der letzten Wochen hatten aber auch in anderer Hinsicht Erfolg gehabt. Stolz erzählte Leonardos Mutter, dass sie eine Arbeitsstelle im Haushalt einer ehemaligen Kollegin ihres Ehemannes angenommen habe, die nach der Geburt des dritten Kindes wieder als Lehrerin arbeiten wollte und nun jemanden für ihre Kinder und den Haushalt brauchte. Die Abfahrt ihrer Familie am Sonntagnachmittag konnte Serena kaum erwarten, weil sie sich noch mit Michaelo treffen wollte. Er hatte sie ins Kino eingeladen und sie wollte hierzu ihr neues Kleid, das sie von Kathy und Leonardo zum Geburtstag bekommen hatte, anziehen.

18.–22.05.1977

Am Mittwochnachmittag kam Padre Sergio vorbei. Er berichtete von Neuigkeiten über Lopez, die er vom Lebensmittellieferanten des Gefängnisses erfahren hatte. Diese Informationsquelle gab es schon seit Längerem, weil die Kontaktaufnahme zu den Häftlingen beim Ausladen der Lebensmittel immer recht günstig war und sich so Informationen gut ins und auch aus dem Gefängnis schmuggeln ließen. Bei seiner letzten Lieferung war dem Lieferanten ein Brief an Padre Sergio zugesteckt worden, in dem stand, dass der nach Joseos Beerdigung bei einer Razzia festgenommene Onkel bei seiner Vernehmung erschossen worden sei. Lopez soll wie häufig versucht haben, eine Aussage mit Schlägen zu erpressen, worauf der Festgenommene einen Tonbecher, der auf dem Tisch stand, zerschlagen und mit einer Scherbe Lopez durchs Gesicht gezogen haben soll. Lopez habe den Gefangenen abgewehrt und dann, als dieser auf dem Boden lag, seine Pistole auf ihn gerichtet und sein ganzes Magazin leergeschossen. Der Gefangene, der diese Zeilen geschrieben hatte, sollte ebenfalls von Lopez verhört werden und wurde im Nebenraum Zeuge dieses Vorfalls. Einen Tag später sei diesem Gefangenen von Lopez vorgeworfen worden, dass er geplant habe, ihn zu töten, und ihm wurde angedroht, dass er mit einer hohen Haftstrafe zu rechnen habe, weshalb der Häftling Padre Sergio mit diesen Zeilen dringend bat, ihm einen Rechtsbeistand zu besorgen.

Padre Sergio wusste von diesem Gefangenen zu berichten, dass es sich um einen jungen Mann aus einer wohlhabenden Familie handelte, der schon seit Jahren Gelder und auch Waffen für die Untergrundarbeit zur Verfügung stellte. Von Joseos Eltern habe er erfahren, dass der Onkel direkt nach der Beerdigung zu diesem jungen Mann gefahren sei, um von ihm eine Waffe zu holen; hierbei muss es dann zu der Verhaftung gekommen sein.

Leonardo fragte beunruhigt nach: »Und was ist mit den Eltern von Joseo? Sind die auch in Verdacht geraten?« – »Nein, bislang noch nicht. Zumindest hat Lopez sie noch nicht verhört, was aber nicht heißen soll, dass er sie nicht schon im Visier hat«, antwortete Padre Sergio. Kathy hatte erst die Idee,

Señor Bastonos zu fragen, ob er die Verteidigung des jungen Mannes übernehmen wolle, falls dessen Familie zustimmen würde. Leonardo lehnte dies aber gleich strikt ab: »Das sollten wir gerade nicht tun. Nachher kommt Lopez noch auf die Idee, dass wir etwas mit der ganzen Sache zu tun haben. Ich finde, es reicht aus, wenn Padre Sergio einfach nur dessen Eltern bittet, für ihren inhaftierten Sohn einen guten Anwalt zu besorgen.«

25.05.1977

Elena war am Nachmittag wieder in der Beratungsstelle gewesen und erfuhr von Felicitas die Neuigkeit, dass Lopez, der tagelang wie vom Erdboden verschwunden war, durch den ehemaligen Militärgeneral Señor Carras abgelöst werden solle. Der Neue galt zwar als Hardliner, aber durchaus als berechenbar und korrekt, und er hatte Familie, was Elena als positives Zeichen wertete. Während Leonardo noch recht verhalten und fast ungläubig auf die Neuigkeit reagierte, war Kathy sofort fest davon überzeugt, dass endlich das Gute gesiegt habe.

3.6.1977

Der Nachfolger von Lopez hatte sich im Krankenhaus bei Dr. Barkley vorgestellt und ihm eine gute Zusammenarbeit zugesagt. Er wollte dann auch Leonardo und Kathy kennenlernen, die nach ihrem Englandaufenthalt wieder gemeinsam die medizinische Versorgung der Armenviertel übernehmen wollten. Das Zusammentreffen war insofern recht informativ, als deutlich zu spüren war, dass Señor Carras sich bemühte, die Krankenversorgung in den Armenvierteln nicht zu behindern, und offenbar auch kein Misstrauen gegenüber Leonardo und Kathy hegte. Um das ihnen entgegengebrachte Wohlwollen nicht durch verdächtige Vorfälle zu gefährden, wollte Leonardo, nach den Ereignissen der letzten Monate, zukünftig lediglich die Kranken- und Medikamentenversorgung in den

Armenvierteln übernehmen. Dies hatte er so bereits mit Padre Sergio abgesprochen, worauf dieser in den letzten Wochen die Unterstützung der Regimegegner anders organisiert hatte.

Bevor Señor Carras sich von ihnen verabschiedete, deutete er noch an, dass er schon eine heiße Spur habe, wer die Straftaten an Leonardo verübt haben könnte, wobei er annahm, dass diese in Auftrag gegeben worden seien. Nähere Einzelheiten hierzu wollte er aber noch nicht nennen.

5.6.1977

Es passierte auf der Feier von Alberto anlässlich seiner Geschäftsvergrößerung, zu der Leonardo mit Kathy gegen Mittag gefahren war. Als sie dort ankamen, waren schon ungefähr dreißig Personen anwesend; es waren Geschäftspartner sowie Freunde und Verwandte von Alberto. Kathy hatte sich erst eine Weile mit Albertos Schwester Sofia unterhalten, die sie während ihres Besuches bei Albertos Eltern kennengelernt hatte, und wollte sich dann etwas zum Essen vom Büffet holen. Mit einem Teller und Besteck in den Händen ging sie zu dem Tisch, wo die Speisen standen, als der fünfjährige Sohn von Alberto aus der Küche gerannt kam und ihr mit voller Wucht in die Seite lief. Kathy schrie vor Schreck auf und machte eine Abwehrbewegung, wobei sie den Teller und das Besteck fallen ließ. Dann spürte sie einen stechenden Schmerz in ihrem Leib und umfasste ihn mit beiden Händen. Sofia war sofort bei ihr und wollte sie zu einem Stuhl führen, Kathy bat sie jedoch, sie ins Badezimmer zu bringen. Dort setzte sie sich vorsichtig auf den Wannenrand. Hilflos stand Sofia vor ihr und fragte: »Ist alles in Ordnung mit dir?« Kathy hatte Schmerzen und sagte nur: »Bitte sag Leonardo Bescheid.«

Es dauerte keine drei Minuten, bis Leonardo zu ihr kam. Während er ihr half, sich langsam aufzurichten, verlor sie Fruchtwasser. »Leonardo, ich glaube, jetzt geht es los«, war ihr knapper Kommentar. Als auch er sah, was geschehen war, wirkte er sehr nervös. »Kathy, setz dich lieber wieder hin, bis ich dich mit Alberto hole«, sagte er und verließ dann das Badezimmer, um seinen Freund zu suchen. Gemeinsam mit Alberto brachte er sie zum Wagen. Während Alberto das Fahrzeug zum Krankenhaus lenkte, saß Leonardo zusammen mit Kathy auf der Rückbank. Ihre Stirn war feucht vom Schweiß, während sie Leonardos Hand umfasste und nur noch hoffte, dass die hektische Fahrt durch die Stadt bald zu Ende sein würde.

Vor der Villa angekommen, stieg Leonardo sofort aus und lief zum Haus. Seine Schwiegereltern aßen gerade zu Mittag, als er an ihre Wohnungstür klopfte. Hastig informierte er seinen Schwiegervater, der ihm die Tür öffnete, über Kathys Zustand. Während Dr. Barkley und Alberto Kathy untergefasst nach oben in ihre Wohnung brachten, beauftragte Elena ihre Söhne, auf Nora Acht zu geben, bis Serena nach Hause kommen würde. Alberto verabschiedete sich eilig, weil er hier nicht mehr helfen konnte, und fuhr wieder zurück zu seinen Gästen. Gemeinsam mit Leonardo bereitete Dr. Barkley die Entbindung vor, während Elena Kathy beim Auskleiden half.

Trotz des recht stürmischen Beginns der Geburt dauerte es Stunden, bis das Kind endlich geboren war. Kathy musste sich eingestehen, dass ihre Fantasie nicht ausgereicht hatte, sich diesen fast berstenden Schmerz in ihrem Unterleib vorzustellen. Leonardo litt währenddessen wegen der stundenlangen Schmerzen, die seine Ehefrau ertragen musste, und auch, weil er wegen seiner Handverletzung nur Hilfsarbeiten übernehmen konnte. Die Einzigen, die mit einer unerschütterlichen Zuversicht die ganze Geburt begleiteten, waren Kathys Eltern, und dies war auch gut so. Inzwischen war Serena von ihrem Treffen mit Michaelo heimgekehrt und hatte Nora übernommen, die die Nervosität um sich herum spürte und häufiger als sonst weinte. Es war schon Abend, als Kathys schwerste Stunde begann. Die Wehen hatten sie inzwischen mürbe gemacht, sowohl körperlich als auch psychisch; sie wollte nur noch, dass endlich die ganze Sache vorbei war. Gegen 22 Uhr war es dann geschafft. Sie hatte einen kleinen Jungen geboren, den ihr Vater ihr gleich nach der Geburt auf den Bauch legte. Kathy und Leonardo streichelten den noch mit Käseschmiere bedeckten kleinen Körper und waren einfach nur glücklich.

Es war schon nach Mitternacht, als endlich wieder Ruhe einkehrte. Kathys Eltern hatten nach der Versorgung von Mutter und Kind noch aufgeräumt und die Nachgeburt mit nach unten genommen. Trotz ihrer Erschöpfung konnten Kathy und Leonardo nicht schlafen. Sie betrachteten gemeinsam ihren Sohn, der zwischen ihnen im Bett lag, während Nora von ihrem Geschrei der letzten Stunden endlich übermüdet und friedlich in ihrem Körbchen vor dem Bett eingeschlafen war. Leonardo war nahe an seine Ehefrau herangerückt und hielt ihre Hand. Ihren Bauch, der nun schon fast flach wirkte, wagte er nicht anzufassen, weil Kathy auf jede Berührung in diesem Bereich ausgesprochen empfindlich reagierte. Nach einer Weile des Schweigens fragte er, wie es ihr gehe. Sie musste sich ihren neuen Zustand erst bewusst machen, bevor sie antwortete: »Ich bin unheimlich froh, dass endlich alles vorbei ist und wir ein gesundes Kind haben. – Wenn ich jetzt aber mit meinem leeren Bauch hier so im Bett liege, merke ich, dass ich mich erst daran gewöhnen muss, dass ich nun meinen Körper wieder für mich alleine habe und nicht mehr jeden Tag das Strampeln in mir spüren werde.« Er brauchte einen Moment, bevor er ihr gestand: »Ich hatte manchmal Angst, dass etwas schiefgehen könnte. Du bist so ein Energiebündel und die Schwangerschaft lief in diesem ganzen Chaos manchmal eher so nebenher. Ich bin glücklich, dass trotzdem alles geklappt hat. Du hast alles unheimlich gut gemacht.«

9 Die Fahrt nach England

Es war das kleine Würmchen Miguel, der gegen Morgen als Erster wach wurde und noch recht leise Laute von sich gab. Leonardo versorgte ihn zusammen mit Kathy und im Anschluss daran Nora, die ebenfalls wach geworden war. Überhaupt hielt Leonardo es für ausgesprochen praktisch, dass er für seinen Sohn nicht erst ein Fläschchen vorbereiten musste, weil Kathy ihn stillte. Um Nora nicht zu benachteiligen, durfte sie nach ihrem Bruder auch noch an die Brust. Gegen Mittag fiel es Leonardo schwer, seine kleine Familie zurückzulassen, um zur Arbeit zu gehen. Bevor er das Haus verließ, legte er Kathy noch eine kleine Schachtel auf die Bettdecke. Darin war ein Ring mit einem kleinen Diamanten, den er Kathy mit den Worten auf den Finger steckte: »Hierauf habe ich doch schon die ganze Zeit gespart.«

Am Nachmittag besorgte Kathys Vater ein kleines Mandelbäumchen, welches im Garten auf die Plazenta gepflanzt werden sollte. Als Leonardo abends das Einpflanzen des Baumes im Kreise der Familie vornahm, fühlte sich Kathy zwar noch etwas schwach, aber dennoch in der Lage, mit in den Garten zu kommen und danach noch auf die Geburt ihres Sohnes anzustoßen. Für die Kollegen im Krankenhaus, die Bekannten und übrigen Verwandten sollte etwas später noch einmal eine Feier stattfinden. Kathy hatte sich schon wieder hingelegt, als Leonardo sie fragte: »Na, hast du dir alles so vorgestellt und bist nun glücklich?« – »Vom Kopf her ja, aber körperlich fühle ich mich fürchterlich, ausgebeult und klapperig.« Um ihre Vorfreude auf England zu verstärken, erzählte er ihr, dass er morgen die Reisepapiere beantragen wolle.

Am Mittwoch gelang es Kathy schon, den ganzen Tag außerhalb ihres Bettes zu verbringen. Die Esszimmermöbel waren geliefert worden und sie wollte mit Serena den Vitrinenschrank einräumen. Zur Einweihung des neuen Esszimmers kochten sie dann am Abend gemeinsam für die ganze Familie. Während des Essens äußerte Leonardo seine Befürchtung, dass er Kathy nach dem Urlaub ernsthaft würde überreden müssen, mit ihm wieder zurück nach Paraguay zu kommen. Ihr Vater teilte seine Sorge nicht und sagte: »Ich kann dir nur den Rat geben, Leonardo, lass sie sich in England richtig austoben und bleibe ganz gelassen dabei. Irgendwann ist sie müde davon und wird froh sein, wieder an diesen ruhigen Fleck Erde zurückkehren zu können.« Seine Tochter konterte: »Von wegen ruhiger Fleck Erde. So viel Ängste und Aufregung, wie ich hier im letzten Jahr erleben musste, habe ich mein ganzes bisheriges Leben lang nicht erlebt.« Ihr Vater zwinkerte ihr zu: »Mein Kleines, es wird hier aber traumhaft ruhig werden, weil nämlich unser alter Widersacher Lopez nicht mehr in der Stadt ist.« Dr. Barkley hatte aus sicherer Quelle erfahren, dass Lopez seine Zelte in Asunción endgültig abgebrochen hatte und weggezogen war. Amüsiert erzählte er weiter, dass sich dieser zuvor von dem Modearzt der Stadt, der auch Schönheitsoperationen vornahm, behandeln ließ, damit ihn seine Narbe im Gesicht nicht so entstellte, was unter Umständen seine Chancen bei den Frauen verringert hätte.

18. und 19.6.1977

Am Wochenende vor ihrem Abflug nach England kam Leonardos Familie noch zu Besuch, um das neue Familienmitglied kennenzulernen. Sie waren alle begeistert von Miguel, und Leonardos Mutter zeigte zufrieden darüber, dass Kathy ihn stillte, weil sie erst befürchtet hatte, dass ihr Enkel ein Flaschenkind werden würde. Insgesamt schien trotz aller Gegensätze langsam eine emotionale Annäherung, die geprägt war von gegenseitiger Akzeptanz, möglich zu werden. Lediglich die bevorstehende Urlaubsreise bereitete Leonardos Eltern Sorgen, weil England für sie eine ferne, fremde Welt war. Es war deshalb nur gut, dass Leonardo immer wieder betonte, wie wichtig es für Kathy sei, ihr Heimatland wieder einmal sehen zu können, und dass schließlich auch er wissen wolle, wie und wo seine Ehefrau ihre Kindheit verbracht hat. Sorgen bereitete der Mutter aber auch die Beaufsichtigung von Serena in der Zeit ihrer Abwesenheit. Erst nachdem Elena ihr mehrfach versichert hatte, dass sie dies übernehmen werde, beruhigte sie sich etwas.

Beim letzten gemeinsamen Essen vor ihrer Heimfahrt teilte Leonardos Vater stolz mit, dass sie zukünftig ohne die finanzielle Unterstützung ihrer Söhne auskommen würden, weil sie durch ihre zusätzlichen Jobs nun ausreichend Familieneinkommen hätten und jetzt ja auch nicht mehr für Serena aufkommen müssten. Leonardo war zwar erleichtert, aber gleichzeitig etwas skeptisch und fragte deshalb noch einmal nach, ob dies wirklich so sei, worauf ihm seine Eltern so überzeugend ihre Einkünfte vorrechneten, dass auch er keine Bedenken mehr hatte, seine monatlichen Unterhaltszahlungen an seine Familie einzustellen.

27.6.1977

Es war der Tag des Abflugs nach England. Obwohl sich alle, schon wegen der Kinder, bemühten, ruhig zu bleiben, herrschte allgemein Anspannung. Kathy war aufgeregt, wieder in ihr Heimatland zu kommen, und Leonardo, weil er das erste Mal in seinem Leben Südamerika verließ. Kathys Eltern und Serena waren nervös, wie man es immer ist, wenn jemand verreist, den man liebt und um den man sich Sorgen macht. Obwohl Serena anfangs von der Vorstellung begeistert war, die Dachgeschosswohnung einige Wochen für sich allein zu haben, machte sie nun auch ein etwas betrübtes Gesicht und sagte zum Abschied, dass sie ja alle heil wiederkommen sollten.

Nach der Hektik auf dem Flughafen herrschte im Flugzeug der übliche Bordbetrieb, der ihnen aber im Gegensatz zu den Stunden davor wie eine Erholungspause vorkam. Die Betreuung der Babys hatten sie sich aufgeteilt. Kathy hatte Miguel übernommen und Leonardo die kleine Nora, die etwas temperamentvoller als ihr kleiner Bruder war. Beide schienen sich bei ihren Eltern recht sicher zu fühlen und weinten nur, wenn es ihnen zu laut wurde. Dies war auf dem Flughafen in Frankfurt der Fall, wo sie umsteigen mussten, und dann später in London. Die Lautsprecheransagen und die vielen Menschen machten den Kindern Angst. Hinzu kam, dass das Auschecken in London länger als erwartet dauerte, weil eine Reisetasche von ihnen erst nach einigen Nachfragen und einer längeren Wartezeit aufgefunden werden konnte. Tante Lilien hatte sie vom Flughafen mit dem Auto abgeholt und versuchte, sich nun durch die hektische Innenstadt von London zu kämpfen, was auch seine Zeit brauchte.

Kathy war von der Reise zu müde, um Leonardo alle Sehenswürdigkeiten zu erklären, an denen sie vorbeifuhren, und sie war froh, dass Lilien dies übernahm. Ihre Tante wohnte mit ihrem ältesten Sohn Christoph in einer alten Villa in einem Vorort von London. Das Haus war so, wie man sich eine alte englische Villa mit Hausgeist vorstellt; das dunkle Holz der Türen und Fenster und die ebenfalls dunklen Möbel ließen es noch etwas düsterer erscheinen und die Dielen und Treppenstufen gaben bei fast jedem Schritt knarrende Geräusche von sich. Als kleines Mädchen hatte sich Kathy vor den strengen Blicken ihrer Ahnen, die von zwei Gemälden in der Diele herabsahen, oft gefürchtet und musste lächeln, als sie nun mit ihrem Sohn auf dem Arm zu ihnen hinaufsah. Das Haus hatte aber Stil und sah recht vornehm aus, während es Gemütlichkeit erst dann ausstrahlte, wenn abends der Kamin angezündet wurde und die Familie in den bequemen Polstermöbeln vor ihm Platz genommen hatte.

Mit ihrer Familie bezog Kathy zwei zusammenhängende Zimmer im Dachgeschoss mit einem kleinen Bad. Lilien hatte von einer Nachbarin für die Kinder zwei Reisebetten, einen Laufstall und einen Kinderwagen besorgt. Gleich am Flughafen, nach dem ersten Blick auf die Kleinen, hatte sie voller Begeisterung gesagt, dass sie es gar nicht erwarten könne, für die beiden den Babysitter zu spielen. So ließ es sich die Tante auch nicht nehmen, gleich nach ihrer Ankunft bei der Versorgung der Babys mitzuhelfen, damit sich diese an sie gewöhnen könnten. Nachdem die Kinder versorgt waren und die Erwachsenen selbst etwas gegessen hatten, waren Leonardo und Kathy froh, sich erst einmal auf ihre Zimmer zurückziehen zu können. Kathy war ziemlich schnell eingeschlafen, während Leonardo noch einige Zeit brauchte, um die ganzen neuen Eindrücke zu verarbeiten. Es gab da so viele Dinge, die weder in den Büchern seines Vaters noch in Kathys vorkamen, wohl weil sie so selbstverständlich waren, die ihm aber sehr deutlich zeigten, was seine Ehefrau für ihr Leben in Paraguay alles aufgegeben hatte. Er hatte zwar noch nicht viel von diesem Land gesehen, aber eines war ihm bewusst geworden: Es herrschte hier ein Lebensstandard, den man in seinem Heimatland als Reichtum bezeichnen würde.

Am Abend kam Kathys Cousin Christoph aus dem Geschäft nach Hause. Er war Anfang dreißig, seit einem halben Jahr geschieden und wohnte nun wieder im Haus seiner Mutter. Da seine Ehe kinderlos geblieben war, konnte diese nahezu problemlos beendet werden. Obwohl Kathy zwar nie den ganz engen Kontakt zu ihrem Cousin gehabt hatte, zumal sie damals als Mädchen von ihm und seinem Bruder nicht gerade ernst genommen wurde und dann später jeder seiner Wege ging, freuten sich beide über das Wiedersehen. Mit Leonardo verstand Christoph sich auf Anhieb gut, obwohl sie am Anfang noch einige Verständigungsschwierigkeiten hatten, weil Christoph überhaupt kein Spanisch sprach und Leonardo sich erst überwinden musste, Englisch zu sprechen. Am Abend, beim gemeinsamen Billardspiel der beiden Männer, waren aber auch diese Probleme nicht mehr von Bedeutung und Leonardo taute langsam auf.

Kathy wurde derweil von ihrer Tante verwöhnt. Lilien war fest entschlossen, aus der jungen Mutter, die noch etwas erholungsbedürftig aussah, eine attraktive junge Frau zu machen, und bereitete für ihre Nichte am Abend ein Cremebad vor, in dem sich diese mit Gesichtsmaske und Haarkur pflegen konnte. Es war schon kurz vor Mitternacht, als Kathy und Leonardo in ihrem Bett lagen. Kathy duftete wie ein Parfümladen und Leonardo nach schottischem Whisky, den er ein wenig in seiner Wirkung unterschätzt hatte. Auf jeden Fall hatte er zum Schluss einige Probleme gehabt, die Billardkugeln zu treffen, und es dann lieber vorgezogen, sich schlafen zu legen.

London, 28.6.–13.7.1977

Am nächsten Tag fuhren Kathy und Leonardo in Liliens Wagen mit den Kindern ins direkte Umland von London, weil sie es noch nicht wagten, ihnen die Großstadt zuzumuten. Zum Erstaunen von Leonardo war an diesem Tag die Sonne zu sehen und es regnete nicht. Überhaupt hatte er sich eher vorgestellt, dass er von England wegen des Nebels kaum etwas würde sehen können, und nun hatten sie schönes, mildes Wetter und klare Sicht. Als Lilien am frühen Nachmittag aus dem Geschäft kam, übernahm sie sofort die Versorgung der Babys. Sie wollte auch morgen auf die Kleinen aufpassen, damit Kathy mit Leonardo zu dem Orthopäden Dr. Kelly fahren könnte, mit dem Lilien gut bekannt war. Als die Kinder versorgt im Bett lagen, verbrachten sie den Abend gemeinsam mit Fernsehen. Es gab einen Kriminalfilm mit der schrulligen Miss Marple und Leonardo lernte zum ersten Mal den typisch englischen Humor kennen. Anfangs schaute er noch etwas ungläubig drein, wenn sich Kathy und ihre Familie köstlich amüsierten; dann bekam er jedoch einen Gesichtsausdruck, den er sonst immer bei Patienten mit ernst zu nehmenden Krankheiten hatte. Dass er trotz seiner eher mageren Englischkenntnisse bis zum Schluss des Films vor dem Fernseher ausharrte, lag allein daran, dass ihn Miss Marple ein wenig an seine alte Großtante erinnerte.

Kathy und Leonardo waren am nächsten Morgen sehr früh aufgebrochen, um rechtzeitig bei Dr. Kelly zu sein. Sie wurden von Liliens Bekanntem nicht nur äußerst nett und zuvorkommend behandelt, sondern hatten auch den Eindruck, dass sich dieser in medizinischer Hinsicht sehr viel Mühe gab. Aus Paraguay hatten sie die Röntgenaufnahmen mitgebracht, die Kathys Vater hatte anfertigen lassen. Nach gründlicher Untersuchung der Hand empfahl Dr. Kelly eine spezielle Mobilitätstherapie, die Leonardo nach einem besonderen Trainingsprogramm jeden Tag zuhause durchführen sollte. Leonardo war sichtlich erleichtert, dass ihm dieser Arzt große Hoffnung machte, dass er seine rechte Hand bald wieder vollständig und ohne bleibende Behinderung würde belasten können.

Der nächste Tag war für die Taufvorbereitungen reserviert. Mit dem Pfarrer der Gemeinde, der Tante Lilien angehörte, wurde das Taufgespräch geführt und der Termin für die Taufe auf den 15. Juli festgelegt. Als sie dem Pfarrer ihre besondere Familiensituation in religiöser Hinsicht schilderten, war dieser erfreut, dass sie nun mehr zum protestantischen Glauben tendierten. Ganz selbstverständlich erzählte er ihnen von seiner Tochter und welche Probleme aufgetreten seien, als diese einen Katholiken geheiratet habe, worauf Kathy schmunzeln musste. Nach anfänglicher Skepsis fasste auch Leonardo Vertrauen zu

dem ganzen Vorhaben. Er war erstaunt, wie seriös und glanz-
voll die Kirche war, und fand auch den Pfarrer sehr sympathisch, obwohl er zunächst einige Schwierigkeiten damit hatte,
dass er hier einem Menschen gegenübersaß, der ganz normale
Familienprobleme hatte und keineswegs der üblichen Alltags-
welt entrückt war. Fassungslos blickte er jedoch drein, als ihm
der Pfarrer und Kathy erzählten, dass im Nachbarland auch
heute noch die Glaubensfrage so ernst genommen werde, dass
man dort seit Jahren einen blutigen Krieg um den richtigen
Glauben führte. Für Leonardo waren Hass und Krieg einfach
nicht im Sinne Gottes; die beiden anderen konnten ihm hier
nur beipflichten. Bevor sie sich voneinander verabschiedeten,
erklärte sich der Pfarrer noch bereit, sich zu erkundigen, wo es
eine protestantische Glaubensgemeinschaft in Paraguay gebe,
an die sie sich zukünftig wenden könnten.

Die Taufe sollte nur im engsten Familienkreis stattfinden,
wozu auch Kathys Mutter mit ihrem Ehemann gehörte. Fast
hätte Kathys Mutter ihr Kommen abgesagt, weil sie gekränkt
war, dass die Feierlichkeiten im Hause ihrer ehemaligen Schwägerin Lilien stattfinden sollten, mit der sie sich nie gut verstanden hatte. Die Neugier auf ihren Schwiegersohn und ihre Enkel hatte dann aber doch ihre anfängliche Abneigung besiegt.

Als vorerst alle offiziellen Termine überstanden waren, begann sich Kathy erst so richtig auf ein paar unbeschwerte Ur-
laubstage einzustellen. Sie hatte vor, Leonardo die Orte ihres
Lebens in England zeigen, die ihr einmal etwas bedeutet hatten, und wollte selbst an sich spüren, wie es heute in ihr aussah. Nach Möglichkeit nahmen sie die Kinder mit, wenn sich
der Lärm und die Menschenansammlungen im vertretbaren
Rahmen hielten. Ging dies einmal nicht, übernahm Lilien die
Babys. Christoph lud zweimal seine Cousine und Leonardo zu
typisch englischen Veranstaltungen wie einem Golfspiel und
einem Pferderennen ein. Obwohl es Kathy früher immer lang-

weilig fand, wenn ihre Mutter sie mit zum Golfspielen nahm, und sie auch nicht gerade ein Fan von Pferderennen war, akzeptierten sie die Einladung, damit Leonardo auch einmal den englischen Adel kennenlernen konnte. Auf diesen machte die Welt der Reichen und Schönen wenig Eindruck. Überhaupt betrachtete er die Engländer äußerst kritisch. Die jungen Leute fand er teilweise völlig überdreht und ausgeflippt, während er bei den Menschen im gesetzten Alter oftmals eine gewisse Schrulligkeit festzustellen glaubte. Die Veranstaltungen der High Society fand er durchweg überflüssig und langweilig und war überhaupt der Überzeugung, dass seiner Ehefrau nichts Besseres passieren konnte, als nach Paraguay zu ziehen und dort eine Familie zu gründen.

Zweimal machte Kathy den Versuch, ihren Ehemann mit dem Londoner Nachtleben vertraut zu machen. An einem Abend gingen sie ins Kino und einmal in eine Szenediscothek, wo sich Kathy mit ihrer ehemaligen Studienkollegin Patty, mit der sie sich immer noch schrieb, und deren Freund verabredet hatte. Das Kino hätte vielleicht noch Leonardos Geschmack getroffen, wenn der Film nicht in englischer Sprache gelaufen wäre und er deshalb Mühe hatte, mit seinen wenigen Englischkenntnissen die Dialoge des Films zu verstehen. Da ihm Kathy sehr viel übersetzen musste, war es für beide anstrengender als geplant. In der Disco war Leonardo vom Outfit der Besucher, von der stressigen Beleuchtung und dem Lärm einfach nur schockiert. Er konnte auch nicht so ganz verstehen, warum es nur wenige Paare gab, die zusammen tanzten, während sich sehr viele der Discobesucher solo auf der Tanzfläche bewegten. Als er dann auch noch auf dem Weg zur Herrentoilette von einem angetrunkenen jungen Mann in recht eindeutiger Absicht bedrängt wurde, weil dieser schnellen Sex mit Leonardo auf der Herrentoilette haben wollte, war es mit seiner Toleranz vorbei.

Völlig außer sich kam er zu Kathy zurück, die trotz der immensen Lautstärke bemüht war, sich mit Patty zu unterhalten, und bat sie, mit ihm die Disco zu verlassen. Obwohl Kathy seine plötzliche Aufregung nicht ganz verstand, verabschiedete sie sich von ihren Bekannten und ging mit Leonardo hinaus, weil sein Gesichtsausdruck nicht gerade so wirkte, als ließe er sich noch umstimmen. Im Auto fragte er fassungslos: »Sag einmal Kathy, sind hier alle völlig durchgeknallt oder was läuft hier eigentlich? Erst die knapp bekleidete Bedienung, die anscheinend meinte, mit jedem männlichen Wesen flirten zu müssen, egal ob er in Begleitung ist oder nicht, dann die durchgeknallten Typen auf der Tanzfläche und zum Schluss auf der Herrentoilette ein Typ, der einem an die Hose will. Findest du das etwa noch normal?« Etwas kleinlaut erwiderte sie: »Du, für London ist das ganz normal.« – »Und, gefällt dir so etwas?«, wollte er, immer noch sehr aufgebracht, von ihr wissen. Kathy überlegte eine Weile, bevor sie antwortete: »Viele Dinge kenne ich von früher und deshalb verwundern sie mich nicht. Als ich hier noch lebte, wusste ich genau, mit wem und an welche Orte ich gehen konnte und wovon ich mich lieber fernhielt.« – »Und, fehlt dir heute so ein Leben?« Sie schüttelte energisch den Kopf, als sie zu seiner Beruhigung sagte: »Nein, auch wenn das Leben in London einen großen Teil meiner Vergangenheit ausmacht, sind mir inzwischen andere Dinge wichtiger geworden. Zum Beispiel, dass ich rechtzeitig zuhause sein möchte, um unsere Kinder zu versorgen.«

Ausgesprochen gut gefiel Leonardo in London die Musikszene und das Fahren mit den Doppeldeckerbussen durch die Stadt. Von Christoph hatten sie erfahren, welche neuen Schallplatten veröffentlicht worden waren, und fünf LPs von ihm geschenkt bekommen. Darunter war auch eine von einem jungen Musiker aus Amerika, die Leonardo wegen der Mundharmonikaklänge so liebte, worauf er sich auch gleich selbst eine Mundharmonika kaufte. Mit Tante Lilien schmiedete Kathy in diesen Tagen Pläne, wie man in Albertos Laden in Asunción europäische Kleidung verkaufen könnte. Alberto hatte sich, zum Leidwesen von Leonardo, schon mehrfach für Kathys Kleidung interessiert und auch an einer Geschäftsbeziehung zu Tante Lilien reges Interesse bekundet. Lilien, die von dieser Perspektive sehr angetan war, sah hierin eine gute Chance, zukünftig öfter nach Asunción zu kommen, um so optimal Privates mit Geschäftlichem zu verbinden. So hatte sie mit Alberto schon am Telefon verabredet, dass Kathy Kataloge mitbringen werde und sie selbst im September kommen wolle, um die näheren Einzelheiten dieser geplanten Geschäftsbeziehung mit ihm zu besprechen.

Wie Dr. Barkley prophezeit hatte, konnte das Freizeitvergnügen in einer Weltstadt sehr anstrengend sein. Leonardo war gerade mit Christoph, der von einem Kunden zwei Freikarten erhalten hatte, bei einem Fußballspiel, während Kathy auf einer Liege im Garten lag und sich Zeitschriften ansah. Die beiden Babys hatte sie mit ihren Reisebettchen in den Schatten eines großen Baumes neben sich gestellt. Miguel schlief ruhig und Nora betrachtete mit großen Augen die Blätterkrone.

Als Tante Lilien mit Tee und Gebäck in den Garten kam, bemerkte sie: »Na, irgendwie siehst du ziemlich geschafft aus. Erlebst du hier gerade einen Kulturschock?« Kathy musste lächeln, als sie erwiderte: »Ob du es glaubst oder nicht, aber ich fühle mich im Moment wirklich kaputter als nach einem anstrengenden Arbeitstag. Und das wirklich Schlimme ist, dass man hier nach anderthalb Wochen Urlaub in keiner Weise den Eindruck hat, man habe in dieser Zeit etwas wirklich Sinnvolles getan.« Etwas nachdenklich fragte Tante Lilien sie, wie sie denn glaube, sich wirklich gut ausruhen zu können, worauf sich Kathy daran erinnerte, dass sie früher immer gestrickt hatte, wenn sie sich vom Uni-Stress erholen wollte. »Dann fahr doch los und besorg dir Wolle«, ermutigte ihre Tante sie, die nie lange im Leben zögerte, um etwas in die Tat umzusetzen.

Zusammen mit Nora fuhr Kathy in die Stadt und kaufte sich etliche Knäuel Wolle. Als Leonardo mit Christoph nach Hause kam, glaubte er seinen Augen nicht zu trauen. Da saß seine Ehefrau auf einer Decke neben ihren beiden Kindern im Garten und strickte. Erstaunt erkundigte er sich: »Was ist denn mit dir los?« – »Ich will mich endlich im Urlaub ein bisschen erholen. Und das geht bei so vielen Aktivitäten nun einmal nicht.« Ihre neue Einstellung zum weiteren Urlaubsverlauf musste sie ihm nicht erst schmackhaft machen, weil Leonardo nur froh war, dass Kathy von ihrem selbst zusammengestellten Urlaubsprogramm erste Ermüdungserscheinungen zeigte. Sie einigten sich deshalb darauf, die letzten Tage bis zur Taufe geruhsamer verbringen zu wollen, was ihnen tatsächlich auch gelang.

14. und 15.7.1977

Es war der Tag vor der Taufe, als Kathys Mutter abends mit ihrem Ehemann in Liliens Villa eintraf. Der Empfang war wie immer sehr formell und für Kathys Geschmack von Seiten ihrer Mutter zu aufgesetzt. Nachdem sie ihre Tochter umarmt und bekundet hatte, wie sehr sie ihr doch gefehlt habe, musterte sie neugierig ihren Schwiegersohn, der sie höflich, aber distanziert begrüßte. Ihre Enkelkinder lagen schon im Bett und schliefen, sodass sie nur noch einen kurzen Blick auf die Babys werfen konnte und mit entzückter Stimme sagte: »Ach, wie sind die beiden niedlich. Welches ist denn nun euer Kind?« Kathy sah sie provozierend an und antwortete nur knapp: »Beide.«

Beim gemeinsamen Abendessen war die Geschäftsreise von Kathys Stiefvater nach New York das Hauptthema, was zwar nicht so interessant, aber dafür ausgesprochen konfliktarm war. Nach dem Essen versuchte Kathys Mutter ihre Tochter unter dem Vorwand, sie hätte ihr noch etwas mitgebracht, in das Gästezimmer zu locken, in dem sie mit ihrem Ehemann untergebracht war. Dort überreichte sie Kathy ein Kuvert mit einem größeren Geldbetrag als Geschenk zur Taufe und fragte in einem mütterlichen Ton: »Mein Kind, wie geht es dir denn? Du siehst so schmal und blass aus.« Fast widerwillig antwortete Kathy: »Uns geht es gut und ich habe richtig ein wenig Sehnsucht nach unserem Zuhause und dem Rest der Familie. – Dass ich heute etwas blass aussehe, liegt mehr an den Vorbereitungen für die Taufe und auch daran, dass Nora vergangene Nacht Bauchschmerzen hatte. Ich will deshalb heute früh ins Bett gehen, damit ich morgen etwas frischer aussehe.« Diese Antwort war ihrer Mutter zu glatt, sodass sie nachfragte, ob sie jetzt mit den Kindern denn noch arbeiten müsse. Kathy, die ahnte, worauf ihre Mutter hinauswollte, antwortete sehr selbstbewusst: »Ja. In Paraguay ist es üblich, dass die gesamte Familie mit anpackt, und dann wird es auch klappen.« Als ihre Mutter dann sagte, dass ja zum Glück in drei Jahren mit den Kindern das Schlimmste überstanden sein würde, verriet ihr Kathy, dass sie noch zwei weitere Kinder haben möchte, worauf ihre Mutter sie fassungslos fragte: »Kind, warum willst du dir das alles antun? Ist dein Mann denn so egoistisch, dass er dir das alles abverlangt?«

Mit erstaunlich ruhiger Stimme erwiderte Kathy: »Leonardo hätte mir auch unser erstes Kind nicht abverlangt. Nachdem ich die erste Schwangerschaft so gut überstanden habe, hoffen wir einfach, dass es mit zwei weiteren auch gut klappt. Für uns sind Kinder einfach die schönste und emotionalste Gemeinsamkeit, die ein Ehepaar miteinander haben kann.« Ihre Mutter betrachtete sie einen Moment lang skeptisch und sagte dann: »Wenn man nicht andere Gemeinsamkeiten haben kann, ist das wohl so.« Kathy wollte sich zur Tür wenden, um wieder nach unten zu gehen. Ihre Mutter hielt sie jedoch am Arm zurück und sagte mit gedämpfter Stimme: »Brad weiß, dass du hier in London bist, und bittet dich um einen Anruf.« – »Und, warum soll ich ihn anrufen?«, fragte Kathy erstaunt. Ihre Mutter blieb hartnäckig: »Vielleicht, weil ihr einmal miteinander verlobt und sieben Jahre lang ein Paar wart?« – »Du warst mit meinem Vater sogar verheiratet und hast mit ihm ein Kind und bist nach all den Jahren noch nicht einmal in der Lage, ihm gegenüberzutreten«, antwortete Kathy provozierend. Es war so wie immer, ihre Mutter überhörte ihre spitze Bemerkung und überreichte ihr eine Telefonnummer mit den Worten: »Du kannst dir ja noch überlegen, ob du ihn anrufst.«

Der gemeinsame Abend im Kaminzimmer dauerte nur noch bis 22 Uhr, weil der Umgang miteinander sehr verkrampft war und jeder es deshalb lieber vorzog, früh ins Bett zu gehen, um am nächsten Tag ausgeschlafen zu sein. Als Kathys Mutter ihrem Schwiegersohn eine »Gute Nacht« wünschte, sagte sie so, als sollte es ein Kompliment sein, dass sie sich Südamerikaner immer viel kleiner vorgestellt habe, so wie kleine Indios, und dass sie nun doch erstaunt sei, einen stattlichen Mann vor sich zu sehen. Leonardo, der nicht alles von dem verstand, was sie sagte, schaute fragend zu Kathy, die ihm in Spanisch übersetzte: »Meine Mutter möchte sich gerade bei dir einschleimen und hat gesagt, dass du ja doch nicht so ein Wurzelzwerg bist, wie sie sich die Männer aus deinem Land immer vorgestellt hat. Dies war eben frei übersetzt.« Leonardo sah entsetzt seine Schwiegermutter an und schwieg, worauf diese in Begleitung ihres Gatten mit einem knappen Kopfnicken den Raum verließ.

Kathy und Leonardo gingen ebenfalls auf ihre Zimmer. Leonardo, der vorher schon einiges über seine Schwiegermutter gehört hatte, sagte: »Wenn ich mir so deinen dicklichen Stiefvater mit seinem großen Mundwerk ansehe, frage ich mich, warum sich deine Mutter von ihrem ersten Ehemann getrennt hat.« – »Nicht meine Mutter hat sich von meinem

Vater getrennt, sondern umgekehrt. Dad konnte diese Frau einfach nicht mehr ertragen und hatte schon lange genug nur meinetwegen in dieser Ehe ausgeharrt.« Leonardo konnte den Entschluss seines Schwiegervaters gut verstehen und stellte fest: »Diese Frau übertrifft tatsächlich noch die Gehässigkeiten meiner Mutter.« – »Wenn man wohlwollend ist, kann man sagen, dass deine Mutter wenigstens noch einen Grund hat, so verbiestert zu sein; bei meiner Mutter kann ich den aber wahrlich nicht erkennen«, erwiderte seine Ehefrau und zeigte ihm den Zettel mit Brads Telefonnummer. »Was sollst du damit?«, fragte Leonardo sofort voller Misstrauen. Kathy erzählte ihm von dem Gespräch, das sie mit ihrer Mutter im Gästezimmer geführt hatte, worauf er von ihr wissen wollte, ob sie denn vorhabe, sich bei Brad zu melden. »Ja, sonst sieht es noch so aus, als müsste ich mich und mein jetziges Leben verstecken. Zumindest ist meine Mutter ja wohl der Ansicht, dass ich ziemlich tief gesunken sei«, war ihre verbitterte Antwort.

Der nächste Tag verlief dank der guten Organisation von Lilien anfangs ohne große Zwischenfälle. Die Kleinen waren von der Taufe und den neuen Besuchern wenig angetan und reagierten mit dem üblichen Babyprotest, der nur von echten Kindernarren ruhig und gelassen ertragen wird. Kathys Mutter und ihr Ehemann gehörten nicht zu dieser Sorte Mensch und wirkten deshalb gereizt, bis endlich wieder Ruhe eingekehrt war.

Auch während dieser Familienfeier wurde wieder einmal deutlich, dass zwischen Kathy und ihrer Mutter Welten lagen. Am frühen Morgen hatte sie noch erfolglos versucht, ihre Tochter davon zu überzeugen, dass Leonardo vor der Taufe dringend einen angemessenen Haarschnitt bräuchte, und sich sogar angeboten, ihm einen Rasierapparat zu schenken. Später beim anschließenden Festessen reagierte sie mit völligem Unverständnis, als Kathy mit ihrem Sohn nach oben ging, um ihn zu stillen. Sie sei schon immer der Ansicht gewesen, dass Stillen der Figur schade.

Nachdem Kathy das Zimmer verlassen hatte, fragte ihre Mutter Leonardo bissig, ob er nicht befürchte, in ein paar Jahren eine völlig unansehnliche Ehefrau zu haben. Dieser verstand den Vorwurf seiner Schwiegermutter nur mit Übersetzungshilfe von Lilien. Noch bevor er reagieren konnte, übernahm die Tante seine Verteidigung: »Ich weiß nicht, was du hast. Wie du heute selbst sehen konntest, ist Kathy eine junge hübsche Mutter, die dazu noch sehr glücklich ist, und dies ist mit Sicherheit auch Leonardos Verdienst. Freu dich doch lieber, dass es ihr so gut geht.« Kathys Mutter schwieg, zumal sie einsehen musste, dass ihre Tochter am heutigen Tage ausgesprochen attraktiv aussah, was teilweise auch Lilien zu verdanken war. So hatte Kathy in der Boutique ihrer Tante für sich und ihren Ehemann einen Bekleidungsgroßeinkauf zum Einkaufspreis tätigen können und trug hiervon heute ein ausgefallenes, elegantes Kleid mit passender Jacke. Anfangs hatte sich Leonardo gegen diesen Einkauf noch ein wenig gesträubt, als dann aber die Preise stimmten, bekam auch er den Mut zu ein paar neuen Hemden und Hosen sowie zu einem Anzug, den er heute zur Tauffeier trug.

Keiner widersprach, als Kathys Mutter und Stiefvater gleich nach dem Kaffeetrinken aufbrechen wollten. Man blieb sich fremd und bekundete auch keine Besuchsabsichten, sondern wünschte sich lediglich alles Gute. Als sie die Villa verlassen hatten, setzte sich Kathy ans Telefon und rief Brad in der medizinischen Fakultät an. Dieser tat sehr erstaunt, sodass in Kathy den Verdacht aufkam, ihre Mutter habe dieses Gespräch eigenmächtig organisiert. Recht kühl sagte sie: »Meine Mutter hat erzählt, dass du mich sprechen möchtest. Worum geht es denn?« Er schwieg einen kurzen Moment und antwortete dann: »Deine Abreise war ja damals recht überstürzt. Ich wollte einfach nur wissen, wie es dir geht«, worauf sie spontan entgegnete: »Mir geht es gut. Wir haben gerade heute die Taufe unserer Kinder gefeiert. Es ist sogar noch Kuchen übrig. Wenn du Lust hast, kannst du ja noch vorbeikommen. Wir fliegen nämlich in zwei Tagen wieder zurück nach Paraguay.« Er zögerte einen Moment und erklärte sich dann bereit, gegen 18 Uhr bei ihr vorbeizuschauen.

Als sie Leonardo ankündigte, dass Brad in einer Stunden zu Besuch komme, reagierte dieser sofort aggressiv: »Sag mal, was wird hier eigentlich gespielt? Soll ich hier als unkultivierter Vollidiot vorgeführt werden, der einer englischen Prinzessin ein Leben in Schutt und Asche zumutet, während der eigentliche Prinz noch immer sehnsüchtig auf sie wartet?« Kathy hatte sich mit ihrem Sohn auf die Bettkante gesetzt und versuchte Fassung zu bewahren. Mühsam beherrscht sagte sie: »Deine Einschätzung ist mit Sicherheit richtig, wenn es um die Absichten meiner Mutter geht, aber das trifft nicht auf mich zu und es tut mir auch verdammt weh, wenn du dies wirklich glauben solltest.« – »Aber dann sag mir bitte, warum du dich unbedingt mit diesem Typen treffen musst.« – »Weil ich stolz auf meine Familie bin und weder euch noch mich verstecken muss. Ich habe nicht etwa vor, mich heimlich mit ihm zu treffen, sondern eben im Kreise meiner Familie und im Beisein meines Ehemannes«, entgegnete sie heftig, drückte ihm Miguel in den Arm und ging ins Bad. Dort überprüfte sie ihr Make-up und die Frisur, während sie sich wieder etwas zu beruhigen versuchte. Als sie nach zehn Minuten nicht zurückkam, klopfte Leonardo an die Badtür und fragte, ob er noch etwas mit ihr besprechen könne. Sie ging zurück ins Schlafzimmer und schaute ihn fragend an. »Es tut mir leid, wie ich vorhin reagiert habe«, sagte er und man konnte ihm ansehen, dass er es ernst meinte. Er begründete sein Verhalten damit, dass er die ganze Zeit bei seiner Schwiegermutter den Eindruck gehabt habe, er entspräche ihren Erwartungen nicht, und dass ihn dies sehr gekränkt habe. »Dann weißt du ja, wie es mir jahrelang mit meiner und anfangs auch mit deiner Mutter ging«, war ihr knapper Kommentar.

Bevor Brad kam, telefonierte Leonardo noch mit seinem Schwiegervater, um ihre Ankunftszeit durchzugeben. Dr. Barkley erzählte ihm, dass bei ihnen alles in Ordnung sei und alle sie sehr vermissen würden. Als Neuigkeit wusste er noch zu berichten, dass sich Serena in ihrer Abwesenheit einen kleinen Kater angeschafft habe, weil es ihr in der Wohnung zu einsam gewesen sei, und dass die Tochter von Farah zugesagt habe, vormittags die Babys zu betreuen. Der Telefonkontakt zu seinem Schwiegervater tat Leonardo gut, auch wenn ihn der neue vierbeinige Hausbewohner etwas beunruhigte. Er ließ deshalb seiner Schwester ausrichten, sie solle ja aufpassen, dass das Viech nicht seinen Ledersessel zerkratzt.

Voller Vorfreude auf die bevorstehende Heimreise ging er zu Kathy und erzählte ihr, dass ihr Vater ihm versprochen habe, dass sie wieder zusammen in der chirurgischen Abteilung arbeiten könnten. Kathy war inzwischen auch so weit, dass sie so schnell wie möglich wieder in ihre Wohnung und zu ihrer Familie zurückkehren wollte und sich, nach der langen Zeit des Nichtstuns, auf die Arbeit im Krankenhaus freute. Mit ihrem Vater hatte sie schon vor ihrer Abreise abgesprochen, dass sie zukünftig lediglich halbtags im Krankenhaus operieren und ansonsten zuhause für ihn Verwaltungsarbeiten oder aber gemeinsam mit Leonardo die Ausbildung des Pflegepersonals übernehmen werde.

Brad war wie immer ausgesprochen pünktlich. Lilien hatte ihm die Tür geöffnet und ihn ins Wohnzimmer gebeten, während Kathy und Leonardo in den von ihnen bewohnten Räumen gerade ziemlich erfolglos bemüht waren, Nora zu beruhigen, die schon den ganzen Tag lang überdreht und furchtbar quengelig war. Als Lilien hochkam und ihnen mitteilte, dass Brad gerade eingetroffen sei, entschlossen sie sich, die kleine Nervensäge mit nach unten zu nehmen, damit wenigstens ihr Bruder in Ruhe schlafen könne. Mit ihrer schreienden Tochter auf dem Arm und gefolgt von ihrem Ehemann, traf Kathy mit dem Mann zusammen, den sie vor über einem Jahr verlassen und damit die gemeinsame Zukunft aufgekündigt hatte. Brad hatte ihr einen großen Blumenstrauß mitgebracht, den sie erst annehmen konnte, nachdem sie die Kleine Leonardo übergeben hatte. Kathy war froh, für einen kurzen Moment unter dem Vorwand, ihre Blumen versorgen zu müssen, das Wohnzimmer verlassen zu können, weil ihr das Zusammentreffen mit Brad doch unangenehmer war, als sie anfangs vermutet hatte. Nachdem sie ihrer Tante den Strauß übergeben hatte, nahm sie das Teetablett und ging wieder zurück, um Leonardo in dieser Situation nicht zu lange allein zu lassen.

Die beiden Männer hatten sich einander gegenüber auf die Sitzgruppe gesetzt und noch nicht viel miteinander geredet, weil Nora hierfür zu laut war. Während Kathy das Geschirr verteilte und Tee eingoss, überlegte sie sich einen geeigneten Gesprächseinstieg. Dabei bemerkte sie, wie Brad sie aufmerksam musterte. Zu ihrer Erleichterung entschärfte Lilien die angespannte Situation ein wenig, indem sie den Blumenstrauß auf den Tisch stellte und ihnen Nora abnahm. Nachdem sich Kathy neben ihren Ehemann gesetzt hatte, sagte sie mit gespielter Gelassenheit: »Wie du siehst, ist es bei uns manchmal etwas turbulent. Aber in Großfamilien kann auch dieses Problem recht schnell gelöst werden.« Brad hatte, während sie in der Küche war, schon herausbekommen, dass Leonardos Englischkenntnisse nur sehr begrenzt waren, und sah hierin eine Chance, ihn aus dem Gespräch auszugrenzen. Nachdem er Kathys Frage beantwortet hatte, was er derzeit beruflich machen würde, ging er sehr schnell dazu über, ihr Komplimente über ihr Aussehen zu machen, was sonst früher nicht seine Art gewesen war. Um die Toleranz von Leonardo nicht zu strapazieren, gab sie hierzu nur die knappe Erklärung ab, dass ihr anscheinend das Leben in Paraguay recht gut bekomme.

Dies war für Brad aber nur das Stichwort. Fast nachdenklich sagte er: »Ja, es ist schon erstaunlich, dass du nun in Paraguay all die Dinge tust, die du hier nicht wolltest.« Kathy verstand nicht ganz und fragte deshalb: »Wie meinst du das?« – »Na ja, heiraten und eine Familie gründen.« Sie wusste, dass sie Brad damit verletzen würde, als sie erwiderte: »Richtig. Hier in England wäre ich eine Ehefrau und Mutter geworden und sonst nichts. Das war mir aber immer zu wenig. In Paraguay darf ich bleiben, was ich war, und noch zusätzlich Ehefrau und Mutter sein, und zwar mit der ganzen Unterstützung unserer Großfamilie.« Für ihren Ehemann hatte sie Teile der Unterhaltung übersetzt, um ihn nicht völlig auszuschließen, und konnte so auch feststellen, dass er das Zusammentreffen mit seinem Vorgänger relativ gelassen nahm.

Brad wollte die Unterhaltung über das Leben in Paraguay nicht weiter vertiefen und erzählte stattdessen, dass er vor drei Monaten Elisabeth geheiratet habe und seine Ehefrau inzwischen schwanger sei. Kathy empfand seine Worte eher beruhigend, als dass sie sich hierdurch verletzt fühlte, weil sie ihr das Gefühl gaben, dass jeder von ihnen sein neues Leben gefunden hatte. Als sie ihm ehrlich zu seinem neuen Familienleben gratulierte und ihm alles Gute wünschte, machte Brad jedoch die Bemerkung, dass sich Elisabeth mit ihrer Schwangerschaft etwas schwertue, und schob etwas bissig hinterher: »Aber du kennst sie ja. Sie war schon während des Studiums manchmal etwas wehleidig.« Kathy starrte ihn einen Moment peinlich berührt an und fragte dann: »Sag einmal, Brad, liebst du sie überhaupt?« Dieser hatte wieder seinen unterkühlten und leicht überheblichen Gesichtsausdruck, als er antwortete: »Elisabeth ist mit Sicherheit eine gute Partie und das allein zählt in unseren Kreisen, wenn man Karriere machen will.«

Sie wusste, dass er wieder einmal ihre Worte nicht verstehen würde, und sagte trotzdem: »Brad, Karriere ist aber nun einmal nicht alles im Leben.« Seine Stimme klang spöttisch, als er fragte: »Und was, meinst du wohl, sollte so viel wichtiger sein? Anfängliche Verliebtheit vergeht recht schnell und in ein paar Jahren werden dich deine Kinder auch nicht mehr brauchen. – Was wirklich Bestand hat, ist ein solides berufliches Ansehen; das öffnet dir jede Tür im Leben.« Kathy hatte keine Lust, dieses Gespräch weiterzuführen, und fragte ihn deshalb ziemlich direkt, was er eigentlich wirklich von ihr wolle, worauf er kühl antwortete: »Von deiner Mutter hatte ich in den letzten Wochen mehrfach erfahren, wie schlecht es dir gehe, und ich wollte dir einfach helfen, indem ich dir hier einen neuen Job besorge, um dir damit deine Rückkehr nach England zu erleichtern. Anscheinend brauchst du aber dieses Angebot gar nicht.« Es dauerte einen Moment, bis Kathy ihre Sprachlosigkeit überwinden konnte, nachdem ihr die Zusammenhänge deutlich geworden waren. Obwohl die Intrigen ihrer Mutter sie einmal wieder betroffen machten, antwortete sie mit betont ruhiger Stimme: »Danke für dein Hilfsangebot. Ich weiß zwar nicht so genau, woher meine Mutter diese Einschätzung nimmt, aber wahrscheinlich glaubt sie, dass Paraguay ein armes Entwicklungsland ist, außerdem war Kinderkriegen schon immer ein großes Problem für sie.«

Brad sah ein, dass seine Mission keinen Erfolg hatte, und teilte nach ein paar belanglosen Informationen über gemeinsame Bekannte mit, dass er noch einen wichtigen Termin habe. Als ihn Kathy zur Tür begleitete, konnte er sich dann doch nicht die spitze Bemerkung verkneifen: »Ich wusste ja gar nicht, dass du auf glutäugige Machos stehst.« Kathy fühlte sich durch seine Bemerkung verletzt und reagierte heftiger als beabsichtigt: »Ich war schon immer ein Mensch, der nicht nur auf seinen Kopf, sondern auch auf sein Bauchgefühl geachtet hat. Leonardo bedient bei mir beides gut.« – »Du willst damit sagen, er ist gut im Bett«, versuchte er es knapp auf den Punkt zu bringen. Gereizt antwortete Kathy: »So verkürzt wollte ich das zwar nicht sagen, weil mir Leonardo sehr viel mehr zu geben hat, aber du hast völlig recht mit der Annahme, dass es auch in diesem Bereich gut läuft.« Brad reagierte hierauf sehr eisig: »Na, dann ist ja auch dieses Problem in deinem Leben gelöst«, und verabschiedete sich mit einem »Mach's gut«.

Als Kathy wieder zurück ins Wohnzimmer kam, hatte ihr Ehemann richtig gute Laune. Zwar fragte er noch voller Fürsorge: »Ist alles okay mit dir?«, kam dann aber, nachdem sie hierauf mit dem Kopf genickt hatte, gleich zur Sache. Er zog sie zu sich in den Arm und fragte: »Weißt du eigentlich, dass dieser blasse Kerl gar nicht zu dir gepasst hätte?« Kathy gab sich ahnungslos und fragte zurück: »So? Und was meinst du, welcher Kerl zu mir passt?« Seine Antwort hierauf fiel zärtlich und in seinem Übermut zugleich recht stürmisch aus.

Später redeten sie im Beisein von Tante Lilien noch einmal über die Intrigen von Kathys Mutter. Während Kathy noch immer empört war und nicht recht wusste, wie sie zukünftig mit ihr umgehen sollte, gab sich Leonardo zu ihrem Erstaunen ausgesprochen gelassen: »Sie ist halt eine unzufriedene, egoistische Person, die einem wegen ihrer schlechten Eigenschaften nur leidtun kann. Sie wird mit der Zeit schon merken, dass sie sich damit nur selbst ausschließt und so nicht wirklich zu uns gehören wird.«

18. und 19.7.1977

An ihrem letzten Tag in London machten sie noch etliche Besorgungen. Sie kauften die restlichen Geschenke für ihre Lieben, die daheim geblieben waren, und Anziehsachen für ihre

Kinder. Die bevorstehende Heimreise hatte sie dazu veranlasst, noch einmal innezuhalten und realistische Zukunftspläne zu schmieden. So wollten sie zukünftig ruhiger und weniger waghalsig leben; auch wollten sie mehr Freizeit miteinander verbringen. Kathy konnte sich jetzt sogar vorstellen, dann, wenn ihr Vater in ein paar Jahren in den Ruhestand gehen und mit seiner Familie aus Asunción wegziehen würde, mit Leonardo und den Kindern mitzugehen, um mit ihm zusammen eine Arztpraxis zu eröffnen, so wie er es vor ihrer Abreise vorgeschlagen hatte.

Am darauffolgenden Tag, direkt vor ihrem Abflug waren ihre Gefühle sehr ambivalent. Lilien hatte Mühe, ihre Tränen zurückzuhalten, obwohl ihr Besuch in Asunción doch schon bald anstand, während Kathy zwar traurig wegen des Abschieds von ihrer Tante und von Christoph war, sie aber ansonsten wie ihr Ehemann empfand. Leonardo wollte einfach nur noch nach Hause, wo ihm alles vertraut war und er sich in seiner Sprache verständigen konnte. Ihre Gepäckstücke waren im Laufe des Urlaubs auf die doppelte Anzahl angewachsen, sodass Leonardo etwas verschämt sagte: »Wir sehen ja aus, als seien wir zu Reichtum gekommen.« Als sie endlich im Flugzeug saßen und sich die Kleinen von der anfänglichen Hektik dieser Rückreise wieder beruhigt hatten, sah Leonardo Kathy an und fragte: »Und, wie geht es dir jetzt?« Sie strahlte, als sie antwortete: »Ich freue mich auf unser Zuhause. England bedeutet mir nicht mehr so viel, dass ich hier leben möchte; da bin ich mir inzwischen ganz sicher. – Und dort, wo ich jetzt mit dir hinfliege, bekomme ich das, was ich zum Leben brauche; das ist schon ein verdammt gutes Gefühl.« Leonardo nahm ihre Hand und küsste ihre Finger. Er wirkte erleichtert, als er sagte: »Dann hat sich der ganze Stress ja wenigstens gelohnt.«

www.ingramcontent.com/pod-product-compliance
Lightning Source LLC
Chambersburg PA
CBHW031951060726
47497CB00016B/1177